아들의 아버지

김원일 장편소설
## 아들의 아버지
—아버지의 시대, 아들의 유년

초판 1쇄 발행 2013년 9월 30일
초판 2쇄 발행 2013년 11월 12일

지은이 김원일
펴낸이 주일우
**펴낸곳 ㈜문학과지성사**
등록번호 제1993-000098호
주소 121-840 서울 마포구 서교동 395-2
전화 02)338-7224
팩스 02)323-4180(편집) 02)338-7221(영업)
전자우편 moonji@moonji.com
홈페이지 www.moonji.com

ⓒ 김원일, 2013. Printed in Seoul, Korea
ISBN 978-89-320-2448-6

\* 이 책의 판권은 지은이와 ㈜문학과지성사에 있습니다.
 양측의 서면 동의 없는 무단 전재 및 복제를 금합니다.

김원일 장편소설

# 아들의 아버지
아버지의 시대, 아들의 유년

문학과지성사
2013

## 차례

머리글　7
아들의 아버지　11
작가의 말　382

## 머리글

　아버지의 시대와 그 아들의 유년 시절 이야기를 엮은 글을 나이 일흔을 넘겨서야 쓰게 되었다. 일반적인 집필 과정이 그렇듯, 창작욕에 따른 이끌림이 있었다기보다 늘 마음 아래쪽에 잠재의식으로 자리해 있었던지 그 소재가 자연스럽게 수면 위로 떠오른 결과였다. 어느 날 문득, 이 나이가 되도록 가물가물한 기억 저편에 있는 아버지를 제대로 알지 못했다는 느낌이 들었을 때, 당신의 면면을 내 소설 속에 더러 등장시키긴 했으나 내 문학에 절대적인 영향을 끼친 당신을 올곧게 그려본 적 없었다는 그 어떤 부채 의식을 뒤늦게 깨우쳤다. 그래서 격동의 한 시대를 어깨 걸고 험난한 에움길을 아버지와 함께 걷다 어둠 속으로 사라진 패자들의 발자취와, 아들이 유년 시절에 겪었던 그 시대를 좀더 구체적인 기록으로 남겨야겠다고 마음먹었다. 나이가 들수록 사람은 어린 시절로 돌아간다는 말이 내 경우에도 예외 없이 찾아온 셈이다. 그러나 막상 집필에 들어갔을 때, 적잖은 나이에 쓰게 된 전기 형식을 띤 이 소설이 나 자신부터 설득할 수 있을지, 내심 두려웠다. 무엇보다 당신은 나와는 삶의 가치관이 달랐고, 내가 살아온 족적과는 정반대의 길을 걸어갔던 분이다. 한편, 지금 내 나이가 좋은 글을 쓰기에는 체력과 기억력이 떨어지고, 문학의 열정도 많이 삭아졌음을 되짚었다. 시답잖은 옛 일화를 당시의 정치 행간에 중언부언 섞어 넣다 끝내게 되지 않을까 염려스러웠다.

아버지와 그들이 이루려 했던 고루살이 대동 세상은, 일제하 민족 운동의 애옥살이를 거쳐 해방 공간의 혼란기와 이념 전쟁이라는 시련의 세월을 관통하는 과정에서, 불과 몇 년 사이 남과 북 우리나라 정치사회학적 행간에서 사라져버리고, 잊혀서 꿈에서나 만나는 신기루가 되었다. 해방 후 남과 북의 권력을 잡은 두 독재자에 의해 그 길에 줄 섰던 사람들은 양쪽 역사에서 왜곡되고 수난당했다. 돌이켜 보건대 아버지를 포함한 그들이 비록 오늘 우리가 추구하는 사회체제를 지향하지는 않았으나, 그들의 민족애는 순수했다. 더러 판단의 오류에 따른 시행착오가 있긴 했지만, 이 땅에 평등한 민주 사회를 실현하고 인간다운 삶의 가치를 추구하려 혼신을 기울였다. 그러나 해방기의 혼란과 전쟁을 겪으며, 남과 북 두 현실정치가의 권력욕에 희생의 제물로 패배했다. 그러므로 이 글은 산 넘어 더 첩첩한 산으로, 고난의 험로를 걸었던 사람들의 실제 삶에 근거하되, 문학적 상상력을 보탠 것이다. 패자를 진혼하기 위한 이런 글쓰기는 비록 정치적인 이념 문제가 아니더라도 인생의 어느 시점에서 곤경에 처해 암중행로로 나서지 않을 수 없었던 사람에게는 위안이 되는 읽을거리이지 않을까 싶기도 하다.

나는 사회주의 정치체제를 동조하거나 그들의 이념 쪽을 기웃거려 본 적이 없다. 좌와 우, 진보와 보수, 어느 쪽도 아닌 중도를 걸어오며 다만 '아버지와 닮은 삶을 살지는 않겠다'라며 이 나이가 되도록 조신하게 지내왔다. 그런데 내 나이 여덟 살에 헤어진 아버지를 지금에 와서야 되돌아보며 당신이 남긴 이력을 장님이 코끼리 만지듯 회상하게 되었으니, 이 이율배반적인 내 마음을 한동안 이해할 수 없었다. 어린아이가 자라 성년이 되고, 다시 노년에 들어서야 어린아이로 돌아가려는 나 자신을 지켜보며 여기에 한마디를 보탠다면, 당신은 누구도 그 자리에 대신 앉을 수 없는 내게는 유일무이한 '아버지'이기 때문이리라. 그러므로 이 책은 당신의 탄생 100돌에 맞추어 북녘땅 어느 뫼에 묻혀 있을 뼛조각과, 불행한 시대의 어둠 뒤편으로 사라진 서러운 영혼에게 바쳐져야 함이 마땅하겠다.

2013년 가을
김원일

# 1장

1940년 봄부터 초여름에 걸쳐 독일의 히틀러가 프랑스·덴마크·노르웨이·네덜란드·벨기에를 무력 침공해서 항복을 받아내자, 이탈리아의 무솔리니는 유럽 제패에 경쟁이라도 하듯 영국·프랑스에 선전포고를 했다. 군사력의 우위에 고무된 독일은 1941년 4월에 국경을 무너뜨리고 남방으로 진출하여 그리스·유고슬라비아를 공략했다. 이어, 6월에는 소련과의 일전에 나섰다. 독일·이탈리아와 동맹 협약을 맺고 있던 일본은 이미 타이완·조선·중국 대륙의 일부를 점령하고 있었는데, 1940년부터 자원 확보를 위해 남방으로 진출하더니 1941년 여름에는 인도차이나 남부에 진주했다. 12월 8일에는 하와이의 미국 해군기지 진주만을 항공 편대로 기습 공격함으로써 태평양전쟁을 일으켰다. 1942년 새해에 들어 필리핀을 공격하여 마닐라를 점령하고, 3월에 들어 인도네시아 자바를 침공하여 대동아공영권 달성을 목전에 두게 되었다. 일본의 속국 치하 33년째를 맞은 한반도는 후방 보급창으로 전쟁 물자 지원에 허리가 휠 지경이었다. 총동원령의 조선인 징병제도, 군속 및 군수공장과 탄광 등의 노동 인력 차출을 위한 강제징용, 농산물 공출제도의 강화로 조선인의 궁핍이 극에 달했다. 한반도는 남부여대한 이농 현상이 줄을 이었다. 그들은 고향을 등지고 북방·남방·일본 내지로 떠나거나 강제로 끌려갔다.

한반도 남녘 낙동강 하구가 펼쳐놓은 너른 들을 낀 김해군 진영읍(進永邑)이 나의 고향이다. 일제의 토지조사사업(1910~18) 직후부터 시작된 농지개량사업으로 전천후 수리답이 된 진영·대산벌(진영평야)은 그 넓이가 5천 정보다. 진영평야는 진영읍을 중심으로 창원군 대산면에 걸쳐 펼쳐져 있으며, 7천 정보로 알려진 김해평야에 버금가는 면적이다. 경부선이 개통된 해(1905)에 삼랑진에서 마산까지 경전선 첫 구간도 개통되었는데, 그때 진영역이 생겼고 진영읍은 부산과 마산을 연결하는 국도가 통과하면서 교통의 요충지가 되었다. 농산물과 해산물이 풍부한데다 물산이 모여드는 읍내 오일장은 근동에서 큰 장이라 사철 성시를 이루었다. 태평양전쟁이 한창 치열하던 1942년 양력 3월 중순, 나는 그곳 오일장이 서는 장터의 한 여염집에서 태어났다.

어머니가 나를 임신했던 1941년 당시는 부부 사이가 극도로 나빠져 두 분이 이혼 직전의 파탄 상태였다. 두 분은 성장 과정이 생판 다른데다 성격도 차이가 너무 졌다. 아버지는 당시로써는 드문 핵가족의 외동아들로, 응석둥이로 자라며 고등교육을 받았고, 어머니는 적빈한 유생(儒生) 집안의 막내딸이라 신교육을 전혀 받지 못해 서로 성장한 가정환경이 판이했다. 아버지는 키가 1미터 65센티 정도로 남자 평균치에 모자란데다 마른 체격에 낭만적인 예술가형이라면, 어머니는 여자 치고 큰 키라 1미터 68센티 정도에 성격이 강직하고 과

묵했다. 어머니의 결점이라면 여자다운 애교와 부드러움이 부족했다. 이혼 문제를 꺼낸 것은 아버지였다. 아버지가 일본 유학생 출신의 신여성과 바람이 나서 부산에 따로 살림을 차렸던 것이다. 아버지는 진영 본가에 나타나지 않은 채 인편을 통해 어머니에게, 말이 통하지 않아 같이 살 수 없으니 이혼장에 도장을 찍어달라고 요구했다. 울산의 어머니 친정집에도 그런 내용을 통보했다. 아기자기한 사랑의 밀어라든지, 서로의 이상이나 미래를 고려한 설계라든지, 예술과 정치적 현실에 대한 의견을 두 분이 나눌 수 있는 처지는 아니었다. 당시로는 신학문을 배운 남자가 부모의 강요로 학교 교육을 받지 않은 구식 여자와 조혼하고 신여성과 바람을 피우는 일이 예사였기에 우리 집의 경우도 그 비슷한 사례에 속할 것이다. 할머니는 외동아들을 제 주장대로 키워 아들 말이라면 오냐오냐하며 청을 다 들어주었기에 자식이 며느리와 갈라서야 한다고 우기니 그 청을 들어줄 수밖에 없었다. 며느리와 한집에 살아도 서로 입을 봉한 채 지내 고부간 갈등도 최악의 상태였다. 작고 아담한 체구에 마음이 여린 할머니라 며느리에게 보따리 싸서 친정으로 가라고는 못 했어도 당분간 별거 삼아 제 발로 친정으로 돌아가기를 은근히 종용했다. 그래야 집에 발붙이지 않는 자식이 마음을 잡아 귀가하겠거니 여겼다.

　이혼 소식을 접한 울산의 어머니 친정집에서는 '이혼 절대 불가'로 결정을 내리곤, 성질이 괄괄한 손위 둘째 외삼촌을 진영으로 급파했다. 물불을 안 가릴 만큼 성격이 급했던 그분은 그때 이미 외조부모가 별세한 뒤라 어머니에게는 친정아버지와 다를 바 없었다. 냉수로 허기를 때워도 양반입네 하며 헛기침하고 앉았던 집안에 염증을 느껴 일찍 가출해선 일본으로 밀항하여 도쿄의 어느 일본인 세탁소 곁수로 잔뼈를 키웠으나 자수성가하자 그 무렵 처자식을 데리고 환고향해선 울산읍 읍사무소 앞에 세탁소를 열었다. 당시만 해도 읍 단위로선 세탁이나 다림질할 옷을 세탁소에 맡기는 집이 흔치 않아 영업이 잘 될 리 없었다. 둘째 외삼촌은 먼 곳 진영으로 시집간 막내 여동생의 딱한 소식을 접하자 이웃에서 엿도가 하던 첫째 형을 제치고 나서서 진영의 누이 시댁에 들이닥쳤다. 한참 손아래인 처남을 당장 요절낼 듯 찾았으나 아버지는 부산에서 딴살림을 살 때라 집을 비우고 없었다. 바깥사돈이 없던 집이라 상대할 사람은 안사돈이었다. "안사돈 어른, 내 여동상이 바람을 피았소, 아아를 몬 낳는 석녑니까? 그렇다고 시가 살림을 말아묵어 집안이 쪽박 차게 됐소? 이 집에서 소박맞을 이유가 뭐요? 우리 집은 울산서도 알아주는 범절 지키는 집안이라 족보에 민적 판 사람이 읎소이다. 내 동상이 만약 이혼장에 도장을 찍으모 울산 땅에 발 몬 붙일 뿐 아이라, 우리 집안은 쟈를 절대로 받아들일 수 읎습니더!" 심약한 할머니에게 둘째 외삼촌이 한바탕 으름장을 놓고는, 딸애를 보듬고 돌아앉아 있는 어머니에게도 호통을 쳤다. "이 집 대들보에 목을 매는 한이 있어도 보따리 싸서 친정집에 돌아올 생각은 마라. 니가 온다 캐도 재아줄 방이 읎고, 별거도 절대 받아들일 수 읎다." 둘째 외삼촌은 할머니에게, 울산 가는 길에 처남을 만나 아주 병신을 만들어놓겠다며 처남이 딴살림 차린 부산 주소를 대라고 큰소리쳤다. 둘째 외삼촌이 울산 가는 길에 부산을 거쳐 가며 아버지를 만났는지 어쨌는지 알 수 없으나, 외삼촌의 그 말이 아버지 귀에도 들어갔을 것이다. 당시는 어머니가 진영으로 시집온 지 여섯 해째였다. 첫딸과 첫아들을 연달아 잃었으나 네 살 난 딸인 나의 누나를 슬하에 두고 있었다. 어머니는 시댁의 냉대를 더 견뎌낼 수 없어 딸애를 데리고 첫째 오라버니 집에 헛간살이라도 하겠다고 울산으로 편지를 띄웠다. 이혼 문제가 가라앉았으려니 했는데 다시 누이 소식을 듣자 울산의 손위 외삼촌 두 분이 노발대발했다. 누이가 정 이혼할 수밖에 없다면, 이혼하기 전 누이 시댁의 기둥뿌리라도 뽑아놓겠다며 두 분이 진영의 누이 집을 찾았다. 그때는 무슨 일이 있었던지 진영에 들어와 출타 중이었던 아버지에게, 떡대 같은 강정댁(어머니 택호) 오라버니 둘이 집에 들이닥쳐 김 서방을 찾는다고 누군가 소식을 전했다. 지은 죄밑이라 부끄러웠든지, 아니면 손위 처남들에게 붙잡히면 봉변이라도 당할까 봐 겁이 났든지, 아버지는 그 길로 집에 들르지도 않고 부산으로 줄행랑쳐버렸다.

　두 분의 이혼 문제로 집안이 풍비박산된 과정을 짚어보자면 두 분이 혼인으로 맺어지게 된 인연부터 살펴보아야 한다. 어머니 고향은 울산읍 우정리로 시댁인 진영읍에서 당시로써는 아침밥 먹고 나서면 하룻길이 빠듯한 리 수였다. 진영에서 울산으로 가자면 부산 쪽을 거쳐 둘러가야 했기 때문이다. 어머니 친정집은 태화강을 눈 아래에 둔 양반촌 교동리 위쪽의 울산향교 부근이었다. 어머니는 1915년 경주 김씨 집안의 막내딸로 태어났다. 위로 엄마뻘인 언니 둘에 오라버니가 둘이었는데, 외할머니 연세가 자식 볼 나이를 넘긴 쉰에 가까워서야 본 여식이 어머니였다. 이를 두고 어머니는 평생 짊어진 업고의 시초가 그 출생부터 잘못 꼬였다는 듯 푸념 삼아 "무슨 낙을 보겠다고 그 나이에 날 낳았는지……, 허리 꼬부장한 엄마가 날 데리고 마실 나서모 동네 사람들이 몇째 딸 손녀냐고 물어쌓아 내가 챙피할 정도였어" 하고 말하곤 했다. 내 외가가 외할아버지 대에 와서는 살림살이가 무척 곤궁했던 모양이다. 외조부는 늘 서책을 가까이했고, 옷

갓하여 향교에 나가 죽마고우들과 시조나 읊으며 한세월을 보냈다. 유일한 일거리가 동네 아이들 훈장 노릇이었다. 이웃의 집안 길흉사 제문이나 혼사의 사주단자 써주기가 단골이었기에, 그런 일감으로 식구를 건사할 수 없었다. "내가 어무이 심부름으로 이웃집에 양석꺼리를 꾸려 댕겼제. 어느 해 엄동에 양석을 얻어 오다가 손이 시려벘던지, 돌뿌리에 채였던지, 길바닥에 양석을 쏟아뿌서 어무이한테 시껍묵은 기 생각나." 어머니의 이런 회고담으로 미루어, 클 때를 어렵게 보냈기에 읍내에 소학교가 생겼으나 학교에 들어갈 엄두를 내지 못한 듯하다. "집안이 가난하기도 했지마는 니 외할배가 여자는 신학문까지 안 배아도 된다고 해서 집안에서 책에 쓰인 예의범절이나 배았제." 어머니의 말이었다. 외가 집안 형편이 그래서 그랬는지, 외할아버지는 첫째 딸과 둘째 딸은 신랑 될 집안의 족보를 따지기 전에 살림살이 규모가 반반한 집안을 택하여 출가시켰다. 어머니가 시집갈 즈음에는 손위 첫째 오라버니가 엿도가를 시작해서 먹고살 만했고, 시집간 손위 이모님 두 분이 가난한 친정을 도왔기에 집안 형편이 조금 나아져 있었다. 읍내 사진관에서 마을 동무들과 찍은 어머니 처녀 시절 사진 몇 장이 있는 것으로 보아, "사상에 미쳐 식구를 내뻐린 서방과 어찌 전생으 인연이 있었던지……, 한평생을 내만큼 한 많게 살아온 안들(여편네)이 이 땅에 몇이나 될꼬" 하는 푸념이 잦았던 당신이었지만, 색실로 자수 놓고 동무들과 손잡고 능수버들 늘어진 태화강 강변을 거닐었던 꿈 많던 한 시절이 추억거리로 남아 있었다.

어머니는 그 시절 여자로서는 키가 큰데다 어깨가 툭지고 넓어 여장부다운 풍모가 있었다. 외삼촌 두 분을 보더라도 외가 쪽 친척은 대체로 키가 컸고 체격이 좋았다. 어머니는 필요한 말만 했지 재담을 떨거나 농담을 할 줄 모를 만큼 입이 무거웠고, 철저한 생활인이라 부지런하기는 어디에 내세워도 빠지지 않았다. 어머니는 사람 됨됨이를 평가할 때 무엇보다 말만 번지레하게 앞세우는 사람과 게으른 사람을 싫어했다. 외가 쪽 친척들 성향이 그렇듯 어머니는, 맡겨진 일에 정성을 다하여 제 식구를 잘 건사하는 남자를 첫째로 쳤고 가장은 성실하고 정직해야 한다고 자식들에게 가르쳤다. 나와 아우가 자라 글을 쓴다고 했을 때, 문필을 업으로 삼으면 밥 안 굶느냐고 어머니께 묻는 외가 친척이 많았다. 대학물을 먹은 외가 친척도 나와 아우를 보면 "요즘 시 써서 어째 밥은 묵나?" 하며, 시와 소설을 분별하지 못한 채 안쓰러워 하는 눈길을 보내는 이도 있었다. 학교에서 배웠으니 시와 소설을 구별했겠으나 글줄 써서야 밥 먹고 살기가 힘들다는 선입관부터 앞세웠던 것이다. 처음은 어머니도 비슷한 생각을 해, 학교 선생처럼 매달 월급 받는 직업을 낫게 쳤고, 성실하고 정직하면 식구 밥은 안 굶긴다고, 우리 형제를 앞에 앉히고 늘 같은 말로 훈계했다. 자식이 문학을 하게 되자 어머니도 그런 일이 제대로 인정받는 직업은 아니요 식구 부양이 힘든 줄은 알았으나 더는 말릴 수 없었던지, 글쓰기도 부지런히만 하면 처자식 밥은 안 굶기겠거니 여기게 되었다.

두 분 외삼촌이 진영을 들렀다가 간 뒤, 어머니야말로 진퇴양난이었다. 민적(民籍)을 팔 수도(들어낼 수도), 친정으로 쫓겨갈 수도, 시댁에서 눈칫밥 먹고살기도 가시방석이었다. 그 참에 네번째로 태어날 나까지 밴 상태여서 부른 배를 앞세워 어린 딸애 손을 잡고 울산으로 길 나서기가 막막했다. 그러나 그런 절체절명 한 상황 말고도 나는 어머니가 친정에 걸음 했다는 이야기를 별로 듣지 못했다. 친정

나들이를 한다 해도 외가 부모 두 분은 이미 타계했고, 엿도가 하는 첫째 오라버니나 세탁 일 하던 둘째 오라버니 집에 얹혀살려 해도 자기 자리가 없었다. 시댁에서 냉대받은 서러움을 하소연하려면 친정 부모가 있어야 했는데 타계했으니 친정은 애초에 없는 것과 다름이 없어, 막상 집을 나서려 해도 그쪽으로 걸음 떼기가 어려웠다.

그렇다면 울산 출신 어머니가 이웃 마을도 아닌, 하룻길이 빠듯한 김해 땅 진영으로 어떻게 출가하게 되었을까란 의문이 따른다. 여기에는 진영 오일장 장터에서 처를 내세워 소고깃국밥과 술을 팔았던 이인택 씨가 중매인으로 나섰기 때문이었다. 이인택 씨 역시 울산 읍내 출신이었고, 절구통보다도 몸이 굵은 처를 진영 장터 사람들은 울산댁이라 불렀다. 이인택 씨 집은 장터 길목에 있었는데, 장날이면 가게 문을 열어 국밥과 술을 팔던 옥호도 없던 주점이었다. 이인택 씨는 어릴 때 소아마비를 앓아 다리를 조금 잘록거렸다. 그는 처를 내세워 주점을 열고 있었으나 장사 일에는 관여하지 않았다. 장을 보아 오거나 처 뒤를 봐준다고 주점을 기웃거리지도 않았다. 군살 없는 안면에 면도날로 머리칼을 민 맨숭머리라, 어찌 보면 율 브리너를 연상케 했다. 근동에 궁술 대회라도 있으면 팔 걷어붙이고 나서는 활량으로, 늘 장터 앞 중앙산 중턱에 있는 사정에 나가 활 솜씨로 몸을 단련하는 무골형이었다. 언변이 좋고 행실이 공명정대하고 신중해 장터뿐만 아니라 읍내에서 이인택 씨 앞에 언성 높이는 이가 없었다. 그분 처 울산댁은 굵은 몸집처럼 통이 커 인심이 후하고 음식 솜씨가 좋았다. 장죽 담배를 피우고 막걸리도 넙죽넙죽 잘 마시며, 체머리를 떠는 버릇이 있었다.

이인택 씨 내외가 젊은 시절 홀연히 울산을 떠나 아무 연고 없는 김해 땅까지 흘러와 진영 장터에 정착하기까지의 내력은 장본인들이 함구했기에 이웃 사람들에겐 수수께끼였다. 나 역시 국민학교를 졸업하고 고향을 떠나 대구로 나와 가족과 합친 뒤 둘째 이모님으로부터 전해 듣기로는, 신혼 시절 모종의 불미한 사건이 있어 부부가 야반도주하듯 울산 땅을 떠났다고 했다. 그 불미한 사건의 내막은 집안 망신 살 일이라도 되는지 한사코 입을 다물었으나 풍문에 의하면 집안 친척이 처를 탐해 요샛말로 성폭행하려 하자 그자의 손목을 낫으로 쳤다던가, 그래서 고향을 등지게 되었다는 말이 있었다. 내 둘째 이모님의 사촌 시동생이 이인택 씨였다.

비만 체질이라 그런지 울산댁에게는 슬하에 자식이 없었다. 두 분이 진영에 정착한 뒤 이인택 씨 내외는 한동안 울산에 걸음 하지 않았다. 그쪽과 인연을 끊기 십수 년 세월이 흘러 아버지 혼사 문제가 거론될 즈음에야 이인택 씨도 등졌던 그쪽에 소식을 전했고, 이따금 울산 쪽 친척이 다녀가기도 했다. 그즈음, 울산 읍내에서 끈목 장수로 성공하여 벼락부자가 된 이인택 씨 집안에 출가한 둘째 이모님이, 친정집에 혼기 찬 막내 여동생이 있다고 시가에 외자했다. 그 말이 어떻게 진영까지 넘어와 이인택 씨 귀에도 들어갔다. 이인택 씨 내외는 우리 집 조부모와 연배가 비슷한데다 진영에서는 드문 동향 출신이라 이웃해 살며 한집안처럼 가깝게 지냈는데, 슬하에 자식이 없다 보니 우리 집 고모님을 수양딸로 삼아 거두기도 했다. 이인택 씨는 이웃에 살며 아버지의 됨됨이를 어릴 적부터 보아왔기에, 진영에 중학교까지 나온 총각이 있다고 울산 쪽에 연락하게 된 모양이었다. 울산의 이인택 씨 집안 쪽에서, 처녀는 문벌을 중히 여기는 선비 집안 규수로 본 바 있게 커서 어디 흠을 잡을 수 없다는 소식을 진영에 전달하였다. 그 소식을 접하자, 할머니와 울산댁이 처녀 맞선을 보러 나서서 울산을 다녀왔다. 할머니는 울산으로 나선 김에 오랜만에 언양 가천리 깊으내 시댁에도 들려보곤, 사흘 뒤 부산을 거쳐 진영으로 왔다. 집으로 오자 할머니를 맞은 아버지가, "선 본 처녀가 어떻더냐"고 물었다. "처녀 키가 좀 커더라"는 할머니의 말을 들은 아버지가, "나보다 커더냐"고 되물었다. "아마, 그럴 거로" 하자, 아버지 표정이 찌무룩해졌다. 그러나 아버지가 남자치고 표준 키에 미달이어서 그렇지 처녀 키가 크다는 점이 파혼할 정도의 결점은 아니었다. 양가는 이 혼사를 성립시키기로 하고 사주단자를 보냈다.

두 분은 1935년 늦봄에 어머니 친정인 울산에서 구식 혼례를 올렸다. 아버지가 1914년 2월생 호랑이띠로 나이 21세였고, 어머니는 아버지보다 한 살 아래로 11월생 토끼띠였다. 당시로 따져 나이가 20세라면 혼기 찬 처녀였다. 그 혼례식은 한 장의 사진도 남아 있지 않다. 연지 곤지 찍고 족두리 쓴 어머니 모습과 사모관대 쓴 아버지 모습을 사진으로나마 볼 수가 없어 아쉽다. 그래서 언젠가 어머니에게 처녀 적에 찍은 사진은 있는데 혼례식 때 사진이 왜 없느냐고 내가 묻자, "그때 사진사를 불렀는지 안 불렀는지 내사 몰라. 사진이 안 남은 기 다행이제, 그런 사진이 남았다모 내가 박박 찢어뿟거나 불 싸질렀을 끼다. 맨날(허구한 날) 집 떠날 궁리만 짜내던 사람과 내가 와 혼인했는지, 생각할수록 그기 분한 기라" 하고 냉갈령 하게 말했다. 그 말 속에 숨은 뜻은, 혼례 사진을 어머니 말처럼 없애버렸을 수도 있다는 것이었다. 혼례식을 올린 어머니 친정이 울산 읍내라면 사진사쯤은 불렀을 테고 사진은 찍지 않았다고는 분명히 말하지 않았다. 진영에서 또 한 차례의 혼례도 무사히 끝이 났다. 두 분의 중매를 섰던 이인택 씨가 우리 집과는 외가 쪽 사돈이 되었다. 그분은 고모님에 이어 내가 6·25전쟁 후 국민학교를 졸업할 동안 나 역시 친손자처럼 거두어주었기에, 그 내외야말로 내 성장 과정에 큰 영향을 끼친 분이었다. 소설가가 된 후 나는 이인택 씨 내외를 단편소설 「어둠의 혼」에서 이모부와 이모로, 장편소설 『바람과 강』에서는 주인공 이인태와 그의 처 월포댁으로, 장편소설 『불의 제전』에서는 안시원과 울산댁으로, 두 분으로부터 받은 영향을 여러 각도에서 내세우기도 했다.

  어머니와 혼사가 이루어지기까지 아버지 쪽 집안 내력도 밝혀두겠다. 아버지의 원적지는 울주군 삼남면 가천리에서 들어앉은 깊으내라는 동네였다. 가천리는 경부고속도로 언양 인터체인지에서 부산 쪽으로 20리 정도의 거리에 있다. 1960년대 이후 굴지의 공업 도시가 된 울산광역시와 언양읍 사이는 50리에 불과했다. 아버지 쪽 집안은 흔한 김씨 성 중에 본이 희소한 함창(咸昌) 김씨로, 개화기 이전에는 집안에 일꾼을 여럿 두었을 정도의 중농(中農)이었다. 함창 김씨가 얼마나 희성인지 인구수가 전국적으로 2만 5천 명에 불과하고, 나는 여태 함창 김씨 본을 가진 사람을 두 명밖에 만나지 못했다. 집에 있는 사집첩에는 1900년대에 찍은 한복 차림에 염주를 목에 건 머리칼 하얀 노파 사진이 있었는데 할머니 말씀으로는, 당신 시어머니로 일본에 들어간 셋째 아들을 만나러 가서 찍은 사진이라고 했다. "몇 해를 몬 모셨으나 시어무이는 보살같이 어질었제. 깊으내 시댁에 새첩은 정지아아(부엌아이)가 있었는데 어무이가 그 아아한테, 니를 우리 집에서 해방시켜줄 낀께 날마다 누룽지를 쪼매씩 모아두라 캤대. 누룽지 빻은 미숫가루가 제북 양이 되모 날 잡아서 살 길 찾아 이 집을 떠나도 된다미 귀띔했어. 어느 날 새북에 어른들 몰래 그 아아를 해방시켜줬다는 말을 들었어. 내가 시집가서 들은 이바구니라." 할머니가 들려준 말이었다. 할아버지는 서당 공부에다 신학문도 따로 익혔던지, 일제 초엽 지방 관청이 근대화로 정비되자 언양면 면사무소에 취직되어 두 분은 깊으내를 떠나 분가했다. 할머니 말로는 깊으내에서 시집살이는 몇 해 안 하고 친정이 있는 면소(면청 소재지)로 살림을 났다고 했다. 밀양 박씨인 할머니는 자기 친정에 대해서는 말씀이 없었기에 나도 잘 알 수는 없지만, 언양면 면소의 과수댁 아래 자매만이 외롭게 성장한 모양이었다. "내가 시집온 후 네 할미가 친정 말은 한 분도 입에 안 올렸고 언양으로 근친 가는 걸 본 적이 읎어. 호문차(혼자) 살던 친정어미가 돌아가셨다는 연락이 오자 치마폭에 얼굴 묻고 우는 걸 본 적이사 있다마는, 그때도 친정 걸음은 안 하더라. 친정 발 안 붙기는 고부간에 우째 그리 닮았는지…… 나도 마찬가지지만, 니 할미한테도 친정집은 읎는 기나 같았어." 어머니 말이 그랬다. 할머니는 작은 키에 몸매가 가냘팠고 성품마저 여렸다. 내가 직장을 가져 서울에서 할머니를 모실 때, 팔순을 넘겼어도 아담한 자태는 변함이 없었다. 얼굴이 갸름하고 눈이 옴팍한 데다 콧날이 뾰족해 처녀 적에는 미색 소리도 들을 만한 용모였다. 그러니 아버지는 키와 몸, 얼굴까지 외탁한 셈이었다. 할머니 용모의 대표적인 특징은 인중이 길다는 것이었다. 그래서 보는 사람마다, "언양댁(할머니 택호) 인중 보모 명은 타고 났다"고들 말했다. 할머니 친정 집안에는 궁중에 궁녀로 뽑혀간 처녀도 있었다니 채홍사가 들랑거릴 만큼 여자들 용모가 대체로 예뻤던 모양이었다. 지금도 서울에 거주하는 팔순 넘은 고모님이 별세하시기 전 할머니 모습과 많이 닮았다. 예전에 명절날 제사를 모시고 나면 진설한 제수 음식을 그대로 둔 채 할머니가 제사상을 조금 틀어 놓고선 따로 마련한 밥과 국에 수저만 올려놓곤 혼자 절하는 걸 두고 어머니가, "친정이래야 제사상 채리줄 아들을 몬 뒀다 보이 니 할매가 맏이라 저래 부모 제사를 따로 지낸다"고 말했다. 할아버지는 하나 둔 아들 혼례도 못 본 채 1933년에 별세했다. 외조부모 두 분 역시 내가 태어나기 전에 별세했기에 나는 그분들을 뵌 적이 없었다. 사람들이 어릴 적에 외갓집에서 보낸 추억담을 말할 때 내게는 외갓집이 없었기에 늘 서운했다. 나는 조부모 네 분 중 친할머니만 보며 자랐고 할머니 말년에 서울로 모셔왔다. 할머니께서는 1977년에 별세할 때까지 85세를 사셨다. 할머니는 숨을 거둔 날 아침까지도 머리칼 정하게 빗어 비녀로 쪽 찌고, 담배 한 대까지 태울 정도의 기력이 있었다. 기억력 또한 분명했다. 6·25전쟁 때 북으로 간 채 소식 없던 외동아들을 사람들이 '나라가 금하는 일을 한 김아무개'라며 수군거리는 소리를 늘 들은 터라, 자식 말을 입에 올리지 못했으나 그 자식이 언젠가는 어미 찾아오겠거니 믿으며 자나 깨나 기다린 분이셨다.

  할아버지는 언양면 면사무소에서 근무하다 당시도 전근 제도가 있어 곧 저 남쪽 통영군 통영면 면사무소로 직장을 옮기게 되었다. 할머니도 친정인 언양 면소를 떠났다. 할아버지는 통영면 면사무소에서 1년 남짓, 그 갯가에서 김해군 생림면 봉림 면사무소로 옮겼다. 할아버지의 마지막 근무처가 김해군 진영면 소방서로, 거기에서 영전하여 면소방서 책임자가 되었다. 1920년대 초야말로 고모님은 태어나지 않았고 아버지는 유아기였다. 할아버지가 진영소방서 대원들과 찍은 단체사진이 한 장 남아 있다. 할아버지는 제복·제모 차림으로 긴 의자 앞줄 가운데 자리에 긴 칼 짚고, 대원들이 층계에 줄 맞추어 선 사진이다. 조선인으로 면소 소방대장 자리에 오르기가 힘든 시절이었다. 소방대장은 금테 둘린 제모 쓰고 긴 칼을 찬 채 말을 타고 관할 지역을 순찰했다고 고모님이 어린 시절에 들은 말을 회상하며 자랑삼아 말했다. 할아버지는 진영 소방대장을 마지막으로 관직에서 옷을 벗자, 면사무소 옆에 대서소를 냈다. 당시 시골 사람은 대체로 글을 몰랐기에 면사무소 서식 절차를 대서소에 의뢰해, 할아버지의 대서소 일은 벌이가 잘 되었다. 식구가 단출해 먹고살기에는 걱정이 없었다. 장터 뒤 중앙산 너머에 있는 산촌 하계리 오추골에 밭뙈기도 장만해서 도지를 내어줄 정도가 되었다. 내 조부모님은 슬하에 자식을 여럿 두었으나 어릴 적에 다 잃고, 장성하도록 살아남은 자식은 아들 하나에 열네 살 나이 차이가 진 딸 하나였다. 일가친척이 모여 집성촌을 이루었던 언양 땅을 떠난 지도 오래라 이웃에 사촌 집안조차 없었고, 식구래야 요즘의 핵가족처럼 넷이 모두였다. 그래서 나는 할아버지의 고향인 울주군 삼남면 가천리 깊으내를 가본 적이 없다. 고모님 말로, "어릴 적에 어무이 따라 언양 깊으내로 가본 적이 있었제. 일찍이 언양 땅을 떠난 아부지가 장남이요, 삼춘이 거게서 농사지으며 살았고, 막내 삼춘은 일본에 들어갔다 했어. 깊으내에서 사촌, 육촌 식구들도 그때 만났제" 하던 추억담이었다. 제1차 경제개발계획이 시작되기 전 1960년대 초까지만도 농촌 인구가 8할인 농경시대였고 1920년대 초는 이 땅에 살던 민초가 대체로 농민이었다. 그런데 도시도 아니요 그렇다고 농촌도 아닌, 오일장 서는 작은 읍(면) 소재지에서 아버지 대를 이어 내가 태어났으니, 내 친가나 외가 모두 농사일과는 인연이 먼 집안이었다.

## 2장

 단출한 집안에 외동아들로 귀여움을 독차지하고 자란 아버지는 어릴 적부터 무척 총명했던 모양이다. 읍내에 갓 설립된 진영대창보통학교 3회 졸업생인데 조선인의 3·1만세운동(1919)에 놀란 조선총독부가 무단통치에서 문화통치로 급선회한 직후 개교한 학교였다. 대창국민학교는 읍 단위에 있는 학교치고 이름이 꽤 알려졌는데, 노무현 대통령의 모교이고 노 대통령 부인 권양숙 씨, 김영삼 대통령 부인 손명순 씨도 이 학교 출신이다. 만화 「코주부」로 알려진 만화가 김용환 씨가 아버지 1년 선배였고, 아동문학가 마해송 씨 부인인 현대무용가 박외선 씨도 이 학교를 졸업했다. 나 역시 이 학교 29회 졸업생이다. 아버지는 대창학교를 졸업하자 당시로써는 한 군(郡)에서 한두 명 입학이 힘들다고 알려진 경쟁률 높은 마산공립상업학교에 응시해 합격했다. 입학생 중에 아버지 나이가 가장 어린 축이었다. 1927년에 입학했으니 13세였다. 진영역에서 신마산역까지는 기차로 덕산역, 창원역, 구마산역을 거치는, 50분 거리였다. 아버지가 기차 통학으로

5년제 마산공립상업학교를 졸업한 때가 1932년(소화 7년)이었다. 판종이에 초록색 비로드로 표지를 싼 아버지의 졸업 기념 앨범을 보면 교장은 콧수염 기른 일본인 소라(曾良)였고, 교사 중에 변 선생이라는 이만 조선인으로 짐작될 뿐 나머지 교사는 일본인이었다. 학생 구성으로는 일본인 학생이 절반쯤 차지했다. 조선인 학생 중에는 아버지보다 나이가 네 살 위인 이원수 씨(아동문학가)의 사진이 있어 두 분이 동기·동창생임을 알았다.

  6·25전쟁 와중에 아버지가 가족을 미처 수습하지 못한 채 단신 월북한 뒤, 할머니는 자기 살아생전 그 자식을 언제쯤 보게 될까 하고 오매불망 기다렸다. 팔순 연세의 할머니를 내가 서울에서 모실 때, 밤중에 소피를 보러 깨어나 마루로 나서면 마루 끝에 빨간 담배 불씨 타는 게 보였다. 할머니가 한밤중에 거실에 나앉아 대형 유리문 바깥의 깜깜한 뜰을 내다보며 담배를 태우고 있었다. "할머니, 왜 안 주무셔요?" 하고 내가 물으면, 이 생각 저 생각 하느라 잠이 안 온다고 했다. 한밤중만 아니라 낮에도 할머니는 꼬부장히 앉아 북녘 하늘로 먼 산 바라기 할 때마다 담배 연기 속에 한숨을 풀어놓았다. 자그마한 체구답게 할머니는 소식(小食)이라 끼니 때 먹는 밥 양이 적었는데 무릎 세워 꼬부장히 앉아 담배 피우는 모습이, 집안 식구를 두고 비유가 무엇하지만 꼭 원숭이 같았다. 굽이굽이 맺힌 한(限)을 담배질로 삭이는지 할머니는 평소에도 밥보다 담배를 더 즐겼다. 아들 만날 그날까지 노망이 나서는 안 된다고 옥마음 먹었던지 돌아가신 날에도 정신이 말짱했다. 할머니 만년의 어느 날, 내가 물었다. "할머니 한평생 중에 즐겁거나 기쁠 적도 있긴 했지요? 그 시절이 언제였습니까?" 그때도 할머니는 꽁초에 성냥불을 댕기더니 먼 산 바라기를

했다. 어느새 할머니의 눈 가장자리가 물기로 젖었다. "사람 한평생이 뭔지, 근심 극정에 눈물로 보낸 시월만 자꾸 돌아보여. 친정집서 클 때도 외롭게 컸는데, 시집오고도 서방이 직장 때문에 객지로만 떠돌아 사람 정이 그리벘어. 평생을 그래 살아온 내가 기뻤을 적? 좋은 시월이 있긴 했나?" 할머니는 말문을 닫았다. "그래도 좋았던 한 시절은 있었을 게 아닙니까?" 할머니를 또 울리는구나 싶었지만 묻는 김에 재차 물었다. "그러고 보이 하나 아들 마산에 중학교 보낼 때였나 보다. 새북같이 아츰밥 지어 멕여 벤또(도시락) 싸서 기차 시간에 맞차 니 할배하고 그 지슥 기차역까지 바래다줄 때가 있었제. 마산 중핵교 댕길 적에 기차로 통학했거등. 남부럽잖게 살았던 그 몇 년 간이 지금 생각하모 좋은 시절이었제. 핵교모 쓰고 교복 채려입고 장터를 질리갈 때모, 언양때기 아들 하나는 잘 됐다미 모두들 부러버했제." 담배 연기 풀어놓으며 할머니가 조곤조곤 읊었다.

　아버지는 외탁해서 키가 작고 체구 또한 왜소해 호리호리했다. 상업학교 졸업 앨범에 박힌 사진을 보면 갸름한 얼굴에 콧날이 섰고 눈동자가 갈색으로 꿈을 꾸듯 맑았다. 주제곡이 한동안 유행했던 이태리 영화 「부베의 연인」의 남자 주인공 조지 채킬리스의 키나 생김새가 당신 모습과 흡사했다. 내 청소년 때까지만도 여덟 살 때 마지막으로 본 아버지 모습이 기억에 남아 있었으나 햇수가 흐르자 이제 그 기억도 바래져서 남겨진 사진에 더 의탁하게 되었다. 장터에서 역까지는 3백 미터 남짓 될까, 거리가 가까웠다. 장터를 지나 비포장 비탈길에는 지물포·염색집·석유집·잡화점 따위가 있었고 곧 마산과 부산으로 통하는 큰길이 나섰다. 빨간 우체통이 섰던 우체국 건너 서른 층계쯤 시멘트 계단을 내려가면 역 마당이었다. 몇 해 전 역이 설창리로 옮겨 갔지만, 지금도 역사는 예전 그대로 남아 있다. 농사를 짓지 않았으나 먹고살기에 부족함이 없었고, 재주 있는 영특한 아들을 두었으니 당시 조부모님은 읍내에서 뻐길 만도 했다. 공립상업학교 교모를 쓴 학생복 차림의 아들을 양쪽에서 끼고 남 안 다니는 도시 중학교에 등교시키려 장터를 질러갈 때, 조부모님의 뿌듯함이란 짐작할 만했다. 내가 향읍 국민학교를 졸업한 휴전 직후인 1954년만 해도 한 학년이 세 반으로, 한 반 인원 60~70명 중에 중학교에 입학한 학생은 몇 명 정도였다. 1920년대 중반이라면 면 소재지에서 마산시에 있는 5년제 중학교에 다닌다는 게 그만큼 희소가치가 있었을 터였다.

아버지가 마산공립상업학교를 졸업했을 때가 일본이 한창 만주 경략에 나섰을 즈음이었다. 아버지는 일본의 북벌 전초기지였던 함경북도 청진 소재 금융조합에 발령받았다. 아버지는 발령장을 받자 단신 북지로 떠났다. 그러나 낯선 고장의 추위와 변변찮은 하숙밥과 객지 생활의 외로움 탓인지 폐결핵에 걸리고 말았다. 아버지는 겨우 1년 근무를 채우곤 병가(病暇)를 내어 환고향했다. 아버지는 마산결핵요양소에 입원하여 1년을 보냈다. "어무이 따라 마산결핵요양소에 오빠 면회 갔던 게 기억나. 어무이가 여게서 뭘 하냐고 물으이, 주로 책을 읽으며 소일한다 카데." 고모님 말이었다. "면회하고 나올 때 오빠가 읍사무소 앞에 사는 친구인 허율 씨한테 전해주라며 편지를 한 통 주더라. 읍내에 돌아와 편지를 전해줬더니, 책을 사달라는 내용이었어. 책값이 웬만큼 된다 캐서 어무이가 허율 씨한테 돈을 줬더니, 마산으로 나가 부탁한 책을 열 권 넘게 구입해 친구 면회를 했다더군." 아버지는 몸이 회복되자 1년 만에 진영으로 돌아왔다. "오빠가 돌아올 때 큰 트렁크 두 개가 책으로 꽉 차 기차역에 내려선 지게꾼을 불러 트렁크를 집으로 옮겼제. 오빠가 요양소에서 주로 읽은 책이 일본판 문학 서적들이라, 오빠가 아마 그때는 문학에 뜻을 두지 않았는가 싶어." 고모님 말이었다. 집으로 돌아오자 아버지는 읍 소재 금융조합에 취직해서 서기가 되었다. 진영금융조합은 큰길가 읍사무소 건너편에 있었다. 아버지는 낮에는 은행원으로 근무하고, 퇴근 후에는 독서에 몰입하며, 유성기를 사다 놓고 클래식 음악을 들었다. 아버지가 고상한 취미를 만끽한 안정적인 생활은 1년 남짓이었다. 직장 근무가 끝나면 그 나이쯤에 눈 뜨기 마련인 잡기와 색에 빠져들었던 것이다. 주색잡기(酒色雜技)에서 주초(酒草)가 빠진 것은 아버지가 술은 별로 탐하지 않았고 폐병을 앓아 담배는 멀리해서였다.

읍내의 기차역과 시외버스 정류소 근처는 무싯날에도 사람이 모이는 장소였는데, 그쪽은 일본인이 많이 거주했다. 1905년 을사조약과 1910년 한일병탄조약 이후, 일본인들이 반도 땅으로 대거 몰려나와 주로 경상도와 전라도 해안 지방에 많이 정착했다. 그들은 일본인이 경영하던 농장에 농업 인구로 유입되었지만, 면소 중심지에 정착한 일본인은 신식 물건을 파는 상점을 열어 잡화점·양품점을 경영했다. 진영의 경우, 1921년에는 일본인 자녀의 교육을 위한 진영심상소학교가 문을 열 만큼 일본인 거주자가 늘어났다. 버스 정류장 부근에는 여관·양품점·잡화점·양복점·양과자점·일본식 선술집·노점상이 진을 쳤고, 해가 지면 문을 여는 쇼와관(小和館)이란 카페도 있었다. 대체로 읍내에 상주한 일본인이 이용했으나, 돈푼깨나 있는 조선인 한량들도 단골이었다. 아버지는 읍내 지주층 아들들로 중등교육 이상을 받은 젊은 식자층과 어울렸다. 일제 초부터 진영읍은 조선 전토의 시·읍·면 단위 중에 지주가 가장 많이 상주했다는 통계가 있을 만큼, 땅 부자가 많았다. "진영 김 부자, 강 부자, 김 참사, 허 진사라 모 나는 새도 떨어뜨릴 만큼 농토를 많이 가진 대지주로 세도가였제. 그 아들들로 말할 것 같으모 도회지로 나가 마이 배아 학식이 있는 데다, 당시 유행하던 망토 걸친 신사복에 나까오리(중절모) 쓰고 스틱 휘두르고 댕긴 활량들 아닌가. 일본으로, 경성으로, 부산으로 나댕기며 지전을 흔전만전 뿌렸으이." 오래 산 진영 늙은이들이 했던 말이다. 아버지는 그들과 조선 민족이 처한 장래를 두고, 이입되는 신문화의 수용을 주제로 토론도 했고, 밤을 새우며 화투·마작에도 빠졌다. 아버지는 그들과 동패가 되어 마산의 요릿집으로, 부산이나 진주로 나다녔다. 아버지는 그 방면에 조숙해서 십대 후반에 읍내 카페의 연상 일본인 여급과 정분을 터서 몇 달간 방을 따로 얻어 살림을 살기도 했다. 아담한 체구, 지적이며 섬세한 용모, 낭만적인 기질, 조용한 언행이 여자들에게는 인기가 있었다. "직접 보지는 않았지만 귀가 뚫렸으이 시집가서야 장터 사람들이 쑥덕거리는 소리를 들었제. 도회지로 나댕기며 책 사다 날라 방에서 책 읽는 거사 어데 돈이 드나. 금융조합에서 월급 타모 메칠씩 집에 들어오지 않고 노름과 오입질로 날리고, 시아비가 벌어놓고 죽은 돈을 작살내기 시작했지러." 나는 평소에도 아버지를 험담하는 어머니 말을 늘 들으며 자랐다. "여자 후려내는 솜씨도 타고난 팔자라, 허구헌 날 계집질하는 서방을 보아낼 동안 내 속이 새까맣게 다 탔다." 어머니는 바느질이나 빨래를 하면서도 혼잣소리로 아버지의 행실을 두고 헐뜯었다.

할아버지는 하나 자식을 저렇게 버려두어서는 안 되겠다고 생각했던지 이인택 씨와 그 문제를 두고 상의했다. 이인택 씨는 허가 안 낸 판관으로 통할 만큼 송사질거리 많은 장터의 재판관 노릇을 했기에 맞춤한 의논 상대였다. 이인택 씨가 내어놓은 방책이, 그렇다면 자식을 장가보내야 한다는 결론이었다. 참한 색시 얻어 자식을 낳으면 방탕한 낭비벽이 고쳐진다고 했다. 먹고살기에 부족함이 없던 집안의 외아들로 좋은 학교를 나와 조선인으로 감히 엄두를 낼 수 없는 금융조합에 취직해 있었으니 며느릿감 고르기가 까다로웠다. 할아버지는 자식 혼처 자리를 물색하기 시작해 선을 보기 몇 차례, 영산에 좋은 색싯감이 있다는 말을 들었다. 영산은 낙동강 건너 수산리(지금의 하남리) 넘어 부곡리 쪽에 있는 60리 길이었다. 진영의 대지주 논이 거기까지 뻗어 있어 가을걷이 끝나면 추수한 도조 쌀가마 실은 소달구지가 신작로에 줄을 잇곤 했다. 할아버지는 며느릿감 선을 보러 영산으로 나갔다. 영산에서 하루나 이틀 밤 자고 온다는 사람이 사나흘이 지나도 소식이 없었다. 닷새만에야 할아버지가 그 곳 사람 달구지에 실려 초주검이 되어 읍내로 돌아왔다. 영산의 처녀 선을 본 집에서 칙사 대접을 받았는데, 먹은 음식이 어떻게 됐는지 토사곽란을 만났다고 했다. 과식과 과음 끝에 얻은 병은 그 정도에서 끝나지 않고 더 깊은 병을 얻게 되었으니, 민물고기를 날로 회를 쳐서 먹어 간디스토마병에 걸렸다. 낙동강 하구 지역 남자들은 민물고기를 회로 쳐서 술안주로 즐겨 먹었는데, 그 숙주(宿主) 탓에 간디스토마와 요코가와 기생충에 감염되었다. 낙동강 하구는 민물고기의 곳간으로 잉어·붕어·메기·쏘가리·가물치가 많이 잡힌다. 당시에는 디스토마 치료 약이 개발되기 전이라 진영 장터 남자는 쉰 나이를 못 채우고 그 향토병에 죽는 사람이 많았다. 할아버지 역시 간디스토마병을 얻어 갖은 약을 다 써도 효험이 없어 얼굴색이 녹두색으로 변해갔고 꼬치꼬치 말랐다. 대서소 문을 달을 수밖에 없었고 영산 쪽 혼례 추진은 없던 일이 되고 말았다.

할아버지는 3년을 신고 끝에 마흔 살 중반 나이에 아들의 성례를 못 본 채 눈을 감았다. 처와 아들, 철부지로 다섯 살 난 어린 딸을 남겨두고서였다. 그해가 1933년으로, 어머니와 혼례를 올리기 이태 전이었다. 할아버지는 장터에서 10리 정도 떨어진 설창리 가는 길가에 있는 야산의 공동묘지 중턱에 묻혔다. 묘 앞에는 할아버지 이름이 새겨진 목침만 한 표지석이 세워졌다. 이를 두고 할머니 살아생전 나는, "할아부지가 별세한 당시 집안이 살 만했다고 들었는데 어째 선산도 없이 공동묘지에 묘를 섰어요?" 하고 물은 적이 있었다. "왜정시대라 그땐 무슨 묘지법인가가 새로 맹글어져 아무 데나 묘를 설 수 읎고 반드시 공동묘지에 묻어야 된다 캐서 그랬제." 할머니의 말을 듣자 내 마음이 그만 서늘해졌다. 고향을 떠나 객지살이를 오래 한 끝이라 시신으로나마 고향으로 돌아갈 수 없었던 할아버지의 생애가 눈에 밟혔다. 언양읍 가천리의 깊으내에는 선대가 묻혀 있는 선산이 있을 터였다. 할아버지가 진영에 정착했을 때 집안이라도 넓었다면 줄줄이 돌아가실 분을 생각해 생전에 가족묘 터를 장만했을 텐데 장년 연세에 타계하다 보니 그런 기회조차 없었던 모양이다. 할아버지가 별세할 때 제법 많은 동산을 남겼다. 그러나 살림만 살아온 할머니인지라 그 재산을 어떻게 갈무리할지를 몰라 이인택 씨에게 맡겨 재산 관리를 부탁했다. 할머니가 돈이 필요할 때면 타내어 썼으니 이인택 씨가 사설 은행 격이었다. 그런 행위를 두고 어머니가 할머니 흉을 보았다. "내가 나서서 간섭할 처지는 아니었다만, 여편네가 자기 돈을 와 남으 남자한테 맽겨놓고 타 써? 후실이라모 또 몰라. 줏대 읎는 늙은이 같으니라구."

# 3장

　1935년 늦봄, 혼례식을 치른 신랑 신부는 짧은 한 시절을 꿈같이 보냈을 것이다. 어머니는 가난하게 자랐으나 선비 집안의 막내딸로 여자가 닦아야 할 옛 예법을 익히며 자랐기에 새댁으로서 시집살이에는 조신을 다했을 것이다. 어머니는 평소에도 잠자는 시간을 빼고는 손 재어놓고 쉬는 걸 본 적이 없을 만큼 부지런한 분이셨다. 게으른 것을 무엇보다 못 참아해 우리 형제를 키울 때도 훈계 중의 하나가 "남자는 숟가락을 놓으모 밥상을 타고 넘어야 한다"였다. 밥상을 타 넘는다는 건 남자는 밥 먹고 숟가락을 상에 놓기가 바쁘게 그 길로 밥벌이에 나서서 식구를 건사해야 한다는 지론이었다. 시집을 왔으나 논밭뙈기는커녕 마당귀의 채전조차 없는, 어린 시누이 하나뿐인 단출한 집에 부지런을 떨 일도 없었을 텐데 어머니는 잠시도 쉬지 않고 일을 찾아내는 성미였다. 어머니의 대표적인 특징이 청결벽과 결벽증이었다. 청결벽을 두고 말하자면, 어릴 적 우리 형제를 씻길 때는 물에 적신 삼베 천을 뿔끈 짜선 오리알만 하게 뭉쳐 살갗을 빡빡 문질렀기에 가지 씻는 소리가 났으니, 목욕하고 난 뒤 온몸이 털 뽑은 닭처럼 빨갛게 부풀 지경이었다. 그래서 울산댁은 나무통에 물 받아놓고 그 속에 자식을 앉혀 목욕시키는 어머니를 두고, "강정때기는 조막만 한 아이들이 때가 많으모 그기 을마나 된다고 뼝아리 털 뽑드키 얇은 껍데기마저 벡긴다"라며 혀를 차곤 했다. 어머니는 우리 형제가 옷에 김칫국물 한 점, 바지 끝자락에 질흙을 묻혀도 반듯이 그 옷을 벗게 해선 빨았다. 삼베·광목·옥양목·명주·비단 등 무슨 천으로 만든 옷이든 그걸 깨끗이 빨아선 풀 먹이고, 물 축여 자근자근 밟아선, 방망이로 다듬이질해 풀기가 올에 스며 말랑말랑하게 만든 뒤, 입에 물 머금어 천에 뿜어내어선, 숯불 피워 다리미에 담아 구김살 하나 없게 다림질해냈다. 우리가 자랄 때 바깥으로 나들이 가면, "강정때기는 명절도 아인데 우째 아아들 옷을 저래 맨날 깨끗이 입혀서 내보낼꼬" 하고 입맛을 다셨다. 옥양목으로 만든 여름 교복은 얼마나 강풀을 먹였는지 옷깃이 톱날 같아 뒷목에 깃이 스쳐 칼에 벤 듯 상처가 생길 정도였다. 어머니는 눈썰미가 있고 침선 솜씨가 좋아 모든 옷을 손수 지었다. 자식들 옷은 사루마따(우리 연령층까지는 팬티나 고쟁이보다 '사루마따'라 해야 실감이 난다)는 물론 교복까지 치수에 맞게 손수 지어 입혔다. 여자 옷은 아이들의 설빔 색동거리에서부터 어른 두루마기까지 못 만드는 게 없었다. 성인 남자 옷은 양복 빼고 바지저고리에 두루막까지, 장날 포목점에서 천을 사다 손수 재단해서 만들어냈다. 여름철에 어머니가 잘 손질한 풀 먹인 빳빳한 모시 적삼과 붕긋한 스란치마를 입고 나서면 큰 키에 체격이 당당해 백학이 날개를 편 것 같다며 아녀자들이 감탄했다. 그러다 보니 읍내에 살림살이 넉넉한 집이 어머니에게 품삯을 후히 주겠다며 옷을 지어달라고 맡겼다. 그런 어머니인지라 할머니는 안살림을 며느리한테 맡기고 아침밥 숟가락 놓기가 바쁘게 동네 마실로 하루해를 보내고 저녁 답에야 아장아장 집으로 돌아왔다. 가는 곳은 주로 울산댁 주점 가겟방이었다. 장날이 아닌 무싯날이면 이웃 아낙네들이 각자 일감을 가지고 가겟방에 모여 앉아 헤어지고 구멍 난 옷을 깁거나 소쿠리에 담아 온 콩깍지를 까며, 장터를 오르내리는 사람을 두고 입방아를 찧으며 시간을 보냈던 것이다. 사실 할머니는 적당히 게으르기도 했다. 그러니 집 안팎을 티끌 한 점 없이 쓸고 닦아 집 안을 분통같이 만들어놓기는 어머니 몫이었다.

  어머니는 곧 아기를 가져 열 달을 채워 난산 끝에 딸애를 낳았으나, 힘들게 낳고 보니 사산(死産)이었다. 어머니는 첫애를 잃은 일을 두고는 누구에게도 그 사실을 발설하지 않았는데 내가 성인이 된 뒤 어느 날 누나가, "어무이한테 들은 적이 없고 예전에 할무이가 살짝 귀띔하더라" 했다. 어머니는 그 자식 여의었음을 자신의 실수로 여겨 아무에게도 말하지 않은 채 가슴에 묻어두었다. 어머니는 곧 다시 아기를 가졌다. 1937년에 들어, 이번에는 사내애를 낳았다. 첫애를 잃은 터에 손 귀한 집에 첫아들이라 할머니와 아버지가 기뻐했다. 그런데 그 갓난아기마저 젖을 제대로 못 빨고 시름시름 앓았다. 읍내에 하나밖에 없던 양의원 '남산병원' 의사에게 보여 산모와 함께 입원시켰으나 병명을 관찰하는 사이 아기가 하루를 못 넘겨 숨을 거두었다. 첫칠에 맞은 죽음이었다. 젖을 제대로 물려보기도 전에 애 둘을 연달아 잃자 아버지가 상심한 어머니를 달래는 방책으로, 마산에 나가 싱거 재봉틀을 사서 기차 편에 싣고 왔다. 처의 꼼꼼한 침선 솜씨를 곁눈질로 보아온 터라 그런 통 큰 선물을 착안했겠는데, 당시 면소에서는 재봉틀 가진 집이 몇 되지 않던 시절이었다. 집안 분위기가 침울하자 아버지의 바깥나들이가 다시 잦아졌다. 가을이 깊어지자, 아버지는 주판 놓고 금전 장부 들치는 상학(商學)이 아닌 인문학 전반을 두고 폭넓게 공부하겠다고 결심했든지, 진영 출신 일본 유학생들의 권유를 받아들였든지, 아니면 따분한 시골 생활에 염증을 느껴 역마살이 발동했든지, 대학 진학 유학을 목표로 탈향을 꿈꾸기 시작했다. 대학 공부를 하려면 직장을 그만두어야 하고 당분간 가족과 떨어져야 했다. 어느 날, 아버지는 할머니와 어머니에게 금융조합을 사직하고 일본으로 들어가 공부하겠다는 폭탄선언을 했다. 집안 식구의 의견 따위에 경청할 사람이 아니라, 늘 자기주장대로 살아나갔기에 일방적인 통고였다.

　아버지는 살던 집을 팔아 식구들에게는 전세를 빌려 살게 하고, 그 돈으로 일본 도쿄를 목표로 진영을 떠났다. 1916년 조선인 일본 체류자가 5천 명 수준에서, 아버지가 도일했던 1937년에는 징용·징발·징병과 극소수 유학생 등으로 73만 명을 넘어섰으니, 아버지의 일본행이 조선인으로서 새삼스러운 일은 아니었다. 1937년 가을로, 어머니의 장기간 독수공방이 그때부터 시작되었다. 도쿄로 들어간 아버지가 한동안 소식이 없더니, 집으로 편지가 왔다. 주오대학(中央大學)에 입학했다는 것이다. 학교가 방학을 맞으면 진영으로 나와 잠시 체류하다가 학자금을 융통해서 다시 도쿄로 들어갔다. 아버지의 3년 간 일본 유학 생활을 나로서는 알 길이 없다. 장본인이 이를 누구에게 말했는지 모르지만 내 주위에는 아버지의 도쿄 유학 생활을 들었다는 증언자가 없다. 상업중학교를 졸업했으나 상학부에 입학하지 않았음은 분명한데, 문학부 어느 과목에 적을 두었는지는 알 수가 없다. 심지어 어머니나 고모님까지 주오대학에서 아버지가 무슨 공부를 했는지, 그 학교를 정식으로 졸업했는지조차 몰랐다. 사실 나 자신도 아버지란 사람에 대해서는 잘 모른다. 아니, 아버지에 대해서 제대로 알고 있는 게 없다고 말해야 정직한 고백일 것이다. 나는 아버지와 대화를 나누어 본 추억이 없다. 그분이 어릴 적 내게 던졌던 몇 마디 말만 어렴풋하게 남아 있을 뿐이다. 그러므로 내게 당신의 이력에 대해, 당신이 품었던 이념을 갖게 된 동기와 변천 과정에 대해, 당신 인생관에 대해 허심탄회하게 밝히는 말을 들은 바 없었다. 그런 고백을 들었다며 내게 말해준 사람도 없었다. 다만 주위 사람들이 들려준 말을 종합해서 내 나름대로 살을 보태거나 뺐을 뿐이다. 주위 사람들도 자기의 안목이나 수준으로 저울질한 아버지 인상담을 내게 전했기에 그 말의 객관성을 신뢰할 수도 없다. 그러므로 눈앞을 가리는 안개 뒤편의 잘 모르는 사람을 두고, 내가 잘 알고 있다는 투로 쓰고 있는지도 모른다. 내가 그리는 그분 모습은 장님이 코끼리 다리를 더듬고 난 후에 몸통 전체를 상상해서 그리듯, 추측의 꼬리를 붙잡고 열심히 따라가는 것이거나, 아니면 내가 가공으로 만들어낸 그럴싸한 아버지란 인물을 서툰 솜씨로 주물러 사람 형체로 조각하고 있을 뿐인지 모른다. 내가 수십 년에 걸쳐 아버지를 모델로 여러 소설을 써올 동안 결점과 장점을 잘 반죽하고 거기에 소설적 상상력을 보태어 만들어낸, 그럴싸한 아버지란 가짜 틀에 맞추어 이 글을 이끄는지도 모른다. 아니면, 이번 기회에 당신의 본심에 좀더 가깝게 접근해보려는 시도가 엉뚱한 다른 사람으로 만들어놓는 우를 범할 수도 있다. 그래서 이 글은 자전이라기보다 소설에 가까울 수도 있을 것이다. 작가가 자기식으로 이야기를 꾸며서 만든다는 소설도 따지고 보면 내밀한 자기 이야기를 은연중에 드러내 보이기에, 그 또한 시침 뗀 고백일 뿐이다.

아버지의 도쿄 유학 중의 일화 몇 가지는 남아 있다. 당시 둘째 외삼촌이 울산으로 환고향하기 전이라 일본 도쿄의 세탁소 곁수로 일할 때였는데, 어느 날 일본 신문에 아버지에 관한 기사와 사진이 실렸다고 했다. "난 뭐가 뭔지 잘 몰랐지만 매제가 신문사에서 현상 모집하는 데 글을 보낸 게 뽑혔다는데, 큰 상금을 타게 되었다는 기사였어. 그래서 내가 그 신문 기사를 오려선 세탁소 뒤 숙식하던 골방 벽에 붙여두고 늘 보았지러. 이웃 사람들에게 이 사진이 내 매제라고 자랑도 했고." 둘째 외삼촌의 증언이었다. 그 사실이 맞는지, 어머니는 아버지의 도쿄행 이듬해인 1938년(누나가 태어난 해였다)에 아버지가 도쿄에서 진영 집으로, 상금 받은 돈으로 샀다며 누나의 아기 옷이며 학용품을 가득 담은 란드셀(등에 메는 가방)을 소포로 부쳐왔다고 했다. 또 한 가지로는 고모님의 "일본 유학 시절에, 아마 제목이 '여자의 일생'인가 하는 소설책을 낸 줄로 알고 있어"라는 다소 애매한 증언이었다. 나는 그 소설책을 본 적도, 고모 말 이외는 누구에게 들은 적도 없다. 어머니로부터도 아버지가 소설을 썼다는 말을 들은 적 없기에 고모님 말만 믿을 수밖에 없긴 하다. 그러나 1950년 9·28 수복 이후 우리가 서울에서 진영으로 역(逆)피란을 내려왔을 때, 할머니가 세 들어 살던 골방에는 예전 재봉틀과 함께 일어판 양장본 세계문학 전집과 인문학 서적 일백수십 권이 꽂힌, 시골에서는 보기 드문 장서를 갖춘 서가가 남아 있었음을 볼 때 아버지가 문학 애호가였음은 분명해 보인다.

일본 유학 시절의 다른 일화가 있다. 곧 일어날 사건의 후일담과 관련하여 보면, 도쿄에서 유학 중인 신여성 '그 여자'를 만나지 않았을까 하는 추측이다. 그 여자의 본가가 읍내 대창국민학교를 끼고 있는 여래리 금병산 아래 있었는데, 집 뒤로 대숲이 울창했다. 그 여자 부친은 일찍 일본으로 들어가 솥 만드는 주물업으로 크게 성공하여 돈을 벌어 환고향해선, 여래리에 큰 집을 짓고 살았다. 그래서 딸자식을 일본 도쿄의 전문학교까지 유학을 보낼 수 있었을 것이다. 아버지가 그 여자를 진영에 있을 때부터 알았는지, 도쿄로 들어가서 조선인 유학생 향우회 모임 같은 데서 만났는지, 자세한 내막까지는 알 수 없다. 아버지가 유학 생활을 끝내고 완전히 귀국하기가 1940년이고, 귀국해서는 곧 철하(鐵下: 철길 아래란 말로 장터를 낀 진영리는 철길 위쪽에 있었고 철하에서부터 진영평야가 펼쳐졌다)에서 친구 몇과 농촌계몽운동의 일환으로 사설 강습소를 개설하고, 비슷한 시기에 환고향한 그 여자를 학교 선생으로 끌어들였으니 말이다. 나는 한 번도 그 여자를 본 적이 없지만, 그 여자를 두고 집안에서는 피부가 가무잡잡하다 해서 '구롬보'('검다'는 일본 말)라고 호칭했다. 그녀는 부잣집에서 구김살 없이 자라 성격이 쾌활했고 매사에 적극적인 신여성이라, 어머니와 대조적인 면이 있어 아버지의 환심을 샀는지도 몰랐다. 특히 목소리가 고와 창가(노래)를 잘해 강습소에서도 창가를 가르쳤다 한다.

농촌계몽운동은 19세기 후반 제정러시아 시절, 젊은 지식인들이 농촌 지역에서 펼친 사회운동인 브나로드운동(농민자치공동체를 일컫는 미르, 농노해방을 주장한 인민주의 나로드니키를 포함해서)에서 전래하였다. 우리나라에는 1930년대 초에 그와 유사한 농촌계몽운동이 전국적으로 확산하였는데, 대표적인 사례로 소설 이광수의 『흙』

(1933)과 심훈의 『상록수』(1935)가 그런 내용이었다. 1930년대 후반에 들어서는 조선 지식층 학생의 농촌계몽운동을 조선민의 민족·민중운동으로 규정하여 그 탄압을 노골화하여, 도농(都農)에 걸쳐 많은 야학당과 강습소가 된서리를 맞아 문을 닫게 되었다. 일제의 군국주의가 극악에 달해 국가총동원체제를 가속화하고 민족지 『조선일보』와 『동아일보』를 폐간시켰던 1940년에 웬 농촌계몽운동이라니? 당시는 국민학교부터 대학까지 조선어 시간을 대폭 축소하거나 전폐 조치가 내려지던 상황이었다. 조선사상범보호관찰령(1936), 국가총동원법(1938), 소작료통제령(1939), 국민총력조선연맹을 통한 미곡 강탈(1940), 조선사상범예방구금령(1941), 국방보안법(1941), 치안유지법 개정(1941), 강제공출제도 시행(1942) 등, 악법 공포로 조선민족 말살정책을 추진했던 시국이었다. 진영평야에 널린 촌락의 농투성이들은 강제 절미운동에 따른 수탈로 기아 선상에서 헤매던 실정이었다. 장날에 장이 제대로 서지 않았을 정도였다. 장사꾼도, 장꾼도 꾀지 않았다. 팔 것도 없었지만 팔려야 살 사람이 없었다. 오일장 장터가 휑덩거레했다. 장판을 기웃거리는 사람도 털갈이하는 마른 들개 꼴이었다. 이런 판국에 누가 뭘 배우겠다고? 사설 강습소 개설이 내 상식으로는 의심스러울 수밖에 없었다. 성인이 된 뒤 내가 고향에 들를 때마다 그 당시를 두고 촌로들에게 묻자, 사실이 맞다고 인정했다. 아버지는 진영 출신 유학생 몇과 읍내 철하에 거푸집 형태의 교실 몇 개를 짓고 강습소를 시작했다. 뭘 배운다는 것도 배부터 채우고 나서인데, 굶어 죽더라도 알고 난 뒤 죽겠다며 읍에서 10리, 20리 안팎 청소년들이 줄지어 몰려들었다. "10년 전 하사마농장(迫間農場) 소작인 집단쟁의 사건이 떠들썩했으니 이 앞 들판으 소작인들은

그 쟁으 내막을 자알 알고 있었지러. 잽혀 들어가서 재판받고 옥살이 한 사람도 많았으니깐. 그 사건을 통해 농투성이들이 깨닫게 되기가, 아무리 굶더라도 눈 깜기 전까지 사람은 모름지기 배아야 된다는 걸 안 셈이야. 전시 때였으나 농촌의 민도가 그만큼 높아졌다고 봐야제. 우리 민족이 와 뼈 빠지게 일해도 굶어야 하는지 이유나 알아야겠다고 강습소를 기웃거린 게 아닌지 몰라. 어쨌든 그 당시 강습소 나오는 치도(신작로)에는 흰옷 무리가 하얗게 깔렸어." 어느 촌로의 그럴싸한 말이었다. 3·1만세운동 후 꾸준히 축적되어왔던 농민의 의식 향상으로 사설 강습소 개설 소문이 진영평야 마을들에 퍼지자, 너도나도 배우겠다고 사람들이 몰려왔다. 지원한 인원이 너무 많아 주간반까지 따로 두어 운영하게 되었다.

 진영은 평야 지역을 끼고 있어 인구밀도가 높아 아버지와 친구들이 벌인 사설 강습소는 문전성시를 이루었다. 한국 최초의 야학으로 알려진 마산노동야학이 1907년에 마산 부두 거리에서 문을 열었다는 연고로 보아, 경남 남부 지방은 지식인 청년들에 의해 일찍부터 계몽운동에 눈떴고, 농촌사회운동이 활발했던 게 사실이었다. 한편, 1930년대부터 이 지역은 적색농민조합운동에 연루되어 일제 관헌에 피검된 자도 많았다. 역과 가까운 장터 초입 큰길가에 있는 주재소가 눈 번히 뜨고 주시하는데 어떻게 강습소 허가가 났을까 하는 의문이 따른다. 물론 아버지와 친구들은 읍내에 영향력 있는 인사들과 접촉해서 그들을 통해 주재소에 허가 압력을 넣었을 터였다. 전시체제의 악법이긴 하지만 표면적으로는 법을 절대 위반하지 않는 조건 아래 수업하겠다는 단서가 달렸을 것이다. 지역민의 생활문화 수준 향상에 이바지할 공동 학습을 통한 문맹 퇴치, 미신적인 생활 관습의 타파, 공동 작업을 통한 자립 기초 수립, 보건과 위생의 지도, 농한기 부업과 금주·금연 운동, 물산장려책과 생산성 향상에 따른 농업 기술 보급, 창가 가르치기 등의 수업 과목이 1930년대 이후 야학이나 강습소의 정규 과목이었다. 아버지는 거기서 교사 노릇을 1년 정도 했는데, 당국도 이를 계속 방치할 수가 없었던지 1941년에 들어서자 강제 폐교 조치를 내렸다.

사람은 태어나서 죽을 때까지 몇 차례의 단계를 거칠 동안 전혀 다른 사람으로 변해버리기도 한다. 세 살 버릇 여든까지란 말이 있듯 언제 보아도 한결같게 굴곡 없이 한평생을 사는 사람도 있지만, 격변의 시대에 초심대로 일관하기는 세상이 그를 놓아두지 않고 칠전팔기의 벼랑길로 걷게 하는 경우도 더러 있다. 아버지도 가파른 시국을 맞아 자의 반 타의 반 험로를 걷게 되었으니, 일본 유학 기간에 형성되었겠지만 그즈음부터 세상을 보는 안목이 바뀌게 되었음이 틀림없었다. 아버지는 귀국을 계기로 이를 실천하는 길, 곧 자신이 헤쳐나갈 길을 찾았던 것이다. 우물 안 개구리처럼 세상 물정 모르던 유약한 도련님 성품에서 벗어나 당면한 현실에 눈을 떴으니, 피압박 민족의 고난을 직시하게 된 것이다. 아니, 그런 현실을 개선해보겠다고 직접 몸을 던지게 되었다. 아버지의 좌익 편향 경도는 1930년대 중반 이후 선진화된 유럽 문명을 배우러 독일로 쏟아져 들어간 일본의 유학파가 중심이 된 마르크스―엥겔스 저서의 번역과 독해가 지식인들 사이에 경쟁적으로 이루어지던 시기와 맞물려 있었다. 1930년대 독일에서 제기된 마르크스―헤겔적 해석, 청년 헤겔파의 사상운동에 관한 관심이 제기된 시기와도 그 연이 닿아 있다 하겠다. 그러나 1930년대 후반으로 넘어오며 극우 반공을 지향한 히틀러 집단이 독일을 장악하자(1936년 독·일반공협정이 조인되었다) 인간을 신격화한 천황제를 반대한 일본의 좌파운동도 그 영향을 받아 지하로 잠복했는데, 사랑방 형태의 강습소 운영도 그 영향을 받았다고 보아야 할 것이다. 1930년대 이후부터 해방을 맞기까지 이 나라 지식인의 민족주의 정치 성향을 편 가를 때, 골수 마르크스―엥겔스주의자는 아니더라도 사회주의 계열 지지자나 동조자를 적게 잡아도 열에 여섯쯤은 되었을 것이다. 언젠가 일제가 패망하고 이 나라가 독립을 맞을 때 국가 건설의 이념 잣대는 민족주의―사회주의 체제로 나가야 한다고 믿는 사람 중에 아버지가 포함됨은 물론이다. 아버지의 그런 이념 성향은 향리에 돌아오자마자 마산과 부산으로 행동반경을 넓혀 자기 이념을 실천할 동조자를 규합하는 한편, 일제의 단말마적 강압통치 아래서 자기 갈 길을 정했다. 말해보아야 알아듣지 못하거나 이해해주지 못할 가족에게는 자신의 이념 잣대를 설명하지도 않은 채 실천에 옮기기 시작했다. 그렇게 들어선 외길이 당신의 평생 직업이 되었다. 좋게 말해 혁명가의 길이요, 어머니 입장에서 보면 사상에 미쳐 가정을 버린 거리귀신으로 나선 길이었다. 그런데 아버지는 여자를 낚아채는 데 일가견이 있는지, 아니면 당신 주위의 여자가 지남철에 쇠붙이 붙듯 스스로 붙는지 모르겠지만 사설 강습소가 문을 닫게 되자 창가와 보건·위생을 가르치던 그 신여성을 달고 부산으로 줄행랑쳤다. 사설 강습소에 나간 딸이 며칠째 귀가하지 않고 소식이 없자 여자 집에서 어떤 낌새를 감 잡았던지, 할머니와 어머니가 사는 집으로 찾아왔다. 방학을 맞아 잠시 환고향한 딸을 선생으로 꾀어내기도 김 선생이요, 딸이 행방불명된 것도 그와 무관치 않다며 김 선생이 어디 있는지 찾아내라며 추궁했다. 할머니와 어머니도 금시초문이라 모르는 사실이라며 발뺌할 수밖에 없었다. 집에 발길을 끊은 아버지 역시 소식이 없기는 마찬가지였다. 소문은 금방 장터에 퍼졌다. 얼마 지나지 않아 부산에 여관방을 얻어놓고 두 남녀가 동거하고 있음이 밝혀졌다. 처녀가 유부남과 동거 생활을 하다니, 여래리에서 남부럽지 않게 살던 그 여자 집에서는 고명딸을 버려놓았다며 진노했다. 그 여자 집에서는 남자 쪽이 모든 책임을 져라, 혼인을 빙자한 사기죄로 주재소에 잡아넣겠다며 아버지를 찾아내라고 집으로 찾아왔다. 할머니와 어머니도 아들이자 지아비 소식을 모르니 기가 찰 노릇이었다. 그 여자 집에서 사람을 풀어 수소문하던 끝에 부산 서면에서 소꿉장난하듯 살림을 차린 두 남녀를 찾아냈다. 아버지는 급한 김에, 본처와 이혼하고 그 여자와 결혼하겠으니 얼마간 시간을 달라고 그 여자 집 쪽에 통사정했다. 사실 아버지는 일이 이 지경에 이르지 않아도 이번 기회에 어머니와 갈라서고 싶은 게 솔직한 심정이었다.

 앞에서 말한 대로, 아버지와 어머니는 자라온 환경 탓도 그랬지만 성격 면에서도 차이가 컸다. 부부간에 잔정이 없는 점이 아버지는 어머니 탓이라 여겼다. 자기보다 몸집이 큰 처가 버겁기도 했지만 처의 엄숙주의가 싫었다. 어머니는 사근사근하지 못하고 무뚝뚝해 나는 성인이 된 후까지 어머니가 소리 내어 웃거나 입가에 함박웃음 머금은 모습을 본 적이 없었다. 평생에 걸쳐 이어진 팍팍한 세월이 어머니의 성정을 그렇게 만들기도 했을 것이다. 아니, 이는 내 속단일 수도 있다. 부부 관계의 오묘한 애증(愛憎)은 장본인 외 자식조차 알 수 없는 비밀이긴 하다. 지금도 집에 사진 한 장이 남아 있다. 1937년 가을 울산의 학산공원에서 찍은 가족사진이다. 그해 가을, 무슨 일 때문인지 어머니가 친정에 걸음 할 때 아버지가 동행했음을 증명하는 사진이다. 중절모 쓰고 조끼 입은 양복 차림의 아버지가 가운데 앉았고, 왼쪽에 누나를 가져 배가 붕긋한 어머니가 바위에 기대었고, 옆으로는 둘째 이모님의 세 자식이 나란히 앉은 사진이다. 엿도가를 했다는 첫째 외삼촌도 젊은 시절 일본으로 나다녔기에 양복 차림에 중절모를 썼고, 한복 차림의 외숙모도 어린 딸애를 안고 어머니 옆에 앉아 있었다. 어머니 쪽 중신을 둘째 이모님이 섰는데, 둘째 이모님 시가가 학산공원 옆이라 첫째 외삼촌 부부와 내 부모가 들리자, 둘째 이모님이 애들 데리고 공원에 산보나 갔다 오라고 내보낸 것이다. 중절모 아래 아버지의 표정은 약간 찌무룩하고, 어머니는 모처럼 친정 걸음이라 조금은 들뜬 얼굴이다. 1937년이라면 두 분이 결혼한 지 이태째였다. 그즈음까지는 두 분 사이가 나빴다고 내가 우길 명분이 없다. 두 자식을 일찍 잃자 싱거 재봉틀까지 선물했던 아버지였다. 그리고 이듬해 8월 누나를 낳을 때, 할머니가 "이번 애는 친정에 가서 낳아 오라"라고 허락해서 어머니가 울산 첫째 오라비 집에 가서 누나를 낳고, 첫칠을 보낸 뒤 진영 시가로 아기를 안고 돌아왔다고 했다. 이태 사이 두 번이나 친정 걸음을 했던 셈이다. 동서고금을 통해 생전에 남긴 업적으로 존경받는 지식인이나 유명한 인물들의 생애를 따라가면 자기 영역의 관리에는 이성적으로 성공했을지 몰라도 감성적 자기 조절 능력, 곧 육체적 욕망을 참아내는 데는 이성적인 판단이 흔들리는 경우를 읽어왔다. 진지한 정신적 노동에 따른 성취 욕구가 탐심이라면 끊임없이 솟구치는 육체적인 욕망도 탐심일진대, 그 양날을 놓지 못하는 이중성도 수월찮게 보게 된다. 전 생애 동안 오직 한 여자만의 영육을 사랑한다면 다행이겠으나 사랑은 끝없이 새로운 대상을 향해 기웃거리는 속성 또한 가졌다. 그러므로 아버지 역시 어머니와 다른 타입의 여성을 갈망했을 수도 있다. 당시로써는 집안 살림살이가 먹고살 만한 형편이면 소실을 두고 딴살림 사는 경우가 흔했다 해서 아버지의 바람기를 인정한다면, 그런 변호야말로 가부장적인 봉건제도에 희생된 한 여성의 눈물을 고려치 않는 묵인이나 다름없다.

이혼 문제로 집안에 먹구름이 켜켜이 끼자 가장 진퇴유곡에 빠진 사람이 어머니였다. 이혼을 할 수도 안 할 수도 없던 처지였다. 신여성과 딴살림 차린 서방이 아무리 꼴 보기 싫어도 어머니는 이혼만큼은 할 처지가 못 되었다. 딸린 자식이 있고 둘째 자식까지 배고 있었다. 시댁에 눌러 있기가 싫어 당분간 울산으로 가서 첫째 오라버니 집 헛간살이를 할래도 날마다 눈총 줄 오라범댁 보기가 시집살이에 못잖게 불편할 터였다. 그렇다고 어머니가 독립해서 생활할 수 있는 능력이 있다거나 지참금을 지닌 처지도 아니었다. 바람난 서방은 잊고 농사일에나 매달리면 두 자식과 입살이는 할 텐데, 논 한 마지기 밭 한 두렁조차 없는 집안이었다. 자살하려고 해도 아버지같이 감정선(感情線)이 예민한 사람이나 어떤 사건이나 시련을 당했을 때 자살과 같은 충동적인 방법을 선택할까, 어머니는 생명력 질긴 건실하고 무던한 생활인이었다. 독일 작가 토마스 만이 인간을 평가했던 두 가지 타입인 예술성과 시민성에서, 아버지가 예술성이 강한 사람이라면 어머니는 시민성이 강한 사람이었다. 어머니는 남정네가 들여놓는 돈으로 집안에서 자식 키우며 살림이나 여물게 살 구식 여자였다. 사정이 그렇게 되자 장터에서 유일한 어머니 편은, 동향이라고 그 혼인에 중매를 섰다 난처해져 버린 이인택 씨였다. 이인택 씨가 어머니 마음을 위로했다. 조강지처를 내치는 법은 없으니 참고 살 수밖에 없다고 했다. "남자으 이런 바람기는 은젠가 잦아들 날이 올 거요. 천지를 깨뜨릴 듯 광풍에 뇌우가 몰아쳐도 이튿날이모 그게 은제 그랬냐는 듯 하늘이 쾌청해지잖소. 미친 날씨처럼 지금 김 서방이 그 짝이요. 이럴 땐 맞서서 상대하면 지 몸만 상하는 법이오. 아기를 가졌으니 그 아이를 생각해서라도 피하는 게 상책 같소. 김 서방도 알 만큼 배운 사람이니 은젠가는 지 정신 채릴 날이 온다고 봐요. 그날을 참고 기다리면 살 길이 열릴 것이오."

1941년, 그해를 넘길 동안 난감 절박했던 그 시절을 두고, 어머니가 말했다. "무엇보다 배가 고파서 몬 살겠더라. 대동아전쟁이 한창이라 농촌은 공출이다 머다 해서 사는 게 죽기만큼 심들었던 그 당시사 세 끼는 고사하고 하루 두 끼를 피죽 묵기도 언감생심이기사 했제. 그러나 우리 집은 니 할미가 지닌 돈이 을마쯤 있었기에 굶을 처지까지사 아니었어. 그런데 니 할미으 심보는 알아줄 만했제. 아츰에는 보릿겨에 안남미 몇 줌 넣고 지은 한 공기 안 되는 걸 끼니라고 묵고 나면 점심은 굶었어. 우리 집만 그렇게 굶은 기 아이라 집집마다 다 굶던 시절이었으니 그야 누가 머라카겠노. 위장을 쥐어짜듯 고픈 배를 물로 채우곤 해 빠지기 전에 서둘러 지녁 끼니를 냉이죽 같은 걸로 끓여서 한 끼를 때웠으이. 애를 가져 배는 부른데 밤 내도록 눈앞은 묵는 것밖에 안 보여. 그런데 니 할매가 동네방네 댕기며 메느리 흉잡는 말이, 여자가 말[馬]만 하다 보이 묵는 것도 걸지마는 손이 얼매나 큰지 밥을 지을 때 보모 겁도 읎이 살(쌀)을 한 바가지씩 퍼낸다며 외고 댕겼으이. 네 할머니 조막손은 니도 알잖나. 뒤주에서 살을 퍼낼 때도 그 흔한 바가지 한 번 쓰는 법 읎이 조막손으로 안남미를 한 주먹씩 퍼내 밥 지어라고 주잖나. 촌에 들어가모 굶어 죽는 사람이 많다는데 안 굶어 죽고 사는 걸 다행으로 알으라며, 고시랑거리는 토를 붙여서 말이다. 그러고는 춤지에 찬 열쇠로 뒤주 자물통을 잠가버려. 며느리가 몰래 양석이라도 퍼낼까 봐 단속하는 거제. 아침 밥숟가락 놓으모 마실 나가 마실 돌아댕기다 저녁 답에야 야시(여우)가 굴 찾아 들어오드키 살랑살랑 들어와. 자식이 바람피우는 걸 며느리가 잘못 들어온 탓으로 돌리니, 그 억울함을 어디다 하소연해. 식구래야 네 할미와 대창학교 나온 시누이, 세 살 넘긴 니 누부뿐인 식구인데도 세 사람 밥 퍼주고 나모 나는 누룽지뿐 묵을 게 안 남아. 날마다 눈앞이 캄캄해지고 어지러버 걷기조차 심이 들었어. 이러다 뱃속 아아가 말라 죽기 전에 내가 먼첨 죽을 것만 같았어." 시어머니는 며느리와 마주 보고 앉았기가 싫어 아침밥 먹고 나면 마실 나가버리고 시누이도 동무하고 재담 떨러 마실 나가버리면, 없는 일거리라도 찾아 매달려서 만사를 잊고 싶어도, 어머니는 서방에게 배신당한 설움과 배고픔만은 견디기가 힘들었다고 했다. 그럴 때면 아장아장 걷는 어린 딸을 앞세우고 기차역으로 나갔다. 역 마당이 내려다보이는 층계 꼭대기에 앉아 철길 건너 까마득한 들판을 보며 긴긴 낮의 허기를 달랬다고 했다. 이따금 석탄 연기를 내뿜으며 꼬리 긴 기차가 지나쳐 가거나 멈춰 섰다가 갔다. 저 기차를 타면 부산을 거쳐 울산으로 갈 수 있겠거니 했으나 어머니는 고향으로 갈 처지가 못 되었다. 부산에서 그 여자와 딴살림을 사는 서방은 언제 집으로 돌아올지 알 수 없었다. 어쩜 서방이 집에 나타날까 봐 겁이 났다. 또 민적을 파겠다고 나설까 보아 서방이 안 오는 게 차라리 나았다.

   어머니 배 속에서 탯줄을 통해 겨우 숨이 붙어 있던 태아인 나도 어머니의 그런 심리적 영향을 받아 디엔에이에 어머니 마음을 저장했다고 믿는다. 일반적으로 그런 '기억의 저장'을 두고, 자궁 속 태아

상태일 때를 적용하는 것은 난센스라 치부할 것이다. 최소한 네댓 살은 되어야 일상의 한두 가지 사실이 디엔에이에 각인된다는 설이 의학적 논리다. 생의 찰나를 대뇌의 한 부분에 입력한다는 것이다. 낮 동안의 햇빛과 드러나는 삼라만상, 밤의 어둠과 적막, 어둠에 돋아나는 아스라한 별, 계절의 변화로 색깔을 달리하는 자연계, 우주의 질서에 따라 운행되는 여러 가지 현상, 사람들의 모습과 언행, 온갖 냄새를 기억으로 새기기 시작하려면 네 살 정도는 되어야 한다고 말한다. 오랜 시간이 흐른 후 한두 살 때 내가 본 세계를 기억의 창고에서 꺼내어 경험한 것처럼 받아들일 수 있을까? 물론 그 당시도 내가 살아 있었으되 그 어떤 것 하나도 기억에 남아 있지 않다면, 살아본 적 없는 시대처럼 이를 재해석한다는 게 불가능하다. 먼 훗날 어른이 되었을 때, 네가 어려서 기억하지 못하는 시대는 이러했다고 누군가가 전해주는 말·기록·영상·르포 사진 따위가 그 시대의 사회적 현실을 복원하여 제시하기도 한다. 내가 이 글에 쓰는 1941년 전후의 시대 상황도 내가 확인한 사실이 아니기에 나 자신조차 알지 못함이 당연하다. 정자와 난자가 만나 배태되어 어머니의 자궁에서 보낸 열 달 동안 태반이란 어둠 속에서 한 가닥 탯줄에 매달려 자양분을 공급받는 원형질의 핵이었기 때문이다. 인간의 몸을 구성하는 60조 개의 세포도 이때부터 생성되며 그 세포들은 조직적으로 연계되어 단백질 합성을 시작한다. 그래서 태아의 경우 부성보다 모성의 영향이 절대적이다. 배란을 거쳐 나라는 태아가 만들어진 해인 1941년과, 지상에 한 생명체로 태어난 해인 1942년이야말로 이 지구 상에 인류가 존재한 후 가장 많은 인명 살상의 참극이 벌어졌던 세계대전의 연대였다. 그해 태어난 나는 세상의 그런 진상을 기억할 리가 없다. 한반도 조선인이 당했던 참상을 눈 뜨고 보았다고 해서, 한 살 때 본 것이 대뇌 어느 부분 기억의 창고에 저장된다는 가설을 믿을 수 없다. 보았는데도 이를 기억할 수 없다는 것은, 보고 실제 경험했으되 전혀 알 수 없다는 진술과 똑같다. 그러나 내 생각은 조금 다르다. 정자와 난자가 여자의 난관에서 수정하여 배란이 이루어진다 함은, 어머니의 유전인자가 아버지의 유전인자와 만나 태아의 유전인자를 결정한다는 말과 동일하다. 나는 어머니 자궁 속에서 살았던 태아기 때부터 그 당시 어머니의 참담했던 심상(心象)을 탯줄을 통해 전달받아 대뇌의 디엔에이에 보관했다고 믿는다. 어머니의 정보가 태아 상태인 나에게도 입력되어 태어난 후 성격이나 개성 형성에 절대적인 영향을 미쳤다.

이 세상에는 우리가 상식적으로 믿기 힘든 가설 같은 현상이 실제로 존재한다. 그런 불가사의한 현상으로 '기억의 저장'을 두고 또 다른 현상이 존재한다. 여름철에 저 북녘 시베리아에서 번식을 마쳐 가을이면 하늘의 길을 열어 한반도를 통과하는 나그네새가 있다. 도요새·물떼새·꼬까참새·제비갈매기 등이 나그네새다. 나그네새는 수만 킬로를 날아 동남아 일대에서 월동하고 이듬해 봄이 되면 다시 한반도를 거쳐 자기가 태어난 북녘 시베리아로 수만 킬로를 날아 돌아간다. 한반도 동해안 하천에서 태어난 연어는 치어 상태에서 동해로 내려가선 먼 남쪽 태평양 바닷속 수만 킬로를 3, 4년 동안 유영하다가 수명을 다할 때가 되면 치어 때 기억의 디엔에이에 저장된 길을 찾아내어 자기가 태어난 곳을 찾아 나서서 한반도 동해안의 태어난 개천으로 돌아와선 많은 알을 낳아 후대를 잇고 생명을 다한다. 우리나라 호랑나비와 비슷한 제왕나비는 날개 길이가 20센티나 된다. 이 나비는 매년 8월부터 첫서리가 내리기 전까지 캐나다와 미국 북동부에서 멕시코 남쪽 월동지로 4천 킬로의 대장정에 오른다. 첫서리가 내리기 전에 여행길에 올라야 함을 알고, 여생 대부분을 보낼 멕시코 남쪽 그 더운 열대를 찾아 날아간다. 이 모든 이동 과정이 먼 여로를 디엔에이에 저장하기 때문이다. '3천 킬로를 나는 철새에겐 내비게이션이 있다'라는 내용의 기사를 읽은 적 있다. 장거리를 이동하는 새들은 눈과 연결된 '나침반'과 부리와 이어진 '지도'를 뇌 속에 저장한다고 한다. 지구의 자기장을 확인하는 망막 신경세포(클립토크롬)와 위쪽 부리에 있는 자철석(磁鐵石)이 유전자에 내장되어 있어 '길의 지도'를 기억한다는 것이다. '나침반'은 태어날 때 이미 갖고 있지만 '지도'는 경험이 쌓여야 이용할 수 있기에 어미 새는 먼 길을 이동해본 경험에 따라 첫길을 나서는 새끼에게 이동로를 선도한다는 것이다. 조류학 학자들은 제왕나비 경우를 설명하며, 봄·여름 동안 제왕나비의 수명은 2개월에 불과하지만 남쪽으로 이동할 때는 7개월까지 살 수 있다고 한다. 월동지에서 원래 장소로 돌아오기는 처음 남쪽으로 이동한 개체가 아니라 4, 5세대 후손인데, 이들은 '나침반'은 있어도 경험으로 그린 '지도'는 없게 마련이다. 그런데도 후손 제왕나비는 월동지 멕시코에서 조상이 살았던 북쪽으로 이동할 때 지도 역할을 하는 별도의 기억 디엔에이 40개 정도를 선대로부터 물려받아 저장했기에 최종 목적지로 찾아간다는 것이다. 이런 초자연적인 신비한 능력을 인간은 가지고 있지 않다. 인간은 지구 자기장을 이용할 능력이 오래전에 퇴화되었기 때문이다. 하지만 만물의 영장이라 일컬어지는 인간이기에 다른 생명체가 가지지 않은 또 다른 초자연적인 여러 능력을 보유하고 있다. 나는 그중 한 가지가 '기억하는 능력'이라고 본다. 인간은 세상 밖으로 나오기 전 어미 자궁 속 태아 때부터 유전인자 중

기억장치를 가진 인자가 따로 있으며 그 디엔에이를 내장하고 있다고 믿는다. 기억의 내비게이션 말이다.

내가 작가의 말석에 끼일 수 있었던 그 어떤 예술적인 성향, 미(美)나 색깔에 대한 감수성, 낭만적인 상상력, 감성적 충동과 격정 따위는 다분히 아버지의 디엔에이로부터 물려받은 영향일 것이다. 그러나 음식에 대한 욕심, 배고픔을 참지 못하는 조급성, 사회를 바라보는 생활인으로서의 균형 감각, 근면성 따위는 어머니의 영향이 절대적이다. 그러나 무엇보다 나는 어머니의 탯줄을 통해 육체성으로서의 생명만 물려받은 게 아니라 어머니의 당시 심리 상태를 고스란히 이식했다고 믿는다. 소심 불안증, 대인기피증, 만성적인 우울증, 걸핏하면 흘리는 눈물이 어머니 자궁 속 태아로 있을 때 내 디엔에이에 새겨졌다고 본다.

## 4장

낙동강 7백 리가 바닷물에 섞여들어 숨을 놓기 전에 펼쳐놓은 삼각주 지역이 김해평야다. 그 비옥한 들 가운데에 자리한 대촌은 잘 알려진 대로 1세기에 이미 가락국이란 이름으로 건국한 나라의 옛 도읍지 김해. 김해시에 속한 진영읍은 거기에서 70여 리 서북쪽에 떨어진 변두리에 있다. 김해면이 읍으로 승격되기는 1931년이고, 읍에서 시로 승격되기가 1981년인데, 김해읍과 더불어 진영면도 일제 말인 1942년에 면에서 읍으로 승격되었다. 일제 때 지방행정 편제상 한 군(郡)에 읍이 두 군데 있음은 특별한 경우라 하겠다. 진영읍 중에서 장터가 있는 진영리는 예부터 있어 온 촌락이 아니었다. 조선조 말까지는 한촌으로, 150미터 정도의 야트막한 선달바우산과 그 옆 중앙산 밑 언덕바지에 자리한 산골 마을이었다. 도시 외곽의 산동네 형태로 산비탈을 개간해 밭농사에 매여 살던 가난한 동네였다. 마을이 발전하려면 물이 풍부해야 하는데 부근에 높은 산이 없어서인지 여름철 장마 때가 아니면 개울조차 자갈 바닥이 드러날 정도로 물이 귀했다.

빨래하려 해도 여래리의 여래천으로 빨래 함지를 이고 나가야 얕은 실개천을 만났다.

1905년 경전선 일부가 삼랑진에서 마산까지 개통되자 선달바우산 아래의 들판이 시작되는 지점에 진영역이란 기차역이 생겼다. 풍수지리설에 의하면 진영은 군사들이 진영(陣營)을 친 형국으로, 진군하라는 진(進)과 영원하라는 영(永)이 합쳐진 임전무퇴의 뜻이 담겨 있다. 대창국민학교와 여래리의 뒷산인 3백 미터 못 되는 금병산 산세가 상제봉조형(上帝奉詔形)으로, 장군이 대좌한 형국이라 하여 진영이란 지명이 붙여졌다는 설도 있다. 애초에는 진영역에서 동으로 10리 정도 떨어진 설창리에 면사무소가 있었고 오일장 장도 거기에서 섰다. 설창리(雪倉里)는 1666년(현종 7년)에 납세물을 수납하던 창고가 있었다 해서 붙여진 동명이다. 1928년에 진영면으로 이름을 얻자 면사무소와 오일장 장이 설창리에서 기차역이 있는 진영리로 이전해 왔고, 마산과 부산을 연결한 신작로를 갖추어 버스 정류장이 생기자 발전을 시작했다. 어느 마을로 들어가든 연조가 있는 고을은 마을 수호신으로 지킴이 나무가 있게 마련이라 여래리만 해도 군(郡) 보호수로 지정된 수령 3백 년이 넘은 팽나무와 느티나무가 있는데 진영리에는 수령을 헤아릴 만한 거수가 없다. 이런 신출내기 면이 전국적으로 이름이 알려지기는 '진영 단감' 덕분이다. 1927년 일본인이 단감 묘목을 들여와 선달바우산 입구에 집을 짓고 단감나무 과수원을 조성한 게 전국 최초의 단감 밭이다. 나무가 조선인에게도 보급되어 진영 주위에 단감 과수원이 차츰 늘어나 1934년에는 '진영과수출하조합'이 설립되었다. 단감은 속살은 연주황색 바탕에 까만 세로줄 무늬가 있으며 빛깔이 짙고 줄무늬가 촘촘할수록 단맛이 더하다. 진영읍은 기후와 토질이 단감의 최적지로 처음은 북향 비탈 응달에서 주로 재배하였다.

통계자료에 의하면 1937년에 진영면의 조선인 인구가 김해면 다음으로 많은 1만 2,700여 명이었고, 일본인 거주자가 550여 명이었다. 지금은 남해고속도로가 선달바우산 뒤 서남부로 관통하며 진영리의 대흥초등학교(일제 때의 진영심상소학교) 쪽에 진영인터체인지가 있고 부근에는 1974년에 대규모 기계공업 전용 공단이 착공되어 이름 붙여진 창원공단의 팽창이 진영에까지 영향을 미쳐 읍 인구가 계속 늘어났다. 시골의 인구 감소 추세와 달리 진영읍은 2012년 현재 4만 명을 목전에 두고 있다. 진영읍은 읍 중심부를 형성하는 진영리와 여래리 외에, 내룡리·방동리·본산리·설창리·신용리·우동리·좌곤리·하계리·의전리·시산리·좌곤리 등 열세 개 리로 나누어지고, 차량이 다닐 수 있는 포장된 도로가 사통팔달로 뚫려 있다. 장터가 있는 읍 중심부 진영리에 기차역·지서·우체국·은행·각종 점포가 큰길 따라 줄지어 있고, 오일장 장터는 북쪽 비탈에 자리했다. 진영리에서 동쪽인 여래리에 읍사무소와 진영리에서 이전한 시외버스 정류장과 대창초등학교·진영중학교가 있다. 진영리만도 1천 호 넘는 주택이 선달바우산과 중앙산 등성이에 들어앉아 있는데, 마을이 급조되었다 보니 텃밭이나 마당 갖춘 집이 없고 한 집 넓이가 평균 서른 평이 안 되었다. 내가 초등학교를 다닌 6·25전쟁 전후나 2000년대로 들어서서나 장터 주변은 늘 그 모양 그대로였다. 1970년대에 들어 전국적으로 새마을운동이 요란할 때 골목길도 넓히고 초가도 개량했는데, 진영의 장터 주변은 초가지붕만 슬레이트로 바꾸고 골목길을 시멘트로 깔았을까 변한 게 없어, 그 시절 고향 장터에 들어서면 도시

변두리 빈민가를 걷는 듯했다. 읍 중심부가 산비탈에 앉아 읍내에는 네거리가 없고 마산과 부산을 연결하는 국도가 동서를 가로지른다. 국도변에 전자제품 대리점에 마트에 각종 음식점이 즐비하고, 호프집·노래방이 들어찼다. 지금도 사정이 그러니 일제 때야 말할 필요가 없었을 것이다.

 진영 오일장은 진영읍 주변의 면 소재지에 순번제로 돌아가는 가술장·수산장·한림정장·덕산장 중의 한 장으로, 양력 4일과 9일이 드는 날에 장이 선다. 장날에 각종 물산이 풍성하게 모이기는 경남 지방에서도 알아주었다. 진영장은 해산물이 풍부했다. 장이 서는 장터는 두 개로 나누어져 있다. 윗장터가 큰 장으로, 나는 윗장터에서 태어났다. 지금부터 소개하는 장터는 내가 소년기였던 1950년대 초중반 전쟁 전후에 보았던 풍경임을 감안하기 바란다. 윗장터 넓이는 국민학교 운동장 절반만 하며 위쪽에 진전(생선전)이 서는 함석지붕만 얹은 가가(假家) 몇 채가 있었다. 장날이면 장터에 시계전(곡물전)·연장전·포목전·피륙전·신발전·채소전·과일전·담배전·잡화전이 들어섰다. 대장간도 윗장터에 있어 장날이면 온종일 쇠 다루는 소리가 쟁강쟁강 울렸다. 장터에서 전을 펴는 장꾼은 제가끔 네 귀에 간짓대를 세우고 포장을 쳐서 햇빛과 비바람을 막고 그늘에서 장사를 했다. 그런 전 자리는 각자 자기 터가 있었고 장세를 냈다. 자치조직체인 '시장번영회'에서 장세를 거두는 왈짜를 두어 관리했다. 목판을 벌인 노점은 장터 둘레의 담이나 처마 밑을 이용했다. 윗장터 아래쪽은 무싯날에도 장사를 하는 시장 건물과 공동변소가 있었다. 시장 건물에서는 장날이 아닌 날도 늘 문을 열어 건어물·진어물·채소·젓갈·미역류·장류를 팔아 읍 주민에게 찬거리를 제공했다. 그 뒤쪽 골목길에는 먹을거리 노점이 즐비했는데 갖가지 떡장수가 대종을 이루었지만 번철이나 솥뚜껑에 고래고기 굽는 냄새가 진동해 장꾼들 푼돈을 털었다. 같이 장에 나온 친지와 세상 이야기를 나누며 고래고기 한 접시에 막걸리로 한 끼를 때우는 걸 촌사람이 장에 나온 보람으로 쳤다. 요즘 시골 오일장은 군것질 먹을거리가 떡볶이·어묵·만두·찐빵과 각종 음료 캔인데 1950년대에는 그런 먹을거리가 없었고 중국 음식점도 없어 짜장면은 구경조차 못했다. 윗장터에서 아랫장터로 내려가는 길목에 장날에만 문을 여는 푸줏간이 있고, 염색집·지물포·잡화점에, 장날이면 학용품과 딱지본(구활자본)을 늘어놓고 팔았다. 낱개비 성냥을 쌓아놓고 호객하거나 엉터리 약을 파는 야바위꾼도 그 길목에 진을 쳤다. 아랫장터에는 한약 재료를 파는 약재전(藥材廛)이 섰고, 나뭇전·숯전·유기전·제기전·목기전에, 농사에 필요한 각종 농기구, 부엌살림 도구나 빗자루 따위를 팔았다. 장날이면 솜을 함박눈처럼 날리던 솜틀집은 없어진 지 오래다. 건너편에는 읍내 공회당 구실도 겸하는 2층 극장이 있었다. 극장에 영화나 악극단이 들어온 날이면 초저녁부터 스피커를 통한 선전이 요란했고 흘러간 유행가를 들어댔다. 볼만한 영화나 당시 인기를 끌던 남장한 여배우가 출연하는 악극단이라도 들어오면 읍 주위 마을에도 용케 알려져 10리 밤길을 마다치 않고 청춘 남녀들이 짝을 지어 아랫장터로 들어왔다. 대독을 쌓아놓은 옹기전 모퉁이를 빠져나가면 동서로 뚫린 신작로가 나왔는데, 건너편에 읍사무소가 있었다. 쇠전은 장날에만 읍사무소 뒤 철하에 따로 떨어져 장이 섰다.

  시골 오일장은 약속이 없어도 친지를 만나 정담을 나누고, 장터에 진설된 물목을 눈요기하며 시세를 셈해보고 세상과 소통하던 유일한 장소였다. 그러나 근년에 들어 티브이·라디오와 이동식 전화기의 보급으로 세상의 궁금증을 웬만큼 푸는 데다 골골샅샅에 슈퍼마켓·할인 마트 같은 가게들이 들어서서 필요한 생필품을 철 따라 공급하기에 오일장 장시가 예전만 못한 게 당연하다. 이제 전근대의 유물로 흑백사진같이 뒤로 물러앉고 말았지만, 오일장 장터를 장황하게 소개한 이유는 내가 그런 환경에서 태어나 그 풍속에 익숙하고, 거기가 유년기를 보낸 장소이기 때문이다. 그 땅의 흙·물·공기가 동식물은 물론, 그 땅에서 태어난 사람의 신체와 영혼을 만드는 데 자양분이 됨은 물론이다. 디엔에이에도 그 땅의 정령(精靈)이 박혀 있어 태어나서 죽을 때까지 그 땅이 품은 정기(精氣)가 평생의 삶에 지대한 영향을 미친다. 내가 이 지상에서의 삶을 끝내고 죽게 될 때 연어처럼 태어난 곳을 찾아가서 마지막 숨을 거둘 수는 없지만 '죽을 때는 머리(영혼)를 그쪽 방향에 두게 된다'라고들 말한다. 육신이 죽으면 주검에서 빠져나온 영혼이 태어난 곳을 찾아 이동하는 걸 확인할 수 없기에 아마 그러리라 추측할 뿐이다. 나는 그 장터에서 태어났고 유소년 시절 대부분을 거기에서 보냈다. 장터에서 보낸 세월은 내 전 생애 중에 극히 일부분이었지만, 내가 소설가로 입신한 후 오일장 장터를 소설의 배경으로 삼은 작품이 의외로 많다. 어릴 때 보았던 장터 풍경과 시속이 무의식 한쪽에 늘 존재했기에 시도 때도 없이 그 장소를 배경으로 자연과 인간사 이야기를 풀어내라는 무언의 압력을 받았기 때문일 것이다. 누구에게나 자신이 어린 시절을 보낸 장소는 그곳이 누추하고 깜깜하더라도 어머니 자궁 안처럼 포근하고 편안한 쉼터다. 소월이나 백석의 시가 그들 고향인 평북 쪽 북방 정서를 소재로 끌어들였고, 정지용의 시 「고향」이나 「향수」, 미국 작곡가 포스터의 가곡「스와니 강」「켄터키 옛집」이 고향과 어린 시절의 추억을 노래한 것도 그 때문이다. 김동리의 소설 『무녀도』『솔거』『황토기』 등이 당신이 태어나고 자란 경주를 배경으로 삼은 것도 신라의 정기를 받고 자랐기 때문이다. 추석이나 설을 앞두고 도시에 사는 서민들이 너나없이 처자식 이끌고 고향을 찾아 나서느라고 고속도로가 주차장이 되는 민족 대이동도 따지고 보면 자신이 태어난 곳을 찾아가는 회귀본능이 유전자 속에 내장되어 있기 때문일 것이다. 나이를 먹어 노년기에 들면 가까운 때의 기억은 놓치는 대신 먼 기억인 유소년기의 기억이 되살아나는 이유나, 치매에 이른 노인이 아이 흉내를 내며 아이처럼 행동하는 것도 기억이란 노트의 맨 앞장에 그 시절을 새겨두고 있기 때문이리라. 서민들의 애환이 서린 대중가요 애창곡이 대부분 떠나온 고향의 추억과 그 시절 엄마 품을 노래한 것도 우연이 아니다. 문청(文靑) 때 내가 탐독했던 외국 소설가인 만·카뮈·프루스트·조이스·포크너가 유소년기를 보낸 시대와 장소를 소설의 배경으로 선택한 결과 인류에 회자됨도 주목할 필요가 있다.

  내가 태어난 진영 장터는 1920년대 후반 외지에서 들어온 장사치들이 장터 주위에 날림집을 짓고 터를 잡은 급조된 마을이기에 전래의 농촌이라면 지주나 양반 계층이 살았을 고색창연한 기왓집이 없고, 동성동본의 친척이 이웃해서 정을 나누며 살지도 않았다. 장터 주변은 산지사방에서 모여든 각성바지들의 집단 거주지였다. 내가 어린아이였을 1950년대만 해도, 장터 주변 사람들은 마산에 나가 어물이나 장사가 될 만한 물건을 받아와 난전에서 팔든, 시골 사람들 호릴 만한 신기한 물건을 도시에서 구해와 팔든, 읍내를 벗어나 농촌으로 돌며 허술히 버려둔 골동품을 싸게 구입해 오든, 짐꾼으로 나서서 품삯을 받든, 장꾼과 장사꾼 사이의 거간꾼으로 나서서 흥정을 붙여 이문을 챙기거나 그럴싸한 입심으로 구전을 뜯든, 텃밭에서 소출한 작물을 가지고 나와 장터 귀퉁이에서 노점을 벌린 촌사람을 협박해 자릿세를 뜯든, 그런 밥벌이에 잇속을 따졌고 잔꾀를 짜내었다. 무슨 일거리를 잡든 장날에 푼돈이나마 벌어 봉지로 잡곡이나마 구입해서 다음 장까지 닷새를 먹고 살아야 할 만큼 세상살이에 쪼들렸다. 이해 타산이 걸린 일에는 생사 결단하듯 눈을 부라렸고 작은 이문에도 삿대질하는 언쟁에 열을 올렸다. 장터는 그만큼 인심이 각박한 생활 현장이었다. 도회지 소문이 유난히 빨리 들어와 마산·부산에서 유행을 탔다 하면 한 장 건너 장터에도 그 소문이 퍼졌다. 최신 유행가는 한 달이 못 가 진영에도 들어와 밤이면 선머슴 애들이 장마당 가가 아래에 화톳불 피워놓고 모여 하모니카로 곡조를 맞추어 합창했다. 곡마단 패나 각설이꾼이 들어오면 바람난 사내애나 처녀 한둘은 탈향의 기회로 여겨 그들이 짐을 쌀 때 따라붙어 타지로 떠났다. 가출하는 애도 많았다. 장터를 터 삼아 사는 그들은 농사꾼 자식이 아니기에 나이 들면 장사치 곁수로 나서지 않으면 건달로 빈둥거릴 수밖에 없었다. 그래서 배곯는 생활을 배겨내지 못해 기차 편에 무작정 서울로 올라가 터를 잡으면 명절 맞아 신사복에 콧등 반들반들한 구두를 신고 귀향하여 어설픈 경사말(京師語)을 쓰며 거들먹거렸다. 그들이 상경할 때면 서울에 취직시켜주겠다며 동료나 후배 몇을 달고 올라갔다. 한 가지 일화를 소개하자면, 4·19 혁명 때 3·15 부정선거를 획책했던 이기붕 부통령의 서대문 사저를 데모대가 방화하고 털었다. 며칠 후 일간신문에, 이기붕의 사저가 털릴 때 훔친 금붙이를 지니고 고향으로 가던 절도범이 잡혔는데 그의 고향이 경남 진영이란 기사를 읽고 얼굴이 화끈했던 적이 있다. 1950년대 말 광화문 네거리, 지금의 조선일보사 옆에 지금은 없어진 국제극장의 암표상을 진영 출신 건달들이 잡았고 청량리역도 진영 출신의 한패가 장악하고 있다고 했다. 이듬해 5·16군사쿠데타로 된서리를 맞은 고향 건달들은 새 직업을 구해 뿔뿔이 흩어지거나 낙향했다고 들었다. 내가 자랄 때 이미 건달들이 장터를 주름잡았으니 일제 때도 마찬가지였을 터였다. 일제 때는 그렇게 가출해 고향을 떠나면 마산·부산, 또는 일본 내지로 들어가 막노동 품팔이꾼으로 나섰다. 타향에 따라지 인생으로 주저앉아 버리기가 태반이었으나 개중에는 주경야독 고학으로 배움의 한을 풀고, 돈을 모으며 자수성가해 금의환향하는 이도 있었다. 진영 읍내가 마산과 부산이란 도시를 양쪽에 끼고 들 가운데 있어 민도가 높았으니, 빕을 굶더라도 자식들 국민학교만은 기를 쓰고 보냈기에 일요일이 아닌 다음에야 장터에서 빈둥거리는 아이가 없었다. 모름지기 자식에게만은 배움의 길을 열어주어 부모 같은 반거충이를 안 만들어주려 기를 썼다.

윗장터 주위의 민가에는 우물이 있는 집이 없었고 선달바우산으로 오르는 길목에 공동 우물터가 있었다. 윗장터 주위는 원체 물이 귀해 몇백 가구가 그 공동 우물 하나를 식수와 집안의 허드렛물로 이용했다. 우물은 아침과 저녁 두 시간씩만 개방해서 장터 주변 가구가 물을 긷게 하고 늘 뚜껑을 덮어 자물쇠로 채워두었다. 언덕바지에 촘촘히 자리한 민가가 끝나는 지점에 단감 과수원이 있었다. 과수원 탱자 울타리 옆으로 잠시 오르면 과수원이 끝나고 정상으로 오르는 오솔길이 나왔다. 선달바우산은 잡초만 무성한 민둥산이다. 선달바우산이란 이름이 붙여지기는 정상에 높이 4미터 정도의 바위가 서 있기 때문이다. 선달바우산 정상에서 남쪽으로는 넓은 더기로 이어져 편편한 들이 펼쳐졌는데, 그 들녘은 지주의 농지 겸병이 없는 대신 자작농들이 많아 경제적으로는 윤택했다. 높이 3백 미터 전후되는 웅봉산과 태승산이 들녘 끝에 좌우로 솟았고 성(成)씨 집성촌인 하계리가 있었다. 하계리는 산골 마을치고 논밭이 많아 살림살이가 포실해 진영역을 통해 외지 도시로 나가 공부하는 학생도 있었다. 내 어릴 적 그쪽은 국민학교나 분교가 없었던지 학생들이 선달바우산 옆구리를 돌아 10리 길을 걸어 대창국민학교로 넘어왔다. 선생님이 출석부를 펴 들었을 때 책보를 허리에 두른 채 땀이 맺힌 얼굴로 숨이 턱에 닿게 교실 뒷문으로 들어서던 하계리·우동리·죽곡리·송전리에 사는 반 애들의 얼굴이 눈에 선하다. 선달바우산 정상에서, 북으로 눈을 주면 아래쪽에 장터가 내려다보였고 철길 건너 진영평야가 좌우로 넓게 펼쳐졌다. 그 들녘 끝에 한 줄기 낙동강이 시야에 잡혔다. 서쪽으로 철새의 보금자리 동판저수지와 주남저수지가 있었다. 사방으로 펼쳐진 들판에 대숲에 쌓인 초가들이 모여 있었다. 남도 평야 지대는 인구밀도가 높아 1백 호 넘는 대촌이 많은데 읍내에서 낙동강까지 시야에 들어오는 그런 마을이 본산리·우암리·제동리·가산리·대산리(가술리)·유등리·가동리였다. 그들은 10리, 20리 길을 걸어 가술장이나 진영 읍내 오일장을 보아 먹었다. 명절이나 집안의 길흉사라도 있을 때면 팔물건을 이고지고 나오는 장꾼들로 장날은 새벽부터 달구지길에 흰옷 행렬이 하얀 띠를 이루었다. 외지로 나가려 기차를 타러 나올 때도 들녘 마을 사람들은 진영역을 이용했다.

 진영평야에 널린 촌락은 대한제국이 힘없이 무너질 즈음 전후에는 자작농과 반자작농을 합쳐 채 3할이 채 안 되었고, 대부분이 대지주 아래 매여 농지를 부쳐 먹던 소작농의 집단 부락이었다. 농지를 많이 소유한 대지주들은 장사치 썽것들이 복닥대는 장터 부근에서 살지 않았고 멀찌감치 떨어진 전원에 쉰 칸 넘는 골기와 집에 여러 동의 곳간을 두고 유유자적하며 살았다. 대지주를 대신하여 소작농을 부리던 집사〔執事, 간사(幹事)·사음(舍音), 또는 농감자(農監者)라고도 부름〕들의 식구와 지주 집안 안팎의 허드렛일을 도맡았던 머슴 식구가 사는 집도 이웃에 두었기에 그들만의 작은 마을을 이루었다. 진영평야의 진영수리조합과 한림정수리조합으로 옮겨 다니며 이십대 초반부터 정년에 이르도록 30여 년을 서기로 봉직한 고모부의 설명이 이랬다. "밭농사에 메인 두메는 지주가 넘보지 않으니 자급자족하며 굶주리기사 않는다지만, 평야 지대는 달라. 관과 토호 세력, 지주들이 나서서 마구 땅을 사들이고 빚을 앵겨 땅을 뺐아. 진영평야에 소작붙이들이사 가축이지 뭐. 사철을 땅에 매여 살아도 제삿날이나 명절에 한 끼 먹는 쌀밥 빼고는 쌀은 구경도 몬 해. 가을 추수하모 지주와 집사한테 다 털려. 장리 빚 공제하고 나모 을마 남은 쌀 양석으로는 풋보리 날 철까지 대식구 호구를 건사할 수가 없어. 추수하고 나모 가용으로 남은 쌀은 서둘러 오일장에 내다 팔아 잡곡으로 바까야 긴긴 겨울 절기 동안 굶어 죽지 않고 넘길 수가 있어. 그래서 궁농(窮農)은 추석 지나모 점심은 아예 생각조차 몬 해. 하루 한 끼는 멀건 콩죽이나 좁쌀에 시래기 넣고 쑨 죽이 주식으 대종을 이뤄. 궁한 살림살이를 볼작시면 주위에 큰 산이 없어 나무가 귀하기도 했지만 겨울이모 군불 땔 나무가 없으이 냉돌에서 잠을 청할 수밖에. 그래도 남도는 삼한사온이 있고 기온이 영하로 떨어지는 날이 많지 않아 얼어 죽을 염려는 면했제. 집안에 병자라도 있으모 약첩이라도 마련해야 했고. 진영평야의 소작농은 마루 깔고 사는 집도 드물었어. 보통 여염집이면 방 두 칸에다 가운데 마루청을 두잖나. 그런데 나무가 귀한 여기 사정으로는 널빤지로 대청을 깔 수 없어. 방문 앞의 쪽마루가 다야. 방도 장판 깔고 지낼 행편이 안 되니 찰흙 바닥에 삿자리나 돗자리를 깔았고. 어떤 집은 밥상조차 없이 맨방바닥에다 죽그륵 놓고 식구가 머리 맞대고 둘러앉아 퍼먹어."

진영평야에 널린 소작농 마을은 고모부의 말처럼 찢어지게 가난했을망정 농촌공동체 집단생활이 그렇듯 이웃 간에 상부상조하며 살았다. 읍내 장터 인심은 각박했지만 조금만 들길로 나서도 만나는 평야지대에 널린 시골은 애옥살이 절대 빈곤을 이웃 간의 인정으로 이겨나갔다. 혼사나 출생의 경사를 만나면 함께 즐거워했고, 슬픈 일을 당하면 서로 위로했다. 농사철이면 서로 나서서 모내기·김매기에서부터 추수·탈곡에 이르기까지 품앗이(두레)로 도왔고 없는 농기구는 빌려다 썼다. 빌려 쓰고 나면 찐 감자라도 답례를 했고 품앗이로 농사일을 거들어주었다. 이웃끼리 제사 음식은 물론 콩이나 팥을 수확해도 나누어 먹었다. 장유유서의 예를 지키고 선고의 선산을 돌보았다. 세시 풍습을 전승하며 관혼상제에는 마을 전체가 나서서 힘을 보탰다. 그러나 아무리 애써도 대를 이어 가난만은 면할 수가 없었다. 봄부터 가을까지 벼농사에 매달려도 추수 때 지주에게 평균 6할을 털렸고 장리 빚에 각종 공과금까지 제하고 나면 겨울나기가 빠듯했다. 빈농에게는 식구 중에 우환이 있거나 춘궁기를 넘기려 빌려 쓴 고리채가 문제였다. 집안의 길흉사와 병자가 있는 경우는 빚 자체가 고율의 이자로 계속 불어나 빚더미에 깔려 질식할 지경이었다. 그 결과 노명(露命)을 이어가다 못해 아사절박자(餓死切迫者)가 되지 않으려면 식솔 거느리고 철가도주(撤家逃走) 신세로 전락했다.

당시 농촌 실정을 말해주는 기사로 『동아일보』 1927년 9월 5일 자 지방논단 '농민의 궁상'에서 기자가 현장 취재해서 다음과 같이 썼다.

농민의 궁상을 기회로 생각하고 무슨 수단과 방법을 쓰든지 고리에 고리를 탐하려고 고심하여 보통 대차(貸借)의 이식이 연 5할 내지 8할에 달하게 된다. 〔……〕 담보물이 없을 때는 2인 내지 5인의 보증인을 두게 되어 차금(借金)한 궁민이 상환 기일을 경과하면 차주는 물론 그 보증인까지 가구·의류 등의 강제집행을 당한다. 〔……〕 춘간궁절(春間窮節) 또는 8, 9월경의 궁절을 당하여 농민의 양곡이 결핍하고 신곡은 아직 수확할 시기가 되지 못함에 농민은 보리 또는 쌀 수확기를 목전에 두고도 양곡 유통이 곤란하게 되어 거의 아사할 수밖에 없는 참경에 빠지는 것이다. 이때에 고리대금업자는 호기를 당하였다 생각하고 극단으로 농민 착취의 수단을 농(弄)한다. 그리하여 춘기(음력 3, 4월경)·추기(음력 7, 8월경) 양기로 '보릿돈' '볏돈'이라는 명칭으로 모맥(牟麥), 또는 정조(正租)의 예매 형식에 의하여 고리(高利)의 대금을 매기게 된다.

사정이 그러하다 보니 보리·밀·수수·고구마·감자·옥수수·호박, 심지어 도토리 따위가 식구의 주식이 될 수밖에 없었다. 긴 겨울을 두 끼니로 허핍하게 넘겨 해동을 맞으면 낮은 길어지는데 그나마 잡곡 양식조차 간당간당해지는 춘궁기를 목전에 두었다. 식구는 들을 헤매며 냉이와 쑥은 물론 먹을 수 있는 들나물을 죄 뜯어 이를 잡곡에 섞어 멀건 죽을 끓여 연명했다. 소나무 껍질을 벗겨 송기떡으로 한 끼니를 때웠고, 보릿겨(당겨)를 투원반 모양으로 둥글게 떡을 쪄서 허기를 꺼야 했다. 콩깻묵을 부수어 잡초와 섞어 죽을 만들어 먹거나 진흙(白粘土)을 파서 거기에 좁쌀가루를 넣어 떡을 만들어 먹기가 예사였다. 굴밤나무 열매가 부속식용(附屬食用) 구실을 했다. 실개천이나 웅덩이를 뒤져 물고기는 씨가 마를 정도로 잡아냈다. 여치와 메뚜기는 물론 못 먹는 곤충이 없을 정도로 굽거나 삶아 그나마 단백질을 보충했다. 이를테면 구황(救荒) 먹을거리였다. 그러나 그런 것으로는 체력 유지를 못 했으니 아이와 노인부터 영양실조에 따른 갖가지 병에 걸리는 경우가 비일비재했다. 내가 국민학교를 다닐 때 내다 팔 삭정이를 새끼줄로 묶어 등짐 지고 부모 따라 먼 길 걸어 장에 나오는 땟구정물 흐르는 사내애의 까까머리나 계집애의 단발머리는 기계충으로 헌데를 달았고, 기워 입은 남루한 입성 아래 드러난 여윈 종아리는 비듬을 뱀 허물처럼 허옇게 붙이고 있었다. 그 애들은 겨울철에도 양말이나 버선을 못 신어 맨발에 먹고무신이나 짚신을 꿰고 있었다.

  고모부의 증언대로, 누대에 걸쳐 천대받으며 살아온 소작농들의 삶은 일제로 넘어오면서 사정이 더 나빠졌다. 일제가 강행한 식민지 경제정책의 목적은 자기네 자본주의 시장 발전에 식민지의 고혈을 얼마만큼 뽑아내느냐에 달려 있었다. 소작 농민, 곧 농업 노동력의 극대화를 통해 일본인 대지주의 이익을 창출해내고, 수리조합을 만들어 수세를 물리는 한편, 개간지를 철저히 찾아내 국유화로 등재했다. 총독부 관리들은 모든 수단과 방법을 강구해 식민지 토지에 대한 지배권을 손안에 두는 데 주목적이 있었다. 그들은 자기네 공장에서 만든 물건을 조선에 팔고, 필요한 공업용 원자재와 논밭에서 생산되는 곡물을 강탈해 갔다. 1910년에 시작하여 1918년에 완료한 조선의 전국토 토지조사사업도 식민지 경제정책 수행의 일환이었다. 역둔토(驛屯土)·궁장(宮庄)·미간지(未墾地)를 국유화하고, 철도 부지 및 도로 확장용으로 땅을 빼앗고, 관공서·역사(驛舍)에 필요하다는 명목 아래 국유지 및 개인 토지의 소유권을 강탈했다. 한편, 동양척식주식회사 등 일본 황실과 정부를 대행한 주식회사를 통해 무자비한 토지 수탈을 자행했다. 지주가 없는 토지와 신고하지 않은 토지를 국유화했다. 대부분이 문맹자인 농민에게 신고 날짜를 못 박아 하루라도 늦게 신고할 시는 토지를 몰수했고, 산림의 경우 90퍼센트를 국유지화했다. 양반 계층(봉건 지주 계층)의 지주권을 식민성 봉건 계층으로 예속화하고 국토를 정비·구획한다는 목적 아래 토지 매매 신고, 토지의 등기제, 지번 제도의 수립, 지세(地稅)의 철저한 부과 등으로 식민지 통치에 만전을 기했다. 한편, 필요한 행정 구획·도로·헌병주재소의 부지 등을 토지조사사업 결과를 토대로 강탈했다. 동양척식주식회사(동척)의 경우 1913년까지만도 농지 4만 7,148정보를 매수했다. 1924년 이르러 6,594정보의 토지를 소유하게 되었고, 정부 소유지 1만 7,714정보를 합쳐 막대한 농지를 확보했다. 이렇게 강점한 농지를 조선인에게 소작으로 내주어 평균 6할의 고율 소작료를 챙겼다. 대여한 곡물에 대해서도 2할 이상의 고리를 추수 때 회수하여 일본으로 반출했다. 1928년 통계에 의하면 동척은 6만 9,944정보 중 1만 1,379정보는 일본 농업 이민자가 차지해 소작 경영을 하게 했고, 나머지는 조선인 직할 소작지로 두어 소작료를 착취했다. 1930년 동척은 약 11만 정보의 농지에서 연간 40만 섬의 소작료를 거두었고, 약 3억 7천만 엔의 사채를 발행했다. 이렇게 동척은 조선 토지 약탈의 총본산이자 최대 지주로 군림했다. 1924년 10월 12일 자 『동아일보』 호남 지방 특파원의 기사에 의하면 '초목의 뿌리나 잎새로 연명하는 사람이 얼마나 되는가. 풀 먹는 사람이 2만 3,062호에 11만 2,362명을 비롯하여 소나무 껍질·머루·칡뿌리 등 서른여 종으로 살아가는 사람이 약 17만 호에 71만 3천 명인즉, 총인구의 6할이다'라고 썼다.

   일제의 토지조사사업과 동척 등의 농지 매수로 파산의 위기에 놓인 자작농들은 고리채에 쪼들리다 못해 농지를 헐값으로 넘겨버리고 일본인 대지주의 소작인으로 전락했다. 1910년대까지도 자작농과 자작을 겸한 소작농 수가 순 소작농보다 많은 60퍼센트였으나, 1916년에는 40.7퍼센트로 급격히 감소했다. 소작인 수는 해가 갈수록 증가해 1918년 통계자료에 의하면 소작을 겸한 자작농과 소작농을 합친 농민의 비율이 80퍼센트에 육박했다. 팔도 인구 약 2천만 명 중 농업인구가 8할이었던 당시를 감안할 때, 전 조선인 대부분이 일제의 농노(農奴) 처지로 전락했던 것이다. 이렇게 살아서야 차라리 죽기보다 못하다며 조선 동포가 분연히 일어서기가 1919년 3·1만세운동 사건이었다. 서울 탑골공원에서 독립선언문 낭독으로 시작된 시위는 전국적인 무혈 항쟁으로 번졌다. 이 사건은 집회 수 1,500여 회, 참가 인원수 2백여만 명, 사망자 7,500여 명에 이르렀다. 시위 참가자가 전체 인구의 1할이었고, 시위에 참가한 농민 수가 160여만 명 정도로 추산된다. 시위의 촉매 역할을 한 주최 측 지식인·종교인은 따로 있었으나 시위의 전국적인 확산은 농민이 주도하였고, 일제 관헌의 진압 때 그 수난 또한 농민이 감당해야 했다. 이 시위 사건을 계기로 조선 민중의 힘에 놀란 조선총독부가 관헌에 의한 강압 무단통치에서 문화통치로 선회하는 계기가 되었고 조선인의 자치권을 어느 정도 허용하니 전국적으로 조선인을 위한 학교가 우후죽순으로 개교하였다. 소작농의 쟁의도 전국적으로 확산하였다. 1920년 2월에 조선노동공제회가 조직되자, 1922년 서른여 개의 '소작인조합'이 결성되어 공제회 산하에 농민부와 소작인부로 지부를 두어 소작쟁의 파악에 나섰다. 각 지방에서 발생하는 소작쟁의를 조합이 지도했다. 1927년에는 농민운동의 전국적인 중앙 조직체 '농민총동맹'이 발족되었다. 농민총동맹은 서른두 개 산하 단체 2만 4천여 명을 회원으로 확보하고 단체 규모를 계속 신장해나갔다. 소작인조합이 자작농을 포함하는 적색노민조합 회원이 다수 가입해 '농민조합'으로 개편하자, 민족 해방 없이는 자신들의 궁핍한 처지가 영원히 개선될 수 없음을 자각하고 정치·사회운동 단체와 연대 아래 일본 제국주의와 힘든 투쟁을 벌여 나갔다.

# 5장

 농민운동, 곧 소작농의 쟁의도 그런 시대적 배경을 깔고 있었다. 지주와 소작인 간의 쟁의 원인에는 여러 가지 문제가 얽혀 있었으나 이를 개괄적으로 분류하면 다음과 같은 여섯 가지 이유가 대종을 이루었다. 첫째, 일제의 토지조사사업 결과로 인한 농민의 토지 상실(다수 농민이 자작농이나 반자작농 상태에서 소작인으로 전락함), 둘째, 고율의 소작료 징수에 따른 경제적 궁핍, 셋째, 생살여탈권을 쥔 단기 계약제에 묶여 언제 회수당할지 모르는 소작 경작권의 불안정, 넷째, 지주의 앞잡이인 집사의 중간 수탈이 도를 넘어 그 행패의 가혹함, 다섯째, 소작농이 지출해야 할 각종 공과금의 과중한 부담, 여섯째, 수탈의 총본산인 총독부와 동척 등 착취 회사, 일본인 개인 지주에 대한 저항 심리가 주요 원인이었다.
 지주를 상대로 하여 소작농들이 벌린 소작쟁의는 여러 가지 불합리한 계약 설정에 따른 소작제 개정을 요구 조건으로 내세웠는데, 소작농이 주장하는 주요 현안의 개선 조건은 다음과 같았다. 첫째, 6할에서 7, 8할에 이르는 고율의 소작료를 인하할 것. 둘째, 조세 공과금을 지주가 부담할 것. 셋째, 마름 제도를 개선 내지 폐지할 것. 넷째, 소작료의 운반은 1리 이상은 지주가 부담할 것. 다섯째, 소작인의 사사로운 사역 차출을 폐지할 것. 여섯째, 탈곡 후 짚의 제재분배를 폐지할 것. 이런 쟁의 이유만 보더라도 소작 농민은 지주에게 바쳐야 하는 소작료 이외에도 몇 겹의 간접 착취를 당하는 실정이었다. 소작인은 지주를 자주 대면할 수 없다 보니 이를 구실로 농감자(農監者)나 집사의 중간 착취 형태도 잔학해 지주 위에 군림하니, "집사(舍音輩)의 존귀하기가 군수나 관찰사보다 낫다"라는 말이 소작농 사이에 회자될 정도였다. 소작인들은 소작권을 뺏기지 않으려고 그들의 사사로운 뇌물 요구를 거절하지 못해 한창 농번기인 5, 6월부터 손을 써야 했으니 뇌물을 바치거나 여자들이 길쌈해 마련한 당목이나 옥양목 같은 천까지 선물로 바쳤다. 그래야만 소작지나마 떨려나지 않고 부쳐 먹을 수 있었다. 1931년 조선의 농가 계층 구성 통계를 보면 지주가 10만여 호, 자작농이 49만여 호, 소작을 겸한 자작농이 85만여 호, 순 소작농이 140만여 호였다. 이 시기 조선농회 조사에 따르면 소작농이 지고 있는 부채액이 농업용으로 진 빚이 12만 5천여 원이라면, 농업 외로 진 빚이 41만 5천여 원으로, 구성 비율이 23 대 76이었다. 여기에 당연히 지주를 상대로 한 소작농의 항의성 쟁의가 발생하지 않을 수 없었다. 조선총독부 농림국이 발표한 소작쟁의 통계에 의하면 1920년부터 1939년까지 20년간의 소작쟁의 건수는 14만 969회에 달했다. 조선에 상주하던 일본 관헌이 지적한 대로 소작쟁의는 농촌 사회의 일반적인 연례행사라고 해야 할 정도로 그 발생이 잦았다. 그 많은 소작쟁의 중에 그 저항 규모가 크고 격렬했던 대표적인 소작쟁의가 전남 신안군 암태면의 암태도(岩泰島) 소작쟁의(1923), 황해도 재령군 북율면의 북율동척농장(北栗東拓農場) 소작쟁의(1923), 평남 용천군 용천면의 용천이시카와서선농장(龍川不二西鮮農場) 소작쟁의(1925), 이시카와용천농장(不二龍川農場) 소작쟁의(1927), 그리고 경남 김해군 진영면의 진영하사마농장 소작쟁의(1931)였다. '진영하사마농장(進永迫間農場) 소작쟁의'는 일본 제국주의 치하 이 땅에서 벌어졌던 수많은 소작쟁의 중에서 중요한 소작쟁의였다. 진영의 경우는, 1931년 10월부터 1932년 2월까지 지속적으로 전개된 제국주의 지주에 항거한 조선인 농민들의 투쟁이었다. 하사마는 진영농장 외 경남 지방에 두 곳, 다른 도의 세 곳을 합쳐 총 여섯 군데에 소작인 경영의 집단농장을 소유했는데, 소작쟁의 일어난 곳은 진영하사마농장이 유일했던 점으로 미루어 진영 지방의 민도가 그만큼 높았고 반일 적개심이 강했다는 증거다.

하사마농장 소유자인 하사마 후사타로(迫間房太郎)는 1880년(명치 13년) 오사카의 무역상 이오이상점(五百井商店)의 부산 지점 지배인 자격으로 조선 땅에 처음 건너왔다. 1905년에 들어 자기 사업체로 자립하자 토지와 가옥의 매매, 임대업·곡물 무역업·창고업·수산업 등, 돈이 될 만한 업종에 투자의 손길을 뻗쳐 식민지 자본을 축적해 나갔다. 그 결과 1920년대 중반에는 이미 조선 재계의 중진으로 막강한 재력을 과시했다. 하사마가 본격적으로 농지 매입에 착수하기는 3·1만세운동 전해인 1918년으로, 그해 조선 전토 토지조사사업이 완료되어 일본 지주제 식민지적 이식의 기초 조건이 정비된 해였다. 재력 축적의 노른자위로 떠오른 토지 매입에 주목했던 하사마에게 기회가 찾아온 셈이었다. 하사마의 농지 소유 규모는 1924년에

222정보(논 167정보, 밭 55정보)였고, 1929년에 1,324정보(논 228정보, 밭 521정보, 기타 575정보)로 늘어나 1931년에는 4,435정보(논 2,426정보, 밭 584정보, 기타 1,425정보)로 계속 확대되었는데, 논만 해도 2,500정보에 달해 조선 땅의 대표적인 제국주의 지주로 부상했다. 1931년 하사마농장의 도별 소유 면적은 전남·전북·경남에 걸쳐 분포되어 있었다. 그중 대농장의 소유 농지가 가장 많은 지역이 경남 지방이었고, 노른자위로 핵심적인 농장이 '진영하사마농장'이었다. 이 농장은 김해군 진영면과 창원군 대산면, 동면 등 세 개 면 일대에 걸쳐 2,800정보에 달했고, 2천 호의 소작농(그중 70호는 일본인)을 지배하는 거대한 소작제 농장이었다. 농장은 20여 동리(洞里)와 1백여 촌락을 포괄하는 광범위한 지역에 분포된 집단농장의 성격을 띠고 있었다. 이 농장은 수세를 내야 하는 수리 시설을 갖춘 지역으로 일등 호답이었다.

  1931년의 대규모 소작쟁의가 발생하기에 앞서 1929년이었다. 추수기를 앞둔 9월에 소작인들의 집단 항의가 있었다. 진영하사마농장 측이 일본인 소작인과 조선인 소작인를 차별 대우하는 데 분개하여 조선인 소작농 1,200명이 농장 사무소로 몰려가서 항의 집회를 열었던 것이다. 진영하사마농장 사무소는 진영리에서 가술·수산을 거쳐 밀양으로 가는 남북으로 뚫린 국도 변 물통걸이라는 일제 때 새로 조성된 일본인 관사가 많은 동네에 있었다. 진영면소에서 물통걸까지는 지척 거리인 5리였는데, 진영수리조합 사무소가 그곳에 있었고 조합 관사와 하사마농장 감독관(집사) 주택이 농지개량 때 만들어진 수로(水路)가에 자리 잡고 있었다. 수로를 따라 플라타너스를 심어놓아 진영 장터 쪽에서 보면 들판 속에 일본식 관사가 늘어선 그 숲길이 경치를 이루고 있었다. 농장 사무소 앞에서의 집회는 한 번으로 그쳤으나 이 지방 사람다운 성격이 잘 드러난 집회였다. 경남 해안 지방 사람의 성격적 특징이 불의나 사리에 어긋난 행실을 보거나 그런 말을 들으면 성질이 급해 어떤 불이익을 당하더라도 한번 마음먹은 결심을 꺾지 않는 고집이 강하다는 것이었다. 그 대표적인 사례가 4·19혁명의 도화선이 된 김주열 군의 타살·수장으로 폭발된 1960년의 '마산시민 시위 사건'과, 김재규의 '대통령 시해 사건'의 빌미를 제공한 1979년의 '부마사태'였다. 단점을 말한다면, 변사로 나설 만큼 구변이 좋았기에 허풍이 세고 융통성이 모자라 타협이나 양보하는 데 인색해 혈기부터 내세운다는 것이었다.

  1931년에 발생한 진영하사마농장의 대소작쟁의는 대지주와 집사(간사)들이 소작농에게 가혹한 착취를 했기에 사회·경제적 원인을 제공했던 것이다. 첫째, 소작료가 문제였다. 소작료의 징수 특징은 농장의 소작지를 정조지(定租地)와 조정지(調定地)로 구분하여 소작료를 징수했다는 점이다. 정조지는 정액 소작료를 받는 땅으로 기후 조건에 상관없이 수확이 안정된 토지였다. 이 정조지는 1등지에서 8등지까지로 구분되어 토지 등급에 따라 소작료가 결정되었는데, 하사마농장의 정액 소작료를 받는 농지가 8백 정보였다. 조정지는 수확이 불안정한 무등급지로서, 그해 작황에 따라 해마다 소작료를 결정했다. 이 조정지를 조선인 소작농은 집조지(執租地, 지주가 소작인이 있는 자리에서 벼의 수확 예상량을 헤아린 다음에 정하는 도조)라 불렀으며, 소작료 징수법에는 검견제(檢見制, 간평(看坪)이라고도 함. 도조를 매기기 위해 추수하기 전에 지주가 농작물 작황을 살펴봄)가 적용되었다. 1929년 삼복더위 때 농장 측은 소작권을 박탈하겠다고 위협하면서 소작인에게 소작료 기입란을 공백으로 둔 소작 계약서에 도장을 찍게 한 바 있었다. 농장 소작인에게는 백지 위임장이 소작지 박탈에 이용되지 않을까 하는 불안의 요소로 작용했다. 소작지를 빼앗겠다는 협박은 농사지을 대토가 없으니 대대로 살아온 정든 고향을 떠나 화전민이 되거나, 도시로 나가 막노동이나 유리걸식에 나서거나, 북만주로 남부여대하여 떠나는 길밖에 없음을 뜻했다. 백지 위임장을 나서서 돌리기는 농장을 관리하는 지주의 하수인 간사(幹事)가 하였다 (하사마농장은 스물네 명의 간사를 두어 농장을 관리하게 했고 간사의 보수는 징수한 소작료의 1석당 13~15전이었다). 간사는 많은 소작료를 징수할수록 수입이 증가하게 마련이라 이 점을 이용하여 간사가 나서서 직접 많은 액수의 소작료를 기입하고 강제로 징수하면 수입이 오름은 물론이었다. 농장 측에서는 소작료 액수가 자동으로 증가하기에 경영상 이익이 있었으므로 내막을 알고도 모른 체 묵인했다. 그해 가을에는 납득할 수 없는 해괴한 사건이 또 발생했다. 소작인이 정조지의 '소작료 증액 청구서'를 농장 측에 제출했던 것이다. 청원서는 2등지 이하 8등지까지 각 등급지의 소작료를 1정보당 1~3석씩 올려달라는 요지의 간청을 했으니, 소작인이 자기들에게 불리한 요구를 자청하여 나선 셈이었다. 대지주에게 일종의 얄량한 아첨 행위인데, 아무리 소작지 박탈이 목전에 걸렸더라도 자기들에게 불리한 조건을 제시할 바보는 없었다. 사발통문을 안 돌려도 뜬소문에 밝아 그 짓이 누구 소행인 줄 소작농들은 알고 있었다. 간사가 소작지 박탈을 구실로 그중 어리숙한 소작인을 협박하면서 백지 청원서에 강제로 날인케 했던 결과였다. 1931년 봄에는 농장 소작인의 연서 형식으로 조정지(집조지)를 정조지로 변경해달라는, 즉 무등급지를 등급지로 격상해달라는 청원서를 농장 측에 제출했다. 이 청원 역시 납득할 수 없는 청원이었다. 조정지가 정조지로 격상되면 과거 3년간 소작료 평균으로 기준으로 해서 여기에다 평당 1작(勺), 또는 2작의 소작료가 가산되며, 조정지에서와 같이 지주의 비료 대금 반액 부담이 소멸되어 소작인이 비료 대금을 전액 부담하게 된다. 이 점 역시 소작료 인상을 위한 자발적 형식을 빌린 간사의 연출로, 농장 소작인의 강제 날인 결과였다.

둘째, 밭농사 작물과 이모작 논의 이작(裏作, 주 작물을 수확하고 난 경작지에 다시 주 작물을 심을 때까지 보리나 채소 따위를 재배하는 일)에 대한 소작료 문제였다. 무라이 지주가 농장을 소유하고 있을 때는 밭농사 작물이나 이모작의 이작은 소작료의 징수 대상이 아니었다. 그러나 농장이 하사마의 소유지가 되자 그것에 대해서도 별도의 소작료가 부과되었으니 악질 지주의 표본적 사례라 하겠다. 진영하사마농장 부근에 농지를 소유하고 있던 동척이나 조선흥업회사농장·직산은행농장에도 이런 사례가 없음을 소작인들도 모를 리가 없었다. 그 가혹한 조치에 분개한 소작농들의 원성이 단결력을 부추겼다.

셋째, 금비(金肥, 돈을 주고 사서 쓰는 화학비료) 시비(施肥) 강제(强制)와 비료 대금 보조 문제였다. 무라이 지주 때만 해도 금비 시비를 강제하는 일은 없었으나 하사마가 농장주가 되고부터 소작인 전원에 대해 1정보당 최고 60원, 최저 30원의 금비를 의무적으로 사용할 것을 강제로 권하고 그 대가로 시비 금액의 1, 2할에 상당하는 보조금을 지급했을 따름이었다. 1929~30년은 가뭄과 태풍 없이 기후가 순조로웠기에 대풍작을 이루어 소출이 예상외로 많았다. 풍년 들면 인심 난다는 말대로 그해는 소작지 박탈이라는 위협적인 강경 수단이 대두되지 않아 지주와 농장 소작인과의 마찰이 없었고 순탄한 추수기를 맞았다. 그런데 1931년 봄에 들어 지주 측이 농장 소작인과는 한마디 상의도 없이 첫째, 둘째, 셋째 조건을 내걸자 참다 못한 농장 소작인 측의 집단 쟁의가 폭발하게 되었다.

진영하사마농장 소작쟁의는 전개 과정을 1기와 2기로 나눈다. 1기 쟁의 발단은, 조정지의 정조지화는 소작인의 자발적인 청원이 아닌 소작료 인상을 꾀한 농장주가 간사를 통해 통보한 위장 전술이므로 이를 철회해달라는 개인적인 청원에서부터 시작되었다. 그러나 지주 측은 이 청원을 말도 되지 않는 요구라며 논의 자체를 묵살해버렸다. 그러나 김해경찰서는 이 청원이 다른 농장으로 번져 조선인의 농민 항쟁으로 발전되지 않을까 우려하여 배후 관계를 내사했다. 청원 내용의 문맥이 격식을 갖추어 논리 정연했기에 무지한 농민이 자술한 청원서로 보지 않았던 것이다. 4월 30일 경찰은 농민연맹회관을 수색하여 관련 장부 일체를 압수하곤 간부 10여 명을 조사차 연행했다. 그 사건과는 별도로 그해는 기후가 좋지 않아서 벼의 생육 상태가 나빠 작황이 흉작으로 예견되었기에 농장 소작인 측은 단체로 연명하여 지주에게 소작료를 감액해달라고 진정서를 냈다. 남부 지방에 4월에 한 차례, 8월에 한 차례, 두 차례에 걸쳐 태풍과 폭우가 왔기에 인명 피해가 컸고 태풍에 벼가 쓰러져서 썩고 홍수로 물에 잠긴 논이 많았던 것이다. 지주 측은 소작인들의 진정서에 아무런 회답을 내지 않았다. 가을에 접어들자 더 참을 수 없었던 농장 소작인 측은 연명으로 청원서를 다시 제출하고 집단 투쟁에 나섰다. 10월 16일 농장 소작인 2백여 명은 벼 베기를 하지 않은 채(立稻不刈), 농장 사무소와 부산에 있던 하사마 본점에 네 개 항목의 탄원서를 제출했다. 첫째, 소작료를 수확된 벼의 절반으로 할 것(정조지의 경우 소작율을 5할 5푼에서 5할로 인하할 것을 요청함), 둘째, 소작권을 확립할 것(걸핏하면 내세우는 소작권 박탈이나 백지 위임장으로 협박하지 말 것), 셋째, 3분작(평년작의 10분의 3을 수확할 경우) 이하로는 소작료를 전액 면제할 것, 넷째, 비료 대금을 절반으로 할 것 등이었다. 10월에 들자 소작인 대표 열 명은 진영에서 부산까지 1백 리 길을 도보 행진에 나섰다. 농장 소작인 대표는 사흘간의 행진 끝에 부산 시내에 도착하자 하사마 본점과 경남 도청에 진정서를 냈다. 김해 군청과 경찰서, 창원 군청과 경찰서에도 진정서를 제출했다. 그 결과, 10월 25일에는 소작인 대표 20여 명과 농장 지배인(조선인)이 회견했으나 쌍방의 태도가 강경해 교섭이 결렬되었다. 이에 농장 소작인 측은 10월 3일 2백여 명의 인원이 물통걸에 있는 농장 사무소 앞에서 시위를 벌였다. 경찰이 출동하여 시위를 강제로 해산시켰으나 신문 보도에 힘입어 여론이 들끓어 사회문제화되자 창원 군청이 나서서 쟁의 조정 교섭에 착수했다. 그러나 군청이 지주 측 입장에서 분쟁을 수습하려 했기에 농장 소작인 대표는 이를 받아들이지 않고 일축해 조정은 실패로 끝났다.

 소작인 측이 벼를 베지 않는 '입도불예' 상태로 시위를 계속한다면 추수 시기를 놓쳐 벼가 썩거나 참새 떼의 내습으로 소출에 막대한 피해를 봐야 했고, 이는 고스란히 소작인의 소작료 감소를 뜻함으로 곧 닥칠 추궁(秋窮)을 앞두고 식구가 당장 굶게 될 형편이었다. 그러나 그들은 단결력으로 대지주 하사마를 상대로 한 집단 투쟁을 밀고 나갔다. 11월 6일에는 재차로 2백여 명의 쟁의단이 농장 사무소에서 시위했고 이어, 8일에 부산의 하사마 본점, 경남 도청을 향해 도보 시위행진에 나섰다. 시위 행진이 중도에서 김해 읍내의 경찰서 앞을 지나갈 때 도열해 있던 순사들이 제지해서 시위대가 강제해산을 당했다. 그러나 대열을 다시 수습한 50여 명은 저지선을 뚫고 계속 행진해 부산 하사마 본점에 도착하여 단식 연좌농성에 들어갔다. 『경성일보』 1931년 11월 12일 자 기사에 의하면, '50여 명의 농장 소작인은 흰옷을 입고 정렬히 앉아서 침묵시위를 했다. 그들은 하사마 본점에서 지급한 도시락에 손도 대지 않은 채 무저항적인 태도로 버티고 앉아 굶어 죽어도 괜찮다고 호언하고 있어 당국에서도 매우 애를 먹고 있다'라는 현장 취재담을 썼다. 부산경찰서가 쟁의단을 강제로 해산시켰지만 길거리에서 밤을 보낸 농민들은 아침에 다시 본점 앞에 모여 연좌시위를 벌이거나 일부는 현수막을 들고 부산 시내 중심가를 돌며 침묵시위를 했다. 농장 소작인들의 조직적인 항의 데모가 점차 세간의 이목을 끌어 사회문제화되자 농장 측은 쟁의단을 상대해선 더 얻을 것이 없다고 판단하여 김해 군수와 창원 군수에게 쟁의단과의 협상을 일임하고 한발 물러났다. 조선총독부도 경남 김해에서 발생한 농민들의 집단 쟁의가 장기화되자 11월 11일 경남 도청의 소작 담당관·산업부장·김해 군수·하사마 본점 지배인·진영농장 지배인 등 5인을 회합케 하여 사태 수습에 나서라고 압력을 행사했다. 그 결과 '소작료는 수확된 벼의 절반으로 한다. 3분작 이하 소작료는 전액 면제한다'라는 농장 소작인 측 요구가 받아들여졌다. 소작쟁의 투쟁에서 농장 소작농 측이 승리할 수 있었던 요인은 첫째, '요구 조건이 받아들여지지 않으면 우리 손으로 절대 벼를 베지 않겠다'라는 강력한 단결력과 둘째, 하사마 본점·농장 사무소·도청·군청을 상대로 한 시위대의 대중투쟁을 사회 여론화한 점과 셋째, 대지주가 양보할 때까지 투쟁 자세를 흩뜨리지 않은 점과 넷째, 김해농민조합 등 농민

단체가 배후에서 농장 쟁의를 지도한 점을 꼽을 수 있을 것이다.

진영하사마농장 소작쟁의 2기의 전개 과정은 다음과 같다. 1931년 11월 11일 농장 소작인 측의 쟁의가 승리로 끝난 이틀 뒤 조선총독부는 보복 조치로 김해경찰서에 지시를 내려 쟁의 관계자의 일제 검거에 나섰다. 이날 쟁의단 간부 일곱 명과 소작 농민들을 교사하고 선동했다는 이유를 붙여 김해농민조합 간부 다섯 명, 청년위원장 등 모두 열세 명을 체포했다. 이에 진영하사마농장 쟁의단은 21일에, 김해경찰서 유치장에 갇힌 피검거자의 석방을 요구하는 투쟁을 하자고 결의하여 2백여 명의 시위단이 진영에서 60리 떨어진 김해경찰서를 향해 행진에 나섰다. 시위대가 김해읍에 도착하자 대기 중이던 김해경찰서가 시위대를 무력으로 해산시켰으나 70여 명은 경계망을 뚫고 경찰서 정문에서 피검거자의 즉각 석방을 요구했다. 순사들은 시위대를 개인별로 떼어내어선 그들을 호위하여 진영까지 귀가시켰다. 농성자 중 실신에 탈진한 자가 생기자 경찰서는 24일 피검거자 열세 명 전원을 석방했다. 사건이 그로써 일단락된 줄 알았는데 엉뚱한 방향으로 옮아갔다. 진영하사마농장 측은 소작인들로부터 거두어들일 예정이었던 소작료가 4천 석 정도였는데, 김해군과 창원군 양 군수의 조정으로 소작료가 2,200~2,300석으로 감소하자 그 보복에 나선 것이다. 농장 측은 정조지 소작인 165명에게 비료 대금 전액을 지불하라는 청구서를 발송하고 이에 불응할 시는 소작지를 박탈하겠다는 강경책을 내놓았다. 청구서를 받아 든 농장 소작인 측은 다시 대지주 투쟁에 나서게 되었다. 12월 15일에 소작인 측은 비료 대금 지불 통지서를 농장 측에 반송해버렸다. 농장 측은 그대로 물러섰다간 앞으로 농장 소작인 다루기가 여의치 못할 것임을 알고 12월 30일, 쟁의를 주도하며 말발을 세우던 쟁의단의 주요 간부 열한 명에게 소작권 해제를 통고했다. 분기한 소작농 273명이 공동 서명으로 소작 계약 재체결 신청서를 농장 측에 제출했다. 농장 측은 이에 맞서 이듬해 1월 19일에 쟁의단 간부 일곱 명의 가옥과 재산을 차압해버렸다. 소작농의 가계가 적빈한 처지다 보니 차압한 가옥과 재산이래야 2백 원에 불과했지만 지주의 권위가 달린 문제라 금액의 과소가 사안의 쟁점이 아니었다. 소작인 대표 다섯 명이 김해 군청과 창원 군청에 진정서를 내는 등 다시 궐기에 나섰다. 1월 20일에는 250명이 진영의 농장 사무소에서 데모를 벌였고, 25일 밤에는 영하의 강추위를 뚫고 2백여 명이 부산의 하사마 본점을 향해 도보로 시위행진을 나섰다. 시위 대열이 "하사마농장은 소작인의 차압을 철회하라!" "하사마농장은 소작인을 더 이상 착취하지 마라!"라고 선창자가 구호를 외치자 "왜놈들은 이 땅에서 물러나 섬나라로 돌아가라!"라는 과격한 구호까지 등장했다. 이 과정에서 출동한 경찰대와 시위대가 충돌하여 쟁의단 간부 열다섯 명이 검거되었다. 다음 날인 27일 2백여 명의 쟁의단이 농장 사무소로 몰려갔다. 쟁의단 대표가 농장 지배인에게 비료대 납입 거부 이유를 설명하고 열한 명의 소작권 박탈을 두고 교섭을 신청했다. 그제야 거센 항의가 관계 당국에 받아들여져 김해경찰서와 창원경찰서 간부급의 입회 아래 농장 측과 쟁의단의 협상이 성사되었다.

조선총독부는 진영하사마농장 쟁의가 사회 여론에 힘입어 항일 투쟁의 성격을 띠고 전국으로 확산될까 염려하여 강경책으로 엄단할 것을 결정하곤 기회를 엿보던 중 2월 15일, 쟁의단 간부 열세 명 검거에 착수했다. 김해경찰서와 창원경찰서는 쟁의단의 핵심 간부들을 검거하자 쟁의단 데모를 분산시킬 목적으로 김해경찰서에 여섯 명, 마산경찰서에 일곱 명을 분리 유치했다. 2월 20일, 사태의 심각함에 놀란 농장 소작인 50여 명이 도보로 마산시로 나가 경찰서를 포위하곤 구금자 즉각 석방을 요구했다. 경찰과 농성자들이 대치할 동안, 피검거자의 가족과 부녀자를 중심으로 한 70여 명이 농기구로 무장하여 진영농장 사무소와 농장 지배인 사택을 포위하여 위협적인 항의를 계속했다. 27일에도 70여 명의 소작농이 김해경찰서 앞에서 피검거자의 즉각 석방을 요구하며 농성 시위를 벌였다. 그동안 농장 소작농 쟁의단의 집단 투쟁에는 농민조합(조합장 배종철), 농민조합청년회(회장 황찬숙), 신간회(회장 최여봉), 청년동맹(회장 김하봉), 소년동맹(회장 연말중), 근우회(회장 김필애) 등의 단체, 제6차 조선공산당 재건공작(ML파)의 김해 지방 책임 오르그 한성봉 산하의 적색농민조합 조직원의 배후 지도가 있었기에 단체 행동에 통일을 기하여 지속적으로 쟁의를 벌여나갈 수 있었다. 1931년 11월 13일, 진영하사마농장 쟁의 관계자 열세 명은 재판을 받은 결과 짧게는 6개월에서, 길게는 3년간의 옥고를 치르게 되었다. 감옥에서 수감 생활을 하던 김치봉과 하성도는 옥중 사망했다. 일제하 경남 남부 지방에서 흔히 일컬었던, "김해 사람이 아니면 감옥이 빈다"란 말도 진영하사마농장 소작쟁의 후의 '김해 반골'에 붙여진 훈장이었다.* 진영하사마농장의 소작쟁의를 전후해서 진영평야에 널린 소작농은 주림을 더 참아낼 수 없어 남부여대하여 이농 대열에 나섰다. 북지로 떠나는 기차는 그들을 실어내느라 만원이었고 진영역은 그야말로 이별의 정거장이었다. 일제

* 진영하사마농장 소작쟁의는 아래 책을 참고했다. 아사다(淺田喬二), 「迫間농장쟁의의 전개 과정」, 아사다(淺田喬二) 외 7인, 『항일농민운동연구』, 동녘, 1984. 강만길, 『일제시대 빈민생활사 연구』, 창작사, 1987.

초기의 이민자들이 만주의 남쪽 지방 간도를 중심으로 정착했다면 1930년대 전후 이민자들은 간도 지방이 유이민으로 포화 상태라 북쪽 하얼빈 지역까지 올라가 정착했다. 개중에는 탈향을 시도해 일본 내지로 들어가는 청장년들도 많았다. 그들은 현해탄을 건너 일본으로 들어가선 각종 하급 직종과 육체노동에 나섰다. 1945년 조국이 해방을 맞자 귀향한 그들이야말로 밑바닥 체험과 견문으로 깨친 바가 커서 시골까지 불어닥친 대중정치운동의 선도 역할을 맡았다. 여운영 주도의 건국준비위원회(건준)가 지방 조직을 펼칠 때 앞장선 이들이 그 출신들이었고, 만주 지방에서 귀향한 농민은 북지의 볼셰비키혁명에 간접적인 영향을 받았던 터라 동조 세력이 되었다.

1937년 7월에 중일전쟁 발발로 동아시아에도 전운이 감돌았다. 1938년 1월에 들어 '육군지병제' 실시, 5월에는 '국가총동원법 조선시행령'이 공포되었다. 일본 제국주의 파쇼 정권이 스스로 자멸을 재촉하듯 미국과 영국을 상대로 전쟁 준비에 광분하여 준전시 체재로 돌입하자 안정된 사회에서의 사업이나 걸맞은 하사마 기업체도 서서히 사양길로 접어들었다. 개인 사업체가 속속 군수산업체로 전환하거나 흡수되고 있었다. 국가가 명운을 걸고 총력으로 나선 관의 공출제도 실시 앞에는 대지주의 반도 땅 농지 수탈조차 족탈불급이었다. 요컨대 토지에서 생산되는 작물의 지주 몫 수탈 치부가 용납되지 않았던 것이다. 대지주 하사마가 진영하사마농장 3,300정보를 방매하려 내놓았으나 그 방대한 농지를 선뜻 매입하겠다고 나서는 기업체나 개인이 없었다. 1938년 10월, 호남화학공장·서울고무공업 사장 김영준, 대지주 김경진 외 여섯 명의 재벌가가 서로 협력하여 하사마농장 매입에 나섰다. 김영준은 경남 의령 사람으로 천일표 고무신공장 경영으로 크게 성공한 뒤 여러 기업체를 인수하여 전국적인 부호 반열에 오른 입지전적 인물이었다. 김경진은 원적이 경북 안동으로 조선인으로서는 최고의 명예 직책인 중추원 참의를 지낸 부호였다. 나머지 다섯 명은 강 부자로 알려진 강인성 씨, 김 참사 등 진영 지방 부호 지주들이었다. 그들 7인이 합동하여 진영하사마농장으로부터 사들인 논과 밭, 기타 잡종지를 합쳐 4천여 정보, 논만 2,500정보가 넘었다. 이를 식산은행에 근저당을 설정하니 그 금액이 370만 원이었다. 당시 1만 원을 가진 자를 백석꾼으로 쳤다.

## 6장

　1942년 한반도 땅은 일본 제국주의가 벌인 태평양전쟁의 보급창이 되어 조선인들은 산야의 초근목피로 목숨 죽을 잇고 있었다. 남도는 봄이 빨라 산천초목이 살아나는 3월에 접어들자 춘궁기가 목전에 닥쳤다. 진영평야에 널린 농촌의 소작농 사정은 그야말로 아사절박자로 내몰렸다. 젊은이들은 어디론가 끌려갔고, 전쟁에 써먹지 못할 나이든 층은 남부여대하여 길을 나섰다. 진영역 마당은 아침부터 저녁까지 근동에서 몰려나온 촌사람들의 통곡 소리가 질펀했다. 남방으로 떠날 젊은 징병자들, 전시 노무자와 징용에 동원된 청장년들, 내지(일본 본토) 군수공장이나 정신대로 팔려갈 처녀들, 짐 보퉁이 이고 지고 북만주로 나선 유랑민 일가로 좁은 역 마당은 대목 장터를 방불케 했다. 역사 옆과 철길 건너에 함석으로 높게 지어 놓은 여러 동의 미창(米倉)은 진영평야 촌락에서 강탈한 곡식이 가마니에 모였다 무개차 칸에 실려 마산항으로 빠져나갔다. 항만에 대기하던 수송선이 양곡 가마니를 남태평양의 전선으로 운반했다. 그해 3월 1일부터는 일반 가정의 금속류 강제 회수가 시작되어 무쇠솥·화로·양은그릇에, 심지어 놋숟가락까지 거두어들여 병기를 만드는 데 쓰려 기차 편에 실어냈다. 초등학생을 산으로 내몰아 붉은 민둥산을 지키던 소나무를 뿌리째 캐내고 솔방울까지 전시용 연료로 이용한다며 거두어들였다.

봄볕이 다사로이 내리쬐는 개울가에 개나리 샛노란 꽃이 피고 산자락 양지에는 진달래꽃이 붉게 언덕을 덮었다. 진영 오일장 장터에는 온갖 산나물 들나물이 쏟아져 나왔다. 씀바귀·고들빼기·냉이·보리순·소루쟁이·달래·들쑥·단귀싹 들이었다. 겨울새는 하늘 높이 북상을 시작하고 여름새인 알락할미새·후투티가 남으로 내려왔다. 학도요와 붉은발도요가 우리나라 중부를 통과하여 북상하면 갈까마귀와 떼까마귀가 개활지를 덮으며 내려앉았다. 연초록 들풀이 산야를 물들인 남도의 3월 중순 어스름 녘, 면소의 장터를 낀 한 여염집에서 내가 태어났다. 장터에서 선달바우산 쪽 천주교회당으로 오르는 골목의 퇴락한 오두막집에서였다. 길보다 지대가 낮아 집안이 늘 컴컴했다. 전쟁 후 고향으로 역피란 내려왔을 때 할머니가 마당이 깊은 그 집 앞을 지나며 내게 말했다. "대동아전쟁이 한창 뽁닥거릴 때 니가 저 집에서 태어났다. 해방이 안 된 그 시절에 우리 집안은 이미 결딴이 나서 니 아부지는 집에 붙어살지 않았고……" "아부지가 집에 없었으면 일본 병정으로 뽑혀 갔습니껴?" "부산에서 딴살림을 살았다." 장터 주변이 뜨내기 장사치들이 사는 곳이라 이사가 잦아서 그런지 당시에도 사글세를 놓는 집이 있었던 모양인데, 내가 태어난 그 집이 우리 식구가 세를 얻어 살던 집이라고 했다. 아버지가 일본 유학을 간다며 집을 팔고 난 뒤 얻은 사글세 집이었다. 손바닥만 한 마당이 있고 방 두 개에 정지 딸린 세 칸 집이었다. 식구라야 할머니와 이제 처녀꼴을 갖추어가는 만 열네 살 난 고모, 어머니와 네 살 난 누나, 네 식구가 모두였다. 그런데 내가 태어나 새 식구 하나가 보태어졌다. 방 두 칸을 할머니와 고모, 어머니와 누나가 각각 나누어 썼다.

자연 예찬론자는 풀 한 포기나 미물도 생명을 받아 생겨났기에 이 지상에 존재할 가치가 있다고 말한다. 예수는 나는 새와 들에 핀 백합을 두고, 거두거나 가꾸지 않은 그런 생명체도 귀한데 인간의 생명이야말로 천하와 바꿀 수 없다고 했다. 그러나 꼭 그렇지 않을 수도 있다. 아프리카의 영양실조에 든 어린이를 볼 때 그런 태어남도 과연 신의 축복일까 하는 의구심이 든다. 나 역시 안 태어나도 그만인 귀찮은 애물로, 선택받지 못한 존재로서 이 지상에 나왔다. 부모가 이혼을 하네 마네 하며 갈라서기 직전까지 갔다. 내가 태어날 때도 각자는 남남처럼 살았으니 나야말로 귀찮은 애물덩어리로 이 지상에 던져진 셈이다. 우리 식구조차 아무도 나를 원치 않았고 내 출생에 관심이 없었다. 해산의 고통을 치르며 눈도 채 뜨지 못한 핏덩이를 낳은 어미만이 자식을 내려다보며 앞날 싹수가 험난할 것임을 짐작했을 뿐이다. 그러나 그 생명체는 부와 모, 그 양쪽으로부터 '핏줄'이란 혈통을 이어받았다는 사실만은 부정할 수 없다. 태어난다 함은 어미로부터 따로 분리되기에 어미의 영양분과 산소와 피를 계속 공급받을 수 없으므로 '핏줄 이어받기'는 상징적인 혈통의 연결인 셈이다. 정자와 난자가 하나로 결합하여 생명체를 만들 때 내 핏줄이란 고유의 인식표를 지문처럼 사람의 몸체를 형성하는 140억 개의 세포(염색체 혹은 디엔에이)에 박아놓았다. 이를 확인하라는 뜻으로 산고(産苦)를 주었다. 자식은 태어나자마자 눈도 못 뜬 채 엄마의 젖꼭지부터 찾아내 빨기 시작한다. 젖 빠는 방법을 가르쳐주지 않아도 자신의 생명

유지 방법을 본능적으로 터득한다. 역시 어미가 자식의 디엔에이에 생명을 유지하는 방법을 심어놓았기 때문이다. 나는 그렇게 부모의 핏줄을 이어받고 세상에 태어남으로써 이 땅에 사는 동안 숨 쉴 수 있는 '시간'의 양과 존재할 수 있는 행동반경의 '공간'을 허락받았다. 어머니가 나를 배었을 때 늘 허기에 시달렸음에도 나는 건강한 우량아로 태어났다. 손 귀한 집안에 손자를 본 참이라 할머니는 산파로 자청하여 나선 울산댁에게 산후 처리를 맡기곤 장터 상설 시장에 나가 물 좋은 대자 광어 한 마리를 사왔다. 경남 남쪽 지방은 미역국을 끓일 때 광어를 곧잘 썼는데 뼈를 추려내고 살을 풀어 광어미역국을 끓여 산후 보신으로 먹었다. 미우나 고우나 한솥밥을 먹는 며느리였고 그 정도의 배려는 인지상정이었다. 할머니가 광어미역국을 끓여 밥과 함께 산모의 방 안에 들이밀었으나 어머니에게는 그 미역국조차 소태맛이었다. 나를 낳긴 낳았으나 그 사실을 서방에게 통기할 수 없다는 게 마음 아팠다. 그때까지도 아버지는 부산에서 신여성과 딴살림을 살았기에 진영의 본가와는 발을 끊다시피 하고 있었다. 강습소 선생이었던 그 여자를 달고 부산으로 피해 딴살림 차린 지 이태를 넘겼다. 할머니로부터 부산 살림에 필요한 생활비를 타낼 때나, 진영금융조합에 돈을 융통하러 올 때 진영 집에 나타났으나 할머니만 만나곤 부산으로 돌아갔다. 어머니가 말을 붙이려 해도 외면한 채, 바쁘니 다음에 또 보자며 건넌방 서가에서 가져갈 책을 골라내어 쫓기듯 집을 나섰다. 어머니가 배웅 차 대문께로 따라나서면 그때야 겸연쩍어서인지 마주 보지도 못한 채 몸조심하라는 말을 남겼다.

어느 가정이나 아기가 태어나면 보통 할아버지나 아버지가 이름을 짓거나 마을 어른 중에 사주와 성명학에 밝은 이가 이름을 짓는데,

할아버지는 타계했고 아버지는 집에 살지 않았다. 중신아비 노릇을 했다 큰코다친 이인택 씨는 며칠 기다려 김 서방이 진영에 안 오면 자기가 신생아 이름자를 지어보겠다고 했다. 그분은 울산에서 소년 시절 서당 공부를 했기에 한학에 어느 정도 식견이 있었다. 태어난 지 한 칠이 지나도 아버지는 진영 본가에 얼굴을 내밀지 않았다. 할머니가 보건대 며느리가 애를 낳자마자 여윈 전력이 있는 터라 누나에 이어 네번째로 태어난 나를 두고 보니, 열흘이 지나도 별 탈이 없었다. 어머니도 아버지 기다리기를 포기하고 할머니를 통해, 이인택 씨에게 아들 이름자를 지어 면청에 출생신고를 해달라고 부탁했다. "민적 파겠다는 말이 늘 마음에 걸려 니를 하루라도 빨리 출생신고부터 하고 싶어 내가 니 할미를 졸랐제." 뒷날 어머니 말이 그랬다. 할머니의 부탁을 받은 이인택 씨는 사주책을 뒤적이며 아기 이름자를 두고 궁리했다. 며칠 만에 이인택 씨가 작명했다. "김 서방 탓에 언양때기 집안에 망조가 들어 분란이 그칠 날이 읎으이 집안이 태평하자모 근본부터 하나가 돼야 해. 조부 대에 중간자는 사람인변(人)을 썼고, 아비 대에는 끝자에 나무목변(木)을 썼으니, 당대는 삼수변(氵)이 맞는 기라. 근원〔源〕이 하나〔一〕가 되모 집안으 분란도 가라앉겠제니." 이인택 씨는 잘름 걸음으로 면청 호적계를 찾아 아버지를 대신해서 내 출생신고를 마쳤다.

  어머니가 나를 낳은 지 세 칠이 지나도록 부산의 아버지한테서는 아무 소식이 없었다. 어머니는 부산 서면 서대신동 어디에 방을 얻어 그 여자와 살고 있을 서방에게 아들을 낳았다는 소식을 전할 길이 없었다. 산월을 대충 계산했더라도 진영의 본처가 해산한 줄 알 터인데 부산 쪽에서는 소식을 묻는 말이 없었다. 부산 주소도 모른 채 서대신동에 산다고만 했으니 소식을 전할 수도 없었다. 자식은 여자 혼자 만들 수 없는데 자기 핏줄조차 모른 체하니 서방이란 작자가 제정신 박힌 사람인지 의심스러웠다. 어머니가 그렇게 속을 끓일 때, 아버지의 대창국민학교 동기생으로 죽마고우인 허율 씨 처가 미역과 태어난 아기가 오래 살라고 실타래를 사서 마당 깊은 집을 찾았다. 허 씨 처가 요때기에 누워 잠이 든 아기를 내려다보며 어머니에게 애를 언제 낳았으며 이름은 지었느냐고 물었다. 어머니가 음력 정월 그믐날 저녁 답에 낳았고 이름은 이인택 씨가 지어 면청에 출생신고를 했다고 말했다. 허 씨 처가, 말이 노역을 끝내고 여물을 먹을 때 애가 나왔으니 식복(食福)은 타고났겠다고 말했다. "한번 들리려던 참에 바깥양반이 소식을 좀 알아오라 캐서 심부름차 왔심더. 아매 희야(누나) 아부지가 인편에 출산 소식을 물어온 모양입디더. 바깥분 말씀이, 김 군(아버지)이 부산서 밥벌이를 하다 보이 바빠서 댕겨갈 처지가 안 되는 모양이라 캅디더." 그 말에 어머니는 허 씨 처 말이 긴가민가했으나 믿을 수밖에 없었다. 거기서도 바쁘다니 그 여자에 빠져 정신을 못 차리거나 부산까지 친구를 끌어들여 마작 노름에 밤을 새우려니 싶었다. 허 씨의 점방은 아버지 연락 장소로, 아버지가 진영에 들러 만날 사람을 못 만났을 때 허 씨에게 부탁 말을 남기고 떠나곤 했다. 대체로 돈을 융통하는 문제거나 소식을 전하는 일감이었다. 아버지는 진영에 마작을 하거나 외지로 유람 다닐 때 동무하는 단짝 친구들이 있었는데, 언젠가 고모님이 자기 어릴 적 오빠 친구들로 기억에 남은 다섯 명을 꼽아주었다. 죽마고우 허율 씨, 대지주 김 참사 아들로 영화 만들기에 빠져있던 김영곤 씨, 진영극장을 지은 대지주 강 부자 아들 강한구 씨, 하계리의 대창국민학교 동기생 정진택 씨, 역시 하계리 성씨 집안의 성상영 씨였다. 허율 씨를 빼고 넷은 마산과 경성, 일본으로 들어가 고등교육을 받은 식자들로 읍내에서 영향력이 있는 인사였다. 그들은 일제 말 철하에 강습소를 개설해 진영 지방 문맹퇴치운동에 나섰고 유명 인사를 초청해 진영극장에서 계몽 강연회를 열었다. 밤이면 버스 정류장 근처 쇼와관 카페에 진을 치고 토론에 열을 올렸고 마작으로 밤을 새우기도 했다. 그들이 합천 해인사로 단풍놀이 가서 찍은 단체 사진 한 장이 남아 있는데, 모두 바바리코트 걸친 양복 차림에 중절모 쓴 게 이채롭다. 그들은 강습소가 당국에 의해 폐쇄되자 허율 씨만 고향을 지켰고 나머지 친구들은 자기 직업을 찾아 진영을 떠났다(성상영 씨의 경우 휴전 직후 이병철의 제일모직 창업을 도와 부회장이 되었다).

 허 씨 처가 돌아가고 열흘쯤 지나자, 어머니는 나를 업고 금융조합 부근 국도 변에 점방을 내고 있던 허율 씨를 찾아갔다. 허 씨 점포는 담배 점포를 겸한 잡화점으로 애들이 찾는 주전부릿감도 팔고 있었다. 나를 업고 온 어머니를 보자 허 씨가 찾아온 이유를 알아채곤, 부산의 김 군에게 출생한 아들의 이름과 생년월일을 인편을 통해 알렸다고 했다. 어머니는 허율 씨로부터 부산 서면 서대신동에 산다는 아버지 주소를 얻어서 돌아왔다. 허율 씨는 아버지처럼 작은 키에 얼굴색이 가무잡잡하고 이마가 벗겨진 분으로 늘 국민복을 입은 단정한 모습으로 기억에 남아 있다. 허율 씨는 나로서 잊을 수 없는 고향 어른이다. 6·25전쟁이 난 그해 초겨울, 서울에서 고향으로 역피란 와 어머니와 형제는 대구로 떠나고 나만 울산댁 주점에 불목하니로 얹혀 지낸 3년 동안 친구 아들을 불쌍하게 여겨 학교로 찾아와 내 학자금을 대납해주기도 했다. 등하굣길에 나를 눈여겨보았다가 점방으로 불러들여, 부모님이 없어도 열심히 공부하라며 격려해주었다.

다시 보름이 지나도 아버지는 감감무소식이었다. 어머니는 아침밥을 지어 밥상을 안방에 들여놓기만 했지 할머니와는 겸상하지 않고 정지 부뚜막에서 따로 밥을 먹었다. 고부간에 서로 할 말이 없으니 마주 보고 앉아 밥을 먹기가 어색했다. 어머니는 붙임성 없는 무뚝뚝한 성격이라 늘 입을 봉한 채 지냈고, 할머니는 바람난 자식 탓에 며느리 볼 면목이 없어 매사를 조심스러워 했다. 그래서 아침밥 먹고 나면 마실 나갔다가 저녁 답에야 집으로 돌아왔다. 고모는 서둘러 우체국으로 출근했다. 대창국민학교를 졸업한 고모는 아버지를 본받아 필체가 썩 좋아 우체국에 직원으로 취직되었던 것이다. 어린 누나는 식구들 눈치나 살피며 풀이 죽어 지냈으니 집안은 살얼음판 밟듯 했다. 어머니는 설거지와 빨래를 대충 마치면 컴컴한 빈집을 지키고 있기엔 숨이 막혔다. 시집 잘못 온 박복함이 서러웠고, 질식할 것만 같은 집안 분위기가 싫어 나무꾼으로 나섰다. 컴컴한 집 안에서 벗어나 산길을 걸으며 푸른 하늘만 보아도 숨쉬기가 한결 쉬웠다. 산야는 온갖 봄꽃을 피우고 갈잎나무도 잎을 피우는 4월 절기였다. 어머니는 사흘에 한 번꼴로 나를 업은 채 땔나무를 해다 날랐다. 낫·마대·갈퀴·새끼줄을 챙겨선 나를 업고 집을 나섰다. 중앙산 허리에 걸린 비탈진 오솔길을 돌아 10리 정도 가면 하계리로 나섰다. 그 길목에 있는 오추골에는 할아버지 살아생전에 장만한 여덟 두렁의 밭뙈기가 있어 성 서방네에게 도지를 내주었다. 추수 절기면 그 밭에서 생산되는 보리쌀·밀·수수·콩 따위를 지게 짐에 꾸려 도조 삼아 집으로 가져오곤 했다. 어머니는 하계리 뒷산 일대의 산등성이를 돌며 갈비를 모으고 삭정이를 거두어 날랐다.

# 7장

 힘든 초년 시집살이를 두고 '벙어리 3년'이란 말이 있지만, 시집살이 어언 일곱 해째를 맞은 어머니는 언제까지 이렇게 따돌림받으며 벙어리 냉가슴 앓듯 살 수만은 없다 싶었다. 차라리 서방이 죽었거나 병들어 누웠다면 몰라도 산 사람을 두고 본처로서 사람대접 못 받는 수모가 서러웠다. 주위에 동병상련을 앓는 아녀자라도 있다면 마음 터놓고 화풀이라도 하련만 그런 이가 없었다. 생각할수록 자신의 처지가 절분했고, 불덩어리가 용암 끓듯 밖으로 분출을 못 해 안달이었다. 아들 출생신고를 마쳤으니 민적 파낼 일도 없으려니 여겨져 이제 더는 서방을 기다릴 수 없다고 판단하자 강샘까지 치받혔다. 시가댁 식구 중에 그래도 그런 문제를 두고 상의할 이는 시누이(고모)였다. 어머니는 아아(아기)가 웬만큼 컸으니 기차를 타도 괜찮겠고 출생한 아들도 보일 겸 부산에 한번 다녀오자고 고모를 졸랐다. 아버지의 부산 주소가 있으니 우체국이 쉬는 일요일에 부산 서면 서대신동 살림집을 찾아 나서자고 했다. 그때 그 일을 두고 훗날 고모님 말씀이 이랬다. "애야, 말도 말아라. 성가(경남 지방의 언니 호칭) 성질은 니도 겪어봤으이 알잖나. 근엄한 사람이 한번 뿔뚝골 냈다 하모 물불을 안 가려. 덩치나 작나, 기세등등하게 날 앞세워 부산 오빠 집 찾아 나서자고 날마다 쫄라대니 그 청을 우째 뿌리쳐. 내가 안 따라간다모 혼자서라도 찾아나서겠다 안 카나. 부산에서 오빠나 그 여자 만나모 대판 붙을 텐데, 싸움이라도 말리려 내가 따라나섰제."

 5월 하순 일요일, 어머니는 누나를 할머니에게 맡기곤 나를 업고 고모와 함께 부산 가는 아침 기차를 탔다. 산으로 나무하러 갈 때는 어머니 등에 업혀 다녔으나 태어난 지 두 달 남짓 만의 나로서는 처음 타본 기차였다. 어머니가 아버지를 만나러 나를 데리고 부산 가는 기차를 탔음을 나는 기억하지 못하지만 사실은 사실이다. 기차를 탄 사실을 기억하지 못할뿐 아니라 그 후 몇 년 동안의 내 행적과, 만난 사람과, 내가 본 사물 역시 기억할 수 없음이 당연하다. 그러므로 그 전후의 모든 일은 고모님을 통해 들었고, 누나 역시 가족에게 들은 말을 내게 옮겼다. 이를 나는 당시의 현실을 참고 삼고 거기에 소설적 상상력을 보태어 '현장'을 그럴싸하게 재구성할 뿐이다. 돌이켜 볼 때, 그런 일을 두고 어머니는 내가 성인이 된 후까지도 그때의 부산행을 자존심의 상처로 생각했던지 일언반구 말씀이 없으셨고 할머니 역시 아버지의 행실을 두고 할 말이 없어서인지 그때 일을 두고 물어도 "언슨시럽은(생각하기도 지겹다) 그때를 와 물어쌌노" 하곤 꽁초에 성냥 불을 댔다. 기차가 한림정역과 낙동역을 지나자 낙동강에 걸린 철교를 건넜다. 그때부터 쇠붙이의 마찰 소리에 놀랐는지 어머니 품에 안긴 내가 쥐어짜듯 울기 시작했다. 어머니가 돌아앉아 젖을 물려도 그때뿐 기차가 철교를 건넌 지도 한참인데 남과 눈이 마주치면 다시 울음을 빼물었다. 얼굴색이 노랗게 질리고 젖을 게워냈다. 고모가 나를 받아서 얼러도 울음을 그치지 않았다. 하계리로 나무하러 다닐 때는 이렇게 울지 않았는데 애가 차멀미에다 낯을 가리는 모양이라고 어머니가 말했다. 기차가 경부선과 만나는 삼랑진역을 돌아 낙동강을 끼고 하향해선 물금역에 이르러서야 내가 울다 지쳐 기진한 채 잠이 들었다. "넌 간난아아 쩍부텀 어떻게 된 아안지 낯을 가려도 보통 가리지 않았어. 남이 안아볼라 캐도 질겁해서 울고. 장날에 니를 업고 장터에도 몬 나가. 장꾼을 보모 패악을 치며 울었으이. 사람 많이 모이는 극장 같은 데도 몬 델고 갔고. 댓 살 될 때꺼정 그렇게 낯을 가렸기에 장차 핵교나 제대로 댕길까 걱정될 정도였어. 동네 사람들이 쪼매 이상한 아아라 혀를 내둘렀고, 내가 봐도 그랬어." 아기 적부터 유난했던 낯가림이 커서는 소심한 성격으로 변했고 울보 소리를 들을 만큼 걸핏하면 눈물을 보였다.

  주소 적힌 쪽지를 들고 4월 중순의 단 볕이 내리쬐는 부산 본역에 도착하여 역 광장으로 나서자 양복 차림이나 국민복짜리 남자에, 양장한 신식 여자, 몸뻬 입은 아녀자가 많이 눈에 띄어 진영 장터 사람들 입성과는 구별되었다. 전깃줄이 엉킨 전봇대가 높이 솟았고 자동차와 인력거도 보였다. 역 광장에 크게 내걸린 현수막의 '鬼畜英米(귀축영미)' 네 글자를 고모는 읽었으나 글을 모르는 어머니는 관심조차 없었다. 신작로로 나서자 바지저고리에 조끼 걸친 장정들이 쫓음걸음으로 무리지어 가고 있었다. 인솔자인 총 멘 병정과 군도(軍刀) 찬 순사가 열외에서 호루라기를 불며 속보로 걷기를 독려했다. "저 청장년들은 죄 충청도서 뽑아 왔다 카대." "부두로 가서 군함을 탄대여." "그라모 남양 전선에는 은제쯤 도착한다 카더노?" "배에서만도 보름은 실려갈 거로. 바쁘게 떠나서 갑판에서 총 쏘는 연습을 한답디더." 길가 사람들이 대열을 보고 알은 체 주고받았다. 어머니가 그들을 멍하니 지켜보자 "성가, 어서 가입시더. 요새 들어 시골 처자도 저래 잡아내 어데로 끌고 간답디더." 군도 찬 순사를 보고 겁을 먹은 고모가 어머니를 채근하며 길가 사람들 사이로 숨었다. 고모 나이 열넷이지만 머리를 한 가닥으로 땋아 늘이고 붉은 댕기를 메어 누가 보아도 어린 처녀였다. "고모요, 서대신동이 어데로 가는공 물어보소." 어머니는 시누이 데리고 나서기를 잘했다 싶었다. 학교 교육을 못 받은 어머니로서는 부산이란 도회지로 나서고 보니 그야말로 촌 아낙인데 비해 국민학교를 나온 데다 시골이지만 직장 근무를 하고 있어 건물 처마에 걸린 입간판 한문 글자도 읽을뿐더러 일본말도 잘하는 시누이를 짝지 삼았으니 그만큼 미더웠다. 부산 서면 서대신동 일대는 동래 온천장과 더불어 일제로 접어들어 개발이 이루어졌기에 큰길가에는 2층짜리 일본식 집이 즐비했고 기모노 입고 게다나 조리 신은 일본인들로 넘쳤다. 큰길에서 들어앉은 골목길은 초가가 아닌 양철지붕집이 다닥다닥 붙었고 골목길도 복잡했다. 지나가는 사람에게 지번을 물어 두 사람은 시약산과 구덕산 쪽 언덕바지로 올랐다. 고모가 골목길에 도마의자를 내놓고 앉아 한담을 나누는 노인에게 지번을 대며 집 위치를 물었다. 저리로 가보라며 가리키는 데로 찾아갔으나 그쪽 사람들은 자기 집 지번조차 몰랐다. 역 광장을 나설 때부터 다시 울음을 빼기 시작했던 나는 울 힘조차 없어 숨길마저 가랑가랑했다. 우체부라도 만나면 좋으련만 제모 쓰고 큰 가방 멘 우체부는 보이지 않았다. 낮참이 되자 어머니는 사람 발길이 뜸한 후미진 골목길 계단에 앉아 내게 젖을 물리고 집에서 싸온 김밥으로 고모와 얼요기를 했다. 오후에 들어 다시 집 찾기에 나설 때부터 어머니는 아버지를 만나면 무슨 말부터 꺼낼까를 다시 곱씹었다. "언제까지 딴살림을 살라 캐요? 집에는 영 안 들어올 작정입니껴? 속마음을 솔직히 털어놓소. 임자 본마음을 꼭 알아야겠심더." 어머니는 아버지께 이런 말을 묻고 싶었으나 명치가 막혀 아무 말도 못 한 채 곡지통만 터뜨릴 것 같았다. 부부의 연을 맺은 지 일곱 해나 흘렀지만 여태 마음에 둔 말을 속시원히 해보지 못했고, 서방으로부터 살가운 말을 들은 적도 없었다. 많이 배운 사람이라 못 배웠다고 업신여기는지 아예 입을 봉해버렸다. 바깥에서 남자 할 일이 따로 있듯 어머니는 여자 할 일만 해왔다. 아버지가 건넌방에서 책을 읽는다면 어머니는 바깥에서 집안일을 했다. 첩실(妾室)인 그 여자를 만나면 하고많은 총각 놔두고 하필이면 자식 둔 남의 서방과 어울렸느냐고 머리채 잡아 흔들며 분풀이해야 속이 후련하련만 서방 앞에서 그렇게 패악 치지도 못할 것 같았다.

　오후 2시가 가까워서야 찾아낸 아버지와 그 여자가 산다는 집은 시약산 아래 비탈진 골목길 깊숙이 들어앉은 초가였다. 닫힌 대문 틈으로 보니 좁은 마당 건너에 기와 올린 안채가 있고 아래채는 길과 면했는데 들창이 있었다. 대문은 빗장을 질러두어 고모가 나서서, 주인 안 계시느냐고 사람을 불렀다. 진영 장터만 해도 대문 없는 집이 많고, 있어도 빗장 채워두지 않는데 도회지는 좀도둑과 거지가 많은지 다르나 싶었다. 한참 만에야 대문이 아닌 길가 들창이 열리더니 애젊은 여자가 얼굴을 반쯤 내밀고는, 누구를 찾느냐고 물었다. 고모는 신식 머리 매무새인 바른 가르마 탄 단발머리 그 여자가 철하 강습소에서 본 구롬보임을 알아보았다. 그 여자도 고모를 본 순간 놀라는 폼이 누구인지 알아챈 눈치였다. 고모는 아버지 이름을 대며 진영 집에서 찾아왔다고 말했다. 어머니 역시 그 여자를 처음 보았으나 직감으로 누구인지 알았다. 그 여자도 고모 뒤에 나를 업고 선 어머니를 알아보곤 깜조록한 얼굴이 두려움에 질렸다. 오빠가 집에 있느냐고 고모가 재차 물었다. "계시지 않습니다만, 잠시 들어오이소······" 그 여자 얼굴이 들창에서 사라졌다. 대문을 열어주는 여자는 작고 왜소했다. 흰 블라우스에 무릎 덮이는 서양식 주름치마 차림이었다. 호박 단저고리에 비녀 꽂은 어머니와는 외양부터 달랐고 같은 여자치고 몸집이 너무 차이가 났다. 어머니는 자그마한 연놈이 찹쌀궁합을 맞췄다 싶었다. "오빠 만내고 가야 하니 오빠 올 때까지 기다릴께예." 고모가 그 여자에게 말했다. 그 여자가 손으로 입을 막으며 헛구역질을 하곤 비켜섰다. 어머니는 도도록한 그 여자의 허리를 보곤 임신 사실을 알아챘다. 가슴이 무쇠 덩어리가 떨어지는 충격에 순간적으로 눈앞이 캄캄했다. 어머니는 그 여자와 맞닥뜨리기 전까지 머리채 쥐고 너 죽고 나 죽자며 한판 전쟁을 치르려 했는데 애를 밴 모습을 보자 맥이 빠졌다. 어디 손댈 데도 없는 작은 여자가 임신까지 했으니 머리채를 뜯어놓겠다는 마음이 사라졌다. 문간채는 부엌이 따로 없어 쪽마루 한쪽에 찬장을 놓았고 밥상에는 상보를 덮어 두었다. 숯불 피워 냄비밥을 해먹는지 풍로에 얹힌 작은 냄비가 눈에 띄었다. 쪽마루에는 사발 몇 개가 기명통 물에 뒹굴어 무엇이든 깨끗이 하는 데 이력이 난 어머니는 여편네의 게으름을 보는 듯했다. 자신이 시댁에 군식구로 얹혀산다면 이 여자도 부평초같이 뜬 살림을 살고 있음이 집혀졌다. 어머니는 돌아서고 싶은 마음이었으나 어차피 힘든 걸음을 했으니 서방 소식을 듣고 가기로 했다. 아니, 서방을 꼭 만나야 했다. "성가, 드가입시더" 하며 고모가 멍하니 선 어머니께 말했다. 어머니는 고모를 뒤따라 문간채 방으로 들어가 방 안부터 살폈다. 다행히 아기가 없는 빈방이었다. 남녀가 부산으로 나간 지 이태째라 아이를 낳았나 의심했더랬는데 낳은 애는 없는 대신 지금 아기를 가졌음이 분명했다. 방 안 풍경은 소꿉장난 같은 살림을 살고 있었다. 어느 집이나 문간채 방이 그렇듯 사람 넷이 누우면 꽉 찰 작은 방에는 반닫이 농짝과 그 위에 얹힌 이부자리에, 벽에 걸린 남녀 옷 몇 벌, 방구석에 재인 책들, 화장대 하나가 살림살이 전부였다.

 방에 앉자 세 사람은 서로 눈치만 살필 뿐 아무도 말을 꺼내지 않았다. 문 앞에 무릎 세워 앉은 그 여자가 치마폭에 얼굴을 묻고 어깨를 들먹이며 흐느꼈다. 어머니는 늘 그렇듯 근엄한 표정으로 말없이 그 여자를 건너다보았다. 무슨 말이든 말 좀 해보란 듯 고모는 어머니 눈치를 살폈다. 침묵이 오래 흘렀다. 이윽고 그 여자가 젖은 눈을 들고 조그맣게 말했다. "제가 죽을죄를 지었습니다. 드릴 말씀이 없네예······" 고모가 오빠는 언제쯤 들어오느냐고 물었다. 집에 자주 오지 않고 오늘 저녁에도 올지 어떨지 알 수 없다고 했다. 어머니는 이 여자가 어색한 자리를 모면해 객식구를 쫓을 요량으로 거짓말을 둘러댄다고 단정했다. "아아 아부지를 만내보고 갈테이 그리 아이소." 어머니가 처음 입을 뗀 말이었다. 그 말에 그 여자가 거짓부렁이 아니란 듯 정색하며, "오늘 저녁에 들어오시면 다행이지만 안 들어오시기가 십상입니다. 부산에만 있지 않고 마산에도 자주 갑디더. 지난번에는 열흘을 넘겨 집에 오더니, 친구 만내로 경성에 갔다 왔다 캅디더" 하더니, 먼 길 걸음 하셨는데 무어라도 대접해야겠다며, 무릎걸음으로 밖으로 나갔다. 그 여자가 나가버리자 어머니가 고모에게, "애를 뺐어" 했다. "애를 가졌다니? 나는 모르겠는데, 성가는 벌써러 눈치챘습니꺼?" 고모가 놀랐다. "서너 달은 됐어요. 입덧이 심해 아무것도 몬 묵으니 저래 말랐제. 아아까지 가졌으이 앞으로 이 일을 우째 감당할꼬……" 어머니가 옆에 뉘어 놓은 나를 내려다보며 한숨을 내쉬었다.

  시간이 한정 없이 흘렀다. "진영 가는 막차라도 타야 내일 우체국에 나갈 낀데……" 고모가 초조해했다. 어머니가, 내일 하루 결근하더라도 오늘 애들 아버지를 만나 무슨 결판이든 내야 한다고 말했다. 이러지도 저러지도 못한 채 고모는 대답이 없었다. 햇발이 서쪽 들창을 비출 때야 그 여자가 돌아왔는지 바깥에서 발소리가 났다. 물 좀 얻어 마시겠다며 밖으로 나간 고모가 찹쌀떡과 강정 담긴 접시를 소반도 없는지 방 안에 들이밀곤, 자기는 방으로 들어오지 않았다. 풍로에 불을 피워 부채질하는 그 여자 옆에 고모가 쪼그려 앉아 이것저것 물었다. 어머니는 꿔다 놓은 보릿자루처럼 방 안에 앉아 이 생각 저 생각에 골몰했다. 이제 서방은 아주 내다 놓은 남이라 여기기로 했다. 집으로 돌아오라고 멱살 잡아챌 일도, 투기심을 끓일 필요도 없겠다 싶었다. 모든 걸 이녁의 타고난 팔자소관이라 생각하고 아들딸이나 잘 건사하며 서방은 잊고 살기로 했다. 그렇게 마음먹으니 마음이 편안했다. 한참 만에야 고모가 방으로 들어와 그 여자한테 들은 말을 어머니께 전했다. "오빠가 부두 거리서 짐꾼 노릇 해서 겨우 밥술을 묵는다 캐예. 부두으 짐꾼과 합숙하다 며칠에 한 번씩 들어온담더. 그래 와서 옷 갈아입고 나가거나 혼자 안 오고 동료들을 델고 와서 한참 밀담을 나누곤 통금 전에 같이 나가거나 그 사람들이 자고 가기도 한담더. 비밀로 독립운동하는 사람들 같다 안 캅니꺼. 오빠가 친구들과 여전히 노름하느냐고 묻자 그런 거 하는 건 몬 봤대요. 그러미 울며 하는 말이, 그런 사람인 줄 몰랐는데 오빠한테 속았다고 한탄합디더. 부두으 짐꾼 노릇 할 남자하고 같이 살게 되다니, 자기 팔자가 이래 풀릴 줄은 꿈에도 몰랐담더. 친정엄마가 몇 분 댕겨갔지만 친정 동네 여래리에도 소문이 나서 친정아버지는 내 딸이 아이라며 돌아앉아, 집에서도 쫓겨났답디더. 오빠가 뭐 좋다고 미쳐서 살림까지 채렸으이, 앞으로 살 일이 난감하다고……" 듣고 있던 어머니가 고모 말을 잘랐다. "일본까지 가서 공부했다는 여자가 엄살떨고 있네. 그런 말로 잔꾀 부린다고 누가 속을 줄 알고." 그러나 그 남자가 정신 나간 사람인 줄 이제야 깨달았다니 다행이다 싶었다.

  고모는 그 여자가 이것저것 반찬이라고 만들어 차려낸 밥상을 방 안에서 받았다. 보리쌀과 안남미를 반반씩 섞은 밥이었다. 구운 전갱이와 나물 반찬은 간이 맞지 않았고 콩나물국은 마늘 양념을 치지 않아 건건찝찝했다. 점심이 부실했던지 고모만 밥그릇을 비웠을 뿐 어머니는 먹는 시늉만 했다. 그 여자는 입덧 탓인지 콩나물국만 몇 모금 넘겼다. 밥상을 치우고 들어오자 그 여자는 문간에 앉아 뜨개바늘로 실뜨개를 시작했다. 오늘 막차를 놓쳤으니 내일은 필히 새벽 첫 기차를 타야 한다고 촐싹대던 고모는 방 안의 무거운 침묵에 질렸던지 오빠 마중이나 나가보겠다며 밖으로 나갔다. 정실과 첩실만 오두만이 남았으니 서로 마음에 새겨둔 할 말이 많았다. 할 말이 너무 재였기에 무슨 말부터 꺼내야 할지를 몰라 서로 눈치만 살필 뿐 입을 봉하고 있었다. 방 안이 침침해져 오자 그 여자가 호롱불을 밝혔다. 어머니는 긴장이 풀어진 탓에 벽에 기댄 채 눈을 감고 있었다. "큰길까지 나가 아무리 기달려도 안 오네" 하며 고모가 방으로 들어왔다. 밤이 이슥해지도록 아버지는 오지 않았다. 그 여자는 뜨개질하다 이따금 들창께로 눈을 주며 귀를 기울였다. 이를 본 고모가, 오빠가 들어올 때는 들창을 두드리느냐고 물었다. 그 여자가 그렇다고 했다. 다시 긴 침묵이 이어졌다. 통행금지 30분 전을 알리는 예비 사이렌 소리가 언덕 위까지 아련히 들려왔다. "아무래도 오늘은 안 들어오시는 모양입니더. 불편한 대로 주무셔야지예." 그 여자가 미닫이 농짝에 얹힌 이부자리를 폈다. 객이 와서 잘 때 깔고 덮는 이부자리인지 누더기 이불이 여러 채였다. 그 여자 말이 잠자리가 누추해서 면목이 없다며, 부평동 시장통의 헌 이불 파는 가게에서 사 왔다고 변명했다. "지가 차고 있던 시계까지 전당포에 잡힌 지가 오래됐습니더." 여자는 순진하게 묻지 않은 말까지 덧붙였다. 고모가 가운데에, 그 여자가 문간에서 새우잠에 들었다. 어머니는 땟국 탄 남의 이부자리에 들기가 싫던 참이라 두 여자가 권했으나 앉아서 밤을 나겠다고 우겼다. 어머니 자리에는 내가 뉘어졌다.

  그날 밤, 끝내 아버지는 들어오지 않았다. 어머니는 앉은 채 자는 듯 마는 듯하며 밤을 났다. 먼동이 터올 때야 조반을 짓겠다며 그 여자가 밖으로 나갔다. 고모가 첫 기차 타려면 우리도 나서야 한다며 이부자리를 개더니 세수를 하겠다고 나갔다. 어머니는 앉은 자리에서 꼼짝을 않았다. 어머니가 밤 내 생각한 게 아버지를 직접 만나지는 못했을망정 그 여자에게 따끔하게 한마디 하곤 날이 밝는 대로 더 지체 않고 나서기로 했다. 세수를 마친 고모가 방으로 들어오자 그 여자가 뒤따라 들어와 고모에게 낯 닦을 수건을 권하곤, 어머니 앞에 무릎 꿇어앉았다. "뭐라 드릴 말이 없습니다만, 바깥분이 조만간에 집에 들를 테이 그땐 꼭 진영으로 다녀가시라고 단단히 이르겠습니더" 하곤, 그때는 무엇에 홀렸던지 이녁이 잘못 생각해 죽을죄를 지었다며 머리 조아렸다. 어머니가 보기에 이실직고하는 품이 둘러대는 말 같지 않은 진정성이 느껴졌다. 생각을 여투어두었던 어머니도 못 이긴 채 매기단했다. "댁도 이제 그 남자와 살 만큼 살아봤으이 어떤 사람인 줄은 알잖았소. 그러니 남 앞에서 은제까지 이래 살 기 아니라 지 살 길을 찾아야지예. 구만리 같은 청춘에 무슨 일이든 몬 하겠소. 내 눈에 흙 들어가기 전에 민적은 안 팔 낀 게 그리 알아요." 어머니는 마음에 새겨둔 말을 마치곤 잠이 깬 나를 업고 나섰다. 어머니는 아침밥을 들고 나서라는 그 여자의 간청을 들은 척도 않고 고모에게, 어서 기차역으로 가자고 재촉했다. 마당으로 내려선 고모가 쪽마루로 나서는 어머니를 무심결에 보았다. 고모는 어머니의 눈에서 무엇인가 번쩍이는 물기를 터 오는 먼동 속에서 보았다고 했다. "그때까지 말없이 참고 있었던 니 엄마가 마당으로 나설 때야 소리 없이 울더라. 자기 신세를 두고 우는지, 그 여자 팔자가 불쌍해서 우는지, 어쨌든 성가 눈물을 그때 첨 봤어." 고모님이 그때 일을 두고 한 말이었다.

　어머니와 고모가 부산 서대신동을 다녀온 뒤 열흘 만이었다. 아버지가 명색이 자기 제상 차려줄 장남을 보았다고 내 겉옷 한 벌과 속내의를 사 들고 진영 집에 돌아왔다. 초여름 더위가 후끈하게 몰려오는 어느 날 오후였다. 그날, 어머니는 나를 업고 나무하러 하계리로 들어가 집을 비웠기에 마당에서 혼자 놀던 누나가 대문으로 들어선 아버지를 보았다. 얼굴조차 잊을 만큼 오랜만에 보기도 했지만 누나는 불쑥 들어선 아버지를 얼른 알아보지 못했다. 아버지가 놀라는 누나를 보고, 인사도 안 하느냐고 한마디 했다. 그 말에도 누나는 선뜻 아버지를 맞으러 나서지 못했다. 아버지 몰골이 영 말이 아니었다.

병정 나갈 사람처럼 머리칼을 짧게 깎았고 얼굴이 까맣게 탄 데다 홀쭉 말라 병자 모습이 완연했다. 땟국 탄 허름한 국민복에 단고(고의) 바지를 입고 있었다. 집에서 살 때는 외출 시 늘 구두를 신었는데 다 떨어진 헝겊 단화였다. 아버지는 누나에게, 엄마와 너 동생은 어디 갔느냐고 묻곤 할머니를 찾아오라고 했다. 누나가 울산댁 주점 가겟방으로 가선 장터 이웃 아낙네들과 한담하던 할머니에게 아버지가 집에 왔다고 전했다. 할머니가 한달음에 장터를 질러 집으로 걸음을 재촉했다. 누나가 할머니를 따르며, 아버지가 거지가 되어 돌아왔다고 말했다. 할머니는 대문으로 들어서서 아들을 본 순간 억장이 무너져 문지방에 주저앉고 말았다. "야야, 니 그 꼴이 뭐꼬?" 남루한 입성에 피폐한 아들 몰골을 본 할머니의 탄식이었다. 어떻게 키운 외동아들인데 싹둑 쳐버린 머리칼하며 꼬락서니가 가관이었다. 아버지가 자기 차림을 내려다보며, 집에 못 들어가서 그렇다고 변명하더니, "요즘 같은 시국에는 이렇게 하고 댕겨야 헌병이나 순사들 눈에 잘 띄지 않지예. 내 나이가 징병 뽑혀갈 서른 살 안쪽 아닙니까" 했다. "이인택 씨 말이, 김 서방이 부산 부두의 노무자들 간죠오(계산) 보는 모양이지 카던데, 그 말이 맞나?" 할머니가 물었다. 어머니가 부산의 그 여자한테서 듣고 온 말을 할머니께 전했는데, 할머니가 옮긴 말을 들은 이인택 씨가 아버지 하는 일을 두고 부두 하역장 인부들의 일당 계산 담당인 모양이라고 그럴듯한 추측을 달았던 것이다. 상업학교 출신인 아버지를 두고 한 말이었다. 아버지는 그 말에는 대답하지 않고, 조만간 부두 생활을 청산할 참이라고 말하곤, 친구들 만나보고 저녁 답에 들어오겠다면서 대문을 나섰다.

나를 업은 채 삭정이 한 짐을 꾸려서 이고 온 어머니는 누나로부터 아버지가 왔다는 말을 들었다. 우체국에 가서 고모한테도 아버지가 왔다는 소식을 알렸다고 했다. 어머니가 마루에 놓인 아버지가 사온 선물 내 새 옷 꾸러미를 보았다. 아들이 모처럼 귀가했기에 할머니는 상설 시장으로 가서 저녁 찬거리를 푸짐하게 사왔다. 어머니의 부엌일이 바빠졌다. 중앙산 너머로 해가 떨어졌을 때야 아버지가 집으로 돌아왔다. 아버지는 누나와 함께 마루에 누워 노는 나를 보더니, "이놈이 바로 그놈이군" 하며 안아 들었다. 놀란 내가 울음을 터뜨렸다. "아버지가 안아주는데 울다니" 아버지가 나와 눈을 맞추었다. 내가 아버지를 처음 본 순간이었고 그 품에 안겨보기도 처음이었다. 내 울음소리를 들은 어머니가 정지에서 나왔다. "애가 튼튼하구려." 아버지가 어머니를 보고 처음 한 말이었다. 그 말이 늘 집에 있는 가장(家長)처럼 천연덕스러웠다. 자식을 낳은 지 석 달 만에 나타나 무슨 엉뚱한 엉너리냔 듯 어머니가 악을 쓰며 우는 나를, "이리 주소" 하며 넘겨받았다. "애가 곧 백일 아니오. 사진관에 가서 사진이라도 박아 두구려. 나도 한 장 가지게." 아버지가 말했다. "사진 춤지에 넣고 다니겠다모 집에는 아주 안 들어오겠다는 말인가?" 안방에서 마루에 나섰던 할머니가 물었다. "어무이도 참, 공연히 트집이셔" 하곤, 한 번 더 안아보자며 어머니로부터 나를 넘겨받더니 덩더꿍, 덩더꿍 하며 치켜들었다 놓았다 방정을 떨었다. 그런 어른의 응석 작태를 어머니는 외면하고 말았다. 아버지의 태평스러운 이중성을 어머니로서는 어떻게 이해해야 할지 남자의 심보를 헤아릴 수 없었다. 오랜만에 식구가 모여 마루에서 둥글상 펴고 저녁밥을 먹게 되었다. 장날이 아닌데도 할머니가 닭 한 마리를 사 왔기에 백숙으로 고아냈고 옥돔구이에 나물 반찬 여러 접시가 상에 올랐다. 할머니 말처럼 '반찬이 아무리 좋아도 원체 째작째작 묵는 팽이 식사질'이라 아버지는 밥 절반을 남겼다. 밥을 먹을 때도 말이 없었다. 할머니와 고모가 아버지께 여러 말을 물었으나 아버지의 대답이 시원치 않았다. 비상시국인 전시라 도회지 사람들은 더 살기 힘들다 했고, 이런 시국에는 안 죽고 살아남기도 장하다고 했다. 아버지는 물론 누구도 부산에서 살림 사는 그 여자에 관해서는 말을 꺼내지 않았다. 언제까지 두 집 살림을 살 작정인지 그게 궁금한데도 불침이라도 당할까 보아 아무도 그 말을 묻지 않았다. 아버지가 언급하지 않는 이상 그 말을 꺼냈다가 모처럼의 분위기를 깰까 봐 세 여자가 동시에 몸 사리며 저어했던 것이다. 어머니는 오랜만에 쌀알이 드문드문 섞인 풋바심한 보리밥 그릇을 밥상 아래 놓고 먹으며 한마디도 말을 꺼내지 않았다. 숟가락을 먼저 놓은 아버지가, 허율 씨 집에서 친구를 만나기로 약속했다며 일어섰다. 집에 들어온 지 한 시간도 안 되어 또 나서겠다는 아버지 말에 누나까지 합쳐 네 여자가 멍해진 채 아버지 뒷모습만 쳐다보았다. 집을 나서는 아버지를 보고 할머니가 "집에 들어와서 잘깨제?" 하고 물었다. 그러겠다며 아버지가 돌아보지도 않고 건성으로 대답했다. 그러나 그날 밤 자정이 넘도록 아버지는 돌아오지 않았다. 어머니는 말 한마디 제대로 못 해보고 아버지를 놓치고 만 셈이었다.

  6월 하순, 내가 태어난 지 백일째를 맞았다. 어머니는 나를 업고 우체국 건너에 있는 2층 사진관으로 갔다. "상품 푸짐하게 준다는데, 군(郡) 우량아 선발대회에 내보내이소. 백일에 이런 사내대장부라면 상을 탈 만합더." 나를 발가벗겨 고추 내놓은 채 의자에 앉혀 자세를 잡아주며 사진사가 말했다. 그즈음 태평양전쟁은 확전 일로에 있었고 일제는 내선일체를 내세워 황민화 교육에 한층 더 열을 올렸다. 일장기를 드높여 충성을 맹세할 황군(皇軍) 양성이 지상 과제였기에 사내아이는 제국의 보석이라며 군과 면 단위로 우량아 선발대회를 열고 있어서 이를 빗댄 말이었다. 내 백일 때의 사진을 보면 선발대회에 뽑힐지 어떨지는 몰라도 신체 건강한 우량아였다. 그러나 어머니는 먼저 여읜 두 아이를 떠올리곤 사진사의 말에 아무 대꾸를 하지 않았다. 아버지의 말이 아니었다면 사실 내 백일 사진도 찍지 않았을 것이다. 한 돌도 안 된 애를 자랑삼아 내세우면 액을 당한다는 속설이 있었던 것이다. 그해 양력 12월 초순께 부산에서는 이복동생이 태어났다. 나와 동갑인 사내아이였다. 1942년이 가기 전, 진영에 온 아버지가 읍사무소부터 들러 이복동생을 어머니의 둘째 아들로 내 이름 아래 출생신고를 마쳤다. 집으로 온 아버지가 어머니에게, 그 애를 무적자로 놔둘 수 없어 당신 아들로 신고했으니 그리 알라고 사무적으로 한마디를 던졌다. 그 말을 듣고도 어머니는 묵묵부답이었다.

## 8장

 1943년 4월이었다. 아버지는 여전히 부산을 터전 삼아 생활하며, 형식적이든 어쨌든 그 여자와 동거 관계를 유지하고 있었다. 그 여자가 진영 친가로 돌아갈 처지가 못 되었기에 부산에서 아버지와 도피성 동거를 하는 처지로 이해할 수도 있었다. 그즈음, 그 여자가 사는 서대신동 언덕바지 문간채는 아버지가 필요에 따라 한 번씩 들리는 여관 구실을 했다. 나의 이런 예단이 아버지와 그 여자 관계의 이해 부족에서 오는 선입관일 수도 있다. 진영 철하 강습소가 문을 닫자 두 남녀가 부산으로 줄행랑쳐 동거 생활에 들어갔던 2년 몇 개월 전, 아버지는 구식 여자인 어머니와 이혼하고 신여성인 그 여자와 새 가정을 꾸미겠다고 약속했으나 그 약속이 뜻대로 되지 않아 유야무야되었다. 아버지는 그때까지도 어머니보다는 그 여자를 더 원했음이 사실이다. 재미성 없는 어머니와 달리 그 여자는 애교 있고 귀여운, 무엇보다 배운 여자였다. 어머니와 그 여자를 나란히 앉혀놓고 보면 아버지가 그 여자에게 마음을 뺏길 만도 했다. 그러나 남녀 간의 내밀한 애정 교감은 당사자 외 아무도 임의로 재단할 수 없다. 남녀 간의 사랑은 불에 댄 듯 뜨거울 때가 있으면 얼음장처럼 차가워질 때도 있게 마련이다. 정식 혼례를 올린 부부간에는 애정이 식어 권태기가 올 때라도 세월이 약이라고 시간이 가면 없던 정이 회복되기도 한다. 그러나 외도일 경우 권태기가 오면 갈라서는 계기도 맞게 된다. 내가 추측하건대 두 분 역시 한때의 그 열렬했던 사랑도 그즈음에는 엔간히 시들해져 하강기를 맞았음이 사실이었다. 열정이 식기는 아무래도 아버지가 먼저이겠으나, 감언이설에 속았다고 후회하는 그 여자도 '한순간 첫사랑에 눈멀었음'이 착시였음을 뒤늦게 깨달았을 것이다.

　어머니는 작년 6월, 나를 업고 고모와 함께 부산의 그 여자 집을 갔다 온 뒤부터 아버지를 아예 내어놓은 서방으로 여겨 관심을 두지 않았다. 당신이 집엣밥을 먹으며 거주하지 않았기에 관심을 두기에는 서로의 정만큼이나 멀어져 있었다. 아버지는 소식조차 전해 오지 않았다. 어머니는 아버지가 제 발로 진영으로 돌아오기 전에는 귀가하라고 하소연하러 부산으로 나갈 마음이 없었다. 이를 두고 할머니는 심보가 고약한 며느리라고 쫑알거리다 자신이 직접 나섰다. 할머니는 고모를 짝지 삼아 부산 가는 버스를 탔다. 그러나 그 버스가 돌자갈 비포장도로로 10리도 채 못 가 할머니는 차멀미에 구토를 하다 못해 똥물까지 게우자, 중도에서 하차해 부산행은 포기하고 말았다. 집으로 돌아온 할머니는 그 여파로 사흘을 된통 앓았다. 열흘 뒤는 차체가 덜 흔들리는 기차 편에 부산으로 나갔으나 역시 차멀미로 시달려 그 여자네 문간방 신세를 지며 앓아누운 채 아들과의 상봉을 기다렸다. 그 여자와 고모가 부두 거리로 나가 아버지를 찾았으나 누구를 잡고 물어도 최근에 그런 사람을 못 보았다는 말에 허탕만 쳤다. 할머니와 고모는 부두에서 짐꾼으로 날품을 팔아서 산다는 그동안 아버지의 말을 의심할 수밖에 없었다. 그런 사단 뒤, 고모가 아버지 옷가지며 몸에 좋다는 한약재를 싸 들고 부산을 두 차례 더 나갔다. 두 번 중 한 번만 아버지를 만났고 한 번은 아버지를 만나지 못해 헛걸음을 쳤다. 그럴 때마다 그 여자는 혼례도 못 올린 채 낳은 아들을 품에 안은 채 눈물을 흘리며 아버지에게 속아서 자기 신세만 망쳤다는 하소연을 고모에게 쏟아냈다. 그런 그네의 억하심정도 일리가 있어 고모는 오빠 때문에 가련한 신세가 된 그네의 만 리 같이 남은 장래를 걱정하며 함께 울어주었다고, 어머니가 안 듣는 자리에서 할머니에게 소곤거렸다. 그 말을 들은 할머니는 팔이 안으로 굽는다고 아들 걱정만 늘어놓았다. "손에 흙 한 분 묻혀본 적 읎고 등짐이라곤 핵교 댕길 때 책가방 멘 게 다인 약한 몸으로 날품꺼정 팔자모 그 몸으로 우째 견딜꼬. 그나마 집에도 안 들어오고 부두 거리 창고 같은 데로 떠돌미 잔다카이, 한데밥 묵자모 어데 더운밥으로 끼 때나 제때 챙기겠으며 반찬 갖추고 묵겠나." 할머니는 외동아들 걱정으로 노심초사의 나날을 보내며 한숨을 담배 연기로 날렸다.

지난 설날에 차례를 지내려 잠시 집에 다니러 온 아버지는 허리에 난 상처를 보이며, 몸을 다쳐 이제 부두에서의 날품팔이도 청산하고 동창생들 사업장을 기웃거리며 임시직으로 경리일을 도우며 어영부영 버텨냈다고 했다. 동창생들이란 부산의 관공서나 중소기업체에 취직해 있던 마산상업학교 졸업생이거나 그 연줄로 알게 된 선후배였다. 아버지의 주판으로 셈을 하는 솜씨를 두고 누군가가, 주판알 놀리는 손재주가 귀신 손놀림인 듯 빠르더라는 감탄 말로 보아 그런 일감을 맡을 만했던 모양이다. 설날에 아버지가 진영에 왔을 때, 요새는 부산에서 무슨 일을 하느냐는 할머니의 물음에 "어시장 공판장에서 경매로 사들인 고기 상자를 도쿄 대형 음식점에 납품하는 업체에서 경리를 봅니다" 했다. 반도로 나온 일본인 집안인데 급우가 부친의 공판장 사업에 대를 잇고 있다고 했다. 아버지는 설날 뒤로도 잊을 만하면 한 번씩 당일치기로 진영 본가에 들렀다 갔다. 올 때마다 잊지 않고 누나와 내게 선물을 사다 주었다. 누나에게는 앞으로 학교에 들어가면 쓸 학용품이었고 내게는 딸랑이 따위의 장난감이었다. 아버지는 마산의 동창생 만나러 가는 길에 중간 기착지인 진영에 잠시 들를 때가 있었다. 고향 친구를 만나러 왔거나 진영금융조합에 볼일이 있어 오기도 했다. 아버지는 진영 집에 들를 때마다 나를 번쩍 안고 들어보며, "그놈 무럭무럭 잘 크네" 하고 한마디 했다. 그럴 적마다 나도 이럴 적이 있다오 하듯 어머니를 보고 수염 거뭇한 얼굴에 미소를 띠었다. 부산의 그 여자가 낳은 아들에 대해서는 언급이 없었으나 진영 식구는 해동갑인 그쪽도 나처럼 잘 크겠거니 짐작했다. 어머니는 아버지의 그런 이중생활에 대해 가타부타 말이 없었고 오면 오고 가면 가겠거니 하고 무심하게 대했다. 잠시 만났다 헤어질 때도 서로가 개가 닭 보듯 했다. 당시는 첩실을 따로 두어 두 집 살림을 살거나 한 집에서 본처와 첩실이 같이 사는 집도 흔치는 않았으나 더러 있던 시절이었다. 아버지는 어머니와 그 여자 사이에서 줄광대 노릇을 하며 어느 쪽도 포기하거나 버리지 않았고 낙상하지도 않은 채 줄타기를 계속하고 있었다. 아니, 아버지에게 이제 두 여자는 관심의 대상 밖에 있었다. 두 여자에게 자기가 바깥에서 하는 일을 설명하거나 이해시킬 필요가 없다는 듯, 가정 밖 세상의 다른 일에 정신이 팔려 있기도 했다.

그럴 사이 그해 꽃가루 분분히 날리던 봄에 내게 불청객 홍역(紅疫)이 찾아왔다. 아버지 없는 여자들만의 집에서 내가 첫돌을 맞아 식구가 미역국을 먹은 3월 중순을 넘긴 다음 달이었다. 화창한 날씨가 계속되었다. 선달바우산의 감나무밭 위 철쭉꽃과 영산홍이 만개한 날이었다. 홍역은 나이 스무 살까지 생존자의 90퍼센트 이상이 걸리기에 일생에 한 번은 누구나 경험하는 질병이라 속어(俗語)로도 "제구실(자기의 의무)했다"라고 말한다. 1965년 백신으로 예방접종을 실시한 이후 홍역은 감기 정도로 취급하지만 당시로는 한두 살 된 유아들에게 치명적인 질병이었다. 전염성이 강해 한 마을에 홍역이 돌림병으로 유행하면 운 사납게 줄초상을 당하기도 했다. 홍역은 여름철을 제외한 아무 계절에나 발병했지만 특히 봄철인 4월에서 6월 사이에 많이 찾아왔다. 내게 홍진이란 급성전염병이 찾아오기는 일반적인 사례 그대로였다. 엉금엉금 기다 벽을 짚고 일어나 걸음마를 익히던 내가 4월 어느 날부터 미열이 있더니 눈에 좁쌀만 한 눈곱이 끼기 시작했다. 홍역의 시초였다. 내 눈의 결막에 염증이 생겨 눈이 빨갛게 붓는 결막염 증세를 보였다. 이틀이 지나자 전신이 불덩이처럼 달아오르는 고열이 왔고 심한 기침과 콧물을 동반했다. 아기가 누운 채 연방 기침을 쏟아냈고 숨길이 거칠었다. 열꽃으로 피부에 물집과 반점이 생기기 시작했다. 속칭 꽃돋이라 일컫는 발진은 얼굴·목·팔과 몸통 위쪽에 이어 등·엉덩이·발로 옮아갔다. 열이 40도 넘게 치달아 소량의 물 이외 어떤 음식도 넘기지 못한 채 혼수상태에 빠졌다 깨어나 눈을 뜨곤 했다.

어머니는 읍내의 유일한 양의 병원인 남산병원에 업고 나서서 의사로부터 홍역으로 진단받았고 특별한 치료제가 없기에 간단한 처치만을 받았다. 이튿날은 어머니가 나를 업고 한약방에 데리고 갔다. 한약방의 홍역 처방이란 게 민간요법을 약제로 만든 것이었다. 어머니는 건조한 잇꽃(홍화)을 한약국에서 구해와 찬 청주에 담가 무채와 함께 먹이는 방법을 썼다. 마음이 급해진 어머니는 이웃의 경험담을 좇아 홍역에 좋다는 민간요법을 이것저것 시행했다. 강판에 간 생강즙을 간장과 설탕물 끓인 것과 섞어 먹이기도 했다. 늙은 호박을 통째 삶아 묽은 죽을 만들어 먹였다. 문병차 집에 들렀던 울산댁이 열꽃이 얼굴 가득 핀 나를 내려다보곤 칡뿌리를 달이거나 그 생즙을 먹여보라고 일러주기도 했다. 그러나 일주일이 지나도 내 홍역은 수그러들 기세를 보이지 않았다. 나는 고열로 혼수상태에 빠져들었다 가까스로 깨어나곤 했다. 홍역을 시작한 지 열흘이 못 되었는데 살이 내려 명태 꼴로 말라갔다. 소문을 들은 이웃과 울산댁이 찾아와 정신을 잃은 나를 내려다보곤 측은해했다. 그들은 어머니가 듣지 못하게 대문을 나서서 "아무래도 강정떼기가 이분에도 아들을 또 잃을 것 같애" "에비가 읊어도 잘 크더니만 결국 지 구실을 못 하게 됐군" 하며 혀를 찼다. 지켜보던 할머니나 우체국에서 퇴근하고 온 고모도, 어린 누나도 다 죽어가는 나를 옆에서 지키기만 했을 뿐 아무런 도움을 줄 수 없었다. 열을 내리는 데 효험이 있다는 입소문에 생파의 흰 밑동을 짓찧어 거즈에 싸서 내 앙가슴을 찜질하던 어머니는 입술을 깨물어 설움을 참았다. 생각할수록 자기 팔자가 기막혔다. 무주고혼이 된 혼령이 지금쯤 어디메에서 떠돌고 있을지 모르는 먼저 여읜 두 자식을 가슴에 묻은 것도 한이 졌는데 또 하나 자식마저 이승을 떠나려 하고 있었다. 앞서 보낸 첫 딸자식은 사산해서 얼굴조차 제대로 만들어지지 않았으니 기억에 남아 있지 않았고, 둘째 사내애는 첫칠을 보내고 이내 잃었으니 벌써 기억에서 희미해져버렸다. 이어 딸을 얻은 지 네 해 만에 어렵사리 나를 보게 되었다. 서방의 외도로 인하여 설움으로 찌든 가슴에 방싯방싯 웃는 모습이 기쁨을 주기도 잠시였다. 내가 백일을 맞았을 때는 사진사만 아니라 이웃들조차 면소에서 실시하는 우량아 선발대회에 내보내 보라고 말했다. 그렇게 토실토실하던 아기가 마른 개구리 꼴로 죽게 되었다. 이 아들자식만은 제 아비 행실을 안 닮게 철저한 훈육으로 잘 키워보려 마음먹었는데 그 꿈이 물거품이 될 판이었다. "홍역 앓이가 저래 심하니 아무래도 안 되겠제?" 낮 동안 마실 나갔다 돌아온 할머니가 건넌방으로 들어와 어머니에게 말을 건넸다. 어머니는 대답하지 않았다. 나를 한참 내려다보던 할머니가 "산 사람은 살아야제, 어둡기 전에 죽이라도 서서 끓이거라" 하곤 방에서 나갔다. 그제야 어머니도 한마디 했다. "아아가 이 꼴로 죽어가는데 어데 죽인들 제대로 넘어가겠어예."

　나는 밤새도록 반쯤 죽었다 깨어나기를 되풀이했다. 어머니는 눈을 못 붙인 채 내 곁에 앉아 열이 내리고 기침이 멎게 거즈로 싼 짓찧은 생파 밑동으로 앙가슴을 찜질했다. 물수건으로 발진이 심한 사지와 몸통을 닦았다. 봉창이 희뿌옇게 밝아올 즈음에도 병세가 잦아지기는커녕 남은 기력마저 더 떨어졌다. 어둠이 그치기 전에 잠을 깬 할머니가 건넌방으로 건너와 나를 살피며 어머니께 간밤의 경과를 묻곤, 아무래도 안 될 것 같다며 머리를 흔들더니 마루로 나앉았다. 자식 복에다 손자 복마저 없는 늙은이라며 자신을 타박했다. 고모도 건넌방으로 건너와서 어머니와 함께 가녀린 숨을 내쉬는 나를 내려다보았다. 할머니는 마루에 앉아 담배를 피워 물었다. 할머니는 할아버지가 신고 끝에 별세하신 뒤부터 담배를 피우게 되었다. 몸이 비대한 울산댁이 장죽으로 잎담배를 피웠는데, 담배는 말 그대로 심심초라 독수공방살이에는 심심풀이로 좋다며 권했던 것이다. 할머니도 울산댁처럼 처음은 장죽에 말린 잎담배를 피웠으나 너무 독해 어질머리를 앓아 값이 비싼 궐련으로 바꾼 뒤 어느새 인이 박여 중독되어버렸다. 할머니가 피운 남색 담배 연기가 희미하게 트여오는 먼동에 스산하게 흩어졌다. 며느리도 팔자가 세다 싶었다. 전생에 무슨 업보로 손 귀한 집안에 들어와 서너 자식을 낳았으나 어릴 적에 잃고 겨우 남매를 두었는데, 세번째 자식을 또 여읠 판이었다. 할머니는 이 모든 재앙의 불씨가 말같이 큰 며느리가 집안에 들어온 탓이라 여겼다. 탈진 상태의 어머니도 밤새 되풀이해온 생각을 간추렸다. 끝내 이 자식을 잃게 되겠다며, 죽어가는 아들로부터 정을 떼기로 결심했다. 한참 뒤, 어머니가 축 늘어진 나를 배내옷에 싸안고 건넌방에서 나왔다. 어쩌려고 그러느냐고 할머니가 물었다. "아무래도 안 되겠습니더. 더 살 가망이 읎어예. 야를 대문간에 내다 놓으려고예." 나는 배내옷에 싸여 대문 밖 골목길 수챗가에 버려졌다. 경상도 남부 지방은, 중병에 들어 곧 숨을 거둘 어린아이는 집안의 액까지 모두 거두어서 저승으로 가라는 뜻으로 액막이옷을 입혀 대문 밖에 내다 놓는 풍습이 있었다. 아기가 숨을 거둘 때 너무 애처로워 부모가 차마 옆에서 지켜보지 못하겠다는 마음도 작용했고 어차피 죽을 자식이니 먼가래 치겠다는 뜻도 있었다. 그렇게 버려둔 뒤 자주 대문간을 내다보던 부모는 아기가 숨을 거두었음을 알면 그제야 시신을 수습하여 뒷산으로 옮겨 땅에 묻었다. 묻은 위에 흙이나 뗏장이 아닌 돌멩이를 덮어 표를 해두었다. 산으로 오르다 그런 조그만 돌무덤을 보게 되면 누구 집에선가 아기가 죽어서 거기에 묻었다고 짐작했다.

해는 아직 여래리 금병산 위로 떠오르지는 않았으나 시간이 흘러 어느새 어둠이 물러가고 사방이 훤히 트여왔다. 먼 데서 닭 울음소리가 들렸다. 이따금 골목길로 지나가는 사람들 발소리가 들렸다. 새벽같게 공동 우물터로 물 길으러 나선 아녀자들이었다. 그때, 대문간에서 잔기침 소리가 났다. 한 아낙네가 대문 안을 들여다보며, 강정댁이 있느냐고 어머니를 찾았다. 마루에 넋 놓고 앉았던 할머니가 머릿수건 쓴 아낙을 보았다. 빈 함석 물동이를 든 덕동댁이 마당으로 들어섰다. 그네는 도랑골에 살았다. 도랑골은 선달바우산과 중앙산 사이의 협곡으로 여름 장마철에만 실개천이 흘렀는데, 그 골짜기를 끼고 다닥다닥 붙어 앉은 초가에 오일장 장사꾼들이 터 잡아 살았다. 덕동댁은 일찍 서방을 잃고 어린 자식 셋을 키우는 과수댁이었다. 중앙산 뒤 하계리 일대의 산간 마을을 돌며 약제·벌꿀·산나물을 거두어선 진영 장날에 팔아 빠듯하게 생계를 이었다. "강정때기 아들이 홍역을 치룬다는 말은 들었는데 밖에다 저래 내삐린 걸 보이 영 가망이 읎는 갑지예?" 덕동댁이 할머니께 물었다. "이 약 저 약 다 써봐도 안 됩디더. 아무래도 안 될 것 같다고 지 에미가 내다 놓은 모양이라예." 할머니가 말했다. 밥 지을 생각도 않고 부엌 부뚜막에 앉았던 어머니가 바깥의 말소리에 마당을 내다보았다. 덕동댁이 어머니를 보더니, "강정때기, 혹 그 약은 써봤능교?" 하고 물었다. 무슨 말인가 싶어 어머니가 멍청한 표정으로 덕동댁을 건너다보았다. "토란과 당근을 편으로 썰어서 푹 삶아 그 물을 장복시켜 보이소. 우리 셋째 아도 작년에 홍역 치룰 때 그 처방을 썼더이 열이 내리고 오줌을 시원하게 눕디더." 열이 내리고 오줌을 수월하게 누면 꽃돋이(발진)가 빨리 밖으로 발산된다는 말이었다. 등잔 밑이 어둡다는 말대로 어머니가 여러 민간요법을 썼는데 토란과 당근 삶은 물은 여태껏 내게 먹여보지 못했음을 알았다. "시장도 안 섰을 이 신새북에 토란과 당근을 어데서 구하꼬예?" 귀가 트인 어머니가 난감해하며 물었다. "시장 건물에서 채소 파는 명례때기를 찾아가 보이소. 명례때기 집이 묏덩걸에 있잖능교. 장에서 팔다 남은 채소는 집에 갖다 놓았을 낌더." 덕동댁 말에 어머니가 밖으로 나가 나를 싸안고 집으로 들어왔다. 내가 혼수상태에 빠져 있었으나 다행히 가랑거리는 숨은 붙어 있었다. 어머니는 고모에게 나를 맡기곤 그 길로 묏덩걸로 치달아 올랐다. 묏덩걸은 선달바우산의 언덕 왼쪽에 자리한 마을이었다. 예전에 주인 없는 묘가 많아 그런 이름이 붙여진 산동네였다. 어머니는 명례댁으로부터 토란과 당근을 구해 왔다. 집에 들자 이를 삶아, 그 물을 숟가락으로 내 입에 떠서 넘겼다. 그 민간요법의 효험 덕분인지, 아니면 어머니의 지극정성 탓인지 그날 정오에 들어서야 나는 긴 잠에서 깨어나듯 슬며시 눈을 떴다. 그로부터 천천히 열이 내리기 시작했다. 밤을 넘기자 발갛게 부풀었던 온몸의 꽃돋이가 자주색으로 꺼멓게 변해갔다. 홍역은 한순간에 덮치듯 병이 몸에서 빠져나갈 때도 그 속도가 빨랐다. 이튿날 오전부터 나는 차츰 안정을 되찾아 죽물을 넘기게 되었다. 덕동댁의 민간요법 처방이 내게 홍역을 떨어지게 했는지, 내가 홍역으로는 죽지 않고 살아날 팔자를 타고났기에 마지막 고비에서 자연 치유가 되었는지 그 내막을 나는 알 수 없다. 그러나 어머니는 덕동댁의 조언으로 아들이 죽을 목숨을 건졌다며 덕동댁을 내 양어머니로 삼자고 부탁해서 승낙을 받아냈다. 덕동댁과 양모로 맺은 것을 기념해서 사진관에서 기념사진까지 박았다. 그날 이후부터 어머니는 제사나 명절 음식은 물론이고 집안에 별난 음식을 만들면 반드시 덕동댁 애들까지 불러서 먹였고 옷전에서 천을 사다 그 애들 옷을 재봉틀로 만들어주었다. 그날 새벽, 덕동댁에게 다른 사정이 있어 공동 우물터에 물을 길으러 집을 나서지 않았다면, 그렇게 나섰다 해도 먼동 틀 무렵의 희부염한 공간에 버려진 나를 싼 포대기를 발견하지 못했다면, 발견했더라도 그런 처방을 어머니께 알려주지 않았다면, 나는 새벽녘 한기까지 덮쳐 숨이 끊어졌을 수도 있었다. 홍역을 된통 치르고 겨우 살아났으나 그 뒤부터 나는 약골이 되어 이십대를 넘길 때까지 버썩 마른 몸으로 살았다. 1963년 여름 논산훈련소에 입대할 때 신체검사의 마지막 단계에서 최종 합격과 불합격을 판정하던 군의관이 말했다. "그 몸으로는 군사훈련을 받을 수 없으니 당일로 귀가 조처해야겠어." 내 키가 176센티미터인데 비해 체중이 45킬로에 불과했다. 몸은 말랐으나 아무런 병이 없다고 사정한 끝에 겨우 입대를 허락받았을 정도였다. 불합격 딱지를 맞고 그 길로 귀향해보아야 집에서 삼시 세끼 공밥 얻어먹기가 힘든 처지였다. 체중이 늘고 한 줌밖에 안 되던 허리둘레가 늘어나기는 엔간히 먹고살 만큼 된 나이인 삼십대 중반에 들어서서부터였다. 나는 지금도 대식가로 밥보다. 끼니때를 놓쳐 배가 고프면 어질증이 심해 아무 일도 할 수 없고 심지어 잠조차 오지 않는다.

그렇게 홍역에서 살아난 나는 그 뒤 두 번 더 죽기 직전에 살아난 경험이 있다. 국민학교 5학년 때던가. 가족과 떨어져 울산댁 주점에 얹혀 지낼 때였다. 내가 다닌 국민학교가 장터에서 신작로 따라 동쪽으로 1킬로 남짓 떨어진 여래리에 있었다. 그해 여름, 여름방학을 앞둔 날씨가 몹시 덥던 날이었다. 하굣길에 한 아이가 여래못에 목욕하러 가자고 말했다. 장터 주변에 살던 아이들이 좋다며 따라 나섰다.

아이들이 모두 옷을 벗고 못으로 뛰어들었다. 나는 겁이 많아 헤엄은 칠 엄두를 못 내고 몸을 적셨다. 그런데 헤엄을 잘 치던 아이들이 깊지 않다며 안으로 들어오라고 외치는 말에 가슴께까지 물이 차는 못 안으로 들어갔다. 그런데 그곳에 소가 있어 갑자기 바닥이 깊어지며 어느 순간 내 머리가 물 아래로 잠겨버렸다. 나는 아무리 용을 써도 발이 물 밑바닥에 닿지 않았다. 어쩌다 머리가 물 위로 솟아올랐다. 멀리서 놀란 눈으로 내 쪽을 보는 아이들 모습이 어릿어릿 비쳤다가 다시 물 아래로 가라앉았다. 그때 나는 순간적으로 사람은 이렇게 죽을 수도 있구나 하고 생각했다. 허우적거리던 내 팔에 힘이 빠졌고 의식도 희미해져갔다. 그런데 의식을 완전히 놓기 직전, 한쪽 발바닥에 돌부리가 닿는 느낌이 전해왔다. 이를 기회로 내 몸이 앞으로 움직여졌고 나는 기진맥진인 상태로 기어 나왔다. 그때의 죽음에 대한 선명한 기억은 그 뒤 오랫동안 잊히지 않았다.

내가 두번째 죽기 직전까지 갔던 경험은 고등학교 2학년 때 장질부사(장티푸스)에 걸렸을 때였다. 당시 나는 서울에서 발간되던 조간신문을 대구 교외 공장 지대인 원대동 일대에 배달해 학비를 조달했다. 그해 가을에 들자 오슬오슬 춥더니 고열이 찾아왔다. 입맛이 떨어졌고 조금만 먹어도 소화가 되지 않았다. 제대로 먹지를 못하니 새벽에 길 나서서 신문 배달을 하고 나면 등교가 힘에 부쳤다. 열은 떨어지지 않았고 몸은 나날이 쇠약해졌다. 그래도 어머니는 약값조차 아낀 채 감기몸살로 죽는 법은 없다며 자연 치유가 되기를 기다렸다. 열흘쯤 지나자 배가 너무 아파 변을 보기가 힘들었다. 오래 앉아 있어야 겨우 토끼똥을 누었다. 드디어 몸의 감각이 없더니 무릎 관절이 아파 오기 시작했다. 절뚝거리며 신문 배달을 하고 등교한 날, 급기야 양쪽 다리가 마비되어 하교 때 급우가 나를 업어서 집으로 데려다 주었다. 집에 다니러 왔던 외가 사촌 누님이 학교도 못 가고 신문 배달도 놓은 채 나른히 누운 피골이 상접한 내 몰골을 보곤, "이모님, 저라다가 아무래도 장남을 잃겠심더. 생돈이 들더라도 쟈를 병원에 한분 델고 가보이소. 진골목에 있는 정내과가 용하다 카데예" 했다. 바느질 일을 하다 말고 옆에 누운 나를 내려다보던 어머니가 그 말에 못 이긴 채 길 건너 '진골목'에 있는 정내과로 나를 데려갔다. 나를 진찰한 의사 말이 "장질부사를 오래 방치해두어 창자가 창호지처럼 얇아져 찢어지기 직전이라요. 내일쯤 왔다면 나로서도 살릴 수가 없었심더. 어서 입원을 시켜요. 안 그라면 학생이 내일모레 사이에 죽습니다" 했다. 나는 정내과의 다다미방 입원실에 입원해서 링거주사를 처음 맞아보았고 뜨물을 끓여 멀건 죽물만 먹었다. 의사는 최소한 일주일은 입원해야 한다고 말했으나 어머니는 병원비를 아끼려 사흘 만에 나를 강제 퇴원시켰다. 집으로 돌아오자 그때부터 차츰 열이 내렸고, 그로부터 일주일 뒤 감각이 없던 다리도 풀려 걷게 되었다. 열병 탓에 오장육부의 병균이 모두 죽었는지 자그마하던 키가 수수깡처럼 부쩍 자라 학교 조회 때는 줄 뒤에 서게 되었다.

# 9장

　1943년 그해 가을에 들어 우리 집은 셋집살이를 면하고 집을 사서 이사하게 되었다. 살던 집과 2백 미터 정도 떨어진 공동 우물터 옆에 마침 맞춤한 집이 매물로 나왔던 것이다. 팔려고 내어놓은 그 집을 눈여겨본 이는 이인택 씨였다. "언양떼기 지금 사는 집은 터가 안 좋소. 집이 길보다 꺼져 있어 집 안이 컴컴한데다 길이 서쪽에 있으니 대문을 서향으로 낼 수밖에 읎고, 집이 장터 쪽 북을 향해 앉았으이 낮에도 집 안이 음침할 수밖에. 집터 풍수를 안 따지는 자가 집을 지었다 보니 액운이 끊이지 않는 것 같소. 김 서방이 외지를 싸돌고, 아들이 홍역으로 경을 치렀기에 아직도 비실비실한 게지. 매물로 나온 우물터 옆집은 대문이 동향이고 세 칸 집을 지대 높여 앉혀서 우선 집 안이 밝아 좋심더. 가격도 웬만하니 언양떼기 이 기회에 그 집을 잡는 게 좋겠소." 세상 물정에 어둡던 할머니는 부산에 나가서 사는 아들이 오면 상의하려 망설이는 사이 그 집이 다른 이 손에 넘어가려 하자 서둘러 계약을 체결했다. 집안의 경제권은 어머니가 아닌 할머니가 쥐고 있었기에, 장터의 판관 노릇을 하던 이인택 씨의 권유라 집 매입 성사를 그분에게 맡겼다. 그때까지도 할아버지가 유산으로 남긴 금전을 이인택 씨가 맡아 관리하고 있었는데 그 밑천도 바닥을 보이고 있었다.

  공동 우물터 서쪽의 정동향으로 앉았던 그 집이야말로 내 기억에 처음으로 각인된 '우리 집'이다. 사철 등겨 냄새가 향긋한 장터의 방앗간 앞을 지나 선달바우산을 향해 남으로 뚫린 골목으로 들어서기 30미터쯤이면 공동 우물터가 나섰다. 둘레가 6, 7미터쯤 되어 여러 사람이 둘러서서 두레박질할 수 있는 큰 우물이었다. 우리 식구가 그 집으로 이사 갔을 때는 내 나이가 만 두 살이 채 못 되었기에 기억에 남아 있지 않다. 이태 뒤 8월에 우리나라가 해방을 맞고 그로부터도 두서너 해가 더 흐른 뒤 댓 살에 이르러서야 대뇌가 사물을 인식하는 대로 입력장치가 작동해 저장을 시작해 처음으로 각인된 집이다. 우물터 옆 그 초가집에서 1947년 봄에 둘째 아우가 태어났고, 우리 가족이 진영을 떠나 서울로 솔가했던 1949년 봄까지 다섯 해 남짓 살았다. 스무댓 평 정도의 햇볕 잘 드는 앞마당까지 갖춘 그 집은 대문간과 붙어 재래식 변소가 있고 장독대가 있던 남쪽 담장 아래 서너 평 정도의 텃밭 둘레에는 여름이면 채송화·맨드라미·분꽃·봉숭아꽃이 피었다 졌다. 그 옆에 큰 석류나무 한 그루가 있어 6월 초순이면 가지마다 빨갛게 피는 석류꽃이 아름다웠고, 10월 초순이면 가지가 휠 정도로 주먹만 한 석류가 주렁주렁 달렸다. 동을 향해 앉은 두 벌 지대 위의 세 칸 초가는 오른쪽에서부터 재래식 부엌이 있고 안방과 건넌방이 달렸는데, 앞쪽에는 식구가 둥글상에 둘러앉아 밥을 먹을 만한 대청마루가 있었다. 마루의 안방 방문 위에는 프랑스 화가 밀레의

복사판 그림 「이삭 줍는 여인들」이 걸려 있었다. 마당이 깊은 셋집에는 없던 그림으로 이사 왔을 때 아버지가 일본 유학 시절에 가져다 놓은 그림이었다. 그 그림 옆에 가족사진 여러 장이 들어 있는 사진틀도 걸려 있었다. 내 백일 때의 알몸 사진은 물론 아버지가 일본 유학 시절에 동기생들과 학교 앞에서 찍은 사진도 한 자리를 차지했다. 어머니가 그런 장식을 할 분은 아니었다. 아버지가 집에 있을 때 어느 날 못질을 하여 액자 두 개를 걸어두었던 것이다. 아버지는 그렇게 꼼꼼하고 자상한 면도 있었다. 농사도 짓지 않는 집에 농촌 정경을 묘사한 그림이라니? 어쨌든 시골집에서는 잘 볼 수 없었던 그림으로 내 기억에 남아 있다. 이사를 오자 안방은 할머니와 고모가 누나를 데리고 잤다. 건넌방은 아버지의 책장·삼단 농짝에 방문 앞 밝은 곳에 재봉틀을 놓았고, 내가 어머니와 함께 잤다.

 1943년 10월의 특별지원제(학도병)에 이어 새해 2월에 들어선 국가총동원법이 현원징용령으로 강화되어 노역에 동원된 탄광 노동자까지 무작위 차출이 강행되었다. 국방보안법과 치안유지법이 더 강력하게 개정되기도 했다. 전시 총력 체제라 예방구금제도가 시행되었는데 특히 사상범은 고등계 형사의 비인간적인 고문 끝에 숨을 거두는 사례가 많았다. 정세 또한 영하로 급랭하여 식민지 백성은 숨소리조차 죽인 채 왜경의 감시를 피해야 했다. 1944년이 되자 세계대전은 막바지로 치달아 유럽과 동남아 전선은 전투가 치열했다. 일본의 후방 기지창인 동북아도 정세가 급박해졌다. 그해 2월 초, 날씨가 엄청 추운 아침 10시쯤이었다. 푸석한 좁쌀밥을 먹고 나자 고모는 우체국으로 종종걸음 치며 출근했다. 담배 한 대를 피우고 난 할머니는 며느리와 마주 보고 앉아 있기가 싫어 장터로 마실을 나갔다. 누나는 이유 없이 칭얼대는 나를 포대기로 업고 할머니를 따라 집을 나섰다. "그노므 자슥은 아침밥 잘 먹고 머시 몬 마땅해서 저래 짜쌓노." 부엌에서 설거지하고 나선 어머니가 울보 나를 두고 지청구를 놓았다. 식구들 말대로라면 어릴 적부터 나는 울보였다. 한번 울음을 빼어 물면 스스로 지쳐 목청이 쉴 때까지 끈질기게 울었다. 그래서 이웃 간에는 '울보 이치(一)'란 별명을 붙였고 "쟈는 지가 지쳐서 자불기(졸기) 시작해야 울음이 끝난다"라고 했다. 어머니가 방앗간집 안주인이 바느질 일감으로 맡긴 여자 저고리를 만들려 물에 젖은 손을 수건으로 닦으며 건넌방으로 들어갈 때였다. "좀 봅시다." 쩌렁 울리는 소리가 대문간에서 들렸다. 진영주재소 순사와 사복형사가 대문 안으로 들이닥쳤다. 그들은 신발을 신은 채 불문곡절 안방과 건넌방에 나누어 들더니 다락·장롱·선반을 뒤졌다. 셋 중 하나는 부엌에서부터 집 안 뒤란을 돌며 군도를 뽑아 여기저기를 쑤셔댔다. 어머니가 순사에게 무슨 일로 이러느냐고 물었다. "당신 서방이 후데이센징[불령선인(不逞鮮人)]인 줄 몰랐단 말인가? 여편네도 주재소로 가야겠어!" 조선인 순사가 윽박질렀다. 건넌방의 책꽂이에서 아버지의 일어판 책을 열심히 뒤적였다. 일본인 순사는 문학 서적류 중에서 마르크스의 『자본론』, 엥겔스의 『가족·사유재산 및 국가의 기원』, 칼 카우츠키의 『농업문제』, 고리키의 『어머니』를 솎아냈다. 기밀문서를 찾듯 책갈피까지 뒤졌고, 앉은뱅이책상의 서랍에서 여러 권의 공책을 찾아냈다. 형사 하나가 장에서 이불을 내려 홑청을 뜯어내더니 사회주의 관련 책을 추려내어 공책까지 이불 홑청에 쌌다. 그들은 어머니를 앞세워 주재소로 내려갔다. 강정댁 집에 순사들이 들이닥쳤다는 이웃의 소식을 전해 듣고 장터를 질러오던 할머니가 순사 일행과 마주쳤다. 조사할 게 있다며 할머니도 그 길로 주재소로 연행했다. 할머니는 주재소에서 순사 추달에 너무 겁을 먹어 졸도 직전까지 갔다가 자정 무렵에야 풀려났다. 말까지 더듬으며 대답조차 못 하는 아녀자를 더 잡고 있어야 캐낼 게 없었던 것이다. 사건의 발단은 이틀 전에 부산항 제1부두에서 하물을 선적하던 품꾼 셋을 부산경찰서 특고과(특별고등경찰과)에서 검거했는데 거기에 아버지가 끼어 있었다. 모두 다섯 명이 수사 선상에 올랐으나 둘은 낌새를 알아 현장에서 피했고 셋만 붙잡혔던 것이다. 그들은 까막눈인 일반 품꾼과는 달리 글을 알고 어떤 자는 내지어(일본어)에도 능통했다. 그들을 검거한 특고과는 각자의 거주지와 고향 집이 있는 주재소에 방증 자료 취집을 의뢰했다. 진영주재소도 상부의 훈령을 받자 지체 없이 아버지 본가를 덮친 참이었다.

어머니를 주재소로 연행하자 취조를 담당한 일본인 형사와 조선인 순사가 합세해 매질부터 시작했다. 심문은 그다음이었다. 아버지가 진영 본가에 언제, 무슨 일로 왔다 갔으며, 와서 무슨 말을 하고 갔느냐고 족쳤다. 어머니가 글을 쓸 줄 모른다고 하자 사실대로 대라고 윽박질렀다. 그때까지 아버지는 부산에 살고 있었기에 어머니는 서방이 설을 맞아 차례를 지내러 당일치기로 왔다 간 뒤로는 얼굴을 본 적이 없다고 말했다. 설에 왔을 때도 별다른 말이 없었고 바깥에서 하는 일을 말해주지 않았다고 했다. 순사는 어머니가 거짓말로 둘러댄다며 아버지가 바깥에서 하는 일을 자백하라며 다시 매질을 시작했다. 어머니로서는 아버지가 밖에서 무슨 일을 하고 다니는지 몰랐기에 모른다고 말할 수밖에 없었다. 옆방으로 아버지 친구 허율 씨가 잡혀 와 있었는데 매질을 당하는지 비명이 낭자했다. 진영금융조합에서도 대출 장부를 압수하곤 조합장을 연행해 왔다. 우체국에서 고모도 잡혀 왔다. 다른 사람들은 혐의점을 못 찾자 이튿날 풀려났으나 어머니는 사흘 동안 아버지 문제로 주재소에서 갖은 봉욕을 치렀다. 당시 주재소 순사와 헌병이 얼마나 무서웠던지 주재소에 잠시 들렀다 가라는 말만 떨어져도 핫바지에 생똥부터 싼다는 말이 있었다. 만약 '사상 문제'에라도 걸려들면 그 올가미에서 빠져나올 수 없었다. 언젠가 어머니가 그때를 두고 말하며 진저리 쳤다. "아이구, 우째 숨 돌릴 틈도 안 주고 사정 읎이 그래 매질을 하는지. 몇 분 자물시뿔모 (실신해버리면) 물을 퍼부어 깨바서 또 몽둥이질을 안 하나. 니 에비 행실을 두고 자초지종 물으미 바른 대로 대라고……" 아버지의 외도가 어머니 마음에 앙금을 새겼다면 사상 문제까지 겹치자 어머니는 이중의 고통을 당하게 된 셈이다.

주재소로 달려간 지 사흘째 되던 날 해거름 녘에야 어머니는 삭신을 가누지 못하는 몸으로 풀려났다. 걸음을 제대로 걸을 수 없게 매질을 당한 터라 주재소 정문을 나서자 신작로에 주저앉아버렸다. 쪽 찐 머리칼은 풀려 산발이 되고 얼굴은 피멍투성이였다. 누비저고리와 무명 치마는 물세례를 받은 터라 얼말라 살갗에 달라붙었다. 지나가던 장터 사람이 어머니를 알아보곤 우리 집으로 달려가 강정댁이 지서에서 풀려났다고 알렸다. 우체국에서 퇴근해 늘어져 누운 할머니를 보살피던 고모가 어머니를 부축하여 집으로 데리고 왔다. 몸이 약한 할머니는 주재소에서 추달을 받은 후유증에다 아들이 부산에서 경찰서에 잡혀간 일로 그때까지 자리보전하고 있었다. 안방과 건넌방에 자리 차지하고 누운 환자가 둘이나 생겼다. 고모가 양부(養父)인 이인택 씨를 찾아가 그 일을 두고 의견을 여쭈었다. "집 안을 뒤져 서가의 책을 챙겨갔다니 김 서방이 부산서 천황불경죄에 해당하는 큰 죄를 저질러 경찰서서 추달을 받는 기 틀림 읎어. 요새 말로 사상범이라 카제." 이인택 씨의 결론이었다. 그는 고모에게 말했다. "부산으로 나가 무신 일로 오래비가 경찰서에 달려갔는지 경우부터 알아보고, 급전이 필요할지 모르니 얼마를 지참해야 할 걸" 하고 일렀다. 어머니는 주재소에서 매타작을 당해 운신을 못했기에 길 나서기가 어려웠다. 할머니는 작년 부산 나가는 길에 차멀미를 심하게 한 데다 아들 문제에 어떤 힘도 보탤 수 없었고 경찰서 출입부터 겁을 냈다. 고모가 나서기로 해서 우체국에 결근계를 내고 아침 첫 기차 편에 급거 부산으로 나갔다. 본정통에 있는 부산경찰서를 찾기 전에 서대신동의 그 여자 집부터 들렀다. 갓 첫돌이 지난 아들을 붙안고 노심초사하며 문간방을 지키던 그 여자가 고모를 맞자 통곡부터 쏟으며 하는 말이 이랬다. 며칠 전 형사가 들이닥쳐 방을 뒤졌고 자기도 애를 업은 채 경찰서로 달려가서 하룻밤 내내 매질과 심문을 당하고 나왔다고 했다. 어제도 경찰서에 갔다 왔는데 서방이 중죄를 저지른 사상범이기에 면회가 안 된다는 것이다. "형무소로 넘어가모 재판을 기다릴 동안 우째 면회가 될란지 몰라도 지금은 가봐야 헛수곱니더. 경찰서는 감방이 많아 어느 감방에 잡아두고 있는지 알 수도 읎고예." 그 여자 말이 그랬다. 고모는 지니고 온 돈이라도 오빠에게 전달하려 그 여자와 함께 연산동에 있는 부산경찰서를 같이 가자고 말했다. "내사 인자 아아 아부지한테는 정나미가 떨어졌심더. 이 아이하고 내 살 길을 찾아야지, 면회 갈 마음이 읎어예." 그 여자는 돈바른 말을 뱉었다. 고모가 한 번만 더 도와달라고 간청하자 마지못해 아기를 업고 따라나섰다. 경찰서 정문 앞에 이르자 입초 선 순사가 그들을 막았다. 그 여자가 아버지의 출신지와 이름을 말해도 순사가 알 리 없었다. "여기 잡혀 들어오는 자가 어데 한둘이오? 우리가 그자가 어데 사람이고 이름이 뭔지 어째 다 알겠소." 순사의 통명스러운 말이 그러니 떼를 써본들 쇠귀에 경 읽기였다. 더 물을 데도 없어 두 여자는 추위에 언 발만 동동거렸다. 고모는 아버지에게 전할 영치금을 그 여자에게 맡기곤 마산 가는 마지막 버스 편에 진영으로 돌아왔다.

아버지는 부산경찰서 취조실에서 스무 날에 걸쳐 심문 조사를 받았다. 아버지를 포함한 그들은 항만 노동자들에게 불온한 사상을 주입할 목적으로 위장 취업하여 '항심회(恒心會)'란 비밀 독서회를 만든 게 범죄 혐의점이었다. 부산경찰서 특고과 역시 불령선인 몇이 1930년대 원산과 함흥의 공장 노동자와 부두 노동자를 대상으로 조직했던 '태평양노동조합 사건'을 반도와 내지를 잇는 제일 관문인 부산으로 이식하여 그 재건을 꾀했다는 결론을 내렸다. 아버지는 위장 취업에다 지방 금융조합 공금횡령죄가 추가되었다. 과거에 근무한 바 있던 진영읍 금융조합의 돈을 빼내어 부두 노동자 의식화 교육에 사용할 등사판 교재를 만드는 데 충당했다는 것이다. 일당 다섯 명 중에 불령지도(不逞之徒) 셋을 검거하여 관계 기관에서 엄중 문초 중이라는 기사가 경상남도 경찰서 관보 귀퉁이에도 실렸다. 아버지를 비롯한 셋은 사회주의(마르크스─레닌주의, 또는 M─L주의)를 신봉하는 불령지도한 사상범으로 지목되어 치안유지법 위반으로 경찰서를 거쳐 기소 송치되었다.

내 이복동생을 업고 경찰서 앞을 얼쩡거리던 그 여자는 입초 선 순사를 통해 아버지가 경찰서 영창에서 부산형무소로 이송되었음을 알았다. 동대신동에 있는 형무소 면회실로 찾아간 그 여자가 아버지 면회 신청서를 제출하자 면회 허락이 떨어졌다. 창살 안쪽에 마주 선 아버지의 얼굴은 껑더리되어 있었다. 아버지는 그 여자에게 이제 경찰서 유치장에서 벗어나 심문을 받지 않는다며 몸은 괜찮다며, 이 말을 진영 본가에 전해달라고 했다. 그 여자는 여기저기 피딱지까지 앉은 아버지의 처참한 몰골에 아무 말도 못 한 채 눈길을 피했다. 혹심한 고문 탓이었다. 일경 특고과의 고문 방법은 악명이 높았다. 무차별 몽둥이질과 3, 4일 잠 안 재우기는 기본이고, 칠성판(형틀)에 눕혀 묶어놓고 얼굴에 수건을 씌운 뒤 물 먹이기, 발가벗겨선 동아줄에 거꾸로 매달아 채찍으로 때리기, 묶은 손발을 통나무에 끼워 통닭구이로 만들어선 뺑뺑이 돌리기, 발가락이나 성기에 연결한 전기 고문, 손톱 밑에 대바늘 쑤셔 넣기 따위였다. 면회를 마치고 나온 그 여자는 진영우체국의 고모 앞으로 전보를 쳐서 그 사실을 알렸다. 할머니는 옥에 갇힌 아들을 차마 만날 수가 없다며 길 나서기를 꺼렸다. 장독으로 앓아누웠다 겨우 몸을 추스르게 된 어머니가 나를 업고 부산 가는 버스를 탔다. "어떡하노. 미브나 고브나 너그들 에비 아인가. 감옥소서 콩밥 묵으며 우째 지내는공 낯빤대기라도 봐둬야 할 것 같애서……" 훗날에 어쩌다 그 시절 이야기가 나왔을 때 어머니는 애증이 섞갈리는지 말을 제대로 맺지 못했다.

부부 사이의 싸움은 칼로 물 베기라고 말한다. 죽네 사네 하며 대판 싸워도 며칠이 지나면 머리 맞대어 한 상에서 밥을 먹고 자식도 만든다. 면회길에 나섰을 때 어머니 심경은 자신이 진영주재소에서 당한 만큼 임자도 그런 고문을 당해봐야 한다는 증오심과, 다른 한편으로 감옥살이하는 처지를 두고 연민 또한 느꼈을 것이다. 어머니는 부산 서대신동의 그 여자 집을 찾아가선 하룻밤을 자고 이튿날 아침에 그 여자를 앞세워 부산형무소로 면회에 나섰다. 그 여자가 따라나서기를 꺼렸으나 어머니가 면회 신청 절차와 글을 몰랐기에 마지못한 걸음이었다. 어머니는 치마저고리 차림에 쪽 찐 머리를 비녀로 꽂았고 그 여자는 양장 차림에 신식 단발머리였다. 두 아낙이 한 남자를 두고 한 해 동안 앞서거니 뒤서거니 사내아이를 낳았기에 둘 다 애를 업고 나선 걸음이었다. "감옥소에서 니 에비 면회를 했제. 내보다 더 고초를 당했는지 얼굴 꼴이 매런(형편) 읎더라. 자기 진 죄가 큰지, 여자들 보기가 미안했던지, 여편네들 등에 업힌 알라(아기) 둘만 힐끔거리곤 별말을 안 하데. 간수가 옆에서 눈꼬리 세워 지켜보기도 했지만, 니 에비도 자기가 벌린 일이니 할 말도 읎었을 끼라. 어무이는 잘 계시느냐고, 지 에미 소식만 묻더라. 면회 끝날 때서야 한다는 말이, 집안 걱정꺼리를 맹글어 미안하다 그러데. 그제야 내 생각이, 세 살 묵은 어린아이도 아이고 집안 걱정시킬 일을 와 하고 댕겨. 식구 입 건사하겠다고 부두에 나가 일했다모 동정심이나 가제." 이 말은 아버지에 대한 어머니의 당시 느낌이었다. 그때까지도 어머니는 아버지가 어떤 일을 하다 불령지도가 되었는지를 모른 채, 금융조합의 돈을 함부로 꺼내 쓴 죄를 지었다고만 알았다. 아버지가 사회주의운동을 했다는 사실을 알기는 당신이 옥살이를 시작하고부터였다. 사회주의운동이란 말을 듣고도 그게 국가나 사회를 어떻게 바꾸자는 것인지 자세한 내막은 몰랐다.

  당시 시골 사람들은 그런 사례를 두고, "그 사람 남 몬 가는 높은 핵교 댕기며 배운 기 엉뚱한 사상이라"든가, "사상에 미쳐서 고초를 자초하다니" 하고들 말했다. 우리나라의 사회주의, 곧 공산주의운동은 1917년 러시아의 레닌 등이 주도한 볼셰비키혁명의 성공 이후 그 영향을 받기 시작했다. 1919년의 3·1만세운동 이후 러시아 극동 이르쿠츠크 고려인회와, 연해주 일대의 고려인 조직, 상해임시정부 일부 요인들에 의해 연구회와 단체가 만들어지기는 그 이후였다. 1920년대 초부터 비밀리에 국내로 전파되어 식민지 지식인들의 비상한 관심을 끌었다. 공산주의를 지향한 정치적인 조선인 단체는 1920년대 제1차, 제2차, 제3차에 걸쳐 조직되었고, 외부의 압력으로 와해되었다 다시 재건 과정을 거칠 때마다 일제의 발본색원 단속과 탄압을 겪어야 했다. 그런 수난 속에서도 지하에서 명맥을 이어갈 동안 새로운 좌파 운동가를 꾸준히 양성해냈고 그들 중에는 불퇴전으로 헌신한 안광천(1897~?)이란 인사도 있었다. 그는 김해 진영 출신으로 제3차 조선공산당대회(1926)에서 책임비서로 선출되기도 했다. 좌파 운동은 1930년대로 넘어오면서 적색농민조합과 적색노동조합을 중심으로 민족해방운동이란 목표 아래 황도(皇道) 군국주의를 지향한 일제에 저항 세력으로 성장했다. 초기 열혈 공산주의자로 활동했던 구연흠(1883~1937)은 자신의 회고에서 1926년에 발표된 『조선공산당선언서』를 인용하여 공산주의자들의 근본 과업과 구체적인 임무를 정리하며, "조선 공산주의자들은 일본 제국주의의 압박 하에서 조선을 절대로 해방시킬 것을 당면의 근본 과업으로 한다. 이를 위해 조선 공산주의자들은 모든 반일 역량을 집결하여 '민족유일전선'을 결성하고, 일제에 대한 정확한 공격 준비와 타격을 가해야 한다"*라고 말했다. 구연흠의 선언에서 볼 수 있듯, 일본 제국주의 체제 아래 놓인 현 정세의 정확한 인식에서 출발하여 공산주의운동 방침을 제시한 대표적

---

* 신주백, 「1930년대 국내 사회주의자들의 민족해방운동론」, 『역사비평』 1990년 봄호.

인 투쟁 사례는 1930년대 전반기의 '태평양노동조합 사건'과, 1930년대 후반기의 '경성콤그룹(경성코뮤니스트그룹)'의 활동에서 볼 수 있다. 일제의 탄압이 극심했기에 조선인 대부분이 죽은 듯이 숨죽이고 살 때 유독 그 두 사건만이 일제 36년 동안 뚜렷한 족적을 남겼다. 일제의 탄압으로 국내의 우파든 좌파든 대부분이 투옥·전향·사망·해외 거주할 때였다. 극소수 우익 성향 지사들이 두문불출 은거하며 지조를 지키기도 했으나, 공산주의운동가들은 어떤 고난에도 굴하지 않고 민족해방투쟁과 프롤레타리아혁명을 2대 투쟁 과제로 삼아 1945년 해방의 날까지 지조를 지켰다. 경성콤그룹은 1939년부터 41년에 걸쳐 반전투쟁, 반전민족통일전선전술, 결정적 시기에 무장봉기를 목표로 지하당 결속 확장을 꾀했는데 회원 수 1백여 명에 대부분 검거되었다. 그러나 그들은 혹독한 탄압에도 전향을 거부하며 민족해방전선 대열에서 끝까지 살아남았고 해방 후 조선공산당 조직의 모체가 되었다. 주요 인물로는 박헌영·이재유·이주하·김삼룡·이승엽·이현상·이관술·이순금·김태준 등이다. 그들은 모두 6·25전쟁 전후 처형당하거나 옥사·전사했다.

당시로 보면 유한층 집안의 응석둥이 외동아들로, 외양으로나 성격 면에서나 유약한 샌님 같았던 아버지가 어느 순간에 어떤 점에 혹해 공산주의운동에 깊숙이 발을 들여놓게 되었는지, 나는 그 동기를 짚어낼 수 없다. 아무리 둔한 사람도 하나뿐인 제 목숨 귀한 줄은 선험적으로 아는데 그 일을 하려면 목숨을 걸어야 할 만큼 위험하다는 걸 알면서도 '사상 문제'에 발을 들여놓았을 때는 분명 그럴 만한 이유가 있었을 것이다. 나는 당신의 마음속을 들여다볼 수 없으나 좌파 운동가가 남긴 수기나 구술 자료를 읽으며 어렴풋이 짐작만 할 뿐이다.

식민지 지식인들이 그 길을 선택할 수밖에 없었던 동기를 쓴 글도 눈에 띈다. 철학자 류승완은 자신의 저서*에서, '일본은 동아시아에서 유일하게 자본주의적 근대화에 성공하면서 조선을 식민지화하였다. 20세기 초 일본이 조선에 강제한 근대화의 실체는 식민지 근대화였다. 이에 따라 조선의 전통적인 지식인은 전통 사상을 고수하면 근대적 세계 문명으로부터 도태되고, 자본주의적 근대화론을 수용하면 식민지적으로 전락되어 민족주체성이 상실되는 모순적 상황에 직면하게 되었다. 조선의 지식인들은 자연스럽게 근대화의 새로운 대안을 모색하게 되었다. 이 상황에서 때마침 일어난 러시아혁명은 사회주의를 주목하게 만들었다. 그리고 중국 사회주의운동의 발흥과 일본 사회주의자들의 조선 독립 지지 등은 사회주의에 한층 더 호소력을 부여하였다'라고 기술했다. 당시 식민지 지식인들은 공산주의 또는 사회주의나 무정부주의라는 새로운 사상 체계에 현혹되어 다른 어떤 길보다 그 길을 지향함이 식민지 지식인이 가야 할 정도(正道)라고 믿는 자가 많았다. 다른 견해로는, 박헌영이 1949년 4월에 발표한 「조선공산당 21주년 기념일에 際하야」에서 볼 수 있듯, '3·1운동 이후의 세칭 사회운동이란 것은 노동자·농민·청년운동이 그 내용을 구성하였고 그 지도이념은 외면상으로는 공산주의 사상이라고 볼 수 있으나 그 본질에 있어서 우리가 그 당시에 일본을 반항하는 첫째가 민족 해방이요, 둘째로 토지 문제 해결과 노동자·농민의 해방을 부르짖느니만치 민주주의 과업을 내용으로 한 반제·반봉건 투쟁이었다.'**

아버지 역시 삼천만 겨레가 일본의 종살이에서 해방되어 상하귀천

---

\* 류승완, 「박헌영 시대의 사상가들」, 『이념형 사회주의』, 선인, 2010.
\*\* 같은 책, 재인용.

이란 봉건적인 계급사회를 허물고 고루살이로 어깨 겯고 살게 될 대동세상을 꿈꾸었다? 그랬을지도 모른다. 아버지 또한 그렇게 제국주의 통치 타도를 통한 절망에 빠진 조선 민중의 해방이란 목표 달성을 위해 가시밭길로 나섰을 것이다. 거기에는 개인적인 이익이나 가족에 대한 책임감 따위는 안중에 없었다. 아버지는 일제하 공산주의운동에 몸을 바친 자로서 이름을 남긴 인물이 아니었다. 1943년 경성콤그룹 사건으로 150여 명이 구속되고 56명이 재판에 회부되었는데 거기에 이름을 올리지 못했다. 『북한 인명사전』이나 『한국사회주의운동 인명사전』의 어느 구석에도 그 이름이 올라 있지 않고, 일제하나 해방 공간의 크고 작은 공산주의 단체나 조직체를 뒤져도 어느 부서에서든 조직원으로 참여했다는 흔적을 찾을 수 없었다. 지하에서 암약하며 투쟁하다 보니 아버지 역시 다른 좌파 운동가처럼 본명·가명·별명·아호를 만들어 필요에 따라 달리 사용했을 텐데, 가족 중에 아버지의 가명이나 이명을 알고 있거나 기억하는 자가 없다. "'김종태 선생 있습니까?' 하고 찾아온 사람은 있었지." 고모의 말이 그랬지만 그런 이름으로도 아버지를 지면에서 찾아낼 수 없었다. 해방 전후 신명을 바쳐 그 일에 뛰다 사라진 사회주의 운동가가 어디 아버지 한 사람뿐이랴. 실바람에도 물결치는 들판의 풀처럼 많았을 것이다. 아버지가 그런 운동을 할 동안은 자기가 하는 일을 두고 가족에게는 외부 활동을 숨겼다. 사실 아버지가 여자들로 이루어진 식구인 할머니·어머니·고모에게 조선 독립의 당위성과 사회주의운동의 필요성을 두고 설명한다 해도 이를 이해하여 장한 일이라고 밀어줄 안목이나 식견이 있는 사람이 없기도 했다.

    당시로는 경찰서 특고과의 내사 과정에서 일단 사상범으로 지목하면 검찰로 송치되기 전에 집요하게 사상 전향(思想轉向)을 강요당했다. 전향의 논리는 역사 이래 어느 시대나 권력을 잡은 자가 반대파나 저항하는 자를 자기 세력 쪽으로 유도하려는 설득을 위한 공작으로 이용하는 심리 전술이다. 일제 말의 전향제도는 1940년의 창씨제도 시행과 맞물려 광범위하게 활용되었다. 창씨제도는 1939년 11월 일본식 씨명제(氏名制)를 설정하고 이듬해 2월부터 조선인에게 창씨를 개명하도록 법률로 지정했다. 총독부는 창씨를 하지 않는 자의 자제는 학교 입학을 불허하고, 사찰 미행하거나 노무징용 우선 대상자로 삼고, 배급 대상에서 제외하는 등, 갖가지 사회적 제재를 가했다. 그렇게 되자 조상이 물려준 성씨를 함부로 바꿀 수 없다며 완강히 버틴 유림(儒林)층은 구세대라 제쳐놓고, 창씨개명을 반대한 민족주의자들이 수면 위로 돌출하게 되었다. 그중 일본 시책에 비교적 협조적인 우익 인사들에 반해 창씨제도와 황국식민화정책에 반대하기는 사회주의자들이 결사적이라 그들 면면이 일제 관헌의 눈에 드러나게 되었다. 일제는 사회주의자들을 치안유지법으로 다스리는 한편 민족개량주의자들을 사주하여 그들을 온순한 일반 민중과 대립시켜 민족 분열을 조장케 했다. 경찰서 특고과는 그런 사회주의자들을 추려내어 구속해서 재판 절차를 거쳐 선고를 내려선 사회와 격리해 형무소에 장기간 유치하겠다고 협박하며, 그 대신 석방을 조건부로 달아 전향 설득에 임했다. 일제는 사상범을 전향자, 준전향자, 비전향자로 분류하여 그 기준을 세분화하였다. 전향자는 '혁명 사상을 버리고 일체의 사회운동에서 이탈할 것을 맹세하거나 장래 합법적인 사회운동에 진출할 자나 혁명 사상을 버리되 합법적인 사회운동에 대한 태도 미정인 자'로 한정했다. 준전향자는 '가지고 있던 혁명 사상에 동요를 느

끼고 장래에 이를 버릴 가능성이 있는 자나 혁명 사상은 버리지 않되 장래 일체의 사회운동에서 이탈할 것을 맹세한 자'로 구분했다. '조선사상범예방구금령'(1941)은 비전향자들을 사회로부터 격리·수용하기 위해 만든 법이었다.

부산경찰서 특고과에서 아버지와 그 동지들에게 사상전향을 설득했으나 이에 불응하자 잔혹한 고문을 가하기 시작했다. 아버지가 만약 전향했다면 경찰서에서 집행유예 정도의 가벼운 벌을 받고 석방되었을 수도 있었겠으나 전향을 거부했기에 재판을 통해 징역형 선고를 받았다. 초기 공산주의운동에 헌신해 조선공산당 2차 집행부 책임비서를 지낸 경남 진주인 강달영(1887~1942)은 1926년 6·10만세운동 준비 작업 중 일경에 검거되어 갖은 고문으로 네 차례 자살까지 시도하면서도 전향하지 않았고 6년간의 옥살이 후 출옥하여선 고문에 따른 정신질환으로 투병하다 해방을 못 보고 사망했다. 경북 안동인으로 조선공산당 초대 책임비서를 지낸 김제봉(1890~1944)도 1925년 1차 조선공산당 사건 당시 검거되어 일경의 악랄한 고문에도 전향을 거부하여 1928년 징역 6년을 선고받고 출옥 후 고문 후유증으로 사망했다. 경성트로이카의 책임자였던 이재유(1905~44)는 1936년 경찰의 불심검문으로 체포되어 6년형을 선고받았으나 전향을 거부한 채 옥중 투쟁 중 1944년 청주예방구금소에서 고문 후유증으로 사망했다. 강달영·김제봉·이재유는 한 예이지만 그런 사례는 비일비재했다. 위장전향 사례는 경성콤그룹 조직자요 해방 후 조공(조선인민공화국) 중앙위원을 지낸 이관술(1902~50)이 있다. 경남 울산 출신인 그는 1933년 치안유지법 위반죄로 경성지방법원 예심에 회부되었으나 과거에 믿었던 사상을 전향한다고 위장전향해서 보석

되었다. 박헌영에 이어 남로당(남조선노동당) 제2인자 위치에 올라 인공치하 서울시임시인민위원회 위원장을 지낸 이승엽(1905~53)은 1928년 검거된 이후 여러 차례 검거와 복역을 거치다 1940년 다시 검거되자 사상전향을 선언하고 석방되었으나 위장 선언이었고, 경성 콤그룹에 가담했다. 1930년부터 35년까지 전향자 총수는 2,137명에 이르는데 그중 221명이 역전향의 길을 걸었다.

아버지는 내가 두 돌을 넘긴 4월 하순에, 부산지방재판소 1심 공판에서 2년 6개월의 구형을 받았다. 나머지 두 사람은 2년으로 구형량이 아버지보다 낮았다. 부산지방재판소의 재판은 날짜가 잘못 전달되어 진영 식구는 아무도 참관하지 못했다. 그로부터 보름 뒤에 재판소에서 선고 공판이 있다는 공문이 진영 집으로 배달되었을 때는 어머니와 고모가 부산 길에 나섰다. 일본말을 알아듣던 이인택 씨도 방청객으로 참관을 원해 따라나서게 되었다. 재판 전날 오후에 기차 편으로 부산으로 나가 어머니와 고모는 그 여자 집에서 잤고, 이인택 씨는 재판소가 있는 연제동 부근의 여관에 들었다. 이튿날 아침 10시 반에 재판이 열렸고, 오후에는 일본인 판사의 선고가 떨어졌다. 아버지를 포함한 일당 셋은 '사상범보호관찰법'에 저촉된 비전향자로 분류되어 검사의 구형대로 아버지는 2년 6개월 실형을 선고받았다. 나머지 둘 역시 2년 징역형 선고가 떨어졌다. 아버지는 치안유지법 위반에 금융조합 대출에 따른 문서위조·사기·횡령의 죄목이 추가되었던 것이다. 부산재판소에서 아버지의 재판 과정을 참관하고 온 이인택 씨가 그 결과에 대해 궁금해하는 장터 이웃에게 재판 과정을 들려주었다. "재판 광경이란 걸 처음 봤는데 그 참 볼만한 구경거리라. 활동사진은 저리 가라 카데. 동아줄에 묶인 죄수복 입은 세 사람을 앞

자리에 앉혀놓고선 법복 입은 검사란 작자가 셋이 진 죄를 두고 조목조목 따지고 말이데이. 판사는 만디(꼭대기) 자리에 앉아 눈을 지그시 깜고 있어. 밑자리에 앉은 서기가 그런 말을 죄 적고. 그런데 김 서방, 내 그래 안 봤는데 강단 한분 볼만해. 을매나 굶기며 몰매를 놓았던지 피골이 상접했는데 평소에사 인사성 바른 얌전한 샌님인데 영 다른 사람으로 변해뿌렸어. 쪼매는 사람이 침착하고 담대해. 이런 말 해도 될란지 모르지만 믿고 하는 소린데, 김 서방과 나머지 둘이 내선일체으 황도주의를 부정하고 부두 노동자들한테 조선인은 천황으 신민(臣民)이 아이라고 가르쳤다잖아. 검사으 긴 사설이 끝나자 그제야 김 서방이 자기 말을 하는데 말발이 서고 거침이 읎어. 김 서방이 오히려 재판관이야. 천황에 대해 그래 불경스런 말을 법정에서 거침 읎이 쏟아내다이. 에르븐(어려운) 일본말이라 내가 잘 몬 알아듣자 옆 사람이 작은 소리로 내게 대충 통변해주더군. 평소에는 부끄럼 잘 타는 샌님이 재판정에서는 사람이 확 달라져뿌렸어. 그런데 진영금융 조합의 돈을 대출한 사실을 두고는 빌린 돈이라고 우길 때도 한 치 양보가 읎어." 이인택 씨가 들려준 말이었다. 공공장소에서는 조선어 금지가 시행되던 시기라 조선말로 나누는 그런 담소를 따로 듣는 귀가 없어 다행이었다.

 아버지가 부산형무소에서 복역을 시작한 지 넉 달이 지난 1944년 8월에 '여자정신대근로령'이 공포되었다. 만 12세 이상 40세 미만으로, 배우자 없는 여자들이 동원되었으며 이들은 대부분 군수공장에 배치되었다. 여자 정신대 경남반(慶南班)이 5월 9일에 일본 도야마 현의 강재(鋼材)공장에 동원된 것을 비롯해 6월 8일에는 경북반, 7월 6일에는 경기반이 계속 동원되었다. 정신대는 창설 당시의 약속과 달리 여자 정신대원과 기생 들을 뽑아 위안부로 전투 지구에 투입했다. 나이 열서너 살만 되어도 혼처 자리를 구해 출가시켜 정신대 선발에서 면해야 했기에 전국 골골샅샅에는 때아닌 혼인 붐이 일었다. 고모 나이 방년 17세로 정신대의 해당 연령이었다. 할머니는 고모가 우체국에 나다녀 월급을 받아오는 게 대견했으나 시집부터 보내려 서둘렀다. 그때를 두고 훗날 고모가 말했다. "마실마다 딸 둔 집은 난리가 났제. 남자 인물이나 집안을 따질 여유가 어데 있노. 신랑 될 사람이 사지 멀쩡하고 병정 뽑혀 나갈 처지가 아이모 서둘러서 짝을 맺어주었제. 어무이가 중매쟁이를 내세워 여러 군데 혼처 자리를 물색했어. 내가 외로븐 집안에 외동딸로 커서 몸이 약한데다 농사일은 잼병 아이가. 음석조차 제대로 맹글어본 적 읎이 컸잖나. 그러이 대식구 딸린 시집실이는 무리라 신랑 구하기가 까다로울 수밖에. 그해 추수 끝낼 때쭘에야 괜찮은 신랑감이 나섰어. 들 건너 빤히 보이는 지나리의 윤씨 집안 차남이야. 수리조합 서기라 국민복 입고 장에 나온 그 사람 한 번 보곤 그냥 결정했어. 외양이 반듯하고 야무져 보이더만. 울산아부지(이인택 씨)도 사람이 똘똘하고 야물어 처자 고생은 안 시키겠다미 좋게 보았고." 고모 말이었다. 신랑 될 윤 씨는 진영 대창국민학교와 마산의 무슨 중학 과정 전수학교에 다녔기에 진영수리조합에 취직되었다는 스물한 살 난 청년이었다. 어머니 말처럼 고모부는 '오줄 바른 사람(경남 지방 말로 사리 분별력이 있어 입 댈 데 없는 사람)'이었다. 진영평야에 널린 가구의 7, 8할이 영세 소작농인데 비해 윤씨 집은 집안에 자기 땅도 가진 반자작농으로 가세가 반반한 중농이어서 위로 아들 둘을 학교에 보낼 수 있었다. 윤 씨 역시 징병 해당자였으나 일본 도쿄에 유학 중이었던 장형이 학도병에 뽑혀 남양전선으로 떠났기에 차남이라 입영이 보류된 상태였다. 무엇보다 고모는 시댁에서 시집살이하지 않고 서방 직장인 수리조합 근처 사택으로 신접살림을 날 수 있다는 게 좋은 조건이었다. 단출한 집안에 구김살 없이 자란 명색이 직장 여성 출신이고 아버지 영향으로 책 읽기를 좋아하던 소녀가 촌구석에 박혀 대가족 시집살이로 썩고 싶지는 않았던 것이다. 학도병으로 뽑혀간 장남이 남양으로 떠나기 전에 급히 혼례식을 올렸기에 맏며느리가 지나리의 서방 본가에서 시부모에 시누이들과 시동생을 모시고 시집살이를 시작한 참이었다. "사주단자가 오고, 설을 넘겨 입춘 절기에 혼례 날짜가 결정되자 신랑 될 사람 선도 보일 겸해서 오빠 면회를 갔지러. 아부지 읎는 집안으 어른이 오빠니 응당 선을 보이고 혼인 허락을 받아야제. 오빠라 해도 나이 차이가 열세 살이나 졌으니 내게는 아부지와 다름 읎었어. 설밑이라 엄청 추웠는데 창살 앞에 머리 빡빡 깎은 죄수복 입은 오빠와 마주 보고 서자 눈물만 쏟아질 뿐 도무지 입이 떨어지지 않아. 신랑 될 사람이 자기소개를 하자 오빠는 머리를 끄덕이곤, 시집가더라도 혼자되실 어무이를 자주 찾아보라대. 서방 될 사람한테는, 나이 어려 세상 물정을 모르니 서로가 아끼가미 잘 살라 카고. 간수가 면회를 끝내라 하자 오빠가 문득 서대신동에는 안 들렀느냐고 묻더라. 갈 때마다 별로 달가워하지 않는 것 같아 이번은 진영에서 바로 왔다고 하자, 알았다고만 해. 내 속짐작으로 그 여자가 면회를 오지 않아 둘 사이가 틀어진 게 아닝가 싶었지만 따로 묻지는 않았어." 고모가 고모부와 함께 부산 감옥으로 아버지 면회를 갔던 경위를 설명한 말이다. 외도에 따른 남자의 바람기는 길어야 4, 5년이 고비라는 말이 있다. 새로운 대상에 서로가 눈멀어 물불을 안 가리며 죽고 못 살던 남녀도 그쯤 세월이 지나면 지금 내가 어디에 섰느냐며 자신과 주위를 돌아보고 본정신을 차리게 된다는 것이다. 서로의 장단점이 드러나고 애정도 식어 권태기가 찾아오는 데는 그쯤 햇수가 지나야 했는데, 아버지와 그 여자가 1940년에 강습소에서 만났으니 바로 그 시간대에 해당하였다.

고모는 1945년 새해 들어 경칩을 넘기자, 옛 식대로 혼례를 올렸다. 고모는 가녀린 몸매에 갸름한 얼굴이었고 동그란 이마에 콧날이 오뚝해 할머니를 닮아 용모가 새첩었다. 고모는 신행을 다녀와선 곧 읍내에서 5리 떨어진 물통걸에 있는 수리조합 사택 한 칸을 얻어 신접살림을 시작했다. 물통걸은 수리조합뿐만 아니라 하사마농장 농장주 저택이 있고 농감·농장 머슴 들이 모여 살던, 일제 초에 들판 가운데 조성되어 일본인이 많은 쉰 가구 정도가 사는 마을이었다. 낙동강 강물을 끌어들인 수로가 바둑판 금줄처럼 얽힌 전천후 수리답이 주위에 널려 있었다. 물통걸에서 북으로 가술리를 거쳐 15리를 가면 낙동강이 나섰고, 강 건너가 수산리였다. 고모가 시집가버리자 식구가 적던 집안은 더 단출해져버렸다. 할머니와 어머니, 누나와 나였다. 아무도 재잘재잘 지껄이거나 떠들거나 소리 내어 웃는 사람이 없으니 집안은 늘 고즈넉한 침묵으로 가라앉아 있었다. 1945년 6월(신학기)에 누나는 대창국민학교에 입학했다. 못 배운 한에 사무쳤던 어머니는 당신이 손수 바느질한 치마저고리를 입혀 입학식에 누나를 데리고 갔다. 누나가 학교에 가버리면 나는 집 안에서 심심해하며 누나가 하교해 오기만을 대문간에 앉아 기다렸다. "누부야 기다린다고 쪼맨한 게 나앉았네. 장터에 나가모 새이(형) 또래들이 자치기하미 놀낀데 그 구경이나 하제?" 공동 우물터 앞길로 다니는 동네 사람들이 말했지만 어릴 적부터 나는 부끄럼이 많아 사람들 사이에 나서지를 못했다. 할머니가 마실 가버리고 어머니마저 나무하러 하계리로 가버리면 세 살배기였던 나 혼자 집을 지켰다. 괴이쩍은 집안의 적막에 어릴 적부터 무서움을 타며 큰 탓인지, 나는 커서도 겁이 많았다. 누나 말에 의하면, 자기가 학교에 갔다 오면 나는 혼자 마당에서 풍뎅이나 개미와 놀고 있었다고 했다. 배가 고파 먹었는지 입가에는 흙 부스러기와 개미가 붙어 있었다고. 그러다 누나를 보면 반가움에 큰 소리로 울기부터 했다는 것이다. "장터에 나가모 지 또래도 흔한데 갸들과는 몬 어울리고 호문차 집에서 놀았다 안 카나. 배도 고푸고 심심하이깐 흙이며 개미까지 주워 먹고. 그라다 혼자 있는 게 무서버면 울었다니. 쟈가 저래가지고 장차 어데 사람 구실 제대로 하겠나." 어머니와 할머니의 지청구였다. 나는 서너 살 때부터 사람 많이 모이는 데 가기를 싫어해 할머니가 마실 갈 때도 따라나서지 않았고, 부끄럼을 타서 동네 또래를 따라다니지 못했으며, 혼자 있을 때는 석류나무 아래서 개미·풍뎅이·거미와 놀았다고 했다.

바깥세상은 전쟁 막바지로 치달아 숨 가쁘게 돌아갔다. 장터만 해도 '귀축영미 히코키(비행기)' 공격에 대비하느라 집집마다 앞마당이나 뒤뜰에 방공호를 만들었다. 소방서는 확성기를 통해 진종일 일본 황군의 승리를 기원하는 군가를 틀어댔다. 소방서와 이웃한 지서에서는 소방서의 군가가 쉬는 짬짬이 스피커를 통해 필리핀 군도·보르네오·자바·뉴기니 군도에서 일본군이 여전히 승승장구 전과를 올리고 있다고 선전했다. 소년 항공병 가미카제(神風) 특공대의 옥쇄(玉碎)를 감격 조로 읊는 라디오 방송을 들어주기도 했다. 앞산보다 더 크고 웅장한 연합함대(聯合艦隊)의 무용담 또한 자랑이 대단했다. 아버지는 여전히 부산형무소에서 옥살이를 하고 있었다. 어느 여름날, 어머니가 나를 데리고 아버지 면회를 다녀왔다. 봄살이 옷가지를 싼 보따리를 싸들고선 서대신동 그 여자 집에는 들리지 않고 바로 부산형무소로 갔다. "사람이 바싹 말라 턱이 뾰조록한 기 얼굴이 쥐새끼처럼 작아 보여. 무신 도 닦는 사람이 됐는지 빡빡머리로 나를 멀거니 건너다보데. 얼굴색이 그저 무심해. 그때사 쪼매 불쌍케 뵈데. 집안에서도 말이 읎는 사람이지만 따로 할 말도 읎는지 벨로 말을 않데. 내가 대신 말했제. 이사 간 우물터 앞집은 밝고 좋다고. 어무이도 잘 기시고, 시집간 고모는 물통걸에서 신접살림을 살고, 희야는 핵교 잘 댕긴다고. 그러자 고개만 끄덕거려. 영치금인가 먼가 돈 쪼매 넣었다 카인께, 집에 돈이 읎을 낀데 머할라고 그런 돈 가져왔냐고 나무라곤, 질도 먼데 앞으로는 면회 안 와도 된다 카대. 그 여자도 면회 안 오는지, 서대신동에 그대로 사는지 모르겠다고 혼잣말을 하더라." 아버지가 그런 혼잣소리까지 끼워 넣은 걸 보고 어머니는 그때 그 여자와 정을 뗐다고 어렴풋이 알았을 것이다.

아버지와 고모마저 없는 단출한 우리 집안은 평온했다. 농사지을 논밭이 없고 그렇다고 장날에 무슨 장사도 하지 않았으며 할머니나 어머니가 남의 집에 품을 팔지도 않았다. 집안은 수입이 전혀 없었다. 전시라 모든 사람이 힘들게 하루하루를 넘기는 만큼 집안의 쪼들리는 살림은 읍사무소에서 주는 배급에 의지한 채 궁핍을 감수해야 했다. 하루 두 끼니를 잡곡밥과 죽으로 때웠다고 뒷날 어머니가 말했다. 할아버지도 타계한 지가 10년이 넘어 그분이 남긴 유산도 아버지가 작살냈고 집 구입에 써버려 바닥이 난 형편이었다. 그러나 집안에 병자가 없으니 여자 어른 둘, 아이 둘이 하루 두 끼 먹는 양식이라야 그게 얼마 들겠는가. 그래도 굶고 앉았을 수는 없으니 할머니는 궁여

지책으로 이인택 씨와 의논하여 오추골에 있던 밭뙈기마저 처분해 그 돈을 이인택 씨에게 맡겼다. 이인택 씨가 급전이 필요한 오일장 장사꾼들에게 융통해주었기에 그 이문으로 양식을 사 먹었다. 그런 형편이니 아버지가 집안을 두량할 석방 날짜만 기다리는 형편이었는데 아직도 그 세월이 길게 남아 있었다. 설령 아버지가 출옥하더라도 그제야 정신을 차려 직장 잡고 집안 살림을 두량할지 어떨지 알 수 없기도 했다. 어머니는 읍내의 바느질 일감을 날라다 재봉틀로 그 일을 해주어 누나 학자금에 보탰다. 땔감은 해다 날랐고 뒤란 텃밭을 가꾸었다. 어머니는 빨래와 집안을 쓸고 닦는 일로 시름겨운 시간을 달랬다. 할머니의 게으름은 어머니의 부지런함으로 상쇄되어 집 안은 늘 명경(거울) 같았다. 읍내에서는 시찰을 요하는 불령선인(不逞鮮人) 집안으로 찍혀 이따금 순사가 집 안을 기웃거리며 트집 잡을 게 없나 하여 어머니께 이것저것 묻기도 했다. 그런 날이면 어머니는 지서에서 당했던 고문을 떠올리곤 몸을 떨었다. "어무이는 시름을 달래는 방법인지 바느질 일을 하며 혼잣소리로 곧잘 노래를 나즉히 불렀어. 목소리가 와 그리 슬푸던지, 할무이가 질질 짜는 소리 치우라고 어무이를 타박했으나 나는 왠지 어무이 노래가 듣기 좋았어. 집에는 아버지가 사다 놓은 유성기가 있어 잠 안 오는 밤이모 그걸 조그맣게 틀어놓아 노래를 배았던 게지." 뒷날 누나가 말했다. 어머니가 부르는 노래는「고향초」「황성옛터」「울 밑에 선 봉선화」같은 당시 많이 불렸던 노래였다.

# 10장

    1945년 8월 15일은 우리나라가 해방된 날이다. 그러나 이날도 해방된 줄 모르고 지낸 사람이 많았다. 15일 오전, 서울 시내 여러 곳에 "본일 정오 중대 방송, 1억 국민 필청(必聽)"이라고 쓰인 벽보가 붙었으나 그것을 유심히 본 사람은 많지 않았다. 12시 일본 천황의 방송이 무슨 말인지 알아듣기 힘들었고 라디오를 가진 집도 별로 없었다. 그해 8월 15일, 더위가 끓는 한낮에 우리나라는 서른여섯 해의 일제 압제를 떨쳐내고 해방의 날을 맞았다. 태평양전쟁의 전세가 일본에 유리하게 전개되고 있지 않다는 쑤군거림이 진영 읍내 장터 어른들의 대화에도 떠돌았으나, 자고 난 하루아침에 영·미라는 코쟁이 나라에 대일본제국이 항복하게 되리라고 예측한 사람은 아무도 없었다. 8월 15일 그날 정오 무렵부터 그 소식이 희미한 소리로 잠꼬대처럼 읊어지기도 했다. 그러나 진영 장터에서, 조선(대한) 독립 만세를 부른 사람은 없었다. 만약 그렇게 나섰다면 당장 주리를 틀어 잡혀 주재소로 끌려갔을 것이다. 윗장터에서 1백 미터쯤 떨어진 주재소 앞에는 여전히 총검을 찬 일본인 순사가 입초를 서고 있었다. 소방서에서 확성기로 틀어대던 군가는 들리지 않았다. "진영 장터에는 나지오 가진 집이 읎었으니 방송이 됐다 캐도 그 소식을 들은 사람이 읎었어. 장터에서 쪼매 나가모 대지주 집에나 나지오가 있을까. 읍사무소나 소방서 같은 관공서 소사(급사)가 알았거나 나지오가 있는 일본인이 저들끼리 모여서 쑤군대는 말을 듣고 흘린 것 같애. 천황께서 오늘부로 전쟁을 끝낸다는 발표를 했다고 말이다. 사람들은 그런 말을 전해 듣고도 천황이 증말 그런 말을 했을까 으심했을 끼고."

나는 해방된 그날을 기억하지 못한다. 내가 기억 못 하는 것은 장터의 어른들처럼 그 소식의 진의를 깨닫지 못했기 때문이 아니라, 그 시절 전후는 아무것도 기억에 남아 있지 않기 때문이다. 태어난 지 3년 5개월 된 아이가 8·15해방의 날을 기억할 리 없다. 우리 백성은 대체로 해방을 '마른하늘(晴天)에 떨어진 날벼락'으로 기억할 만큼 대일본제국이 하루아침에 망했다는 데 깜짝 놀랐다. 하늘 아래 신(神)인 히로히토(裕仁)가 항복하게 된 이유인즉 그해 8월 6일 히로시마와 사흘 뒤 나가사키에 미국이 원자폭탄이라는 엄청난 위력의 폭탄을 투하했다는 사실조차 반도의 조선인은 모른 채 일본 천황의 항복 소식을 접했다. 히로시마는 원폭 한 발 투하로 7만 명이 즉사하고 나가사키 역시 폭탄 한 발에 10만 명 이상이 희생되었다. 그래도 일본이 항복하지 않고 버틴다면 다음 차례는 히로히토의 거주지 황궁이 있는 도쿄를 겨냥해 원자폭탄이 투하될지 모르는 급박한 상황이었다. 지난 5월에 히틀러의 독일이 무조건 항복했다는 유럽 쪽 소식조차 아는 사람이 극소수였다. 8월 15일의 소식을 두고 다른 견해를 피력한 두 사람의 글이 눈에 띈다. 백범 김구(1876~1949)는 중국 서안에서 해방 소식을 듣자마자 "이번 전쟁에서 우리가 한 일이 없기 때문에 앞으로 국제 간에 발언권이 박약하리라"라고 어두운 전망을 내놨다. 힘들여 양성한 광복군의 국내 진입을 목전에 둔 마당이었기에 낙심했다기보다 독립한 약소국을 향해 덤벼들 열강 제국의 재침략을 염려했기 때문이다. 함석헌(1901~1989)은 8·15해방을 "도둑같이 왔다"라고 표현했다. 도둑같이 온 해방을 도둑질해 가려는 사람이 많은 점을 두고 분개했다. 두 지도자의 그런 견해는 대한민국이 해방되었다는 소식을 접한 순간이 아니라 해방 훨씬 뒷날에 기술되었기 때문이다. 아닌 말로 2차 대전 승전을 눈앞에 두자 카이로회담(루스벨트·처칠·장제스. 1943. 11), 얄타회담(루스벨트·처칠·스탈린. 1945. 2)과 포츠담회담(루스벨트·처칠·장제스. 1945. 7)을 거치며 저들끼리 밀약하기를 조선 반도를 소련과 미국이 삼팔선으로 양분하여 분할통치할 거라고 내다본 안목을 가진 사람이 몇이나 되었으랴. 만주군 관할 지역(관동군 제34군단이 관할한 함경도와 평안도)은 소련이, 일본군이 관할한 남쪽 여타 지역은 미국이 분할통치하겠다고 밀약했을 때 우리 민족의 의견 따위는 귀 기울일 필요가 없었던 것이다.

    진영에서는 8월 16일 어슴새벽부터 공동 우물터의 아녀자들 입을 통해 일본이 패망했고 조선이 독립했다는 긴가민가하는 말이 퍼져나갔다. 날이 밝자 아침부터 사람들이 장터에 모여들었다. 어제 들은 풍문 비슷한 말의 진위를 확인하기 위해서였다. 9시를 넘겨 10시가 되자 오일장이 아닌데도 장터에는 장이 선 듯 사람들로 찼다. 그들은 좀더 정확한 정보를 가진 사람의 말을 들으려 몰려다녔다. 전날 라디오방송을 통해 일본 천황이 무조건 항복한 게 틀림없다고 장터에 사는 보통학교 박 선생이 말했다. 그 말 외에도 그렇게 말하는 사람이 계속 나서자 사람들의 웅성거림이 높아갔다. 누군가의 입에서 처음으로 나온 "그러면 그렇지, 얼씨구, 좋오타!" 하는 영탄에 이어, 주위 사람들이 원을 그려 어깻짓하며 춤을 추었다. 그제야 장터에 모여든 사람들 사이에서 연달아 구호가 터졌다. "조선 땅에 경사가 났다!"라며 두 팔 들고 뛰는 사람, "조선 독립 만만세다!"라며 흥에 겨워 춤을 추는 사람, "일본놈들, 물러가거라!" 하고 소리치는 노인도 있었다. 광목에 태극기를 그려 장대에 매달고 나와 흔드는 젊은이도 나섰다.

 진영 읍내와 진영평야 지대에 흩어져 살던 일본인들이 자기 나라로 돌아가려는 귀국 대열은 9월 중순까지 이어졌다. 평야 지대에 정착한 농부 가족이었다. 조선인 이웃과 사이가 좋지 않았던 일본인은 보복이 두려워 먼저 짐을 쌌다. 어떤 일본인 집은 조선인들이 기물을 부수고 주인을 무릎 꿇게 해 그동안 진 죄를 자백하라고 으름장을 놓기도 했다. 그러나 조선인 이웃과 허물없이 지낸 일본인 가족은 여유를 두고 내다 팔 것과 이웃에게 나누어 줄 것과 버릴 것을 구분해 뒷정리를 깨끗이 했다. 조선인들이 그들을 해코지하지 않았던 것이다. "설움받은 원한을 복수하자"라고 나서는 사람이 있으면, "저 정직한 사람들이사 우리한테 무신 잘못을 저질렀노"라며 해코지를 막는 장로도 있었다. 고모부 말이 이러했다. "하사마가 진영평야 농지를 거지반 다 사들여선 대단위 농장을 경영하자 본토에서 나온 일본인이 진영평야에 정착해선 하사마농장 소작농이 되었제. 내지으 각 현마다 반도로 나가 농업에 종사할 농민에게는 정착금 대주며 이주정책을 추진한 결과였어. 가난하게 살던 순박한 농민들이 많게 현해탄을 건너왔제. 하사마농장 측은 그들 소작 조건을 조선인보다는 유리하게 소작료를 오오제로 해줬어. 그런데 일제 말에 들어 조선인 부호 일곱 명에게 하사마농장 소유권이 넘어가자 평야 지대에 박혀 살던 일본인 소작농도 도매금으로 넘어갈 수밖에. 소작 조건도 조선인들과 똑같이 했고. 그래도 그들은 별 불만이 읎었어. 이런 말 하면 세상 사람들한테 욕 들을란지 모르지만, 일본인들으 정직성은 알아줄 만해. 내가 수리조합에 근무하며 추수 앞두고 도조 메기러 간평(看坪) 나가면 감독관인 우리를 '사이사이' 하며 싹싹하게 맞아선 한 해 농사를 두고 셈하는 자세가 그렇게 솔직할 수 읎었어. 그들은 볏단 속카서 셈하는 법이 읎었어. 다 그렇지사 않았지만 이웃과도 사이좋게 지내 원성을 사지 않았고. 그러니 자기 나라가 망해 귀국할 때도 아쉬워하며 그들을 고이 돌려보냈제. 더러 대국 신민 행세하느라 조선인으 조그만 흠도 집어 주재소에 신고하는 쪽바리도 있긴 했지만."

　부산형무소 생활을 하던 아버지도 8월 15일 오후에야 간수를 통해 일본의 항복 소식을 들었다. 일본이 패망한 그날 오후, 서울 시내 헌병대 및 경찰서 유치장에 수감되어 있던 정치범의 극소수 일부만이 출옥했다. 학생과 청년 등 5천여 명이 서울 휘문중학교 운동장에 모여 조선건국준비위원회(건준) 위원장 여운형(1886~1947)의 조선해방 소식 연설을 들은 16일, 전국 각 형무소에서 정치범과 경제범 대부분이 출옥했다. 17일에야 전국 각지에 잔류한 정치·경제범 전원이 출옥했다. 부산형무소에 수형 생활을 하던 아버지와 그 동료도 16일 정오에 형무소 정문을 나섰다. 부산 시내는 거리로 뛰쳐나온 사람들의 만세 함성이 더위에 바랜 하늘을 찔렀다. 부산형무소 정문에는 출옥 인사를 맞으려 많은 가족이 북적거렸으나 아버지와 함께 출옥한 세 사람에게는 아무도 마중 온 가족이 없었다. 제1부두의 독서회 항심회 회원 몇이 나왔을 뿐이었다. 진영에 있는 식구 중 누구도,

서대신동의 그 여자도 마중을 오지 않았다. 해방의 날로부터 사흘이 지나자 허율 씨가 집으로 찾아와 김 군은 아직 집으로 돌아오지 않았느냐고 묻곤 고개를 갸우뚱했다. 사상범으로 옥살이했으니 쉽게 풀려나왔을 텐데 하고 걱정스레 말했다. 서방이 출옥했으면 으레 어머님 찾아 집부터 들를 거라 기다리는 참이라고 어머니가 말했다. 그러나 하루 이틀이 지나도 아버지가 진영 집에 나타나지 않았다. 할머니만이 애간장이 탔다. 할머니는 어머니가 부산형무소로 아버지를 맞으러 가지 않은 소행을 두고 매정한 며느리라며 토라졌다. 어머니는 아무 대꾸도 하지 않았다. 아버지가 옥에 있던 1년여는 집안 형편이 쪼들렸을 뿐 속 끓일 일이 없었는데 이제 서방이 돌아오면 또 무슨 평지풍파를 일으킬지 걱정스러웠다.

　일주일을 기다려도 아버지는 진영 본가에 나타나지 않았다. 아들을 기다리느라 애가 쓰인 할머니가 세 살배기 나를 앞세워 부산에서 오는 기차 시간에 맞추어 역으로, 버스 정류장으로 나가 하염없이 아버지를 기다렸다. 진영평야에 흩어져 살던 일본인들이 자기 나라로 돌아가려 나서서 역 마당과 버스 정류장이 늘 붐볐다. 그들 사이에 아버지는 없었다. 물통걸의 수리조합 사택에 살던 고모부가 자전거 편에 이틀이 멀다 하고 읍내로 출장 나온 길에 처가에 들렸으나 손위 처남은 감감무소식이었다. 고모부는 지나리 본가에도 자주 들러 남양으로 출정한 형의 귀환 소식도 알아보았으나 역시 헛걸음만 쳤다. 애가 탄 고모가 진영 오일장 날 장도 볼 겸 친정집에 들렀다. 고모는 첫애를 가져 배가 도도록했다. 할머니가 사위한테는 못했던 하소연을 딸에게 털어놓았다. "애야, 윤 서방 우째 틈 좀 내서 부산에 한분 보내바라. 사람들 말 들어보모 감옥소에 있던 사람들이 다 나왔다는데 니 오빠는 우예 된 사람이고? 서대신동 그 집에 가면 틀림읎이 소식이 있을 낀 게 윤 서방 한번 보내바라. 이 에미가 답답해서 목을 맬 지경이다. 내가 여래리 그 여자 집도 가봤는데 부산에 사는 딸 소식을 모른다 카데. 그 집에서는 아예 내놓은 자슥 취급하고." 고모는 오빠 찾아 나섰으면 싶었으나 애를 밴 몸으로 차를 타자니 걱정이 앞서 서방을 대신 부산에 보내기로 했다. 해방 정국을 맞아 진영수리조합도 조합장을 비롯한 일본인 직원들의 귀환으로 업무가 마비되어 출근해도 손을 놓은 실정이었다. 고모부가 손위 처남을 찾으러 부산 길에 나섰다. 해방되자 종전의 질서가 뒤죽박죽되어 기차고 버스고 제 시간 맞춰 다니지 않아 탈것이 읍내에 들어오면 승객이 밀려 차칸은 콩나물시루였다. 버스 편에 끼어 타고 부산으로 나간 고모부는 먼저 서대신동의 그 여자 집부터 들렀다. 문간채가 비어 있었다. 주인여자 밀로는 문간채 새댁이 이사 나간 지가 서너 달 되었고 어디로 이사 갔는지를 모른다고 했다. 그렇다면 해방되고 애 아버지가 오지 않았느냐고 고모부가 물었다. 해방되고 사흘째 되는 날 애 아버지가 찾아와 여자 소식을 묻기에 어디로 이사 갔는지 모른다고 일러주었다고 했다. 고모부는 그 길로 부산 부두로 나가 아버지 행방을 수소문했으나 반나절 사이 그 행적을 찾기가 어려웠다. 부산 부두 거리야말로 귀국하는 일본인에 귀향하는 조선인으로 북새통을 이루고 있었다. 그날 저녁 고모부는 손위 처남 찾기에 헛걸음만 친 채 마산 가는 화물차 뒤칸에 끼어 진영으로 돌아오고 말았다.

  동료 둘과 함께 출옥한 아버지는 그 길로 부산항 부두 거리로 나가 예전 항심회 모임 장소로 썼던 어업 창고 지하실을 찾았다. 가족 상봉은 뒤로 미룰 만큼 더 화급한 일에 당신은 정신이 팔려버렸다. 어업 창고 건물은 3층이 비어 있어 그들은 사무실 한 칸을 차지하곤 거기서 합숙하기로 결정했다. 항심회에 관여했던 동지를 알음알음 연락해 모았다. 사흘 만에 뜻을 같이하는 스무 명 남짓의 동지를 규합하자 당면한 조선의 해방 정국에 우리가 무엇부터 해야 할 것이냐를 두고 토의했다. 먼저 해방 정국의 정세 파악이 급선무였다. 국내외 방송을 통해 세계열강의 동태를 주목하는 한편 서울의 정치권 정보 입수가 급선무였다. 22일에 아버지는 서울의 정세를 파악할 겸 마산 출신의 선배 김형선(1904~1950)에게 인사도 드릴 겸 상경을 결정했다. 1933년 조선공산당 재건을 위해 반일 격문을 배포하다 일경에 체포되어 8년형 선고받고 마포형무소에 수감되었다 해방이 되자 출옥한 김형선은 누이 명시, 동생 형윤까지 삼남매 모두가 지하 사회주의 운동가였다. 아버지는 마산 시절 그들 형제와 교유가 있었다. 아버지는 부산형무소에서 같이 출옥한 정태문과 함께 상경했다. 정은 보성전문 법문학부 출신이라 서울에 안면 있는 자가 있었다. 서울에 온 두 사람은 그제야 8·15 전후 해방 정국 상황을 어느 정도 감 잡을 수 있었다.

조선의 정무총감 엔토오(遠藤)로부터 국내 치안권을 인수한 여운형은 계동 모처에서 안재홍 등과 회합해 해방 직전 자신이 지하에 조직했던 '건국동맹'을 모체로 '건국준비위원회(건준)'를 발족했다. 건준은 임시 부서를 결정하고 전국 지부 조직에 착수했다. 일본 천황의 항복 소식을 접하자, 정백·이영 등은 16일 새벽에 서울파 공산주의자 50여 명을 모아 장안빌딩에서 조선공산당을 결성했다(장안파 조선공산당). 17일에는 전남 광주 백운동 소재 벽돌 공장에서 은신 중이던 박헌영(1900~55)이 상경했다. 18일에는 우미관서 조선공산당청년동맹(공청)이 결성되었다. 20일 박헌영은 자신을 지지하던 동지 김삼룡·이관술·이현상·이순금 등과 협의하여 낙원동 안중빌딩에서 장안파를 배제한 뒤 조선공산당 재건위원회(재건파 조선공산당)를 결성했다. 그들은 박헌영을 중심으로 일제 말의 경성콤그룹을 재건한다는 취지를 밝혔고 뒷날 남조선노동당 창당의 실천강령이 된 유명한 '8월 테제'를 발표했다. 18일에 소련군이 청진·나진에 상륙하더니 여세를 몰아 북조선 전 지역을 점령하고 21일에 평양에 진주했다. 21일에 하지 중장 휘하의 미군이 조선에 상륙한다는 삐라를 미군기로 서울에 살포했다. 좌익 인사와 중도좌파 인사가 해방 정국을 주도할 사이, 우익 인사도 뜻을 같이하는 동조자 규합에 나섰다. 그들은 해외파 김구를 비롯한 상해임시정부 요인과 하와이의 이승만(1875~1965)의 환국을 학수고대했다. 해방을 맞은 정치판은 어느 쪽에 줄을 서든 이전투구에 뛰어들지 않을 수 없는 상황이었다. 아버지가 재건파 공산당의 발족에 관여하던 김형선 형제를 만나 조선의 현 시국에 공산주의운동이 나아갈 길에 따른 당면 과제를 교시받고 서울 정국 정보를 수집해 부산으로 돌아오기가 28일이었다. 아버지는 상경길에 퇴계로4가에 있는 영진공업사(현 충무로 제일병원 자리)에 들렀다. 영진공업사는 발전기·변압기·모터 따위를 취급하던 일본인이 경영하는 중소기업체였는데 대창국민학교 동기생인 하계리 출신 정진택 씨가 일본어를 잘해 총무부장으로 취직해 있었다. 죽마고우 정진택 씨가 아버지를 맞아, 영진공업사를 무상으로 인수하는 행운을 잡았다고 기뻐했다. 그는 아버지께 부산에서의 지방당 조직에 쓰라며 적잖은 후원금도 챙겨주었고, 조만간 회사가 안정되는 대로 부모님도 뵐 겸 금의환향하겠다고 말했다.

아버지와 정태문이 부산으로 돌아오자 동지들 앞에서 서울 출장 보고회가 열렸다. 정태문이 보고자로 나섰다. "...... 정백과 이영의 전력을 따져보면 전향자 아니오. 공산주의운동에서 손 놓고, 일제에 아부하며 지낸 세월이 몇 핸데, 인제 와서 새삼스럽게 해방 정국을 주도하겠다니, 그게 말이나 되는 소립니까." 정태문이 분개했다. 조선공산주의의 정통성은 일제 말까지 전향을 거부하며 혁명전선에서 투쟁해온 재건파에 있다고 말했다. 조선공산당청년동맹(공청)에 이어 결정될 노동조합전국평의회(전평), 전국농민조합총연맹(전농), 전국부녀총동맹(부총), 조선문화단체총연맹(문총)이 재건파 외곽 조직이 될 것이라고 단정했다. 아버지는 사전에 정태문과 말을 맞추었기에 그의 발언을 뒷자리에서 듣고만 있었다. 그들은 사흘간에 걸친 토의 끝에 재건파 조선공산당 산하로 들어가 경상남도 지부를 결성하려 했으나 1920년대 초반부터 지방 공산주의운동에 나서느라 갖은 고초를 겪은 사오십대의 선배가 있었기에 그들과의 마찰을 피하기로 했다. 연부역강한 청소년들로 공청(공산당청년동맹)을 조직하여 해방 정국의 헤게모니를 장악해야 한다는 취지 아래 조선공산당청년동맹 경상남도 지부를 결성하기로 합의했다. 아버지 나이 서른 살이었고 발기에 참여한 동지들이 이십대 후반에서 삼십대 초반이었다. 조직부·선전교양부·조사정보부·단위지역부 등 각 부서 임시 책임자를 정하고 군 단위 지방 조직에도 착수했다.

 서울로 오가며 부산에서 동분서주하던 아버지가 짬을 내어 진영 본가에 첫걸음 하기는 9월 초에 들어서였다. 처서를 넘기고 백로를 앞둔 절기인데도 날씨가 더웠다. 사상범으로 투옥되어 1년여 옥살이 끝에 해방을 맞아 출옥했기에 애국지사나 독립투사 대접을 받을 만했는데도 아버지의 진영 귀향은 조용히 이루어졌다. 9월에 들어서야 정상 운행 체제로 들어선 오후 기차 편에 책 몇 권이 든 가죽 가방을 들고 아버지가 진영역에 도착했을 때는 마중을 나온 사람이 아무도 없었다. 아버지가 누구에게도 연락하지 않았던 것이다. 내향적인 사람이 그렇듯 당신은 스스로를 드러내는 데 늘 계면쩍어 했다. 어느 자리에 서든 뒷줄에 서 있거나 구석 자리를 찾는 조용한 성격이었다. 해방이 된 사흘 뒤부터 할머니는 하루도 빠지지 않고 역이나 버스 정류장으로 나가 아들을 장맞이했는데 번번이 허탕을 치자 그즈음에는 마중에도 지쳐 또 그 여자를 달고 어디로 도망쳤나 하며, 올 때가 되면 식구 보러 오겠지 하고 망연히 기다렸다. 아버지는 역마당을 거쳐 국도 변 우체국을 보았다. 혼인 전 누이가 근무했던 곳이었다. 길가에 도마의자를 내놓고 앉아 부채로 바람을 날리던 술도갓집 영감이 신작로를 건너오는 아버지를 알아보았다. 영감이 "자네 감옥에 있다던 짐 선상 아닌가베" 하고 놀랐다. 아버지가 보릿짚모자를 들썩해 보이며, 이제야 고향에 오게 되었다고 말했다. "어서 집부터 가보게. 선상 자당께서 날마다 역에 나와 학수고대 기다렸다네." 아버지는 장터 쪽으로 올라갔다. 장터를 지나던 몇 사람이 아버지를 알아보곤, 김 선생이라며 반색했다. 아버지가 돌아왔다는 소문은 그들 입을 통해 곧 읍내에 알려질 터였다.

 아버지가 열린 대문을 통해 마당으로 들어설 때 석류나무 아래에서 조개껍데기에 봉숭아 꽃잎을 담아 소꿉놀이하던 누나가 먼저 아버지를 알아보았다. 아버지인 줄 알았으나 누나는 오래 불러보지 않은 말이라, 아버지란 말이 입에서 떨어지지 않았다. 나는 누나 옆에서 흙장난하고 있다 누나의 시선을 쫓았다. "어무이, 아부지다!" 누나가 마루에서 모시 적삼과 치마를 다듬이질하던 어머니를 보았다. 어머니는 멍한 표정으로 아버지를 볼 뿐 아무 말도 하지 않았다. 맨발인 채 마당으로 나서기는커녕 꼼짝을 않고 눈만 껌벅거렸다. "할매한테 알려야제." 누나가 할머니에게 이 사실을 알리러 한달음에 울산댁 주점으로 뛰었다. 아버지는 허리에 찬 수건으로 얼굴의 땀을 닦으며 축담을 거쳐 마루에 걸터앉더니 어머니에게 먼저 꺼낸 말이, "날이 무척 덥네. 냉수 한 사발 주구려"였다. 아버지의 그 말은 농사꾼이 아침에 들일 나갔다 집에 와서 하는 말이듯 천연덕스러웠다. 어머니가 부엌으로 들어갔다. "그새 많이 컸군." 석류나무 밑에 선 채 누구냔 듯 손가락을 빨며 낯선 사람을 빤히 쳐다보는 나를 본 아버지의 첫말이었다. 나는 눈이 퀭하니 들어간 수염 거뭇한 버쩍 마른 남자어른을 처음 본 참이라 그가 누구인지 몰랐다. 아버지가 나를 불렀다. "나야. 아부지라니깐. 이리 와." 나는 그 자리에서 꼼짝을 않았다. 어머니가 물 대접을 아버지에게 넘기곤 나를 불렀다. "아부지한테 인사드리야제." 어머니 말에도 나는 인사하지 않았다. 이 집을 잘 장만한 것 같다며 아버지가 집 안을 둘러보는 사이, 누나와 할머니가 대문 안으로 들이닥쳤다. 아버지를 보자 할머니의 울음이 터졌다. 뒤이어 이인택 씨와 울산댁이 대문 안으로 들어섰다. "자네가 살아서 나왔군. 누가 뭐라 캐도 자네는 진영이 낳은 인물이네." 이인택 씨가 아버지를 반겼다. "어르신 덕분에 무사히 나왔습니다." 아버지가 마당에 무릎 꿇어 이인택 씨에게 큰절을 올렸다. 울산댁이 체머리를 떨며 소매로 눈물을 훔쳤다. 그들은 이웃사촌을 넘어 집안 식구나 다름없었다.

　이튿날로 아버지가 귀가했다는 소문이 읍내에 알려졌다. 물통걸의 고모와 고모부가 한달음에 달려왔다. 혼례식 때 보지 못했기에 고모시가의 사장어른 내외분이 닭 두 마리를 선물로 들고 들렀다. 그 외에도 아버지를 만나러 오는 사람이 줄을 이었다. 죽마고우 허율 씨가 찾아오고, 타지로 나가 있다 해방된 고향에 돌아와 있던 김 참사 아들 영곤 씨, 강한구 씨, 성상영 씨도 출옥을 축하한다며 선물 꾸러미를 들고 들렀다. 그들은 아버지를 위로한답시고 9월에 들어 신장개업한 요릿집 일성각에서 저녁 자리를 마련했다. 오랜만에 상봉한 친구들 사이는 여전히 죽이 맞아 여러 이야기가 오고 갔다. 아버지는 주로 듣는 편이었다. 김영곤과 강한구는 대지주 집안의 아들로 일제 때부터 돈 잘 쓰던 활량이었다. 그들은 해방 정국의 중요한 농업정책 현안으로 떠오른 농지 문제가 어떻게 풀릴까를 두고 의논했다. 침묵하던 아버지가 대지주 소유의 토지는 자작 가능한 땅만 남기고 국가 소유로 귀착되기 십상이라고 말했다. 북조선이 벌써 혁명적 개혁으로 토지 문제부터 들고 나와 노지의 국유화를 추진한다고 부언했다. 그들은 남조선도 지금처럼 지주가 대토지를 소유할 수 없을 거라는 데 뜻을 같이했다. 조만간 이 나라에 좌파 지향의 정부가 들어서면 집안 토지는 소작인에게 쪼개어 분배될 게 뻔한데 농지를 잡고 있어봐야 소용이 없다는 것이다. 영곤 씨는 매입자가 나서는 대로 땅을 쪼개어 방매하는 게 상책이라고 부친을 설득하던 참이었다. 그는 해방된 새 나라를 소재로 영화를 만들고 싶어 집안 돈을 우려낼 궁리를 하고 있었다. 아버지는 부산에서 조직하고 있는 공청에 대해서 이야기했다. 진영에도 곧 공청 지부를 조직해야 하는데 친구들의 협조를 구한다고 말했다. "청년들을 모아 아랫장터 극장에서 우선 발기회를 열도록 하지. 그 방면에 뜻이 있는 학교 선생이 있어. 대창학교 박 선생과 의논해보도록 하겠네." 극장을 만든 강 부자 아들 한구 씨가 말했다.

"9월에 들어섰는데도 날씨가 얼마나 푹푹 찌는지, 그렇잖아도 글피 마금산온천으로 물놀이나 가려던 참인데 자네도 끼이게. 옥살이해선지 자네 꼴이 말이 아니군. 온천장에 가서 묵은 때 빼고 푹 쉬고 오자구." 김영곤 씨가 정종 잔을 들며 아버지께 말했다. 온천장 나가토(長門)여관에다 다쿠시(택시)를 여기로 보내달라고 어제 주문해놓았다고 했다. 마금산온천은 일제 초엽 일본인이 개발한 창원군 북면 남강 아래에 있는 온천으로 마산 일본인 가족의 출입이 잦아 각종 위락시설과 요릿집을 구비하고 있었다. 아버지는 그러자고 동행을 수락했다. 온천장에서 부산의 공청 운영자금을 후원해달라고 그들에게 요청해볼 작정이었다. 그들은 밤이 깊도록 해방 조선의 앞날과 고향 발전을 위해 저들의 할 일을 두고 여러 의견을 나누었다.

아버지가 진영에 머문 열흘 동안 부읍장을 비롯해 임시 지서주임, 치안대 대장, 진영학도대 대장도 아버지를 만나러 들렀다. 그들은 아버지에게 앞으로 고향의 발전을 위해 큰일을 맡아달라고 요청했다. 아버지는 당분간 부산에서 일을 도모해야 할 것 같아 진영에 머물 시간이 많지 않을 것이라며 사양했다. 양식과 달걀 꾸러미에 인삼 같은 선물을 가져오는 사람도 있어 어머니를 어리둥절케 했다. "어무이, 학교 선생님도 그리 말하던데 아부지가 유명한 사람 맞아예? 애국자라 카데예." 누나 질문에 어머니가 "와들 이카는지 난도 정신 채릴 수가 읎어" 하고 들뜬 목소리로 말했다. 그들뿐만 아니었다. 진영 오일장에는 읍내 주위의 평야 지대나 뒷산 넘어 하계리 쪽 사람들까지 아버지를 만나러 왔다. 그중에는 일제 말 아버지가 운영했던 강습소에서 글을 배운 사람이 많았다. 아버지는 이제 읍내에서 독립투사로서 대접을 받았다. 개학한 학교에서 누나가 돌아오면 어머니에게 "오늘도 길에서 어떤 분을 만났는데 니 아부지는 대단한 사람이라고 칭찬합디더" 하고 자랑했다. 그러나 아버지는 지난 일을 두고 칭찬 말을 들어도 "무슨 일을 했다고 그러십니까, 부끄럽습니다"라며 몸을 낮추었고, "옥에서 쉬다 나왔습니다"라고 쉽게 대꾸했다. 적막강산 같은 집안이 아버지의 출현으로 분답해졌다. 할머니와 어머니가 찾아오는 손을 수발드느라 바빠졌다. 어느 날 저녁, 여래리의 그 여자 집 모친이 아버지를 찾아왔다. 그날 용케 아버지는 집에서 책을 읽고 있었다. 그 여자 모친이 우리 딸을 어디로 빼돌렸느냐고 아버지께 따졌다. 아버지는 형무소에 있는 사람이 여자를 어떻게 빼돌릴 수 있었겠느냐며 자기도 어디로 이사 갔는지 모른다고 말했다. 부엌에서 나온 어머니가 축담에서 건넌방의 아버지 말을 엿들었으나 그 모친이 돌아간 뒤에도 아무 내색을 하지 않았다. 아버지도 그 여자를 두고 할 말이 없는지 그 문제를 언급하지 않았다. 그날 이후 그 여자 집에서는 사람이 찾아오지 않았다. 아버지는 집에서 열흘을 머물곤 부산으로 떠나며 어머니께, 아마도 부산에서 일하게 될 것 같아 한동안 진영 집에 머물지 못할 것이라고 말했다. 덧붙여서, 여기 청년회 회원들과 의논해가며 진영에서도 해야 할 일이 있어 자주 들르겠다고 했다. 어머니와 우리 남매는 공동 우물터 앞에서 아버지를 배웅했지만, 할머니는 역까지 아들을 따라붙으며 닷새 장마다 집 찾아오라고 신신당부했다.

# 11장

　해방 정국을 맞아 남한에서는 많은 정치·사회단체가 우후죽순으로 출현했다. 하루를 자고 나면 새로운 단체 서너 개가 생겨날 정도였다. 정치·사회단체 중에서 사회 각층에 실질적인 영향을 주기는 역시 젊은 정치 세력의 출현이었다. 해방 직후 청장년이 중심이 된 치안유지운동의 중앙 조직은 건국치안대로부터 출발했다. 여운형은 해방된 이튿날 곧 치안대를 결성하게 했다. 시내 중학교 교원, 전문학교 학도 대표를 모아 건국치안대를 결성하고 3천만 동포에게 치안유지운동에 협조해달라고 요청했다. 건국치안대는 좌우 이념에서 자유롭게 출발했으나 뒤이어 등장한 청년 단체들은 지향하는 정치적 노선에 따라 좌익과 우익으로 편을 갈라 나누어졌다. 좌익 청년 단체의 계보는 세 차례 개편 과정을 거쳤다. 서울시만 해도 학병동맹, 조선근로청년동맹, 낙산청년동맹, 중앙청년동맹 등 마흔네 개에 이르는 많은 좌익 계열 청년 단체를 망라하여 조선공산주의청년동맹(공청, 1945. 8. 18)으로 통합 발족하였다. 공청은 박헌영의 '8월 테제'가

주장한 청년운동 확산에 입각하여 노동 청년과 농민 청년이 중심으로, 궁극적으로는 프롤레타리아트의 해방투쟁을 혁명적으로 추진해 나갈 것을 운동의 핵심으로 삼았다. 1945년 9월 6일 조선인민공화국(인공) 수립을 선포하자, 공청은 인공 절대 지지, 근로대중의 해방, 친일파와 민족반역자의 박멸을 행동강령으로 제시했다. 해방 초기 좌익 성향의 대표적인 청년 단체로는 조선청년총동맹(청총)이 결성되었다. 1945년 12월 11일부터 13일까지 천도교대강당에서 개최된 결성 대회에 전국 13개 도, 20개 시, 193개 군, 남북한에서 온 총 대의원 수 602명이 출석했다. 전국적인 가맹 세포단체 2,340개, 단체 맹원 72만 3,405명을 거느리게 된 큰 대회였다. 청총이 주장한 '진보적 민주주의'라는 민족통일전선 구축에 있었고, 김일성 혁명노선을 반영한 인민민주주의를 지향했다. 좌익 세력은 여운형을 중심으로 하는 온건좌익과 박헌영을 중심으로 하는 급진좌익으로 양분되었다. 온건좌익이 대중을 기반으로 애국적 자본가와 지주를 포함한 폭넓은 인민전선적 연합을 지향했다면, 급진좌익은 무산계급 중심의 계급적인 성격을 지향했다.

　우익 청년 단체는 해방 직후 인민위원회와 좌익 청년들의 발 빠른 조직에 압도되어 우왕좌왕하다가, 미군이 남한에 진주하자(1945. 9. 8) 비로소 활동을 개시했다. 인공의 조각(1945. 9. 11)이 발표된 뒤 조선학도대는 인공 지지파와 반대파로 분열 대립하더니 인공 반대파 유학생들은 조선학도대를 탈퇴하여 조선유학생동맹을 별도 조직했다. 이 단체는 전국 각 도 단위 지부를 설치하여 해방 후 반공적·반혁명적 색채를 뚜렷이 나타낸 최초의 청년 우익 단체가 되었다. 또 한 갈래로, 재동경 유학생들로 고려청년당을 발기하자(1945. 9. 9) 우익

정치단체 한민당(한국민주당, 1945. 9. 16)의 결성에 힘입어 그 후원 아래 좌익 세력에 대항하기 시작했다. 한민당은 청년들로 구성된 '별동대'를 조직하여 각 지방의 좌익 성향 단체인 인민위원회·청년회·보안서·전농(전국농민조합총연맹)·전평(전국노동자조합평의회)을 습격했다. 이승만의 귀국(1945. 10. 16), 김구의 귀국(1945. 11. 23)에 맞추어, 임시정부를 건국의 모태 삼아 건준과 인공 세력에 맞선 강력한 조직으로 조선건국청년회(1945. 9. 29)가 새로 결성되었다.

아버지는 가족은 진영에 떨어뜨려 둔 채 부산을 활동 무대로 삼아 경남 지방 공청 조직 확장에 협조했다. 경남공청에서 아버지의 직함은 당의 교육 방침에 따라 이론을 쉽게 풀어서 교재로 만들고 간부 교육을 담당하는 지도위원이었다. 아버지는 일선에 나서서 진두지휘하는 체질이 아니어서 스스로 지도위원 직책을 원했다. 지도위원 직책은 기본 조직에 매이지 않는 공청 경남지부 부위원장급이었다. 경남공청은 각 지역 군(郡) 단위로 확장하여 면(面) 단위, 리(里) 단위까지 세포 조직을 뿌리내려갔다. 건준 지부와 인민위원회가 결성을 마쳤거나 하부로 세포를 확산해갔기에 공청은 다된 떡에 고물을 입히는 정도로 세포 확장이 수월했다. 리 단위까지 조직을 갖추어가던 전농의 청소년부 회원부터 흡수할 수 있었다. 사회주의 정책은 사회의 빈곤층과 소외 계층을 우선 배려했기에 전국 인구의 8할을 점유하는 농민 중에 다시 8할을 점유하는 소작농이야말로 절대 빈곤층이었다. 일제 잔존 세력을 척결하고, 민족반역자의 토지를 몰수하여 빈농에게 무상분배하고, 농민의 최저 생활을 국가가 보장토록 한다는 전농과 공청의 공통된 주장에 젊은 빈농 층의 호응도가 높았다. 아버지는 공청 경남지부 외 마산시·김해군·창원군·밀양군의 군 단위 조직에 직접 관여해 현지 지도차 출장길이 잦았다. 마산시는 아버지가 상업학교를 나온 도시였고, 인근 군은 아버지의 출생지 진영읍을 싸고 있는 지역이었다. 진영읍은 그 지방 교통의 중심지요 역과 국도가 있어 평야의 물산이 모였다. 지주와 집사 들 집이 있어 예하 소작농들이 읍내에 목줄을 달고 있기도 했다. 자연적으로 아버지의 진영읍 발길이 잦아졌다. 아버지는 읍의 인민위원회, 각종 청년 단체, 전농 지부와 일제 때 강습소에 간여했던 청장년들의 협조 아래 진영극장에서 경남 공청 진영지부 발대식을 했다. 그 발대식은 인근 마을에도 알려져 진영극장 2층에까지 꽉 찰 정도로 많은 사람이 모였다. 조만간에 있을 토지개혁을 통해 자기 논을 분배받을 수 있을 거란 기대에 부푼 소작농들이 3백여 명 넘게 몰려들었고 입장을 못 한 사람들은 극장 앞마당에서 확성기를 통해 극장 안의 발대식 진행 순서를 경청했다. 설창리 출신 허규동이 공청 위원장으로 선출되었다. 그는 단상에서, 해방 조선의 당면 과제, 농촌 사회에서 공청의 필요성과 역할을 두고 인사말을 했다. 공청 회원들이 아버지에게도 한 말씀을 권했으나 뒷자리에서 행사 진행만 구경했다. 공청 진영지부는 버스 정류소 부근의 일제 때 사설 금융업으로 농민들에게 고리채를 놓던 후지상사 2층 건물을 사무소로 사용하며 조선공산당 조직 확장의 일환에 발맞추어 리 단위까지 세포 조직을 확대해나갔다. 공청 교육은 매주 1회로 한 시간 반에 걸쳐 마을 사랑방 학습으로 진행되었다. 『소련당사』 『해방투쟁사』 『인민투쟁사』, 박헌영의 '8월 테제'와 정강정책 해설을 주요 내용으로 삼았다. 아버지는 한 달이면 스무 날을 부산에서, 나머지 열흘은 진영에 머물며 진영 인접 지역을 순회하며 그곳의 공청 간부들을 만나 교재를 전달하고 담소했다. 아버지가 집에 머물 때는 공동 우물터 앞 우리 집으로 아버지를 만나러 오는 사람이 많았다. 인근 지방 공청 조직에 관여하는 청장년들, 아버지로부터 지역 운동에 관한 가르침을 받으러 찾아오는 청년들이었다. 그들은 건넌방에 진을 치고선 국내의 정치 현실, 농촌의 제반 문제점을 두고 토의하며 의견을 교환했다. 그러다 보니 낮 동안 방 안은 늘 담배 연기로 자욱했고, 어머니와 할머니가 찾아온 손들을 수발하느라 바빠졌다. 해가 지면 이제는 고향 친구들이 아버지를 놓아두지 않았다. 아버지는 술을 좋아하지 않았으나 그들은 읍내 요릿집에 진을 치고 앉아 해방의 감격을 취흥으로 풀었다.

아버지가 부산에서 진영 집으로 올 때 여름철에는 어머니가 재봉틀로 만든 모시나 삼베 남방 차림에 차양 넓은 파나마모자를 썼다. 다른 계절에는 국민복이나 양복 차림에 중절모를 쓰고 다녔다. 아버지가 집에 올 때는 빈손으로 오지 않았다. 할머니에게는 담배 한두 포를, 어머니에게는 옷이나 바느질용품 따위를, 누나와 나에게는 먹을거리를 사 들고 왔다. 역전에서 시루떡 몇 판을 사 와 식구가 둘러앉아 나누어 먹기도 했다. 어느 때인가 제니스 라디오도 들고 왔기에 집 안에 라디오 소리가 들리면, 공통 우물터 아낙네들은 그 소리가 신기하여 집 안을 기웃거렸다. 아버지는 책도 부지런히 가져와 밤이 깊도록 건넌방에서 독서를 했다. 앉은뱅이책상에 붙어 앉아 공청 지부 간부를 교육할 교재를 만들 때도 있었다. 일제 말 감방에 갇혀 있을 때 바깥세상에 나가면 착실한 가장 노릇을 하기로 반성깨나 한 듯 아침에 잠을 깨면 안방으로 건너와 할머니께 문안 인사를 드렸다. 어머니와도 집안일을 두고 사무적이긴 하지만 대화를 나누었다. 누나가 마루에 엎드려 선생이 내어준 숙제를 할 때는 옆에서 이해를 돕는 설명을 해주는 자상한 모습도 보였다. 당시 국민학교 학생들은 왼쪽 가슴에 명함 크기의 명찰을 달고 다녔는데, 명찰에는 학교, 학년과 반, 이름을 기재해 글을 아는 사람이 명찰만 보면 어느 학교 몇 학년 누구임을 알았다. 아버지는 명함 크기로 마분지를 올려선 거기에 헝겊을 입혀 붓글씨로 누나의 명찰을 만들어주었다. "아부지, 선생님이 지 명찰을 보더이 누가 써주었느냐고 묻길래 아부지가 붓글씨로 써주었다고 말씀드렸더이, 김 선생님이 명필인 줄 몰랐다며 칭찬합디더. 아부지는 선생님이 아인데 학교 선생님이 다들 아부지를 선생님으로 부르이 기분 좋네예." 누나가 아버지에게 그런 자랑을 하기도 했다. 할아버지가 진영 소방대장에서 은퇴한 뒤 읍사무소 옆에서 대서소를 열 정도로 필체가 좋았기에 아버지와 고모 역시 글씨 잘 쓰는 손재주가 있었다.

1945년 그해 가을, 그 시절 일화로 어머니가 들려준 말이 있었다. "하루는 니 에비가 사분(비누) 거품을 풀어 마루 기둥에 걸린 거울 앞에서 면도하고는 무슨 생각이 들었던지 마루에서 노는 니를 무르팍에 눕혀놓고는 면도를 해주어야겠다며 면도칼을 들이대는 게 아니겠어. 내가 보다 못해, 수염도 없는 아아한테 무신 면돕니껴 하고 한마디 했지러. 그런데 니 에비 말이, 아이 적에 눈썹을 자주 밀어주모 그 자리에 새 눈썹이 새까맣게 난다나. 왠지 위태하다 했으나 더 말렸다간 한마디 들을 것 같아 내버려뒀어. 그런데 정지에서 나오니 니 에비가 마당을 질러 대문 밖으로 사라지는데, 니는 패악 치잖아(큰소리로 울다). 내가 니 눈썹자리를 보이 귀에까지 피가 줄을 달고 흘러내리는 기라. 면도칼에 니 눈썹자리가 베였는데, 에비란 작자는 일을 저지르자 겁이 났던지 그 길로 내빼(도망쳐)버렸고. 내가 피를 닦아주고 얼른 된장을 찍어 와 발라서 대충 수습해놨을 때사 니 에비가 어데서 구했는지 아까징끼(머큐로크롬) 병을 들고 대문으로 들어서는 기라. 공부깨나 했다고 선생 소리 듣던 니 에비가 철딱서니 읎게 그런 짓도 하던 엉뚱한 데가 있던 사람이었어." 그 일화로 보아 아버지는 조국 해방에 몸 바치겠다고 뛰어든 당찬 면도 있었지만, 다른 한편으로 평범한 시정의 지아비이기도 했다. 어쨌든 어머니로서는 해방 후 한 시절이 엄동의 강추위 끝에 따뜻한 봄 햇살이 쪼이듯 아버지를 온전히 가정으로 돌려받은 행복했던 시간대가 아니었나 싶다. "세상을 살다 보니 그런 날도 오더구나. 내가 갑자기 진영 읍내 유지 사모님, 마님 소리를 듣게 됐으이. 이웃이사 예전대로 강정때기라 불렀지만 니 에비를 찾아오는 낯선 사람은 다들 나를 보고 선생님 사모님, 안방마님하고 부르지 않았겠냐. 딸내미 학교에서도 학부형 대표로 뽑혔다미 사친횐가 먼가에 자주 불리 나가게 됐고. 마지못해 학교에 불리 나가봐야 내가 뭘 알아야제, 꿔다 놓은 보릿자루 행세나 할 수밖에. 일자무식인 내가 졸지에 그런 대접을 받게 될 줄이사……" 평소에 말수 없던 어머니가 그때를 두고 말할 때는 목소리가 조금 들떴다. 여전히 부부 사이에 아기자기한 대화는 없었으나 어머니는 부엌에서 혼자 미소도 지으며 수심에 젖어 불렀던 노래를 근심을 걷고 흥얼거렸을 것이다. 아버지가 부산 서대신동의 그 여자와 관계도 완전히 청산한 듯 보였기에 해방과 더불어 서방을 온전히 돌려받은 기쁨이 배가되었을 터였다. 혼례식을 올린 이후 10년 만에야 어머니에게 찾아온 행복한 시간대였다.

　해방된 1945년 8월 이후, 그해는 좌쪽 성향이든 우쪽 성향이든 서로 흉허물 없이 감격 속에 어깨 겯고 넘어가는 듯했다. 그런데 12월

28일 2차 대전 전후 문제를 토의하기 위해 미국·영국·소련의 외상(外相)이 모스크바에 모여 회의를 열었는데, 여기에서 한반도 문제가 논의의 대상에 올랐다. 그 결과 조선은 미국·영국·소련·중국 등 4개국이 조선민주주의 정부가 수립될 때까지 최장 5년간의 신탁통치 아래 둘 것을 결의했다. 그 소식이 전해진 1946년 벽두부터 나라 안이 발칵 뒤집어졌다. 1월 2일 남한의 공산당이 신탁통치 지지 성명을 발표하자, 이튿날 좌익계 민전(민족전선)이 신탁통치 지지 대회를 개최했다. 그러자 우익인 임정(임시정부)계는 즉각 신탁통치를 배격하는 성명을 발표했다. 신탁통치 지지 쪽과 신탁통치 반대 쪽은 연일 종로통을 누비며 찬반 가두시위를 벌였다. 좌익과 우익은 별도로 정치단체를 결성했다. 2월 8일에는 대한독립촉성국민회가 발족하여 총재에 이승만, 부총재에 김구·김규식이 취임했다. 같은 날 북조선은 북조신임시인민위원회가 발속하여 위원장에 김일성, 부위원장에 김두봉이 선임되었다. 빨치산 출신의 젊은 김일성은 소련계와 연안계를 누르고 소련 점령군인 25군단의 등세를 타고 전권을 장악했다. 2월 14일, 남한 점령군 총사령관 하지 중장의 최고 자문기관으로 남조선민주의원(의장 이승만)이 발족하자, 이튿날 좌익 진영은 민주주의민족전선(의장단 여운형·박헌영·허헌·김원봉·백남훈)을 발기했다. 김일성이 독재 체제를 구축해가던 북조선과 달리 남한 정국은 한 치 앞을 내다볼 수 없게 우익과 좌익의 격전장이 되었다. 미군정은 점령지의 민심 이탈을 염려해 좌경화 단속에 느슨한 정책을 취했기에 해방 정국은 사상과 표현의 자유가 비교적 보장되어 있었다. 가장 우익 쪽에 선 해외파 이승만, 좌익보다 우익 쪽이 가까운 임시정부 주석 출신 김구, 우익보다는 좌익 쪽이 가까운 여운형, 좌익 쪽의 핵심 세력을 장악한 박헌영, 이 네 지도자가 남한의 정치, 곧 민심의 주도권을 잡으려 자기 세력 확장에 부심했다. 그러했기에 해방 정국 초기에는 좌익도 표면에 나서서 정당과 정치단체를 조직할 수 있었고 어느 정도 정치적인 활동이 보장되었다.

4월 22일, 공청은 전국 각 시도군 대표 295명이 참석한 가운데 서울 시천교 강당에서 열린 전국 대회에서 민주주의민족전선 중앙위원이며 조공의 핵심 인물인 김삼룡(1908~1950)의 제안으로, 광범위한 청년층을 포섭하기 위해 공청을 조선민주청년동맹(민청)으로 개편할 것을 결의했다(1946. 4. 25~26). 아버지는 공청 경남지부 대표단 일원으로 이 대회에 참석한 뒤, 상경한 김에 조선문화단체총연맹 산하 연극동맹에서 공연한 「인민의 조국을 건설하며」라는 계몽극을 관람하는 기회를 가지기도 했다. 5월에 들어 미군정은 새로이 결성된 민청을 불온시해 행정명령 2호로 해산명령을 내렸다. 미군정 소속 CIC(미 24군단 소속 방첩부대)는 남한의 좌익 세력 동정을 감시하고 있었는데, 그 보고서에 따르면 남한 전역의 민청 회원 수를 82만 6,940명, 전체 지부 수는 1만 7,671개로 파악했다. 우익 청년 단체는 이합집산을 거듭하던 끝에 4월 9일 종로 YWCA 강당에서 청장년 3백 명을 모아 대한민주청년동맹(대한민청)을 결성하고 명예 회장으로 이승만·김구·김규식을 추대했다. 1946년 그해 8월 초순, 해방 1주년 기념일을 앞두고 서울 민청 본부가 전국 대회를 소집했다. 이에 아버지도 부산의 민청 간부들과 함께 상경했다. 이틀에 걸친 전체 회의에서 지방 분회와 반(班) 조직 확대, 관내 중등학교 교양 강좌 독려 및 교내 세포 운영 방법, 당세 보고 및 자가 활동 비판, 맹비(盟費) 현납 현황을 보고하고, 8·15 행사 지침을 보고받는 절차를 거쳤다. 부산으로 내려오기 전 지방 간부들은 서울 부녀총동맹 산하로 운영되던 연예대의 촌극(寸劇, 토막극)을 관람했다. 연예대의 지방 순회공연 시 부산에서 먼저 공연해달라는 요청을 성사시켰다. 여름방학을 이용해서 민청 학생계몽단의 봉사대가 소규모 그룹으로 전국 각지로 내려갈 예정이며, 부녀총동맹 연예대도 지방 공연을 계획하고 있었던 것이다. 부녀총동맹 여맹원들은 기관지 『부녀조선』을 발행하여 전국적인 대중계몽을 펴며 사회주의 아지프로(선전 선동)에 열을 올렸다.

아버지는 부산에 체류하다 부산의 8·15해방 1주년 기념식을 마치고서야 진영으로 돌아왔다. 스무 날 넘게 진영 집을 비웠다 돌아온 참이었다. 마산과 부산을 운행하는 버스 편으로 아침나절에 진영에 도착했으나 공청과 전농 사무실에 들렀다 친구들을 만나 저녁밥까지 먹고서야 귀가했다. 이튿날 아침 아버지는 할머니와 겸상해서 밥을 먹으며, 부산에서 공연된 서울 부녀총동맹 연예대의 연극 공연이 큰 인기를 끌어 진영에서도 청년 동지들에게 그런 연극 공연 운동을 일으켜보려 한다고 말했다. 아버지는 그날 아침부터 건넌방에서 앉은뱅이책상 앞에 붙어 앉아 무슨 원고인가 글쓰기에 들어갔다. 아버지는 어머니에게 사흘간은 중요한 글을 써야 하니 나를 만날 사람이 찾아오더라도 시간이 나지 않는다며 대문간에서 돌려보내라는 훈령을 내렸다. 아버지는 바깥출입을 하지 않았다. 아버지가 집으로 돌아온 지 이틀째였다. 날이 어두워진 뒤에는 죽마고우 허율 씨가 찾아왔다. 어머니는 단짝 친구마저 돌려보내기가 무엇해서, 바깥양반이 어제 아침부터 무엇인가 중요한 글을 쓰는 모양이라고 말했다. 허율 씨가 "동무 얼굴만 잠시 보고 갈게요" 하며 건넌방 방문을 열었다. "늦더위가 찌는데 무신 글을 쓰고 있노? 친구들이 일성각에서 한잔하는데 자네를 불러내라고 성활세." 허율 씨가 말했다. "오늘은 아무래도 안 되겠네. 중요한 대목을 쓰고 있어 지금 필을 접으면 상(想)이 날아가 버리네. 하루 말미만 주면 끝낼 원고야." 아버지 말에, 무슨 원고냐고 허율 씨가 물었다. "진영극장에서 공연할 촌극이라네. 민청 애들을 연습시켜서 무대에 올릴 작정이야. 촌극 연습을 통해 젊은이들 협동심도 기를 겸해서." 아버지가 말했다. 진정한 사회주의 이상 국가를 건설하려면 문화 예술의 선전 활동을 통해 인민의 근로 의욕을 고취하며 그 노고를 위로해주어야 한다고 아버지가 말미에 덧붙였다. 아버지가 부산의 민청 건물 창고를 개조하여 만든 강의실에서 부녀총동맹 연예대가 만든 촌극을 보고 와서 경남 민청도 연예대를 만들어 각 지방에서 공연할 계획을 세웠는데, 우선 시험 삼아 진영지부부터 연예대를 만들기로 하여 진영 집으로 오자 촌극 대본을 썼던 것이다. 아버지는 일제 때인 동경 유학 시절 글을 써서 문명(文名)을 인정받은 바 있었다. 서울 부녀총동맹 연예대는 '해방 조선에서의 부녀자 역할'이란 여성 웅변, 혁명가요 중창단과 독창 경연, 여성 단원이 남성역까지 분장한 촌극으로, 순회공연을 하고 있었는데 부산에서 1차 지방 공연이 있었다. 촌극 중의 한 장면으로 하지 중장 역을 맡은 남장한 여동맹원이, "인민이 왜 밥을 못 먹어서 죽겠다구 아우성인지 모르겠구려. 우리는 밥 안 먹구 빵 먹고도 이렇게 뚱뚱하잖수. 빵이 영양가 있는 줄 조선 인민은 모르는 모양이구려" 하고 서툰 조선어를 흉내 내며 빨랫방망이만 한 빵을 흔들어, 그 대목에서 관객은 폭소를 터뜨렸다. 아버지는 약속대로 집에 온 지 사흘 만에 촌극 대본을 완성하자, 민청 사무실로 나가 지역 간부들에게 촌극 대본을 넘겨주었다. 여러 벌로 등사해서 연예에 소질이 있는 자를 모아 연예대를 만

들어서 연습에 임하게 하고 촌극 앞뒤에는 가요와 웅변, 장기 자랑 등 여흥 순서도 끼우라고 일렀다. 일을 대충 마무리 짓자 아버지는 친구들 저녁 자리에 어울렸다. 친구들이 아버지에게, 무더위에 방구석에 틀어박혀 원고 만드느라 수고가 많았다며, 여름이 가기 전에 물놀이나 가자고 부추겼다. 시원한 바닷바람이나 마시며 활어회나 실컷 먹을까, 시원한 개울에 발 담그고 황구나 한 마리 잡을까, 의견이 분분했다. 같은 값이면 다홍치마라고 진주 기생 품에 안고 남강에서 뱃놀이나 하자는 데 낙찰을 보았다. "그러고 보이 진주 기생 품에 안아본 지도 몇 해 흘렀어. 왜정 말기 때사 춤지에 지전이 흔해도 그런 놀이할 세월이 아니었잖나." 부친이 중풍으로 몸져눕자 대지주 자리에 오른 김영곤 씨가 끝에 결론을 내렸다. 그는 진영평야에 널린 장토를 자기 땅을 부치던 소작인에게 처분하던 참이라 늘 돈궤에 지폐를 쌓아두고 있었다. 시주 십인 출신인 아버지 친구들은 일제 때 한철에도 남도에서는 절세가인이 모인다는 진주 요정으로 오입 원정도 숱하게 다녔던 것이다. 8월 하순, 말복을 막 넘겼는데도 장마 뒤끝에 닥친 늦더위가 기승을 부렸다.

  읍내의 죽마고우 다섯과 어울려 진주로 물놀이 간다며 나선 아버지가 엿새 만에야 귀가했다. 저녁 무렵이었다. 그런데 웬걸, 아버지 혼자 걸음이 아니었다. 뒤로 화사한 공단 치마저고리를 차려입은 여자와, 고리짝만 한 가죽 가방을 지게에 진 버스 정류장에서 일품 파는 지게꾼이 마당으로 들어섰다. 지게꾼은 고리짝을 내려놓곤 아버지로부터 품삯을 받자 대문 밖으로 사라졌다. 역에서부터 장터를 질러올 때 귀부인 차림의 그 여자가 신기했던지 아이들까지 뒤따라와 대문 안을 기웃거렸다. "안심해요. 어서 들어오구려." 아버지가 뒤돌아보며 그 여자에게 한마디 했다. 색시는 분을 뽀얗게 바른 얼굴인데 연지를 발라 입술이 선연한 고추색이었다. 트레머리해서 옥비녀 꽂은 머리 매무새가 이채로웠다. 부엌에서 나온 어머니는 물론, 마루에서 공기로 모아받기 놀이를 하던 누나도, 그 옆에 앉아 있던 나도 그 색시를 보고 놀랐다. 물통걸 고모네 수리조합 사택으로 외손자 돌보아 주러 간 할머니는 아직 돌아오지 않고 있었다. 고모가 첫아들을 낳았던 것이다. "공청 회원들이 읍내 극장에서 공연할 연극에 여배우로 세우려 데려왔소. 읍내에는 거처가 마땅치 않아 우리 집에서 유할 테니 그리 아시오." 아버지가 어머니에게 그 색시를 집으로 데려온 게 당연하다는 듯 말했다. 아버지의 그 말이 너무 자연스러워 어머니는 입도 뻥긋 못했다. 재물이 넉넉해 집칸 넓은 저택의 장주쯤 되면 나이 어린 기방 출신을 소실로 들여선 수발드는 아이까지 붙여놓고 금지옥엽으로 모신다는 말은 들어봤지만, 지금의 집안 사정으로는 그럴 수 없는 처지였다. 그런데 어머니로서는 진영극장에서 공연할 여배우를 모셔 왔다는데 강샘을 낼 처지가 아니었다. 그날부터 건넌방은 그 여자 차지가 되었고 어머니와 나는 할머니와 누나가 쓰는 안방으로 쫓겨났다. 서방의 평소 행실을 익히 보아온 어머니로서는 이 색시가 진짜 배우인지 첩질하러 따라온 논다니인지 판별이 서지 않았다.

그때 일을 두고 진주 색시를 처음 보았을 때의 누나 회상이 이러했다. "내가 국민학교 2학년 때니 46년 여름방학이 막 끝난 때였나 봐. 그때까지만도 지서가 우리 집을 감시하지 않았으이 아부지가 집에 있어도 괜찮을 때였어. 그해 여름, 친구들과 진주 쪽으로 놀이 갔다가 집으로 돌아올 때 아버지가 그 진주 기생을 데려왔어. 읍내 극장에서 공연할 연극에 출연할 배우라고 어무이한테 소개했는데, 사실은 배우

될 여자가 아니었어. 며칠 사이에 아버지한테 홀딱 반해 따라나선 게야. 그런데 처음 본 내 눈에도 그 진주 기생이 너무 고와. 당시 읍내서도 보기 힘든 미인이었어. 이마가 반달처럼 둥글고 상큼한 눈에 오똑한 코가 똑 인형 같았어. 가르마를 타지 않고 꼭뒤에다 붙인 트레머리를 하고선." 그 진주 색시는 건넌방을 차지하고 들어앉았다. 색시가 트렁크에 넣어 온 허드레옷을 꺼내 갈아입자, 아버지가 공청 사무실로 나갈 텐데 옷은 왜 갈아입느냐고 물었다. 그제야 그 여자가 오늘은 피곤해서 쉬어야겠다기에, 아버지는 공청 사무실로 나갔다 오겠다며 혼자 나갔다. 아버지는 해가 지고도 돌아오지 않았다. 어머니가, 아버지 저녁 진지 드시라며 누나를 공청 사무실로 심부름을 보냈다. 누나가 혼자 돌아와 전한 말이, 저녁은 먹고 가겠으니 식구들 먼저 먹으라시더라고 했다. "청년들이 한창 연극 연습하는 걸 아부지가 구경하고 계십디더. 음악교 여선생도 끼였고예. 해가 저물어서까지 건넌방에 들어앉은 색시는 기척이 없었기에 어머니가 하는 수 없이 외상을 보아 건넌방 앞에 가져다 놓곤, 누나에게 색시 밥 자시라며 심부름을 시켰다. 누나가 건넌방 방문을 여니 색시는 책을 읽고 있다가 밥상을 보곤 방 안으로 옮겼다. 한참 뒤 색시는 밥그릇 비운 밥상을 마루로 내놓았다. 그날 밤, 고모 집에 갔던 할머니가 사흘 만에 귀가했으나 아버지는 무슨 일이 바쁜지 귀가하지 않았다. 간밤에 대문간 옆 변소를 다녀왔는지 이튿날 봉창이 밝고도 색시는 밖으로 나오지 않았다. 할머니가 아침 밥상을 건넌방으로 나르며, 색시에게 조심스럽게 말을 붙였다. 나이는 몇 살이며, 어디 사람이고, 어쩌다 자식까지 둔 우리 아들을 만나게 되었느냐고 물었다. "제 나이 스물여섯 살이고예, 진주의 요릿집에서 나리님을 뵈왔습니더." 준비해둔 듯 여자 대답이 침착했다. 할머니가, 만나자마자 그새 정이 들었느냐고 물었으나 색시가 그 말에는 대답이 없었다. "우리 아들한테는 안들(아내)과 딸린 자식이 있는 줄 모르고 이래 따라 나섰소?" 할머니가 넌지시 물었다. "알았습니더만 기방 팔자가 그렇잖습니까. 저도 거기서 떠날 나이가 되었기에 나릿님 동패 되시는 분이 제 화댓값을 물어주어 빠져나올 수 있었습니더. 어차피 임자 있는 분의 앞자리이니 이 집에서 쭉 살지는 않겠습니더. 나릿님 말씀이 극장에서 무슨 연극을 하는데 거기에 나와달라고 청하시길래……" 그 말에 할머니는 더 물을 말이 없어 나중에 또 얘기하자며 방에서 물러 나왔다. 그날 저녁에 아버지는 건넌방에서 진주 색시와 겸상으로 밥을 먹었고 잠자리를 같이했다. 색시가 낮에는 변소 출입 외 방 밖으로 나오지 않는 대신 밤이 깊어져 모두가 잠자리에 든 뒤에야 변소를 쓰고 독에 물을 떠내어 얼굴과 목을 닦았다.

이튿날, 학교 수업을 마치고 집으로 돌아온 누나를 부르더니, 바깥이 왜 소란한지를 물었다. 장날이라 장사꾼의 외침과 장꾼의 웅성거림이 집 안까지 들렸던 것이다. 누나가 오늘이 오일장 장날이라고 말했다. 진주 색시가 평상시 입는 무명 치마저고리 차림으로 누나를 데리고 장 구경에 나섰다. 귀갓길에는 밥값은 하겠다는 건지 쌀 한 말과 옥돔 한 마리에 요강 하나를 사서 들고 돌아왔다. 누나와 내 몫으로 찹쌀떡도 사왔다. 그 뒤부터 색시는 아버지 외 집안 어른은 상대하지 않고 방문을 빼꼼히 열곤, "학생 나 좀 봐예" 하며 누나를 불러 심부름을 시켰다. 건넌방에서는 유성기의 음악 소리와 라디오 소리가 흘러나오기도 했다. 색시가 건넌방에 들어앉고 닷새째 되는 날 아침이었다. 아버지의 큰 목소리가 바깥까지 들렸다. "연극에 못 나가겠다니, 찰떡같이 약속하고선 뭐하러 여기까지 따라나섰소?" 색시는 묵묵부답이라 말소리가 들리지 않았다. 진주 색시가 촌극 출연에는 흥미가 없는 모양이었다. 어머니는 진주 색시가 나갈 채비를 하지 않고 한 지붕 살이를 계속하겠다면 기회를 봐서, 방이 두 개뿐인 집이라 두 여자가 한집에서 살기가 힘이 드니 방을 따로 얻어 살림을 나라고 말할 작정이었다.

  9월 4일은 조선공산당·조선인민당·남조선신민당이 합당하여 남조선노동당(남로당)으로 당명을 확정했다. 여기에 놀란 미군정은 좌익계 신문 세 개를 폐쇄하고 박헌영 등 공산당 지도자의 체포에 나섰다. 경찰 수사망이 좁혀 오자 박헌영은 신변에 위험을 감지해 29일 독일 베를린대학 출신의 심복 이강국(1906~53)과 함께 정치 활동이 안전한 땅 삼팔선 북쪽으로 넘어가려 서울을 출발해서, 10월 6일에야 평양에 도착했다. 일제하 원산 적색노조운동을 지도했던 남로당 중앙위원 이주하(1905~50)는 검거되었다. 박헌영의 월북은 그가 남로당 지도부와 상의하여 심사숙고 끝에 내린 결론이었고 활동 무대를 북으로 옮길 수밖에 없었던 불가피성을 감안한다 해도, 현장을 떠나 북으로 가야 했던 도피성 탈출이 뒷날 남로당이 당할 비극을 예고하는 전조가 될 줄 당시로써는 아무도 예측하지 못했다. 검거와 수감 생활을 각오하더라도 자기 터전인 남한에 몸을 두어야 따르는 동지들에게 무언의 힘이 되었을 것이다. 1945년 11월 선구회라는 단체가 해방 후 실시한 첫 여론조사에서 '조선을 이끌어 갈 양심적인 지도자가 누구냐?'란 설문에서 여운형·이승만·김구에 이어 박헌영이 네번째 지도자로 뽑히기도 했다. 박헌영은 북조선 해주에 정착하자 김일성과 어깨를 겨누기 위해 남로당 세력 부식에 집중할 수밖에 없었다. 그는 남로당의 정치 노선에 동조하던 각계각층 주요 인사의 월북을 독려했다. 과학자동맹 회원을 비롯한 좌파 지식인들, 예술가동맹 소속의 예술가들이 입북 대열에 나섰다. 지난 5월에 남북 경계선인 삼팔선의 무허가 월경(越境)을 금지했지만, 개성 부근을 비롯하여 삼팔선 전역에 걸쳐 길잡이꾼을 앞세운 민간인들의 무단 월북과 월남이 가능했다.

　남로당이 지방 조직에 착수했을 때 아버지는 그 이름이 중앙에도 알려져 남로당 경남도당 책임지도원 자리에 앉게 되었다. 책임지도원은 도당 부위원장급이었다. 민청 경남지부 지도위원에 남로당 책임지도원까지 맡게 되자 아버지는 진영의 집에 머무는 날보다 부산에 있는 날이 많아졌다. 아버지 숙소는 일정하지 않아 진영 식구는 아버지가 부산 어디에서 먹고 자는지를 알지 못했다. 그렇게 한 달이면 일주일도 채 머물지 않는데도 건넌방에 들어앉은 진주 색시는 그곳이 제 둥지인 듯 뱃심 좋게 눌러앉아 있었다. 9월도 중순에 들자, 아침저녁으로는 서늘한 바람이 불었다. 그러나 낮 동안 건넌방 방문은 열리지 않았다. 닫힌 건넌방에 눈이 갈 때마다 어머니의 한숨이 잦았다. 부산 서대신동에서 아들을 낳고 살았던 그 여자는 멀리 떨어진 채 딴살림을 살았으니 안 보고 지냈는데 이제 한 지붕 아래 또 다른 여자에게 방을 내주고 쫓겨나 시어머니와 같은 방을 쓰자니 마음이 까맣게 탈 수밖에 없었다. 어머니는 할머니에게 제발 진주 색시를 내보내라고 자식에게 한 말씀 해달라며 간청했다. 할머니는 아들이 하는 일을 어미로서도 이래라저래라 간섭할 수 없다며 외아들 편익만 들고 나섰다. 할머니는 울산댁 가겟방으로 나가 소일하던 마실을 접고 갓 태어난 외손자를 보아준다는 구실로 물통걸 딸네 집에 갔다가 거기서 사흘이나 나흘은 머물다 귀가했다. 어머니는 울산댁을 찾아가 이런 경우를 어떻게 해야 되겠느냐며 의논했으나 울산댁은 장죽을 빨며 굵은 몸집답게 배포 큰 말만 늘어놓았다. "짐 서방 바람기를 어데 한두 분 겪나. 그 불야시 같은 진주 안들(여자)은 안 쫓가내도 지 발로 나갈 테이 강정때기가 자슥들 앞날을 생각해서 지그시 참고 살아봐. 색시 관상을 보자 하니 첩질 오래 할 거 같지가 않더라. 남자한테 더 빨아묵을 거 읎으모 제 풀에 떨어질 끼다"라고 했다. 어머니는 아버지의 친구들 집에도 들러, 서방이 제발 진주 기생과 헤어지게 말 좀 넣어달라고 부탁하기도 했다. 내가 성인이 된 뒤 삯바느질을 하다가도 그 시절 이야기가 나오면 어머니의 넋두리가 쏟아졌다. "장터 여편네들이 우물터에 물 길으러 올 때마다 집에 들러, 아직도 진주 기생한테 방 내어준 채 한솥밥 먹느냐고 물을 때마다 얼굴을 몬 들 정도로 창피했으니 지옥살이가 따로 읎더라이. 왜정 때사 아예 내놓은 서방이라고 생각했다가 해방이 되자 그 걱정 덜고 살 만하다 싶었는데 하늘님이 투기했는지 이제 숫제 계집을 집에까지 끌어들였으이……" 거기에다 어머니는 여름 들고 경도 끊어져 수태기에 들었음을 스스로 알고 있었다. 나를 잉태했을 때는 부산 서대신동의 그 여자 때문에 속앓이를 했는데 그로부터 네 해 만에 다시 뱃내아기를 가지니 이제는 진주에서 나타난 색시가 속을 썩이고 있었다.

 추석 절기를 앞둔 9월 하순에 진영극장 처마에 「하사마농장 농민 승전보」란 촌극 입간판이 내걸렸다. 진영읍 민청 단원의 웅변대회, 부산시 민청에서 뽑혀 온 청소년들의 독창과 중창, 남녀가 나와 주고 받는 우스개 만담, 그리고 연극 공연이 있다는 소문이 근동에 알려졌다. 이 촌극은 아버지가 만든 극본이었다. 1931년과 이듬해에 걸쳐 하사마농장 소작쟁의에서 보인 진영평야 소작농들의 끈질긴 소작쟁의 투쟁을 그린 내용으로 40분짜리였다. 소작인 여성들의 투쟁을 이끈 근우회 회장 역을 맡은 진영중학교 여교사가 영양실조 끝에 굶어 죽은 아들을 안고 엄동 한철 시위에 앞장선 대목의 연기가 실감 나서 장내를 눈물바다로 만들었다. 원래 그 역은 아버지가 진주에서 데려온 색시에게 맡기기로 했는데 본인이 한사코 사양했기에 공청 회원이었던 중학교 가사 선생이 맡았던 것이다. 사흘 동안 공연된 그 민청 단원들의 공연은 연일 만원을 이루었고, 인근의 밀양군 대산면·창원군 진례면 농민들도 몰려왔다. 공연은 공청 후원금 형식으로 십시일반 내는 사람만 받았기에 진영 장터 주변에 사는 남녀노소도 줄을 서서 입장해 그 공연을 보았다. 공청이 지역 발전을 위해 좋은 일을 한다며 인기가 높았고 덩달아 아버지의 명망도 올라갔다. 복잡한 여자 문제가 흠결이었지만 아버지는 단연 진영 청년들의 우상이었다. "김 선상이 보기에는 예의 바른 얌전한 샌님인데 치마만 걸쳤다 하모 부뚜막부텀 먼첨 올라가니, 열 길 물속은 알아도 한 길 사람 속은 모를 일이야. 허기사 영웅호걸은 다들 계집을 밝히는 법이긴 해." 아버지를 두고 장터 어른들의 평이 그랬다. 이름이 알려진 혁명가나 정치가를 비롯해 지식인치고 여자를 좋아하지 않는 경우가 드문 법인데, 그렇게 보자면 아버지 역시 그 범주에 들었다. 그들은 평생 한 여자와 살아야 한다는 계율은 무시한 채 다른 여자와 관계 맺음 또한 자기가 하는 일에 필요조건이란 듯 남의 눈치 같은 건 개의치 않았다.

 어머니는 남이 다 보는 진영극장의 공연을 보지 않았다. 서방이 그 일에 적극적으로 나섰다는 사실 하나만으로도 이웃들과 어울려 느긋이 구경할 마음이 없었다. 낮에도 방문 닫힌 건넌방만 보면 울화가 들끓어 도무지 일손이 잡히지 않았다. 아침저녁으로 들여놓는 밥상은 언제나 말끔히 비워냈다. 진주 색시는 오일장 장날 외 낮 동안은 바깥에 잘 나오지도 않았다. 색시가 할 일은 언제 집에 올지 모르는 아버지의 귀가만을 기다리는 형편이었다. 할머니는 사흘거리로 장을 보아선 딸네 집 찾아 출타했다. 누나마저 학교에 가버리면, 어머니는 절간 같은 집 안을 지키고 앉았기가 싫었다. 나날이 배는 불러왔다. 입맛을 잃어 내쉬는 숨길조차 목에 가시가 걸린 듯했다. 안방과 건넌방 청소에 세탁일은 물론 살강까지 티 한 점 없이 닦고 나면 할 일이 없었다. 낮이 긴 오후 서너 시쯤이면 "에미하고 한얼학교 짓는 거 구경이나 가자"라며 나를 데리고 나섰다. 극장 앞 아랫장터를 빠져나가면 신작로였고 철길 건너는 오일장 장날에만 장이 서는 쇠전이 있었고 주위에는 몇 채의 집이 흩어져 있었다. 그 뜸마을 옆에 한창 중학교 교사가 들어서는 참이었다. 흙벽돌에 초가지붕 올린 교실 두 동이 완공되었다. 밤낮으로 교실을 늘여 지으려 교장 선생이 직접 나서서 흙벽돌을 찍어내기가 한창이었다. 한얼중학교가 지난 9월 초에 교실 하나와 천막 한 채로 개교하였다. 흙벽돌을 한 장 한 장 손수 찍어선 벽돌로 벽을 쌓아 교실을 만들었다. 중학교를 세운 사람이 향토교육의 선구자로 알려진 강성갑(1923~50) 목사였다. 강 목사는 진영 출신이 아니었다. 그는 경남 의령군 출신으로 올여름 들고 진영에 정착한 스물세 살 난 젊은 목사였다. 그는 새벽별이 스러지기 전에 임시 천막에서 잠이 깨면 기도로 아침을 맞아선 그때부터 흙벽돌 만들기에 나섰다. 찰흙을 지게로 날라와 짚을 섞어선 목제 사각 틀에 질흙을 넣어 흙벽돌을 한 장 한 장 찍어냈다. 아침밥을 한술 뜨고 다시 일을 시작하면 그때야 읍내 청년들이 찾아와 강 목사의 작업을 도왔다. 자원봉사자 중에는 읍내 공청 회원도 있었다. 강 목사는 집으로 아버지를 찾아와 공청 회원을 보내주어 고맙다고 인사하기도 했다. 연희전문학교와 일본 동지사대학 신학교를 나온 뒤 해방 직후 부산대학교에 잠시 재직했으나 농민운동과 농민교육에 헌신하기로 작정해 사직했다. 그는 진영에 정착하자 근동 마을을 돌며, 해방된 조국을 바로 세움에는 무엇보다 청년 학도들의 배움이 필요하다며 근로 장학생 명목으로 학비 면제를 내걸고 학생을 모은 입지전적인 향토교육자였다. 9월이 중순에 들자 교실 두 동이 완성되었고 낮반 학생 수가 스물다섯 명, 낮에는 집안 농사일을 도왔기에 야간반에 등록한 학생 수가 서른 명이 넘어 교실 증축이 절실했는데, 방과 후는 학생들이 자발적으로 흙벽돌 만들기에 나섰다. 강 목사의 헌신적인 자세와 교육에 대한 열의, 근면하고 겸손한 인품이 읍내에 알려져 그를 존경하여 따르는 사람이 늘어났다. 진영 장터 주변의 일정한 일거리 없이 빈둥거리며 노름에 빠진 자나, 허구한 날 술주정을 일삼는 주정뱅이나 건달패를 두고는, "성인군자가 어데 책에만 있더냐, 지발 한얼핵교 맹근 강 목사 뽄 좀 봐라"라는 말이 회자되기도 했다.

　10월 중순에 이르자 별 좋은 맑은 날이 계속되었다. 뭉게구름을 실은 하늘이 짙푸르게 드높았고 소슬바람 속에 고추잠자리 떼가 무리지어 날았다. 진영평야의 벼 이삭도 알곡의 무게로 고개를 숙였다. 누렇게 탈색을 시작한 벼 포기가 바람에 너울거렸다. "아주머니 나오셨군요. 김 선생님은 잘 계시지요?" 바짓가랑이를 걷어붙인 채 맨발로 질흙을 뭉개던 강 목사가 보릿짚모자를 들썩해 보이며 어머니께 인사했다. "아아들 아부지가 요새는 주로 부산에 나가 있어 진영에는 잘 오지 않습니더." 어머니 말이 사실이었다. "참, 그 소문 들었습니까.

지난 월말에 전국 노동자들이 총파업했는데 부산도 대단했답니다. 부산의 철도노동조합원, 항만노동조합원, 운수노동조합원 들이 총파업하자 미군 부대가 진압에 나서서 사상자가 다수 발생했답니다. 요새 신문에 연일 대서특필되고 있어요." 강 목사는 아버지가 하는 일을 알고 있었기에 그 파업에 간여하지 않았나 싶어 에둘러 하는 말이었다. 9월 24일에 좌익계 조선노동조합 전국평의회(전평) 산하 철도노조가 점심 제공, 월급제 실시, 식량 배급을 조건으로 파업을 선도했던 것이다. "그런 소식은 첨 듣습니다. 철도라모 여게도 기차역이 있긴 한데……" 어머니는 강 목사의 말을 잘 이해하지 못했다. "철도노조 파업 통에 어제는 마·부산 간의 기차가 끊겼습니다. 진영역으로 기차 타려고 나왔던 사람들이 기차가 안 온다고 하자 버스 정거장으로 몰려갔고요." 어머니는 강 목사의 말이 별 재미가 없었던지 화세를 돌렸다. "상터에 하도 소문이 자자해서 오늘도 흙벽돌 맹그는 선상님 보러 왔습니다." 어머니는 배 속에 아기만 없더라도 발 벗고 나서서 강 목사 일을 돕고 싶었다. 속 썩이는 서방 생각만 하면 강 목사같이 신실한 남정네가 부럽기도 했다. 예수를 믿으면 저렇게 될까 하는 생각이 들기도 했다. 한 무리 청년들이 바지게로 흙을 나르고 청년 둘이 고무신을 벗더니 삽을 들고 나섰다. 다른 청년은 가져다 놓은 짚을 작두로 썰었다. 자원봉사 하는 한얼학교 야간반 학생들이었다. 어머니는 나무 그늘에 앉아 구슬땀 흘리며 일하는 그들을 지켜보며, 흙장난에 열심인 내게 한마디 했다. "안죽 어려 멀 모르겠지만 니도 저 청년들 하는 일을 잘 봐두거라. 얼렁 커서 니도 저래 부지런한 사람이 돼야 하니라. 깰바즌(게으른) 사람은 아무짝에도 쓸모가 읎다."

9월 하순 남로당 산하 각 직맹 지도부는 노동자의 참여 수위가 높을 것이란 판단 아래 전평의 전국 총파업을 종용했다. 북조선 해주에 정착한 박헌영의 남한 노동자 파업 승인이 있었음은 물론이다. 총파업은 전국 주요 도시에서 동시다발로 터졌다. 서울시당의 지침을 받은 경남지부도 직맹에 소속된 정예 당원을 최대한 활용했다. 책임지도원인 아버지 역시 부산에 머문 채 지침을 내리고 그들을 독려하느라 바빴다. 1980년대 후반, 어떤 경로를 통해 아버지의 주요 이력과 별세까지의 소식을 간략하게나마 내게 전해준 분이 있다. 6·25전쟁 직후부터 아버지와 가까이 지냈던 분(편의상 S씨*라 해두자)의 당신 성격에 대한 증언이 이러했다. "내가 아는 김 동지는 평소에는 과묵하여 언행이 신중하나 어떤 일이든 책임을 맡고 나서면 사업에 임하는 태도가 정열적이고 치밀하며 과단성이 있었다. 바른말은 속에 새겨두지 못하는 성격이었다." S씨가 아버지를 만난 경위는 이러했다.

　"6·25전쟁이 터지고 인민군이 서울을 점령하자 이승엽을 위원장으로 하는 서울지도부가 구성되었다. 그때 대남 사업을 지도할 북조선 측 실무진도 서울에 도착했다. 나도 그 실무진의 일원으로 서울에 왔다. 김종표 씨는 그때 처음 만났다. 당시 김 씨는 서울시당 재정경리부 부부장으로 사업하고 있었다. 그후 박헌영 사건의 와중에서 몇차례 만났고, 1954년 봄에 대남연락부가 재편될 때 김 씨가 연락부 지도원으로 임명되어 왔다. 나는 1953년에 연락부 지도원으로 옮아와 있었다. 그후 1955년 2월까지 같이 생활하며 깊이 사귀었다. 김 씨는 나보다 열 살쯤 연상이었다."

\* 어떤 경로인지 안전기획부(현 국정원)의 보호 아래 촉탁으로 근무 중인 S씨가 아버지의 소식을 전해주었다.

어느 오일장 장날 아침이었다. 건넌방을 차지하고 앉았던 진주 색시가 아침밥 쪽상을 물리자 화사한 나들이 한복으로 치장하곤 트렁크를 끌고 마루로 나섰다. 그네는 장터로 나가 짐꾼을 불러와 트렁크를 지게에 싣게 했다. 마침 학교 갈 차비를 하고 나선 누나를 보자, "마나님 좀 뵈옵자 알려라" 했다. 할머니는 그날도 고모네 집으로 간 지 이틀째라 돌아오지 않고 있었다. 어머니가 마루로 나서자 진주 색시가, 어르신이 무슨 일로 바쁜지 여기는 아예 오시지 않으니 자기도 떠나겠다며 무릎 꿇어 다소곳이 인사했다. "그동안 신세 많이 끼치고 마나님 마음을 심려케 해드려 죄송합니다. 옛말에도 하룻밤에 만리장성을 쌓는다는 말이 있듯, 제가 나리님을 본 날 첫눈에 정을 뺏겨 이런 지경에 이르게 된 줄 아옵니다. 이제 저도 마음을 고쳐 묵었으니 넓으신 마음으로 이해해주십시오." 진주 색시 말이 청산유수였다. 갑자기 늘는 말이라 어머니는 대꾸를 못 했었다. 진수 색시가 축담에 내려서자 그제야 어머니가 물었다. "간다모 어데로 갈 작정이요? 정해둔 곳이라도 있어예?" 어머니는 진주 색시가 서방과 별도의 약조가 있어 부산으로 가는 게 아닐까 싶었던 것이다. "제가 저 산청 땅 지리산 자락에서 태어나 열한 살에 진주의 권번 학교로 뽑혀가 가무와 예절을 익힌 후 이 나이가 되도록 딱 한 번 고향 땅을 밟아보았습니더. 그래서 이제는 나이도 있고 해서 환고향해 연로하신 부모님을 모시고 살까 하옵니더." 진주 색시는 마당을 나서다가 석류나무에 눈을 주었다. 가지가 처질 정도로 껍질을 터뜨려 붉은 알갱이를 내보이는 석류가 조롱조롱 달려 있었다. "어쩜 저렇게 석류가 탐스럽게 달렸노" 하고 감탄하더니, 석류 몇 개를 얻어 가겠다며 석류 세 개가 달린 맨 아래 가지를 꺾어 들었다. 진주 색시는 석류 달린 가지를 들고 트렁크를 지게 짐 진 짐꾼을 앞세워 대문을 나섰다. 그네가 사라지자 엄마 옆에 선 내가 갑자기 큰 울음을 터뜨렸다. "진주 색시가 떠나니 니도 습습한 모양이제?" 어머니가 말했다. 진주 색시가 나를 불러 더러 알머리를 쓰다듬으며 쥐여주던 떡이며 눈깔사탕과 전병 맛을 알던 터라 이제는 그런 먹을거리를 받을 수 없어져서 서러웠던 것이다. 진주 색시가 떠난 뒤 한참 만에 장터의 쌀장수가 쌀 한 말과 보리쌀 한 말을 지게에 지고 왔다. 쌀장수 말이, "웬 부잣집 마님이 곡물값이라며 돈을 내놓더이, 그동안 신세를 많이 졌다며 우물터 앞 김 선상 집에 전해주랍디더" 했다. 보름쯤 뒤, 아버지가 집에 왔을 때는 건넌방에 죽치고 살던 진주 색시가 이미 없어졌음이 당연했다. 그러나 아버지는 그 여자의 행방을 묻지 않았고, 묻지 않으니 어머니도 진주 색시가 고향으로 갔다는 말을 알리지 않았다. 할머니가 저간 소식을 아들에게 말하니 아버지는 그렇게 끝날 사이였음을 짐작했던지 아무런 말이 없었다.

## 12장

　1946년 3월 1일 삼일절 기념행사를 우익 쪽은 서울운동장에서, 좌익 쪽은 남산에서 따로따로 거행했다. 시민들은 자신의 정치적 성향에 따라 서울운동장으로 가고, 남산으로 가기도 했다. 행사를 끝내고 시가행진에 들어가 양쪽 행진 대열이 남대문에서 마주쳐 두 진영이 충돌했다. 지방 소도시에서도 마찬가지로 두 군데 행사가 벌어졌다. 음력 정월 대보름을 맞아 시골은 전래의 풍습대로 마을 뒷산에서 한 해 액막이 행사로 대나무를 높이 세우고 거기에 솔가지를 꺾어 걸어 달집을 만들어선 봉화를 올렸는데, 여기에도 우익 쪽과 좌익 쪽이 갈라져 각각 다른 산봉우리에서 달집을 만들었다. 그런 편 가르기로 누구는 좌익이고 누구는 우익이란 흑백의 색깔이 덧씌워져, 훗날 좌익 색출에 그 빌미를 제공했다. 그해 5월 15일, 미 군정청 공보국은 공산당 자금 조달을 목적으로 조선공산당이 조선은행권 1,300만 원을 위조로 찍어냈다는 혐의를 포착하고 조선공산당 간부 검거령을 내려 당 선전부장 이관술 등 열네 명을 검거했다. 이 사건으로 미군정의 공산당 유화정책은 종지부를 찍었다. 특히 일제하부터 누이 이순금(1912~?)과 함께 온갖 역경을 이겨내며 사회주의운동에 전력해온 경성콤그룹 멤버요 박헌영의 일급 참모였던 이관술의 피검은 미구에 닥칠 남한 공산주의운동의 험난한 길을 예고하는 시금석이었다(이관술은 무기징역 형을 받고 대전형무소에 복역 중 6·25전쟁이 발발하자 다른 좌익 사범과 함께 처형당했다).

그해 10월 1일, 오래 곪은 종기가 터지 듯 '대구 10·1 사건'이 발생했다. 도청으로 몰려간 도시 빈민의 쌀을 달라는 요구로부터 발단되었지만 좌익 세력이 시위를 주도하자 사건이 크게 번져 해방 후 처음 일어난 좌·우익의 대대적인 충돌로 확대되었다. 이 사건의 직접적인 단초가 된 계기는 3월에 들어, 미군정은 미곡의 대구 시내 불법 운반을 금지했고, 배급 외에는 미곡의 자유 매매까지 막았다. 미군정의 하곡수집령에 따른 배급제 실시가, 미곡의 반입과 매매를 금지하자 배급이 제대로 되지 않으면서 시내는 빈민이 굶주리다 못해 노약자가 영양실조로 사망하는 사태까지 속출했다. 급기야 시민들이 도청에 몰려가 굶어 죽게 되었다며 쌀을 달라고 울부짖기에 이르렀다. 5월에 들어 엎친 데 덮친 격으로 호열자까지 창궐하자 시내는 미곡 반입과 시민의 타지 출입까지 통제받았다. 10월 1일 오후 1시경에는 대구역전에서 운수·금속·화학노조가 중심이 된 동맹파업단 5백여 명이 파업에 돌입하자 일반 시민이 파업단에 가세했다. 2일에는 대구 시내 각 대학교 학생 2천여 명이 시위에 나섰다. 경찰에 이어 미군까지 그 진압에 투입되자 시민이 합세한 시위대가 계속 불어났다. 성난 시위대는 방어가 허술한 시내 경찰서를 파괴하며 불을 질렀고, 폭력 시위는 폭동으로 번져 시외로까지 확대되었다. 미군정의 식량정책 실패,

식량난과 생활고의 가중, 친일파의 득세, 남로당 산하 직맹의 총파업이 사태의 빌미를 제공했던 것이다. 10월 3일 이후, 폭동은 대구시를 떠나 경북 전역으로 확대되었고 농민들의 숙원인 토지개혁 요구가 '가을추수봉기'로 발전되었다. 경북을 넘어 삼남을 휩쓸었던 폭동은 이듬해 3월에 들어서야 경찰과 미군의 진압 작전 끝에 전국이 평정되었다. 이 사건에 군중 3백여만 명이 참가했고, 3백여 명의 사망자를 냈으며 3,600여 명이 실종되었다. 공식 통계자료로만도 1만 5천 명이 검거되었다.

'대구 10·1 사건'이 '가을추수봉기'로 발전한 부산시의 경우, 파업 시위 폭동이 시내를 휩쓸자 군경과 미군이 시위 진압에 나서서 10월 7일 서울의 '파업위원회'에서 내려온 일곱 명과 철도 파업 주동자가 검거되었다. 9일에는 유혈 충돌이 발생하여 군중과 경찰 스물네 명이 사망했고, 무산 시장이 습격당하자 즉각 미군 전술 부대가 투입되었다. 마산시의 경우, 10월 6일과 7일 사이의 군중 시위에서 다수 사상자가 나자 미군이 진압에 나섰다. 7일에는 6천 명이 시내에서 시위를 벌였다. 경찰의 발포로 학생 세 명이 사망하자 시위대가 경찰서와 지서를 습격하여 무장해제시켰다. 미군 국방경비대 해병대가 출동하여 진압에 나섰는데, 이 과정에서 시위자 열두 명이 사망하고 50여 명이 피검되었다. '가을추수봉기'에 피해를 본 측은, 지역민의 원성을 샀던 경찰관, 일제 때 친일에 앞장섰던 관리 출신이나 부호, 소작인 착취가 심했던 지주로 곳간에 양곡을 쟁여놓고 살던 집은 파괴와 방화가 뒤따랐다. 사회학자 정해구 저서 『10월 인민항쟁연구』(열음사, 1988)에서 종합한 사회 각계의 견해는 다음과 같았다.

(1) 하지 중장의 견해: 남조선에 거주하지 않은 외부 선동자가 일으킨 사건으로 조선 국가의 적인 선동자들이 동포들에게 범죄적인 흉행(兇行)을 감행하는 파열적인 행동이었다.

(2) 이승만의 견해: 매국적 적들의 선동으로 살인·방화·강탈 등 비인도적인 행동을 유도하여 전국적인 대혼란을 일으켜 적의 조국에 우리 삼천리강토를 예속시키려는 것이라 했다.

(3) 사회노동당 및 좌우합작파의 견해: 군정의 정책이 옳지 못한 데 인민항쟁의 원인이 있기는 하지만, 그렇다고 해서 폭력의 수단까지 동원하여 혼란을 일으키는 것 또한 옳지 못하다며, 양시쌍비론(兩是雙非論)을 내렸다.

(4) 대화파의 견해: 대중으로부터 전위를 고립시키는…… 소아다운 선동이며, 조선공산당 간부파의 노골적 과오라고 지적했다.

(5) 박헌영의 견해: 인민의 생활이 악화되어 굶주림과 아사 선상에 있는 가운데 미군정과 친일파 등 반동파의 무력 강압 정책은 인민들의 분개를 일으켰으며, 북조선의 민주개혁 실시가 큰 영향을 주어 대중투쟁으로 발전했다.

이렇게 좌우익의 평가가 상반된 만큼, 이 사건은 향후 1950년 6·25전쟁이 나기까지 남한의 정치 질서에 큰 영향을 미쳤다.

일제하 1930년대 초반 하사마농장 소작쟁의에서도 볼 수 있었듯 진영 지방은 전농·청년회·소년동맹·여성들로 조직된 근우회가 협동 정신으로 단결하였고, 하기방학 때면 경성과 부산시에서 고등교육을 받던 학생들이 농촌 봉사단을 조직해서 진영평야의 마을을 누비며 교육 혜택에서 소외된 청소년들에게 향학열을 고취시킨 덕에 도내 어느 지방보다 민도가 높았다. 해방 후는 일제 때 조직을 이어받아 리(里)마다 농민조합과 청년회가 활동했다. 여운형의 건국준비위원회가 정치 활동을 시작하여 지방 조직에 나서자 경남에서도 김해군이 먼저 이에 호응하여 지부를 만들었고 진영에도 건준 지부가 생겨났다. 뒤이어 좌익 단체 공청 지부가 조직되어 활동을 시작했다. 남로당이 당명을 걸고 지방 조직에 착수하자 진영에도 그 지부가 생겼다. 좌익 성향이 어느 군보다 강했던 진영읍은 '대구 10·1 사건'이 대구와 가까운 밀양을 거쳐 진영까지 파급되자, 각 단체가 평야 지대의 소작인들에게 누적된 농민의 불만을 자극해 추수봉기 시위를 선동했다. 그렇잖아도 농민들은 토지개혁의 지지부진에 따른 만성적인 굶주림에 시달리던 터라 해방이 되고도 일제 때보다 나아진 게 없다며 성질 급한 사람부터 시위에 나섰다. 분기 찬 젊은 소작농들이 뒤따르자 군중심리가 더 많은 시위꾼을 모았다. 진영읍은 어느 지방보다 지주가 많이 거주했기에 농민 시위의 대상이 그들 지주 세력이었다. 10월 8일, 오후 남로당 지부와 공청·전농의 연락망을 통해 타 지방의 봉기 소식을 접한 읍내에서 10리 상거에 있는 본산리·설창리·장등리·내룡리·신용리·하계리의 성난 농민 수백 명이 각목·곡괭이·쇠스랑·몽둥이·죽창을 들고 읍내로 모여들었다. 그들은 진영지서부터 습격했다. 장터의 반거충이와 건달 들이 시위 군중에 휩쓸렸다. 성난 농민 떼거리가 지서를 공격 목표로 몰려온다는 정보를 사전에 파악한 순경들이 재빨리 피신했기에 망정이지 지서는 남아난 유리창이 없었고 기물이 무차별 파괴되었으며 무기고가 탈취되었다. 밤이 되어 시위에 나선 자의 얼굴이 어둠에 가려지자 그들 성정이 더 거칠어져 횃불을 든 자들이 지서에 불을 질렀다. 지서 건물이 불길에 휩싸였다.

이성을 잃은 성난 군중은 지서장 사택은 물론 경찰관 집으로 쳐들어갔고, 1백여 명의 농민이 지주 집이 모여 있는 5리 밖 물통걸로 내달았다. 버드나무 늘어선 신작로에 시위대의 횃불이 길게 꼬리를 끌었다. 그들이 지른 방화로 지주 집들이 불길에 휩싸이자 추수기에 든 들녘의 누른 벼 포기가 훤하게 드러났다. 곳간이 털렸고, 시위 군중을 막으려던 지주 집안 하인, 이웃에 살던 집사 들이 농성군의 몰매에 혼비백산하여 도망갔다. 미처 빠져나오지 못한 지주 가족 중 늙은이 둘이 불길에 휩싸여 사망하고 다수 중상자가 발생했다. 지주보다 미운 놈이 집사란 말이 있듯 그들의 집도 불에 타고 미처 피하지 못한 그 가족도 몰매를 맞았다. 농토를 많이 가졌으나 소작인들에게 비교적 원한을 사지 않았던 김 부자·김 참사·강 부자 집도 피해를 당하기는 마찬가지였다. 아버지의 친구들로 철 따라 산천 유람 놀이를 다녔던 강한구 씨도 후원 쪽 대숲 안으로 숨어들어 겨우 화를 면했다. 김영곤 씨는 마침 서울로 출타 중이라 집에 없었다. 10일에는 완전군장 한 미군 한 개 중대 병력이 트럭 편으로 읍내로 들어오며 공포탄으로 총질하니 시위 사태가 진정되었다. 이튿날 미군 CIC 요원 여섯 명도 지프 편에 도착해 상주하며 진상 조사에 착수했다. 경찰과 CIC의 피해 조사 결과 진영읍만도 사망자가 다섯 명에 부상자가 서른 명이 넘었고, 여섯 명이 중태였다. 경상도 지방의 가을추수봉기는 11월 중순을 넘겨 서리가 내릴 철로 접어들자 가까스로 소진되었다. 총검을 앞세운 경찰과 미군의 진압 결과였다. 추위가 몰려올 무렵부터 고을마다 경찰과 청년방위대를 동원하여 시위 가담자의 색출을 시작하였다.

'대구 10·1 사건'을 계기로 좌익 쪽 정치단체가 사주한 민중 폭동에 놀란 미군정은 우익의 선봉장인 이승만의 존재 가치를 높이 평가

하게 되었다. 우익 쪽 정치단체들도 좌익 세력 척결에 적극 나섰다. 보수우익을 지향하며 지주 세력의 든든한 버팀목이었던 한국민주당(한민당)이 가을추수봉기에 교훈을 얻어 세력을 불리며 결속하였다. 9월 12일에는 우익 청년 단체들을 통합하여 결성한 대한독립청년단이 이승만의 지지를 업고 두각을 드러내며 각 지방의 지부를 구축해 나갔다. 10월 13일에는 일제하 만주 독립군 출신인 이범석을 단장으로 하는 조선민족청년단(족청)이 결성되어 우익 세력의 지원대가 되었다. 서북청년단의 결성 경위를 보면 북조선에서 월남한 실향민에서부터 거슬러 올라가는데, 8·15해방 이후부터 11월까지 3개월 동안 북조선에서 남한에 유입된 월남인 수가 43만 2천여 명에 달했다. 소련과 만주 지역에서 건너온 이주민 50만 명을 포함해 160만 명 이상이 남한에 유입되었다. 월남한 청년층이 처음에는 노숙과 걸식으로 거리를 방황하다 점차 조직화하였다. 11월 30일에 결성을 마친 서북청년당(서청)은 강력한 대공전선(對共戰線) 전위대로 나섰다. 서청 조직은 향토별·지방별로 이루어졌고, 군과 면 단위까지 지부를 두어 이승만 세력과 지역 경찰의 비호 아래 정치적인 세력을 형성하며 남한 사회에 정착 기반을 닦았다. 서북청년단은 좌익척결특공대를 조직해 지방까지 출장을 나가 '빨갱이 타도'를 앞세워 무차별 폭력 행사를 서슴지 않았다.

    1947년에 들어서자 경찰은 지난해 가을추수봉기의 가담자 색출에 이어 좌익 단속에 본격적으로 나서서, 2월 18일 남로당 당원 57명을 불법 집회 혐의로 검거했다. 한강 물이 풀리는 3월에 들어 북상하는 화신(花信) 따라 '대구 10·1 사건'의 소요가 완전히 진정되자, '좌익 폭도'를 솎아내는 검거가 본격화되었다. 무장을 갖춘 경찰과 완장 찬 청방(청년방위대)·서청 대원들이 삼삼오오 조를 짜서 도심 구석구석, 시골 마을 고샅길을 누비며 시위 난동 가담자를 추려내기 시작했다. 미군정 당국은 필요한 정보를 제공하며 이를 방관했다. 시위에 나서지 않았더라도 평소에 언행이 거칠거나 우익과 미군정을 비방하던 자들이 검거되었다. '빨갱이' '사바사바'란 말이 도시와 시골을 가리지 않고 유행어가 되었다. 동네 회식 자리라도 가져 막걸리 사발을 돌릴 때면 우스갯소리에 섞어 너는 좌쪽, 나는 우쪽이라며 설전을 벌이는 사이였어도 이웃사촌이라 상부상조하며 제수 음식을 나누어 먹었는데, 이제 원수가 되어 서로가 서로를 밀고의 대상으로 삼지 않을까 의심했다. 시위와는 상관없이 개인적인 사감으로도 능히 밀고할 수 있었다. 일제 때 친일에 앞장섰던 자들까지 기세등등하게 나서서, "이차판에 빨갱이들은 아예 쓸어버려야 한다"라며 기세를 올렸다. 시위 가담자나 시국을 비판하던 자들은 갑자기 중죄인이 되어 제대로 숨을 쉬지 못한 채 잠행에 들어갔다. 자신이 수배당한다는 낌새를 알아챈 자는 산으로 몸을 피해 숨거나 타지로 도망가야 했다. 후미진 산으로 숨어들어도 화전을 일굴 처지가 못 되니 생솔을 씹다 못해 밤이면 뜸마을로 내려와 먹을거리를 구걸했다. 도시로 몸을 피한 자는 노숙하며 구걸에 나서거나 지게 품을 팔아 연명했다. 세상인심이 날로 흉흉해졌다. 한편, 가을추수봉기를 통해 농민들의 폭동을 목격한 소심한 사람들의 비판도 쏟아졌다. "좌익 좋아하던 사람들 정말 무섭더구나. 닥치는 대로 부수고, 횃불로 불 지르며, 무법천지를 맹글어. 아무리 군중심리라지만 평소에는 온순하던 사람이 어떻게 그렇게 돌변할 수가 있나. 폭동으로 나라를 뒤엎어 평등세상으로 개벽하겠다니, 참말로 무시무시한 시상이야." 하루 벌이도 시원찮아 하루 살기도 힘든 도시 빈민이나 찢어지게 가난한 소작농 처지라도 집단 시위와 같은 물리적인 행사에는 선뜻 나서지 못하는 사람도 있게 마련이었다. 천성이 선량한 소시민이나 촌사람은 대부분이 소심쟁이다. 타고난 팔자려니, 어깨에 지워진 운명이라 자기 삶을 체념하며 모질게 생명을 유지해왔어도 짐승 새끼 한 마리 죽이기에도 용기를 내지 못하는 사람이 의외로 많다. 그런 사람들에게는 시위·폭동·방화가 두려워 자기 가솔만 챙긴 채 겁에 질려 집단행동을 지켜보기만 했다. 그들에게는 공산주의를 지지하는 자들의 실제 모습이 저런가 하며 경계심을 품게 한 계기가 되었다. 그렇게 되자 어떤 사람에게는 우익이 공포의 대상이 되었지만, 어떤 사람에게는 좌익 또한 공포의 대상이었다.

1947년에 들어서서도 진영읍의 남로당 지부 사무실과 민청 사무실은 간판을 내리지는 않았다. 철공소 아들로 마산의 사립 중학교 출신의 민청 진영지부 회장 민영철 군이 지난해 가을추수봉기 주동자로 검거되어 약식재판에서 실형 2년 6개월을 언도받아 부산형무소로 넘어간 뒤, 부회장이 회장직을 승계하여 지부를 운영하고 있었다. 오사카의 제철 공장으로 징용 갔다 해방 후 환고향한 도광욱 군이었다. 새로 회장을 맡은 그는 지난해의 추수봉기가 일정한 성과를 거두었고 부패한 우익 세력에 경종을 주었다는 판단 아래 동네마다 세포 확장과 기본 교육 학습에 충실했다. 전농도 건재한 채 남조선과도입법의원(南朝鮮過度立法議院)의 토지개혁 추진 과정을 예의 주시했다. 작년 가을에 경을 치르고 난 국민회의 진영지부는 금년 봄에 들어 읍사무소 옆 연초전매소 건물을 쓰며 관청과 경찰의 지원 아래 좌익 세력에 맞서서 활발한 활동을 벌였다. 그들은 관청과 지서, 주둔한 미군과 지주 세력의 든든한 후원을 받고 있었다. 버스 정류장 부근에 사무실을 둔 청년방위대 대원들은 허리에는 몽둥이, 왼팔에는 '청방' 완장을 차고 인근 부락을 돌며 작년 시위 가담자 색출을 계속했다. 해방 후 읍내에도 삼팔따라지 월남인들이 흘러들더니, 1947년에 들어서서는 시국 사범을 다루는 데 경찰 업무를 대신해서 서북청년단(서청)이 철하의 미창 한 동에 사무실을 차렸다. 그들 역시 조를 짜서 인근 부락을 돌며 시위 가담자를 가려내려 탐문 수사를 했고, 꼬투리만 잡히면 읍내 미창으로 연행해왔다. 서청이 지서보다 무섭다는 소문이 날 정도로 미창의 칸막이 안쪽은 연행자의 고문실이었다. 창고에 가둬놓고 굶겨가며 매질로 시위 정도의 경중을 가려내려 족쳤다. 뒷돈(사바사바)을 쓰지 않으면 언제 풀려날지 알 수 없다는 말이 돌았으니, 그 가족이 석방을 애원하며 강추위를 무릅쓰고 미창 앞에 진을 치고 대기하는 실정이었다.

　가을추수봉기 이후, 아버지의 진영 발길이 뜸해진 것은 부산에서 남로당과 민청 사업에 바빴기 때문이다. 1947년 새해 들어 아버지가 모처럼 진영에 들렀을 때 친구 허율 씨가, 작년 가을추수봉기 이후의 읍내 분위기를 들려주며 말했다. "자네도 몸조심해야 하겠어. 작년 가을 그 사단 이후 자네 동태를 주목하는 우익 쪽 사람들이 많아. 읍내에 오더라도 남로당 하는 사람들이나 민청 청년들은 접촉하지 말게나. 무신 이유든지 꼬투리가 잡히모 지서든 서청이든 청방이든 달려들어가. 집에만 들리곤 곧장 떠나게. 안들(처) 말을 들으이 자네 부인이 애를 가진 모양인데 분란 일으키면 임산부한테도 안 좋아" 했다. 그런 말을 듣고도 아버지는 읍내 상황쯤은 이미 안다는 듯 실소만 흘릴 뿐 별다른 반응을 보이지 않았다. 아버지는, 충고해줘서 고맙지만 내 일은 내가 알아서 한다고 말했다. 아버지가 이인택 씨에게 정초 세배를 갔을 때도, 몸조심하라는 허율 씨가 했던 것과 비슷한 말을 들었다. 아버지는 모처럼 읍내에 들린 김에 친구 강한구 씨도 만났다. 그는 가을추수봉기 때 횃불과 각목을 들고 집으로 들이닥친 농민 시위대에 놀라 위급함을 피해 후원으로 빠져나가 개골창을 건너 뛰다 다리뼈를 분질러 걸음걸이가 시원치 못했다. 그 사단으로 얼마나 혼겁을 먹었던지 말본새가 거칠었다. "따져보자구. 우리 집이 작인들한테 무슨 몬된 짓을 했어? 지주 중에 가장 낮은 도지대로 사육제 나눠 먹기 농사를 짓고, 추수 후 간작을 하거나 볏짚은 작인들이 그저 가져가라미 놔두지 않았나. 다른 지주들보다 작인들에게는 조건이 좋았지. 아닌 말로 강 어르신 댁 농지를 소작해보는 게 소원이란 소문도 났어. 그런데도 우리 집 곡간에 불을 질러? 곡식 가마를 훔쳐내는 강도질에다 기동 불편한 할무이까지 안방에서 끌어내어 놀매실을 해댔으이. 결국 할무이는 그 일로 앓다 지난겨울에 세상을 떴지러. 자기들도 부모 모시고 살미 그런 배은망덕한 쌍놈들이 어딨노." 그 말에 아버지가 친구에게 조용히 말했다. "자네 심정은 알겠네. 그러나 꼭 그렇게 부정적으로만 해석하지 말아. 지렁이도 밟으면 꿈틀한다고, 작인들이 오죽 살기가 힘들었으면 목숨을 내놓고 그래 나섰겠나. 지난해 추수봉기는 어차피 한 분은 터질 일이……" 강한구 씨가 아버지 말을 밀막았다. "자네도 부산서 폭동 현장을 보았겠제? 나도 신문에서 읽었어. 그런 아수라장을 겪고도 자네까지 본격적으로 그늠들 편익을 들다이! 자네가 어떤 사상을 가졌는지는 내 이미 알고, 난도 한때는 볼셰비키당 이론에 동조한 적도 있었지만 인자 그 정체를 똑똑이 봤어. 난 그쪽과는 완전히 손 떼기로 맘 묵었네. 서울서 내려온 영곤이도 집안이 쑥대밭이 된 걸 보곤 10·1폭동 비판자로 돌아섰고. 당분간 자네와는 만나지 않겠어. 우선 내가 살고 봐야제. 좌쪽 편에 서서 선동하고 나서는 사람과는 상종을 않겠어!" 강한구 씨 말이 결연했다. 아버지도 그 말에는 양보하지 않고 맞섰다. "걱정하지 말게. 지난해 9월 노동자대파업과, 10월 대구인민항쟁에 이어 농촌의 추수봉기를 거치며 우리 세력은 더 단결되었네. 한마디 더 한다면 통일이 될 그날까지 인민대중은 모든 자본 세력과 투쟁할걸세." 아버지는 화가 풀릴 때쯤 다시 만나자며 물러섰다.

아버지 주변 사람들의 염려가 현실로 나타났다. 그해 설을 앞둔 음력 그믐날이었다. 해방 후에는 주로 부산에 거주하더라도 당신이 명절과 부친 제사에는 빠진 적이 없었기에 설날 맞아 집에 오려니 하며, 할머니와 어머니가 설빔 준비, 제수 음식 만들기에 바빴다. 아버지는 오후 느지막이 통근열차 편에 도착했다. 상차림을 쓸 정종 한 병에 할머니와 어머니의 흰 고무신, 누나 운동화와 내 먹고무신 한 켤레를 사 들고 집으로 들어왔다. 아버지가 등거리 바람으로 수챗가에서 세수를 마쳤을 때였다. "김 선상, 오랜만입니더. 설 쇨라고 집에 들를 줄 알았지예." 권총 찬 지서 주임이 칼빈총 멘 경찰을 대동하고 마당으로 들어섰다. 아버지가 그들을 보았다. "지서로 좀 가주셔야겠어예." 지서장이 말했다. "지서? 무슨 일이요?" 아버지가 떨떠름한 표정으로 물었다. 지서장이 마루에 앉아 아버지가 사 온 막대사탕을 빨고 있는 나를 보았다. "저 꼬맹이가 설날에 제주가 되모 딱 맞겠군. 하여간 김 선상은 갑시더. 조사할 게 있으니깐." 지서 주임이 옆에 선 순경에게 눈짓했다. 순경이 아버지 팔을 잡았다. "수갑 차고 나서모 동네 우사를 당할 테이 고분고분 따르시오." 순경이 말했다. 진영역의 개찰하는 직원과 버스 정류장의 표팔이에게, 설 맞아 아버지가 고향에 들를 테니 차에서 내리는 아버지를 보면 지체 말고 지서로 신고해달라고 귀띔해두었기에 아버지의 진영 도착을 지서가 알았던 것이다. 옷이나 입고 보자며 아버지가 등거리 위에 국민복 윗도리를 걸쳤다. 그 길로 아버지는 지서로 연행되었다. "다 놔두고 에미도 어서 지서로 따라가 보거라. 음석은 내가 만들꾸마. 무신 일로 델고 가는지나 알아야제." 할머니가 떨며 말했다. 솥뚜껑에 전을 부치던 어머니가 행주치마를 벗고는 불러오는 배를 앞세워 집을 나섰다. 그러나 그날 밤, 어머니도 집으로 돌아오지 못했다. 할머니는 이인택 씨를 찾아가서 무슨 일로 아들 내외를 지서에서 데려갔나를 알아봐 달라고 부탁했다. 지서 주임은 물론 순경들도 오일장이면 울산댁 주점의 단골이라 이인택 씨도 안면을 트고 지냈기에 할머니의 청을 듣고는 지서로 갔다. 할머니는 지서 안으로는 들어갈 엄두를 못 내고 초소 앞 신작로에서 대기했다. 한참 뒤에 이인택 씨가 찌무룩한 얼굴로 지서에서 나왔다. "일이 쉽게 풀릴 것 같지가 않심더. 작년 추수봉기 때 나섰다가 잡혀 들어간 민청 청년 애들 중에 주모자 다섯이 부산형무소서 형을 사는데 그중 한 늠으 편지가 검열에 걸린 모양이라. 거게 김 선생에 전해달라미 소식을 썼는데……" "우리 아들 이름이 편지에 찍혔단 말입니꺼?" "그게 문제가 되어 김해서에서 진영지서에 조사해보라고 전문이 내려온 모양이라예. 당분간 고생 좀 하겠심더." "그라모 며누리는 와 안 내보내 준답디껴?" "김 서방이 청년 애들을 뒤에서 사주한 걸 알면서 지서에 신고를 안 했다나, 하여간 그랍디더." 아버지는 물론이고 어머니도 자정이 넘도록 집으로 돌아오지 않았다. 금병산 위로 아침 해가 떠오른 설날 아침의 제사는 할머니와 어린 우리 남매가 모실 수밖에 없었다. 할머니는 조상님 보기에 면목이 없다며 부디 아들과 며느리가 쉬 집에 돌아오기를 비손으로 엉절거렸다.

　이튿날, 아버지와 어머니가 지서로 잡혀갔다는 소문을 읍내 사람들이 알게 되었다. 먼저 민청 회원들이 지서로 몰려갔다. 김 선생을 연행한 이유를 알고 싶다며 지서 주임 면담을 요청했다. 지서 주임은 이인택 씨에게 했던 말을 그대로 전했다. 사실 여부를 조사 중인데 조사가 끝나면 김해경찰서에 석방을 건의하든, 김해서로 이첩하든 결정을 내리겠다고 말했다. 민청 회원들이 지서장의 설명을 듣자 따질 말이 없었다. 이튿날이 진영 오일장 장날이었다. 읍내로 들어온 장꾼들을 통해 아버지와 어머니가 지서에 갇혀 있다는 말이 읍내 근동에도 알려졌다. 민청 회원들이 나서서 말귀를 알아들을 만한 사람들을 찾아다니며, 김 선생은 향토교육자로 일제 때부터 읍내 철하에서 강습소를 운영했고 부산에서 부두 노동자를 상대로 야학운동을 하다 옥살이까지 한 독립투사다. 이런 애국지사를 민주 경찰이 잡아 가둔다는 게 어불성설이라는 취지로 서명운동을 하기 시작했다. 도장이 없거나 글씨를 쓸 줄 모르는 사람은 지문 날인을 받았다. 부모님이 지서로 연행된 지 나흘째 되는 날이었다. 누나가 공부를 마치고 학교에서 집으로 돌아와도 아버지와 어머니가 아직 돌아와 있지 않자, 할머니가 해거름 녘에 지서로 가보라며 심부름을 보냈다. 지서 앞에는 현수막을 든 많은 사람이 웅성거렸다. "죄가 없는 김 선생을 속히 석방하라!" "김 선생과 사모님을 김해경찰서로 이첩하지 말라!" "어젯밤에 김해경찰서로 넘겼다는 말이 사실인가?" 초소 앞으로 나선 한 청년이 외치자 모여 섰던 사람들이 주먹을 내두르며 복창했다. 대창국민학교 선생 둘과 진영중학교 선생 셋도 섞여있었다. 그중 여선생이 둘이었다. 누나가 할머니께 그 사실을 알렸다. 할머니가 종종걸음으로 지서로 갔다. 사당동에 살았던 1980년대 초에 할머니가 역정을 내며 들려준 말이 이러했다. "그때 일을 생각하모 지금도 가슴이 펄렁거려. 우리 아들 메누리 구해낼라고 읍내 총각 처녀가 죄 지서 앞으로 몰려와서, 짐 선상 빨리 내보내달라고 종주먹을 내두르미 고함 질러쌓데. 그래도 지서에서는 꿈적도 안 하는 기라. 난중에 지서 주임이 나서서 하는 말이, 어제 밤중에 짐해서로 넘가뿟다 안 카나. 너들 에미까지 찡가서." 민청 회장 도광욱 군이 어젯밤에 둘을 김해서로 넘겼다는 지서장의 말을 못 믿겠다는 듯 유치장을 직접 확인해보자고 했다. 지서 주임은, 내 말이 말 같잖냐며 뒤따라오라고 앞장을 섰다. 도 군과 회원 몇이 지서 주임을 따라갔다. 지서 별채 영창을 둘러보았으나 잡범 몇만 웅크려 앉았을 뿐 아버지와 어머니는 없었다. 아버지는 얼마나 고문을 당했던지 만신창이 상태로, 어머니는 임신 중이라 매질은 적당하게 당한 채 어젯밤 트럭 뒷자리에 실려 김해경찰서로 이첩되었던 것이다. 이튿날 도 군과 회원 몇이 버스 편에 김해로 나가 경찰서에 진영읍민이 연대로 서명한 진정서를 제출하고 선처를 부탁했다. 순회판사의 재판 결과 아버지와 어머니는 포고령 2호 위반으로 구류 20일에 처했다. 순회판사가 민청 진영지부에서 제출한 읍민의 진정서를 참고했는지 어쨌는지 모르지만, 당시로써는 1년 넘게 징역형을 선고하는 게 보통이었는데 경범죄로 처리된 게 그나마 다행이었다. 아버지는 1946년 가을추수봉기를 선동한 죄였고, 어머니는 불고지죄가 적용되었다. 두 분은 20일간 구류를 살고 자유의 몸이 되자 진영 집으로 돌아왔다.

## 13장

 한 사람의 생애 중 있었던 사실과 일어났던 일이 기억에 저장되어 추억이 되는 연령대가 몇 살 때부터일까? 사람에 따라서 얼마간 차이는 있겠으나 내 경우는 다섯 살 때부터가 아닌가 싶다. 내가 1942년 3월생이니 1947년이 다섯 살 되던 해였고, 그해의 몇 가지 기억은 연결되지 않은 토막 기억으로 남아 있다. 1948년 4월의 제주 4·3 사건을 분석한 권기숙은 『기억의 정치』에서 '기억은 개인적이고 주관적이다. 기억은 한 개인의 두뇌 속에 있는 기억 체계에 의하여 형성되고 변화한다. 자신이 겪었던 것, 상상했던 것, 들었던 것 등을 저장하고, 재정리하고, 회고하고, 다른 사람들과 나누기도 한다. 개인적이고 주관적으로 보이지만 이 과정은 사회에서 공유되는 언어로 구조화되고, 시공간 개념에 의해 형성되고, 문화적 가치에 영향을 받는다'라고 말했다.
 내게 태어난 후 첫 기억은 공동 우물터 옆집으로 석류나무가 섰던, 마당이 있고 세 칸 기와집이 덩그렇게 앉은 그 집부터 새겨졌다. 우습게도 첫번째 기억으로 남은 장면은 내가 대문간 옆 변소에서 똥을 눌 때였다. 봄이었다. 김해경찰서에서 구류를 살고 나왔으니 자유의 몸이 된 아버지가 진영 집에 와 있을 때였다. 아버지가 마루에 앉아 책인지 신문인지 보고 있었다. 어머니나 할머니는 집 안에 보이지 않았고 누나는 학교에 갔는지 집에 없었다. 재래식 변소에서 판자문을 젖혀서 열어놓은 채 나는 똥을 누고 있었다. "쟤는 통시 문을 닫으모 무섭다미 꼭 문을 열어 놓고 똥을 눈다 아이가"란 말을 듣던 때였다. 똥을 다 눈 내가 밑을 닦아달라고 어머니를 불렀다. 그 나이까지 나는 똥을 눈 뒤 휴지를 사용해 스스로 밑을 닦지 않고 어머니를 불러선 닦아달라고 했던 모양이다. 마루에 걸터앉아 책인지 신문인지를 읽던 아버지가 "그만큼 컸으니 니 스스로 닦아야지. 언제까지 똥 눌 때마다 엄마를 찾을 작정이야"라며 나무라던 장면이 기억에 남아 있다. "거기 걸린 휴지를 찢어서 니가 닦아. 그쯤은 할 수 있잖나." 변소 안에 아버지가 읽던 헌 잡지책 낱장이 철사에 끼워져 걸려 있었다. 아버지 말에도 나는 어머니를 계속 찾았으나 집에 없어 종내 나타나지 않았다. 그렇다고 아버지가 어머니를 대신해서 밑을 닦아주지는 않았다. 한참을 기다리다 못해 나는 훌쩍거리고 울며 휴지를 찢어내 밑을 대충 닦았다. 용케 손에 똥이 묻지 않았다.

 두번째 기억은, 아우가 태어나던 날 밤이었다. 아우는 1947년 4월 출생이니 봄밤이었다. 잠결에 어머니의 비명을 들었다. 하도 악 퍼지르는 소리라 초저녁잠에서 깨어나 눈 부비며 일어나 앉았다. 어머니기 막 출산하는 참이었고, 할머니가 옆에 앉아 아기를 받아내고 있었다. 할머니와 어머니는 경황이 다급해 내가 잠에서 깨어나 앉아 있음을 몰랐다. 잠시 뒤에 뱃내아기가 어머니 몸에서 세상 밖으로 나왔다. 할머니가 핏덩이 아기를 받아선 어머니 옆자리 흰 포대기에 뉘었다. 사내아이가 첫울음을 터뜨렸다. 금방 태어난 아기를 보고 나는 깜짝 놀랐다. 갓난아기의 머리가 베개만큼 길었던 것이다. 머리가 어떻게 베개나 무처럼 저렇게 길 수 있을까 의심스러웠다. 어머니가 보통 사람과는 다른 이상한 아이를 낳았다고 생각했다. 그때야 내가 잠에서 깬 것을 안 할머니가, 넌 왜 안 자고 있느냐고 눈을 흘겼다. 그 말에 나는 자리에 돌아누워 자는 체했는데 아우의 베개 같던 길쭘한 이상한 머리통이 눈앞에서 떠나지 않았다. 이튿날 아침에 잠에서 깨어나자 나는 어머니 옆 포대기에 쌓인 아기의 머리통부터 살폈다. 잠이 든 아기의 머리가 그새 정상으로 돌아와 있었다. 간밤에 보았던 베개나 무 같았던 길쭘한 머리가 내 착각이었는지도 모르지만 나는 성인이 된 후까지 어머니가 아우를 낳던 그날 밤에 목격한 그 장면이 잊히지 않았다. 내가 태어날 때처럼 그때 역시 아버지는 부산에 나가 있어 집에 없었다.

1947년에 뚜렷이 남은 기억은 그 두 가지 외에는 떠오르는 게 없다. 다섯 살 난 아이가 햇빛 밝은 마당에 낮게 나풀대는 나비를 잡으러 쫓아다녀도 잡힐 듯하면서도 잡히지 않듯, 기억의 실마리가 환상처럼 눈앞에서 나풀거릴 뿐이다. 아니, 한 가지는 더 있다. 다섯 살이 아니면 여섯 살 때였으리라. 된장찌개나 된장국물 속에 떠 있는 된장 덩어리다. 밥상에 된장찌개나 국이 오르면 나는 숟가락으로 된장 덩어리를 건더기만 골라 퍼먹었다. 팥알만 한 된장 건더기를 쇠고기라며 맛있게 먹었던 기억이 남아 있다. 그래서 어머니는 된장찌개나 된장국을 끓일 때 한두 숟가락 퍼서 넣는 된장을 으깨어 풀지 않고 그대로 두었다. 숟가락으로 된장 건더기를 건지지 못하면, 쇠고기가 없다며 내가 울었다고 했다. 1947년의 기억은 거기에서 끝이다. 여전히 낯을 가려 사람이 많이 꾀는 장날에는 장터에 나가기를 싫어했고 누가 내 머리통을 쓰다듬어주면 손으로 내쳤다. 또래 동무와 사귀지를 못했다. 누나가 학교에 가버리면 집에서 혼자 흙장난을 하거나 아버지가 사다 놓은 그림책을 보며 놀았다. 누나가 학교 수업을 마치고 돌아오면 그 뒤만 졸졸 따라다녔다. 누나가 동무들과 공기놀이를 하면 뒷전에서 구경했다. "니는 니 또래 아아들하고 놀아라"라고 누나가 떼어놓으면, 집으로 돌아와 그림책을 보고 또 보았다. 집에서 개나 닭이라도 키우면 동무 삼아 놀련만 우리 집은 집 안에 고양이나 개는 물론 농사꾼 집안이 아니었기에 가축을 길러본 적이 없었다. 그래서 내 소설에는 곁가지에서도 집짐승이 잘 등장하지 않는다.

1948년에 접어들어 1월 8일에 유엔한국임시위원단(UNTCOK)이 내한했다. 남한의 미군정이 미 국무성으로 이관되고 유엔한위가 업무를 시작했다. 1월 25일에 유엔한위가 남한의 단독선거를 결의하자 이에 반대한 김구는 남북한 공히 미군과 소련군이 철수한 이후 남북협상을 통한 총선거를 실시해야 한다고 주장했다. 남한의 모든 공산계열 단체들도 남한 단독선거를 맹렬히 비난하더니 2월 7일에는 좌익세력이 '2·7구국투쟁'을 선언하곤 입산투쟁(入山鬪爭)을 결정했다. 김남식은 그의 저서 『남로당 연구』에서, '당시 남로당 지방 당 조직은 완전히 비합법 체재로 넘어갔기 때문에 도당위원회의 규모를 줄이고 그 대신 도내를 두세 개 지역으로 나누어 지구 블록을 만들고 한 개 블록이 몇 개의 군을 지휘하도록 했다. 그러므로 야산대(유격대, 또는 게릴라)라는 무장 부대를 조직·운영하는 기구로서 도당에서는 야산대 도사령부를 설치하고 사령관은 도당 부위원장이 겸했다. 그리고 각 지구 블록에서는 야산대 지구사령부를, 각 시·군당에서는 ○○야산대를 두는 3단계 조직으로 구성됐다'라고 말했다. 공산주의를 신봉하는 청장년층은 지방 유격대로, 또는 도당의 지시에 따라 오대산 지역, 태백산에서 보현산에 이르는 태백산맥 허리 지역, 지리산과 연결된 백운산·덕유산 지역 등으로 입산하여 빨치산 투쟁에 나섰다. 야산대 입산자는 1946년 가을추수봉기에 앞장섰던 남로당·전농·민청에 간여했던 자들이 대부분이었으나 좌익 학생 다수도 입산 대열에 나섰다. 당의 지시든 자의에서든, 그렇게 산으로 들어간 좌익을 두고 세간에서는 야산대·빨치산·유격대·산사람·빨갱이·공비·폭도라 불렀다. 입산자 대부분은 남한의 부패한 사회현상에 대한 반감과 대물림되는 빈곤의 절박성에 분개하며 신분·계급·재산의 차별 없는 평등사회를 지향한다는 좌익 논리에 동조하던 참에, 남한 단독선거 반대 명분이 자발적인 입산의 길을 선택하게 했다. 다른 한편으로 따져보면, 당의 입산 지령에 따라 마지못해서, 경찰과 극우 세력에 찍힌 인물이라 더는 고향에서 배겨낼 수 없어 입산에 나선 자들도 있었다. 도시에 거주하던 교육받은 지식인 좌익과 지방에서 영향력이 있는 좌익은 자기 신분을 유지하되 후방에서 야산대를 지원하라는 당의 지시가 있었다. 4월 3일에는 제주도에서 민중이 가혹한 억압·수탈과 남로당 탄압에 항거한 '4·3봉기'가 터졌다. 미군과 국방경비대 병력, 경찰의 강경 일변도 진압 과정에서 어린이와 노약자가 다수 포함된 제주도 전체 인구의 10퍼센트인 3만 명 정도가 희생된 대참사가 벌어졌다. 도내 마을의 77퍼센트가 초토화되었으며 이재민 10만 명이 발생했다.

북조선 해주에 남로당 본부를 차린 박헌영의, "남조선 단독선거를 결사반대하는 투쟁을 목표로 총궐기하여 입산투쟁하라"라는 지령이 있기도 했지만, '2·7구국투쟁'의 한 방법으로 남로당이 결정한 야산대투쟁이야말로 흑백을 확실하게 갈라 좌익을 일반 대중과 유리하는 계기를 만들었고, 남한 좌익 세력의 몰락을 가져온 한 단서를 제공하기도 했다. 남한의 좌익 세력은 왜 모험적인 야산대투쟁을 선택했을까? 1934년 10월 장제스(蔣介石)의 국민군에 패퇴하여 쫓기게 된 마오쩌둥(毛澤東)의 홍군 8만 명이 첩첩 연봉 대설산과 광막한 대초원을 불굴의 의지로 넘고 건넌 9,600킬로미터의 대장정 승리를 이 땅에서 재현해보겠다고 내린 결정일까? 악전고투 끝에 대장정 1년 만에 연안에 도착한 마지막 홍군의 수가 7천 명에 불과했으나 거쳐 온 지역마다 토지 분배를 통해 농민을 해방시키고 정치 개혁을 실현한 수어이론(水魚理論)을 우리 현실에 실현해보겠다는 입산은 현실을 고려하지 않은 남로당의 낭만적 꿈이 아니었을까? 아니면 유고슬라비아 티토에서 나치 독일군에 대항했던 파르티잔 인민해방군의 최후 승리가 이 땅에서도 실현될 수 있다는 가상 아래 입산을 추진했을까? 그러나 우리 땅은 국민군의 추적을 따돌릴 수 있는 넓은 대륙을 국토로 소유하지 않았고, 나치 독일과 맞서 국가를 지킨다는 민족주의 명분이 확고했던 유고슬라비아도 아니었다.

지방 야산대의 경우, 입산 초기에는 곧 봄이 닥쳐 산중 생활이 용이했고, 부락민에 피해를 주지 않아 산 아랫마을과도 협조와 소통이 용이해 보급품 조달이 수월했다. 그들은 산채 해방구에서 밤마다 봉화를 올렸고, 「인민해방가」 등 저희 노래를 목청껏 부르며 단결을 공고히 했다. 경비가 허술한 산촌 지서와 면사무소를 습격해 무기와 보급품을 조달하고 산간 도로의 양곡 차량이나 짐수레를 기습해 양식을

확보해가며 도생에 급급했다. 그러나 오대산 지구와 태백산에서 보현
산에 이르는 산간 지역이나 지리산으로 들어간 야산대는 그 규모가
몇백 명에서 1천 명 단위였고 산악이 위주이긴 했으나 광범위한 지역
에 저들 해방구를 설정했다. 인근 군 단위 경찰서까지 공격해 탈취한
무기로 무장을 갖추고 양곡을 조달하여 비축하는 등 난공불락의 성채
를 구축하고 있었다. 북조선의 해주시 해운동 제1인쇄소에 자리 잡은
남로당 지도거점과 수시로 연락을 취해 새로운 지령을 접수했고, 정
신무장을 위한 교육에도 충실했다. 『소련당사』 『해방투쟁사』 『인민투
쟁사』를 학습 교재로 채택하고 결정적인 시기를 대비하여 실전을 방
불케 하는 군사훈련과 유격 전술, 게릴라 훈련을 받았다. 그러했기에
몇십 명 규모의 경찰 병력으로 그들을 공격하기에는 접근조차 용이치
가 않았다. 유엔한위는 북조선 입북을 거절당하자 남한만이 단독선거
를 실시하기로 하여 5월 10일 남한 단독 국회의원 선거를 실시했다.
선거를 전후하여 남한의 야산대는 지방 선거사무소 습격이 134회,
관공서 습격이 311회, 테러가 612건, 그로 인해 사망자가 202명이
발생할 정도로 남한 사회에 혼란을 야기했다.

    그해 6월 5일, 좌익 세력의 준동을 막겠다는 취지 아래 미군정이
민청을 강제해산하자 민청은 곧바로 조선민주애국청년동맹(민애청)
으로 세번째 개편 과정을 거쳤다(그해 5월, CIC가 미군정에 제출한 보
고서에 따르면 당시 등록된 민청 회원 수는 78만 1,239명이었다). 민애
청은 8월에 중앙확대위원회를 개최하며 앞으로 조직 확대 강화를 위
해 8·15해방 2주년 기념일까지 회원 수 2백만 명 돌파를 결의하고
각 도(道)로 훈련된 조직원을 파견하기로 결정했다. 아버지는 여전히
민애청 경남지부에서 부위원장급인 지도위원에 임명되었다. 민애청

의 「민애청가(民愛靑歌)」는 시인이며 당대 프롤레타리아문학의 이론가였던 임화(1908~53)가 월북 직전에 작사했다. 6월 하순에는 북조선 해주에서 열린 남조선인민대표자회의에 중앙 및 지방의 민애청 간부진이 대거 참석했다. 총 1,002명이 삼팔선을 넘어 월북한 셈이었다. 아버지도 남조선 대표단에 끼여 해주에 갔다 왔는지 어쨌는지는 여러 자료를 찾아보았으나 확인할 길이 없었다. 월북자 중 상당수의 대표자는 대회가 끝나고도 남으로 귀환하지 않은 채 북에 잔류해 남로당 박헌영의 지원단으로 남았고, 공청 회원으로 월북한 청장년층은 남한의 야산대와 합류하여 게릴라 투쟁에 나서려 강동정치학원에 입교하여 유격 훈련을 받았다. 우익 세력의 검거 선풍으로 남한의 좌파 지식인, 일부 중도 성향의 지식인 대부분도 1948년 남조선인민대표자회 전후에 월북했다. 임화의 월북은 1948년 11월이었다. 북조선에서 남한의 남로당을 지도하던 박헌영은 그즈음, '조공(조선공산당)의 영향력 아래 있는 남조선의 대중적인 통일전선 세력은 전국적으로 4백만 명에 달한다'라고 단언했다. 이는 전 인구의 6분의 1에 해당하는 숫자인데, 그 말이 다소 과장되긴 했으나 남로당의 당 세력이 막강했던 점만은 사실이었다. 박헌영이 남한 현장에 있지 않으면서도 그렇게 주장할 수 있었던 근거로 그가 남한의 좌익 세력을 주도했던 1945년 11월, "공산당원과 공청 세력이 1만 5천 명, 전평의 경우 50만 명, 전농의 경우 3백만 명, 청년 단체의 경우 단일 조직체가 준비 중이었으나 이미 조직된 인원은 70만 명으로 추정된다"라고 파악하고 있었다. 검찰 공안부나 수사 당국이 좌익 조직 체계를 파악하곤 탄압의 고삐를 죄기 시작한 게 그즈음부터였다. 6월 4일 문화인총연맹이 미군정 러시 장관에게 피검된 문화인 1만 2천 명의 석방을 진정한 것으로 보아 다수의 문화·예술 종사자들이 좌익이란 이름으로 구금 상태에 있었다. 7월 19일에는 해방 후 민족통일전선의 선두에서 인민의 한 축을 이끌던 온건좌파 지도자 여운형이 경찰의 방조 아래 극우 청년에게 암살당했다. 8월 12일에는 남로당 위원장으로 선출된(1945. 12) 허헌(1884~1951) 등 좌익계 요원 120명이 검거되는 수난을 겪었다. 그러나 그때까지도 남로당 지방 조직과, 민애청·전평·전농·부녀동맹 등 좌익 세력은 지하화로 수면 아래 잠겼으나 그 뿌리는 튼튼했다.

  우익 세력도 국가의 질서를 파괴하는 좌익에 경찰력을 동원하여 강력히 대처하며, 정치 일정을 강행했다. 국회가 개원하자 7월 20일에 이승만을 대통령으로 선출하고, 8월 15일 광복절 3주년 때 대한민국 정부 수립을 내외에 선포했다. 시장경제 자본주의 신봉자요 극우 반공주의자인 이승만은 내각 인선을 마치자 국방경비대를 증원하며 미국에 무기 지원을 요청하고 일제하 고위직 경찰을 등용하여 좌익 세력을 제압할 반공의 기수로 삼았다. 1947년 미국 트루먼 대통령 특사로 방한한 웨드마이어를 단장으로 한 사절단은 당시 남한 사회상을 파악하기 위해 주민들에게 건의안을 편지로 받았는데 무기명으로 보내진 한 편지에서, "친일파와 모리배의 악질 자본주의, 무분별한 개인주의적 태도로 직장 등은 운영 불능에 처했고 실업자는 홍수처럼 거리로 쏟아져 나와 걸인 생활을 한다"라고 호소했다. 또 다른 편지에서는 "완장 찬 청년 쉰 명이 트럭을 타고 와서 무조건 구타하였습니다. 이유는 삐라를 붙였다는 것입니다. 그 후에 전야(논과 밭)에 일하는 농부를 모두 트럭에 태워서 유치장에 넣었습니다. 우리 농민은 어떻게 살아야 합니까?" 하며, 우익 청년단의 테러와 이에 협조하는 경찰을 비판했다. 이런 내용은 서울대 국사학과 석사 과정에 다니던 정무용이 2006년 미국 국립문서기록관리청(NARA)의 자료에서 발견했다. 북조선 역시 북조선노동당을 따로 결성하고 조선인민군을 창설하더니(1947. 2. 22), 1948년 4월 29일 헌법을 채택하고, 8월 25일 최고인민회의 대의원 선거를 실시하여, 9월 9일에는 역시 분단 국가로 조선민주주의인민공화국을 성립시켰다.

남한에서는 제주도 '4·3 사건'의 진압군으로 출동한 14연대의 일부 병력이 이탈하여 10월 20일에 '여수·순천 국군 반란 사건'을 일으켰다. 4·3 사건은 섬이란 특수한 지역에서 발생했으나 여·순 사건은 무장한 국군에 의해 발생한 반란 사건으로 여수와 순천 지역을 넘어서서 인접 군까지 영향을 끼쳤고 지방 좌익의 호응이 뒤따라 민간인의 피해 또한 컸다. 이 사건은 27일 반란군이 지배했던 순천을 국군이 탈환함으로써 일주일 만에 진정되었지만 일부 반란군과 지방 좌익 1천여 명이 지리산으로 피신해 야산대와 합류했다. 여·순 사건은 폭동 기간이 짧았는데도 반란군 사망자 821명, 생포자 2,860명, 정부군 사망자 141명, 실종자 263명, 민간인 사망자가 1천여 명이었다. 군대 내에서 일어난 이 반란 사건을 계기로 이승만은 대대적인 숙군(肅軍) 작업에 나서서 군 내부의 좌익 세력뿐만 아니라 반이승만 세력을 발본색원 제거했다. 전 군(軍)의 5퍼센트에 달하는 4,749명이 숙청되었고 그중 2천 명 이상이 총살형을 당했다. 1948년 11월 11일 소령 박정희도 남로당 프락치로 체포되었으나 군부 내의 남로당 당원 명단을 수사 당국에 제공함으로써 목숨을 건졌다. 이 숙군 과정을 볼 때 군 내부만이 아니라 사회 각계각층에 남로당 프락치가 광범위하게 활동하고 있었다는 것을 알 수 있다. 북조선 해주나 서울의 남로당 간부진도 이 사건을 두고 '잘못된 판단에서 나온 우발적인 봉기'라 비판했고, 좌익 몰락의 촉진제가 되었다.

몇십 명 단위의 소규모 지방 야산대의 경우는 가을을 넘겨 겨울이 닥치자 뼈를 깎는 산중 추위와 함께 그들에게도 생존의 위기가 닥쳤다. 우선 민심이 야산대에 등을 돌렸다. 입산자들의 간단없는 테러 공격과 제주도 4·3 사건, 여·순 사건을 통한 살상의 참상을 겪으며 민초들은 폭력의 공포를 체험하거나 풍문으로 그 살벌한 소식을 접하곤 좌·우의 힘 겨루기에 공포감을 느껴 극좌와 극우에 일정한 거리를 두기 시작했다. 야산대는 보급품 조달이 여의치 않자 자기들도 생존을 도모해야 했기에 거칫한 약탈자로 모습을 바꾸어갔다. 마을로 내려가 조국 통일을 위해 투쟁하는 야산대를 지원해달라고 간청하거나 좀도둑질을 넘어서서 부락민의 협조가 시원찮으면 양식이든 가축이든 강제집행을 감행했다. 세를 불려가는 완전히 무장한 군경토벌대도 지방 야산대에게는 위협적인 존재로 부상했다. 허술한 민간복에 비무장대원이 대부분인 야산대가 통신 장비를 갖춘 무장한 군경의 소탕전에는 게릴라 전술도 먹히지 않아 도망병 신세로 전락했다. 경찰 병력이 지방 야산대를 사방에서 옥죄어오면 산죽 밑에 엎드려 저벅거리며 지나가는 경찰의 발소리를 들으며 숨을 끊고 기다려야 했다. 그렇게 쫓겨 다녀도 좁은 땅덩어리라 피할 데도 마땅치 않았다. 그들이 야말로 무슨 일로 대역죄인(大逆罪人)이 되어 산중에서 추위에 떨며 굶어가며 숨어서 다니는지 스스로에게 물어보아도 시원한 답을 끌어낼 수 없었다. 그들 입장에서 보면 인민 모두가 고르게 먹고사는 정의로운 나라를 만들어보자는 말에 나서게 된 게 죄라면 죄였다. 토벌에 나선 경찰은 공산혁명으로 나라를 뒤엎겠다는 공비 무리는 이 땅에서 소탕되어야 한다고 정의를 내렸다. 무장한 몇 개 대대 병력 규모의 야산대가 있는 태백산맥이나 지리산 등은 경찰 병력이 넘볼 수 없었으나 지방 야산대는 경찰에 쫓기며 속속 패퇴했다. 신문 귀퉁이에는 심심찮게 경찰의 공비 토벌 전과가 실렸다. 공비 몇 명 사살, 몇 명 생포, 장총 몇 점, 죽창 몇 점, 수통·식기·숟가락 몇 개까지 거두었다는 기사였다. 5월 21일부터 7월 7일 사이에는 북에서 침투한 인민유격대 340명 역시 소백산 지구에서 군경에 꼬리가 잡혀 일망타진 검거되기도 했다. 지방 야산대가 고군분투하며 쫓기게 되자 미군 군용기가 뿌린, 투항하면 목숨만은 살려준다는 항복 권고 삐라를 주워 보곤 하산해 자수하는 자가 늘어났다. 산 아래의 마을에서 피어오르는 굴뚝 연기를 보며 고향 마을이 그리워도 하산할 수 없는 고난의 세월 속에 12월 1일 좌익 이념의 행동실천 및 활동을 봉쇄하는 무시무시한 국가보안법이 일제 때 만들어진 치안유지법을 대신하여 공포되었고, 1948년은 그렇게 흘러갔다.

# 14장

 내게 1947년은 단편적인 몇 장면의 기억만이 남아 있지만 1948년부터는 내 기억이 체계를 갖추기 시작했다. 연속적인 장면으로 여러 일화가 짤막한 줄거리를 갖추어 뇌리에 입력되었다. 그 모든 기억은 대체로 아버지와 연관되어 있다. 봄이 한창 무르익는 춘궁기로 접어든 계절 4월에 들어 만 6세가 된 나도 국민학교에 입학할 적령기가 되었다. 읍내 장터에서 한 마장 정도 떨어진 여래리에 있는 대창국민학교 입학식에 아버지가 나를 데리고 갔다. 학교는 마산과 부산을 연결하는 신작로 변이다. 그러므로 그해 4월까지는 아버지 신상에 어떤 불이익도 없었기에 읍내에서 얼굴을 내놓고 다녀도 무방했다. 화창한 날이었다. 입학식 날 나는 아버지의 손에 끌려 쭈뼛거리며 학교 운동장으로 들어섰다. 신작로 쪽 담장 안에는 아름드리 플라타너스가 병정처럼 일렬로 늘어섰고, 학교 교사는 운동장 뒤쪽 계단 위에 교실 열 개 정도의 단층 건물이었다. 교사 앞에는 칙칙한 검푸른색의 히말리야삼나무가 건물을 가리고 있었다. 그 교사 뒤쪽에 앞 동과 똑같은 교사가 한 동 더 있었다. 교사 뒤에 금병산 능선이 병풍을 치고 있었다. 아버지와 내가 운동장으로 들어서니 조회대 단상이 있는 앞쪽에 학부모와 내 또래 신입생 들이 웅성거렸다. 남자애들은 까까머리에 양복과 조선 옷이 섞였고 여자애들은 단발머리에 모두 저고리와 짧은 치마 차림이었다. 한참 후 단상에 올라온 선생이 신입생 이름을 부를 테니 큰 소리로 "예" 하고 대답하라고 말했다. 선생이 아이들 이름을 부르기 시작했다. 내 이름이 불릴 때 나는 긴장해서 빨리 대답할 수가 없었다. 심장이 너무 뛰어 목소리가 트이지 않았다. "네 이름을 부르잖아. 얼른 대답해" 하고 아버지가 말했다. 그런데도 나는 입술만 달싹거렸을 뿐 대답을 못 했다. 옆에 있던 학부모와 아이 들이 나를 보자 부끄러워서도 대답할 수가 없었다. 아버지가 기다리다 못해 "걔 여기 있어요" 하고 대신 대답해주었다. 내 국민학교 입학식 날의 바보짓을 했던 그 장면은 오랫동안 잊히지 않았다. 아버지는 내 명찰 역시 누나처럼 헝겊을 씌워 붓글씨로 학년과 이름을 써주었다.

  아버지가 진영 바닥에서 아주 사라져버리게 되기는 그해 '8·15대한민국정부수립선포식'이 있은 뒤, 북조선의 총선에 호응코자 남한에서의 지하 선거를 획책한 좌익 370명이 검거된 8월 25일 이후부터가 아닌가 한다. 아버지가 공산주의자로 암약하는 주요 인물로 찍힘으로써 수배자가 되자, 집안은 쑥대밭이 되어갔다. 경찰이 남로당과 민애청 조직에 관여하던 자, 전평과 전농에 앞장선 자 들의 검거에 혈안이 되었던 것이다. 당시 부산에서 남로당과 민애청을 중심으로 활동했던 조직책의 직책 및 직위 변동을 통해 그들이 어떻게 비합법적인 활동을 했느냐를 대략 추측할 수 있는 대검찰청 수사 기록 문건에 의하면, 다음과 같다.

성계상(이름은 필자가 가명으로 썼음)은 1946년 11월 중순경 남로당에 입당하고, 1947년 1월경에 경남상업학교 세포 재정책에, 동년 4월경엔 경남상업학교 세포 조직책에, 동년 5월경엔 경남상업학교 세포 청년책에, 동년 7월경엔 민애청 부산시 학생부 경남상업학교 오르그에, 동년 10월 말경엔 남로당 부산시 제5지구당 학생과 경남상업학교 오르그에, 동년 11월 초순경엔 부산고녀, 남선고녀, 실천고녀 등 3개교 담당 오르그에, 동년 12월 초순경엔 남로당 부산시 제5지구당 학생과책에, 동년 12월 20일경엔 남로당 조직부 오르그 대신동지구 담당에, 1948년 1월 2일경엔 남로당 부산시당 조직부 직장 오르그에, 1949년 5월 9일경엔 민애청 경남도위원회 서기부원에, 동년 5월 20일경엔 민애청 마산시 조직책에, 동년 7월 초순경엔 진주시 민애청 수습책 겸 선전책에, 동년 8월 초순경엔 민애청 경남도위원회 조직책에 각각 임명된 자로서……\*

다음은 경찰이 성계상을 검거하여 취조 과정에서 드러난 조직책 이동 사항이다. 대검찰청에서 발행한 『좌익사건실록』의 면면을 보면 그들의 활동을 다음과 같이 요약 정리할 수 있다. 민애청의 각 지부 최하 단위의 소그룹은 매주 1회씩 비상선을 이용해 당원을 소집하여 교육에 임했다. 당원이 소집되면 소그룹 오르그가 개회를 선언하고 개별 점호를 한 후, 조국 통일과 애국 열사에 대한 묵념을 했다. 이어 당 강령과 규약 낭독, 정세 보고 등을 한 후, 상부에서 하달한 지시문

---

\* 「민애청 경남도위원회조직 사건 편」, 『좌익사건실록』 2권, 대검찰청수사국, 1968.

을 당원에게 전달하고 상부 지시에 대한 당원의 토의를 거쳐 실행 여부를 결정했다. 그런 다음 당세(黨勢) 보고를 통한 부산시 5만 당원 확보 의지를 결의하고, 자기 활동의 비판 보고, 각자의 의견 희망서 제출로 소그룹 회의를 끝냈다. 당원은 항상 상부의 지령을 숙지하고, 등사한 교재를 탐독한 후 맹비(盟費) 5원씩을 납부했다. 당원이 되면 민애청 지지를 은밀히 선전하고, 각 블럭의 선전 활동상을 소개하고, 문건을 전달하는 선(線) 확립에 주력했다. 민애청이 성취해야 할 투쟁은 노동자와 농민 생활을 옹호하고 그들 생활의 향상을 위해 투쟁해야 하며 노동자·농민 민주화의 개화(開化)를 위해 투쟁해야 했다. 미제 반동 제압을 위한 투쟁과 유격 지구 투쟁을 지원하는 데 중점을 두었다. 재정 문제의 타계는 당원의 맹비를 징수하고 특수재정의 모금 확보를 위해 부유한 자를 찾아내어 협조를 요청해야 한다고 강조했다.

 나는 1973년 『월간문학』 1월호에 단편소설 「어둠의 혼」을 발표했다. 1948년 늦가을 즈음의 우리 집안이 당하고 있던 실제 상황을 그린 내용이었다. 소설 소재가 그러하듯 낮이 저물자 어둠이 재처럼 덮여 오는 당시의 어두운 기억이 나의 뇌리를 채우기 시작한 게 그해 여섯 살부터였다. 아버지는 여름부터 진영에 나타날 수 없었다. 김해 경찰서 정보과에서 진영 출신으로 부산을 무대로 활동하는 아버지에 대한 지명수배가 지서에 하달되었기 때문이다. 안방 마루에 걸렸던 작은 사진이 빼곡히 들어찬 가족사진 틀이 거두어졌다. 그 사진들 속에 아버지의 모습이 있었던 것이다. 경찰이 밤낮을 가리지 않고 뜬금없이 안방과 건넌방에 총구 겨누고 신발을 신은 채 들이닥쳤고 뒤란까지 샅샅이 뒤졌다. 그들은 밤중에도 아버지가 나타나면 잡으려고

망을 보다 담을 타 넘고 집안을 덮쳐 분탕질을 치다 아버지를 찾아내지 못하면 총대로 식구들의 가슴팍을 찌르며, 아버지가 언제 왔다 갔느냐고 으름장을 놓았다. 평소에 겁이 많던 할머니는 경찰이 수시로 집을 덮치자 물통걸의 고모 집으로 아예 피신해버렸다. 나는 그 시절을 소설에서 이렇게 썼다.

밤이 깊어 잠이 들었을 때였다. 담을 타 넘고 들어왔는지, 순경 둘이 방 안을 들이닥쳤다. 그들은 구두를 신은 채였다. 순경들이 소스라쳐 놀라 일어난 어머니 가슴팍에 총부리를 들이대며 소리쳤다. 조민세 어디로 갔어? 이 방에 있는 걸 봤는데 금세 어디로 갔냔 말이다. 이년아, 서방을 어디다 숨겼어? 순경이 어머니 멱살을 쥐고 소리쳤다. 다른 순경이 어머니 허리를 걷어찼다. 호각 소리가 집 주위 여기저기서 들렸다. 여러 순경이 집 안을 샅샅이 뒤졌으나, 끝내 아버지를 잡지 못했다. 그날 밤, 아버지는 집에 오지 않았다. 순경들이 애꿎은 어머니만 데리고 지서로 갔다. 어머니의 머리채를 잡아끌며 순경들이 떠나자, 우리 오누이는 갑자기 밀려닥친 두려움으로, 서로 껴안았다.

그렇게 숨어 다니던 아버지는 끝내 수산 오일장 장터에서 경찰의 불심검문에 걸려 검거되었다. 그해 초가을 해거름 녘이었다. 낙동강 강변 마을 수산리에서 진영까지는 20리 길이었다. 아버지가 진영이 아닌 수산 장터에서 검거되기는 수배자로 피해 다니는 몸이라 진영역이나 버스 정류장은 얼굴이 알려져 하차를 피했던 것이다. 지난해 설 밑에 검거될 때도 진영역에 하차하자 지서에 신고가 들어간 탓이었다. 아버지는 부산에서 서울행 기차를 타고 밀양역에서 내려 남로당과 공청 관계 인사를 만나 거기에서 1박을 했다. 아침 일찍 밀양에서 길을 나선 아버지는 도보로 40리 못 되는 수산리로 와서 거기에서 공청 일을 하는 동지를 만난 뒤, 마침 그날이 수산 오일장 장날이어서 오랜만에 진영으로 들어가는 참이라 장터에서 식구의 선물을 사다가 불심검문에 걸리고 말았다. 아버지는 수산지서에서 포승에 묶인 채 진영지서로 넘겨졌다. 지서의 순경이 집으로 들이닥쳐 어머니와 할머니를 연행해 갔다. 아버지의 신분 확인이 필요했고, 아버지가 언제 집에 왔다가 갔느냐를 따지기 위해서였다. 할머니는 그날 밤 자정께에, 젖먹이 아우가 달린 어머니는 이튿날 아침에 지서에서 풀려났다. 지서에서 나온 할머니가 이인택 씨를 찾아가서 아들을 지서에서 빼낼 방법이 없겠느냐며 통사정했다. 이인택 씨가 혀를 차더니 머리를 갸우뚱했다. "김 서방이 좌익 사단에 걸려들 기가 벌씨러 두 분째라, 보통 문제가 아니군. 듣자 카이 요새 빨갱이 문제로 걸려들모 새판징이 평균 5, 6년 실형을 때린다 카던데……" 할머니는 아들이 옆방 취조실에서, 자기를 지서 정도에서 다룰 인물은 아니니 숫제 부산 본서로 넘기라는 말을 했다고 이인택 씨에게 말했다. "부산경찰서서 조사를 받겠다미, 묵비껀인겨 멉니껴? 그래 입을 다물어뿌자 이 순사가 기가 맥혀 그 자리서 차마 쥑이지는 몬하고……" 할머니의 웅절거림이었다. 할머니의 말을 들으며 생각에 잠겼던 이인택 씨가 묘안을 찾아냈다. "그라모, 돈이 쪼매 필요한데, 언양댁이 가진 몫돈은 읎을 끼고……" "살릴 질만 있다모 땡빚이라도 내야지예 우짭니껴. 돈이 필요하모 어르신이 우예 좀 돌리보이소. 지가 꼬장주(고쟁이)를 팔아서라도 갚을 낀 게예. 사바사바로 안 통하는 기 읎는 시상이라 캐쌓턴데." 할머니 말에 이인택 씨가 "그라모 내일 아침에 내가 부산으로 나서보겠소" 했다.

　이튿날, 이인택 씨는 두루마기를 갖춰 입고선 지팡이를 내두르며 아침 기차 편에 부산으로 나섰다. 진영 출신의 정영달 씨가 CIC 부산출장소에 통역 문관으로 근무하고 있어 그를 만나러 나선 길이었다. 나이 서른 중반인 정 씨는 읍내에서 진영평야를 건너 15리 떨어진 낙동강 강변 마을 가동리 출신인데, 집안이 가난하여 소년기에 가출해 일본 도쿄로 들어갔다. 그는 식당 사환 노릇을 하면서도 주경야독해 정칙 영어를 전수했다. 영어사전을 달달 외우며 독학으로 영어 공부를 할 수 있었다. 해방되자 귀국한 그는 미군정이 실시한 영어 문관 시험에 합격해 CIC 부산출장소에 근무하고 있었다. 정 씨가 이인택 씨를 알게 되기는 우연한 동기였다. 가동리 주민들 역시 장은 진영장을 보아 먹었기에 소년 정 군이 부모를 따라 장에 내다 팔 잡곡이나 소채류를 지게 짐 지고 진영장에 나오곤 했다. 어느 해 그는 울산댁 주점 평상에서 이인택 씨가 이웃을 상대로 동북아시아 정세를 두고 이야기하는 말을 귀동냥하게 되어 큰 감동을 느꼈다. 일본이 욱일승천하는 마당에 중국은 내란으로 자중지란을 겪고 있으며 조선은 국운이 석양을 맞아 내일을 가늠할 수 없는 운명에 처했다고 이인택 씨가 강론을 폈던 것이다. 어릴 때부터 총명했던 정 군은 장터에 나올 때마다 이인택 씨에게 인사를 차리며 바깥세상의 궁금한 것을 두고 여쭙는 처지가 되었다. 정 군이 청운의 뜻을 품고 일본으로 떠나게 되기는 이인택 씨의 영향이 컸다. 물론 정 군이 일본으로 들어갈 때는 이인택 씨가 노자에 쓰라며 몇 푼 돈을 보태어주기도 했다. 정 군은 도쿄로 건너간 지 12여 년 만에 해방을 맞아 처자식을 거느리고 귀국 길에 올라 진영역에 도착해선 선걸음에 이인택 씨부터 찾아 큰절을 올렸다. 미군부대에 취직이 되자 고향에 들를 때마다 거쳐 가는 진영 읍내라, 이인택 씨에게 반드시 인사를 차리고 갔다. 한번은 미군이 운전하는 지프차를 타고 장터에 나타나 이인택 씨에게 미제 통조림과 갖가지 먹을거리가 든 레이션박스를 안기기도 했다.

부산에 도착하자 이인택 씨는 정 씨가 주고 간 CIC 부산출장소 주소를 들고 그를 찾아갔다. 부산의 미군부대 면회소에서 군복 차림의 그를 만나자, 이인택 씨는 지서에 갇힌 양아들을 구해야 한다며 도움을 요청했다. "그래요? 그런 문제라면 제가 나서보지요." 정 씨의 대답이 수월했다. 이인택 씨는 정 씨에게 준비해온 돈을 주며, 세상에 어디 맨입으로 되겠느냐며 진영지서에 이 돈으로 약을 좀 써보라고 말했다. "돈은 필요 없습니다. 제 말 한마디면 지서장도 꼼짝을 못할 낍니다. 씨아이씨라면 날아가는 새도 총성 없이 떨어뜨린다는 말도 못 들었습니꺼. 점심 먹고 바로 진영으로 나섭시다. 시프차와 인수인계증은 제가 마련하겠습니다. 구속된 분 이력이나 간략하게 메모해주십시오." 정 씨가 말했다. 그날 오후, 정 씨는 미군 하사관이 운전하는 지프차 편에 이인택 씨와 함께 진영으로 들어왔다. 그는 이인택 씨에게 집에 가서 계시라고 하곤, 미군을 뒤에 달고 권총 찬 당당한 걸음으로 지서로 들어갔다. 그는 서장실에서 지서 주임과 단독 면담을 했다. 미군 CIC가 부산에서 주로 암약한 김종표를 검거하려 수배 중이었는데 밀양 수산지서에서 잡혔다는 보고를 받고 거기로 연락하니 김 씨를 고향 지서로 이첩했다기에 여기로 왔다. 인수장을 써줄테니 김 씨를 우리에게 인계하라, 김 씨 조사는 부산 CIC에서 해서 구속 송치 여부를 결론 내겠다. 정 씨가 그럴싸하게 둘러댔다. 그는 지서 주임과 면담하기 20분도 채 걸리지 않고 인수장을 써주고는 수갑 찬 아버지를 인계받았다. 아버지를 지프차에 태워선 부산으로 횡허케 떠났다. 정 씨는 부산에서 아버지를 풀어주며, 앞으로 당분간은 진영에 걸음 하면 안 되며 몸조심하라는 당부 말을 잊지 않았다. 그 뒤부터 아버지는 다시 진영에 나타나지 않았고, 나는 그런 내역은 훗날 고모부한테서 들었다.

그해 가을도 막바지에 들어 벼 베기가 한창인 농번기였다. 순경 둘이 집으로 들이닥쳐 불문곡절 어머니를 연행해 갔다. 할머니는 불시에 집으로 들이닥치는 순경이 무서워 물통걸 고모네 집으로 간 지 오래였다. 몸이 약한 고모가 사촌 아우 밑에 둘째 애를 가져 할머니가 부엌일을 도와야 한다는 게 명분이었다. 누나가 젖먹이 아우를 엎고 지서 앞에서 어머니가 나오기를 장맞이했다. 집에 남은 나는 어둠이 짙어오자 무서워 혼자 집을 지킬 수가 없었다. 석류나무의 곱슬곱슬한 이파리들이 머리카락을 풀어헤친 귀신 같았다. 대문 옆 변소에도 빗자루귀신이 숨어 있을지 몰랐다. 저녁밥을 먹지 못해 배가 고픈데 어머니는 물론이고 누나마저 오지 않았다. 마루에 걸터앉았던 나는 빈집에서 더 배겨낼 수 없어 대문을 나섰다. 공동 우물터에는 아낙네들이 두레박으로 물을 긷고 있었다. 나를 힐끗 보던 옆집 생선 장수 아주머니가 옆에서 두레박질하는 아주머니께 "강정때기가 지서로 잡히 가니 쟈도 무서버 호문차 집에 몬 있고 에미 찾아가는 모양임더" 했다. 나는 그 말에도 부끄러워 얼굴이 화끈해져 급히 골목길을 빠져 장터로 나섰다. 장터 끝에 예배당이 있었고 곧 나서는 신작로 변이 지서였다. 아우를 업은 누나가 지서 초소 앞에서 어머니가 나오기를 기다리고 있었다. 나는 입초 선 순경을 보자 겁부터 났다. 누나가 순경에게 통사정했다. "알라가 젖을 몬 묵어 다 죽게 됐심더. 어무이 알라한테 젖이나 좀 믹이게 해주이소." 누나의 애원에 순경은 들은 척도 하지 않았다. 나는 초소와 댓 발 떨어져 누나를 부르곤 울먹이며 말했다. "누부야, 깜깜해지이 너무 무서버 호문차 집 몬 지키겠더라." "그라모 울산할무이 술집에 가 있거라. 쪼매 있다가 난도 거게 가꾸마." 나는 누나가 시킨 대로 울산댁 주점으로 갔다. 울산댁이 눈물을 닦으며 들어서는 나를 보더니 내가 저녁밥을 굶었음을 알고 술국에 밥을 말아 주었다. 술국이란 무싯날에도 울산댁 주점에서는 장터의 모주꾼에게 잔술로 소주를 팔기에 그때 내어놓는 순대 넣고 끓인 시래깃국이었다. 그날 밤, 자정이 가까워서야 누나가 울산댁 주점으로 왔다. 아우는 시든 배춧잎처럼 누나 등에서 잠이 들어 있었다. "아이구, 어린 것이 젖도 몬 얻어 묵어 축 늘어졌구나. 내 얼른 풍로에 숯불 피아 미엄이라도 끓여 멕이꾸마. 니도 아아 보느라 을매나 배가 고푸겠노. 국밥 한술 떠라." 인정 많은 울산댁이 채머리를 떨며 말했다. 풍로의 숯불이 괄게 피라고 부채질하던 울산댁에게 누나가 울먹이며, 지서 뒤 창고 쪽에서 질러대는 어머니 비명을 들었다고 했다. 안방에서 마루로 나선 이인택 씨가 "김 서방이 부산 씨아이씨에서 풀려나와 부산서 활개 치고 댕긴다는 걸 우예 알게 되자, 서방이 은제 집에 왔다 갔느냐고 오지게 닦달질 당하는 모양이구나" 하고 말했다. "언양때기는 딸네 집에 가고 읎으이 쟈들이 저래 배를 곯게 되제. 지발 대충 조지고 내보내야 할 낀데, 이 일을 우야모 좋노." 울산댁이 지서 쪽을 보며 한숨을 쉬었다. 그날 밤, 자정을 넘겨서야 누나와 나는 아무도 없는 깜깜한 빈집으로 돌아왔다. 마당으로 들어서자 어둠 속에 석류나무는 머리칼을 풀어헤쳐 더 무서웠다. 우리 오누이는 안방으로 들어갔다. 누나가 칭얼대는 아우를 뉘이고 성냥을 찾아 호롱불을 켰다. 「어둠의 혼」에서 나는 그 장면을 이렇게 썼다.

우리 오누이는 갑자기 밀어닥친 두려움으로, 서로 껴안았다. ……
분선이와 나는 서로 껴안은 채 밤새 소리 죽여 흐느꼈다. 울기조차 못
했다면 분선이와 나는 기절했을 거였다. 봉창이 환해질 때까지 콧물 눈
물이 범벅이 된 채 줄곧 울며 새운 그 밤의 두려움은 지독했다.

이튿날 아침 장면이 지금도 생생한 기억으로 남아 있다. 누나는 아
침도 굶고 학교 수업을 빼먹으면 안 된다며 책 보퉁이 들고 마당으로
나섰다. "어무이가 오늘은 지서에서 나올 낀게 집 잘 지켜라. 니는
1학년인께 학교 하루 빼묵어도 된다. 머슴아(남자아이) 아이가, 울보
아이랄까 봐 아즘부터 그래 짜나. 막내 동상 잘 보고 있거라. 동상이
짜꾸 울모 업어주모 된다." 누나가 그 말을 남기곤 대문을 빠져나갔
다. 나는 또 솟구치는 눈물을 닦았다. 늘 하기 싫은 공부니 학교야 하
루쯤 쉬는 게 좋았지만 아우를 볼 일이 난감했다. 나는 공부가 싫었
다. 동무들과 잘 사귀지 못했고 수업 시간이면 선생님 말씀이 귀에
잘 들어오지 않았다. 공부 시간에 다른 엉뚱한 생각만 했다. 이를테
면 땀을 빠작빠작 흘리며 선달바우산에 오르기, 자기 몸집보다 큰 것
도 물어 나르는 개미 떼의 행렬, 거미가 가느다란 실을 똥구멍에서
풀어내어 마름모꼴의 둥근 집을 만드는 일, 거미줄에 붙어 버둥대는
날벌레의 애처로운 파닥거림…… 따위였다. 마루에 뉘어놓은 아우가
울어도 나는 달랠 줄을 몰라 모른 체했다. 아우는 오랫동안 울었으나
젖도 안 주고 아무도 업어주지 않자 제풀에 지쳐 잠이 들었다. 해가
이마 높이쯤 올랐을 때였다. 아침밥도 굶은 채 마루 끝에 앉아 콧물

눈물이 범벅이 된 채 울고 있을 때였다. 장마당의 마꾼 차 서방이 널빤지 위에 가마니에 덮인 무언가를 지게 짐으로 지고 대문으로 들어섰다. 지팡이를 짚은 이인택 씨와 울산댁이 뒤따라왔다. 차 서방이 축담에 지게를 세워 작대기로 괸 뒤 가마니를 들쳤다. 지겟다리에 얹은 널빤지에 널부러진 어머니가 모잡이로 누워 있었다. 얼마른 치마저고리가 온통 피와 흙고물 범벅이었다. 나는 어머니 얼굴을 보고 놀랐다. 헝클어진 머리칼에 온통 피멍에 들어 붕붕 부은 얼굴이 딴사람 모습이었다. 입은 묵사발이 되었고 감긴 눈자리조차 보이지 않았다. 어머니의 그런 모습이 무서워 나는 부들부들 떨었다. 차 서방과 울산댁이 맞잡아 들어 실신 상태의 어머니를 안방에 눕혔다. 간간이 비명을 흘릴 뿐 어머니는 죽은 듯 누워 있었다. 나는 울산댁 옆에 무릎을 꿇고 어머니를 소리쳐 부르며 울었다. 피에 젖은 어머니 몸이 두려워 차마 그 위에 엎어져 울 수는 없었다. 어머니의 지서 석방 소식을 들었는지 덕동댁이 쫓아왔다. 울산댁이 체머리를 떨며 덕동댁에게, 어서 물을 끓이고 죽부터 쑤라고 일렀다. 물은 끓이겠는데 양식은 찾지 못하겠다고 덕동댁이 말했다. "양석도 다 떨어진 모양이구나." 울산댁이 혀를 찼다. 피멍 든 몸은 닦아야 하니 물을 끓이라고 울산댁이 덕동댁에게 말하곤 어머니의 피에 젖은 치마를 벗겼다. "니는 할배하고 같이 나가자. 우리 집에 가서 밥 묵어야제." 안방으로 들어와 아우를 안고 섰던 이인택 씨가 나를 일으켜 세우며 말했다. 나는 이인택 씨 뒤를 따르며 설핏 어머니를 보았다. 지서에서 얼마나 맞았던지 속치마 아래 드러난 어머니의 종아리 역시 피멍에 든 채 통통 부어 있었다. 어머니는 그날 오후에야 실신 상태에서 깨어났다. 누가 연락을 취해 할머니는 어둠이 내릴 때서야 물통걸에서 집으로 돌아왔다. 그해 겨우내 어머니는 지서·청방·서청 사무실로 끌려다니며 아버지를 찾아내라는 추달을 당했고, 그런 고문을 견뎌내야 했다. 어머니는 늘 겁에 질려 있었다. 아무도 없는데도 불안한 눈동자로 사방을 살폈고 반쯤 실성한 상태로 몇 시간이나 멍하니 앉았을 적도 있었다. 잠자리에 들어서는 악몽을 꾸는지 느닷없이 비명을 질러 잠자는 우리 형제를 깨워놓곤 했다. 배가 고프다며 누나와 내가 보챌 때야 먹을 시간이 된 줄 알고, 울음으로 보채는 아우부터 허겁지겁 젖이 잘 나오지 않는 젖꼭지를 물렸다. 여름철 어쩌다 목이 패인 러닝셔츠만 입은 어머니를 보면 가슴팍에 큰 흉터가 있었다. 매미 두 마리가 앉아 있는 듯한 도드라진 흉터인데, 그즈음에 불에 달군 인두로 지짐을 당한 고문 자국이었다. 그 시절에 내가 꿈꾼 악몽 한 가지는 지금도 잊히지 않는다. 한밤중이라 한잠에 들어 있었다. 방 안의 천장이 보였는데 천장은 온통 지렁이 떼였다. 지렁이들이 겹으로 엉겨서 꿈틀대며 싸움을 벌였는데 싸움에 진 지렁이는 대가리와 꼬리에 피를 흘리며 방바닥으로 떨어져 내렸다. 잠이 든 내 얼굴 위로 피 흘리는 지렁이가 떨어져 내리자, 내가 놀라 지렁이를 떼어내려 손으로 얼굴을 훑어내며 고함을 내질렀다. 해괴한 꿈에서 깨어나자 그동안 가위 눌림으로 온몸은 진땀에 차 있었다. 나는 어른이 되어서도 잠자리에 들면 더러 그때 꾼 악몽이 떠올라 잠을 설쳤다.

고모로부터 들은 이야기지만, 1949년에 들어 설을 앞둔 1월 하순이었다고 한다. 묵정논의 들녘을 휩쓰는 겨울바람이 매웠다. 물통걸의 수리조합 직원들의 사택은 일제 때 일본인 직원의 주거용으로 지어진 목조건물이었다. 조선식 가옥 구조가 아닌, 오늘의 아파트식으로 도르래 달린 유리문을 젖혀야 집안으로 들어설 수 있었다. 신발 벗는 좁은 현관이 있고 마루가 나섰다. 양쪽에 다다미 깐 방 두 개에 변소는 바깥에 있지 않고 집 안 뒤쪽 구석에 배치했다. 바깥은 바람소리만 휩쓸 뿐 인적 끊긴 밤이었다. 석유 등잔불 아래 고모부는 앉은뱅이책상 앞에 앉아 수세(水稅) 장부를 뒤적이고 있었다. 고모는 아기 기저귀를 개켰고 할머니는 바구니의 콩깍지를 까고 있었다. 똑똑똑 뒷창 유리문 두드리는 소리가 났다. 바람에 유리문이 덜렁이는 소리가 아니었다. 누군가 문을 두드리고 있었다. 호롱불을 켠 채 방 안에 모여 있던 고모부, 고모, 할머니가 눈을 맞추며 숨죽여 긴장했다. 그들은 손기척 소리의 임자에서 순경을 연상하며 겁에 질려 있었다. 아버지를 검거하러 '빨갱이 여동생 집'이라며 순경들이 느닷없이 나타나 집 안을 수색했고 고모나 고모부를 지서로 연행하곤 했던 것이다. 둘째 애 해산달이 가까워 배가 부른 고모가 젖먹이 첫째 애를 안은 채 고모부에게, 어서 누구인가 확인해보라고 눈짓했다. 고모부가 유리 문짝 앞에서 바깥에 대고 누구냐고 물었다. "날세. 읍내 형이네." 아버지였다. 고모부가 놀라 문고리를 따서 문을 열었다. "어무이 와 계시제?" 개털 모자 눌러쓰고 외투 깃을 세운 아버지가 마스크를 벗으며 물었다. 고모부가, 장모님이 계신다며 어서 들어오라고 했다. 아버지가 마루에 걸터앉아 농구화 끈을 풀다 말고, 잠시 있다가 갈 텐데 신발을 신고 벗기에 시간이 걸리니 그냥 들어가겠다고 했다. 신발을 신은 채 안방으로 들어온 아버지가 할머니 면전에 엎드려 큰절을 올리곤, 오랜만에 뵙겠다며 첫말을 꺼냈다. 무릎걸음으로 기어가 아들을 껴안은 할머니가 울음부터 쏟아내며 "이 추부에 을매나 떨었겠노. 윗목은 얼음장인께, 이리와 구들목에 앉거라"라며 방문과 마주 보는 안쪽 자리를 권했다.

이 글을 시작하며 내가 고모님을 만나 그때 일을 물었을 때, 고모님은 그날 밤의 숨 막히던 정경이 눈에 선한지 목소리가 떨렸다. "집안 이야기를 두런두런 나눌 때 오빠가 자꾸 방 뒤쪽 창문에 눈을 주더라. 센바람을 타고 창문이 덜컹대기사 했지만 누가 엿듣기나 하듯 오빠가 그쪽에 귀를 기울이는 눈치라서 내가, 누구하고 같이 왔습니껴, 밖에 망보는 사람이 있습니껴 하고 물었제. 오빠가 아무래도 예감이 안 좋다며 일어서데. 그 길로 뒷창문을 열더니 문틀에 훌쩍 올라서는 기라. 찬바람이 왈칵 방 안으로 밀려드는데 오빠가 고개를 돌리고 하는 말이, 자기는 앞으로 서울로 갈 끼라면서 해동되면 소식 전하겠다 카곤 창문을 타 넘더라. 뭘 묻고 자시고 할 틈도 읎었고 말길 여유도 없었제. 창문을 닫고 우리가 안도의 숨을 돌리고 3, 4분쯤 지났을 끼라. 누군가 문을 열라고 땡고함을 지르며 유리 문짝이 떨어져라 발길질해데. 고모부가 얼른 나가 문을 열어주니 총을 든 순경 셋이 집 안으로 뛰어들어. 바깥 채전과 한길 쪽에서는 호각 소리가 들리고. 저리로 갔어, 잡아! 하는 고함도 들리고. 누군가 우리 집을 염탐하다 수상한 사람이 나타났다고 찔러 바쳤는지 가술지서 순경이 사택을 포위해 들이닥쳤잖아. 그날 니 아버지는 잡히지 않았어. 수산 쪽으로 내뺐어. 물통걸 일대는 수리 시설이 잘되어서 사방이 온통 수로(水路)잖아. 얼음 꽝꽝 언 수로를 건너뛰다 추적하는 순경이 쏜 총알이 뺨 위에서부터 콧등 사이로 스치고 지나가 그때 상처가 생겼지. 니 아버지 뺨 위에서 콧등 사이로 총알이 스쳐 간 흔적이 그때 총에 맞아 생긴 흉터야. 하늘이 도왔는지 총에 맞아 안 죽고 용케 산 셈이제. 잠시 후, 늦게 연락을 받은 진영지서 순경들까지 들이닥쳐 집안이 난리 북새통이 됐지러. 니 고모부는 밤중에 그 길로 진영지서로 끌려갔고. 고모부는 사흘 후에 서북청년단 미창에서 얼마나 모진 고문을 당했던지 초죽음이 돼서야 풀려났고. 지서에서보다 서북청년단에서 더 맞은 기라." 고모님 말씀이었다.
  1949년을 맞은 그해 겨울 끝자락 어느 날, 밤의 우리 집 안방에서 벌어진 장면을 나는 「어둠의 혼」에서 이렇게 묘사했다.

    지난겨울이었다. 나는 어머니가 아버지에게 고함지르며 대드는 소리를 들은 적이 있었다. 밤중인데 오줌이 마려워 눈을 뜨니, 놀랍게 아버지가 방구석에 앉아 있었다. 수염이 더부룩한 아버지가 언제 나타났는지 담배를 피우고 있었다. 아버지는 남루한 회색 바지저고리에 개털 모자를 쓰고, 목도리를 하고 있었다. 어머니가 울면서, 아이들 데불고 부산이든 서울이든 떠나 살자고 아버지께 말했다. 이젠 지서로 더 불려 가 매질 당할 수 없고, 남 손가락질 받고 살 수 없다고 울부짖었다. 아버지는 방문 쪽만 살피며 말이 없었다. 나는 오줌 눌 생각도 잊은 채 이불깃 사이로 아버지를 훔쳐보며 귀를 모았다. 두려웠다. 곧 순경이 들이닥칠 것만 같았다. 지서에 자수하든, 멀리 도망가든 한길을 택하란 말임더……

  말 그대로 어머니는 지서나 우익 단체에서 받는 고문도 고문이지만, 밤만 되면 무서워서 더 이상 진영 집에서 살 수가 없었다고, 모골이 송연한지 치를 떨며 그 시절을 회상했다. 할머니라도 같이 있으면 밤을 나기가 좋으련만 할머니는 밤중에 집으로 들이닥치는 순경이 무서워 물통걸 고모네 집에서 한사코 집으로 돌아오기를 마다했다. 할머니와 어머니 사이, 고부간에 결정적으로 틈이 벌어진 게 그즈음이

었다. 나는 우리 집안의 할머니와 어머니 고부간에 메울 수 없었던
당시의 간극을 단편소설 「미망」에서 이렇게 그렸다.

　　내가 니 할매한테 울며불며 을매나 애원했겠노. 지발 집에 오셔서
내하고 같이 계시자꼬 말이다. 그래도 씨가 믹히 드가야제. 순사도 어
데 거게마 가는 줄 아나. 여게가 성모 여동상 집이라고 여게도 자주 와
서 분탕을 친다 카미, 거게나 여게나 똑같다고 한사코 안 올라 카더라.
그때는 니 할매가 귀신한테 씌었는지 죽자 살자 내 얼굴을 안 볼라 안
카나. 말 같은 메누리가 이 집 귀신 델라고 간택되는 바람에 멀쩡하던
서방 죽고 자슥까지 좌익에 미치갱이가 됐다고 동네방네 나발을 불고
댕기니, 시집 잘못 온 죄밖에 읎는 내 팔자가 와 그래 서럽던동……

　　우리 식구가 더 이상 진영에서 배겨낼 수 없어 고향을 등지고 서울
로 솔가하게 되기는 그해 3월이었다〔S씨의 증언에 따르면, "김 동지가
어느 시점에선가 서울로 올라와 중앙 민청(민애청) 부위원장까지 했다고
들었다"〕. 새해 들고 서울로 먼저 올라가서 정착한 아버지가 우리 식
구를 불렀던 것이다. 아버지가 이인택 씨에게 인편으로 쪽지편지를
보냈는데, 모월 모시에 간단한 이삿짐을 꾸려 처와 아들 둘을 진영역
에서 부산 가는 첫차 편에 태워선 삼랑진역에서 아침 8시 30분에 정
차하는 부산발 서울행 완행열차 편에 옮겨 타게 해주면 자기가 그 열
차에 먼저 타고 있어 만날 수 있을 거라고 했다. 이인택 씨는 쪽지편
지대로 누나는 고모네 집에 주로 거주하던 할머니께 당분간 맡기기로
하고 어머니와 우리 형제 둘의 서울행 기차표를 마련해주었다. 진영
에서 출발해 삼랑진에서 하차하여 부산에서 올라오는 서울행 기차를

갈아탈 수 있는 기차표였다. 그래서 어느 날 이른 아침, 부산 가는 첫 기차 편에 어머니는 머리통이 짜부라지라 대나무로 짠 옷 궤짝을 이고 아우를 포대기 둘러업고, 보퉁이 두 개를 든 나하고 도망치듯 진영 땅을 떠났다. 어머니와 나는 삼랑진역에서 서울행 기차로 바꾸어 탔고, 갈아탄 그 기차간에서 아버지를 만날 수 있었다.

  우리 세 식구는 아버지가 먼저 잡아둔 자리를 차지할 수 있었다. 아버지는 두툼한 외투를 입고 중절모를 눌러쓰고 있었다. 늘 그랬듯 아버지와 어머니는 오랜만에 만나도 반가운 인사말이나 별 대화가 없었다. 아버지가 부산역에서 출발한 그 기차에 타고 있지 않으면 어쩔까 하고 잔뜩 긴장하여 얼굴이 뻣뻣해 있던 어머니 표정이 비로소 펴졌다. 자리를 잡자 어머니가 아버지에게 처음 꺼낸 말이 누나 걱정이었다. 딸애는 우리가 서울로 가는 걸 모른 채 물통골 고모 댁으로 보내 거기에서 학교로 갔기에 식구가 자기 빼놓고 서울로 갔다는 말을 들으면 얼마나 섭섭하겠느냐고 했다. "안정이 되는 대로 불러올려야지." 창밖을 내다보던 아버지가 그 말만 했다. 차가 밀양을 거쳐 청도쯤 왔을 때부터 나는 차멀미에 시달려 화장실을 들랑거리기 시작했다. 토하고 토한 끝에 나중엔 위액까지 목구멍으로 넘어왔다. 나는 차츰 기진맥진해져 차창 밖을 구경할 마음도 없어 노란 얼굴로 의자에 파묻혀 있었다. 어머니는 승객의 차표를 검사하러 역원이 통로를 지날 때도 순경이나 만난 듯 맞은편에 앉은 아버지 눈치를 살피며 전전긍긍했다. 기차가 대전역에 정차했을 때 아버지가 차창 밖의 장사꾼으로부터 김밥과 삶은 달걀을 샀으나 나는 그 먹을거리를 뻔히 보았을 뿐 먹을 수가 없었다.

# 15장

　누나와 할머니를 뺀 우리 가족 네 식구가 서울역에 도착했을 때는 하루해도 기울어 사방에 어둠이 자욱 내린 저녁 시간이었다. 나는 종일 차멀미 탓에 거의 실신 상태로 서울역 승강장에 내려섰다. 새벽같이 울산댁 주점에서 가마솥에 남은 국밥을 데워 얼요기를 한 뒤로 물 한 모금 삼키지를 못한 상태였다. 서울역이 종점이라 승강장은 물건을 이고 진 지방에서 상경한 사람들로 붐볐다. 기차에서 내려 3월 초순의 싸늘한 저녁 바람을 마시자 나는 웬만큼 정신을 차릴 수 있었다. 내가 서울에 도착하여 처음 놀란 것은 우습게도 3층 높이쯤에서 시가지가 펼쳐져 있다는 사실이었다. 파김치가 된 채 끝없이 계단을 올라왔으니 그만큼 다시 계단을 밟고 내려갈 줄 알았는데, 돌연 넓은 역 광장이 눈앞에 펼쳐졌다. 많은 사람, 자동차와 인력거의 행렬, 3, 4층짜리 높은 건물과 휘황한 전등 불빛이 나를 압도했다. 머리 위에 전선줄이 얼기설기 얽혔고 전차가 번갯불을 번쩍이며 털컹털컹 움직였다. 포장된 드넓은 광장도 처음 보지만 눈앞에 펼쳐진 도시 풍경이

요지경 세상이었다. 아버지가 내 짐을 대신 들어주어 나는 식구를 놓칠세라 열심히 따라붙었다. 역 광장을 빠져나오자 아버지가 따라오라며 앞장섰다. 아우를 업고 옷 궤짝을 머리에 인 어머니와 내가 아버지 뒤를 따랐다. 키 작은 아버지의 날렵한 걸음에 비해 아우를 업고 옷 궤짝을 머리에 인 어머니의 활달한 걸음걸이가 내 눈에는 동구에 서 있는 느티나무처럼 든든하게 보였다. 그때 처음 느낀 어머니란 기둥이야말로 그 뒤 오랫동안 우리 가족을 받쳐준 대들보였다. 어둠 속에 버티어 선 웅장한 남대문이 눈에 들어오자 이런 큰 대문도 있는가 싶었다. 우리는 남대문 뒤로 돌아 어두운 퇴계로 길로 들어섰다. 일제 때는 소화통(昭和通)으로 불린 퇴계로는 당시만 해도 곧게 뻗은 대로가 아니어서 군데군데 공지가 널렸고 길 가운데에 전봇대가 선 물웅덩이 파인 흙길이었다. 가로는 나지막한 여염집이 납작 엎드려 있었다. 네거리를 서너 개나 지날 동안 부지런히 걷기만 했을 뿐 누구도 입을 떼지 않았다.

    우리가 도착한 곳은 퇴계로 4가 부근으로, 큰길에서 비껴난 한적한 골목 안의 어느 적산 가옥 앞, 묵정동이었다. 해방 전 일본인 중산층 거주 구역으로 시멘 담장이 길게 쳐진 집이었다. 아버지가 철대문을 두드리며, 여기가 정진택 사장 집이라고 어머니께 말했다. 정진택 씨는 어머니도 안면이 있는 아버지의 고향 친구였다. 정 씨는 마산에서 고학으로 5년제 중학교를 졸업하자 일찍 경성으로 올라가 일본인이 경영하던 영진공업사에 서기로 취직했다. 그는 명절이나 집안에 길흉사 때면 진영 읍내 선달바우산 뒤 하계리로 환고향했다. 고향에 들르면 아버지를 비롯한 동급생 죽마고우들을 만나고 갔다. 따로 살림을 날 동안 당분간 정 사장 집에서 지내게 될 거라고 아버지가 어머니께 말했다. 우리가 도착한 저택은 해방 전까지 영진공업사 사장 집이었는데 일본인이 본토로 돌아가자, 회사의 조선인 중에 직급이 높았던 정진택 씨가 회사에 사장 집까지 물려받았다고 했다. 나중에 어머니한테서 들었지만 정 씨는 서울 색시를 얻어 결혼했는데 처가가 동대문시장에서 큰 포목점을 했기에, 일본으로 귀향하는 사장에게 적잖은 금덩어리를 주고 회사와 집을 인계받았다는 말이 있었다. 아버지는, 정초에 서울로 올라와 정 사장의 경리일을 도와주고 있었다고 했다. 덧붙여서, 작년 5월 북조선이 남한에 보내주던 전기를 끊어버리자 정 사장이 취급하는 모터류는 전국적으로 수요가 달려 없어서 못 팔 정도로 동났고 값도 천정부지로 뛰었다고 말했다.

경상도 손님이 기차 편에 오리란 걸 기다렸다는 듯, 주인 식구가 응접실로 몰려와 우리 식구를 환대했다. 정진택 사장은 풍채가 좋았고 이마가 벗겨져 삼십 중반인데도 마흔 살이 넘은 듯 사장티가 났다. 억양에는 사투리가 섞여 있었으나 표준말에 가까웠고 목소리는 둥글고 부드러웠다. 주인아주머니는 서울 말씨를 썼는데 쪽 찐 머리에 비녀 꽂은 어머니와 달리 머리칼을 뽀글뽀글하게 파마했고 분을 발랐는지 얼굴색이 희어 부잣집 마님티가 났다. 주인집 식구로는 누나 또래의 형과 그 아래로 내 또래의 남자애, 그 아래 서너 살 된 딸애가 있었다. "서울 온다고 고생 많이 했구나." 정 사장 말에 나는 아무 대답도 못 했다. "나는 영식이라고 해." 내 또래의 둘째 아들이 악수를 청했으나 나는 악수를 몰랐기에 내민 손을 안 잡았다. 아버지는 몰라도 어머니와 나는 장터에 팔려 나온 촌닭 꼴이었다. 우리의 서울 도착 첫 소감이 궁금했던지 주인아주머니가 어머니께 여러 질문을 했다. 주인집 큰아들 정식이도 내게 이것저것 물었다. 나는 입속말로 어물거릴 뿐 제대로 대답할 수 없었다. 1년 동안 진영에서 학교에 다니며 짝과는 말도 트고 지냈는데, 속이 불편하다거나 부끄러워서라기보다 형이 쓰는 서울말을 제대로 알아들을 수 없었다. "머라꼬예?" 하고 내가 고개를 갸우뚱거리며 되물으면, 주인집 아이들이 내 촌뜨기 짓이 재미있다는 듯 웃었다. 주인 식구는 저녁밥을 먼저 먹었다고 해서 우리 식구만 식모가 차려준 저녁밥을 식당방 식탁에서 먹었다. 식탁에 차려진 밥을 의자에 앉아 먹는다는 것도 새로운 경험이었다. 찬 두세 개가 고작인 시골 밥상과는 달리 꽃무늬 그려진 예쁜 그릇에 담긴 반찬은 가짓수가 많았다. 낮 내내 굶은 터라 나는 나붓이 담긴 밥 한 그릇을 비웠다. 그날 밤, 우리 네 식구는 그 집 거실 바닥에 주인 아주머니가 옮겨준 요를 깔고 푹신한 이불을 덮고 잠을 잤다. 여행의 피곤 탓인지 꿈이 없는 단잠을 자고 깨어난 이튿날 아침이었다. 나는 새들의 지저귐부터 먼저 들었다. 불현듯 여기가 진영 집이 아님을 깨달았다. 일어나 앉으니 아버지와 어머니는 자리에 없었고 아우는 요 위에서 혼자 놀고 있었다. 온통 유리창으로 된 거실문 밖은 잘 가꾸어진 일본식 정원이었다. 울창한 나무 위로 아침 햇살이 쏟아지고 있었다. 새들이 아침 햇살을 받아 빤짝이는 잎새 사이로 날며 쩍쩍거려댔다.

우리는 이틀 동안 주인집 식당방에 차려준 밥을 먹고 거실을 임시 잠자리 삼아 밤을 났다. 그 점이 미안했던지 어머니는 잠시도 쉬지 않고 가정부와 함께 빨래에서부터 집 안 청소는 물론 부엌일을 도왔다. 아버지는 서울 첫날 밤을 함께 있곤 이튿날부터 얼굴을 볼 수 없었다. 아버지가 어디에 갔기에 밤에도 안 오시느냐는 내 물음에 어머니는, 여기서도 무슨 바쁜 일을 하는 모양이라고 말했다. 아무렇지 않게 말했으나 풀어놓는 시선에는 허랑방탕한 서방의 어느 구석을 믿고 서울까지 따라나섰느냐는 불안한 기색이 역력했다. 진영 같으면 누나와 함께 학교에 갔으련만 서울에 오니 내게는 갈 학교가 없어졌다. 어머니 말이 당분간은 학교에 못 갈 테니 가지고 온 책으로 집에서 공부하라고 했다. "선생이 안 가르쳐줘도 책에 있는 글자를 공책에 베껴 써봐라." 어머니가 말했다. "니가 그래 베껴 쓰모 난도 그 글자를 그대로 베껴 써볼께." 어머니는 학교에 다녀본 적이 없었기에 글자를 읽고 쓸 줄 몰라 어쨌든 한글만은 꼭 배우고 말겠다는 말을 내게도 여러 번 한 적이 있었다.

 서울에 온 지 사흘째 되는 날 낮이었다. 가지고 온 책을 방에서 뒤적이며 시간을 때우고 있을 때였다. 어머니는 그새 동네 길눈에 익숙해졌는지 시장에 가자며 아우를 업고 나섰다. 나는 처음으로 서울 거리 구경을 하게 되었다. 서울역에서 우리가 초저녁에 걸어왔던 퇴계로 큰길로 나와선 맞은편 골목길로 빠졌다. 골목을 잠시 내려가자 포장된 좁은 새 길이 나섰다. 해방 전 일본인들이 들어와 그들이 주거하던 거리가 충무로였다〔일제 때는 본정(本町)이라 불렀다〕. 폭이 좁은 거리에는 갖가지 물건을 파는 상점이 즐비했고 좁은 길에 통행인도 많았다. 레코드 가게에서는 확성기를 통해 유행가가 흘러나오고 있었다. 차례대로 나타나는 양품점·세탁소·양복점·이발관 따위의 눈요깃감이 많았다. 어머니가 양담배와 초콜릿 따위를 파는 노점상에게, "이 근방 어데 시장이 있다던데예, 어뎁니껴?" 하고 물었다. 노점상이 조금 내려가면 화원시장이 있다고 말했다. 그날, 어머니는 화원시장에서 우리 식구만 따로 밥해 먹을 수 있는 자질구레한 부엌용품을 샀다. 쌀과 보리쌀, 풍로와 봉지로 담아 파는 숯에, 들통·냄비·그릇·빨래판·빗자루를 사서, 쓸 물을 받아둘 양동이에 잔뜩 담아왔다. "은제까지 남으 집에 얹쳐살 수 읎고 퍼뜩 우리 살림을 나야제" 어머니가 말했다. 그날 저녁부터는 아버지를 뺀 우리 세 식구만 거실 옆 마당 귀퉁이에서 풍로에 숯불 피워 따로 냄비밥을 끓여 먹었다. 반찬은 주인집에서 얻어왔다. 아버지로부터 목돈을, 아니면 정 사장에게 살림에 보태라고 돈을 받았는지 모르지만, 이튿날에도 어머니는 나를 데리고 화원시장에 나가 작은 항아리와 열무 한 단, 김치 담을 수 있는 양념 재료를 샀다. 주인집 신세를 안 지려면 우선 열무김치라도 담가 먹어야 한다고 말했다. 화원시장에서 조금 비켜난 골목길에 국민학교가 있었다. 장차 네가 다닐 학교가 아닌지 모르겠다며 어머니가 학교 운동장을 구경시켜주었다. 햇빛 아래 아이들이 팔랑개비처럼 떠며 노는 모습이 부러웠다. 운동장은 넓었고 흰색 페인트를 칠한 3층 건물은 단층에 기와 올린 고향의 국민학교와는 비교할 바가 아니었다. 그날 오후에 어머니는 열무김치를 담가서 항아리에 재고는 주인집에서 빌릴 게 있었던지 잠시 안채로 들어갔다 나오자, 그새 아우가 항아리를 오줌독으로 알았던지 오줌을 누어버렸다. 내가 옆에 있었으나 말릴 틈이 없었다. 어머니가 오자 나는 그 사실을 고자질했다. 어머니는 이를 대수롭지 않게 여겨, 아기 오줌이 약이 된다며 아까운 김치를 버릴 수가 없다고 했다. 반찬이라곤 그 김치밖에 없었기에 나는 밥을 먹을 때마다 아우가 오줌 눈 김치를 눈을 감고 씹었던 일화가 기억에 남아 있다. 아우는 만 두 살 생일을 앞두고 있었는데 배가 고플 때라야 훌쩍거리는 것 외에는 뛰고 놀며 고함을 지르거나 말썽 부린 적이 없었다. 늘 얌전하고 조용한 아이라 옆에 있어도 그림자 같았다. 아우의 그림자 같은 그런 모습은 그 뒤로도 변함이 없었다. 어머니는 자주 혀를 차며, 재 속엔 영감 하나가 들어앉아 있는 애늙은이 같다는 말을 자주 했다.

  정 사장 집 거실에서 일주일 동안 더부살이 생활 끝에 우리 식구는 영진공업사 뒤 객차처럼 길게 지어진 함석집의 방 한 칸으로 살림을 났다. 객차방은 모두 네 칸이었는데, 영진공업사 외근 공원들의 숙사로 썼던 방이라 창고를 방불케 했다. 어머니는 시장에 나가 벽지를 사와선 이웃 방 아낙네의 도움을 받아 벽과 천정을 새 벽지로 깨끗이 도배하고 새 장판을 깔았다. 고물상에서 가져와 손을 본 중고품 찬장과 밥상도 갖추어 놓았다. 고물상에는 금이 가고 귀가 깨어진 그릇도 많았다. 그러나 어머니는 그릇만은 남이 썼던 걸 쓸 수 없다며 새것을 사야 한다고 했다. 청결벽이 유난했던 어머니의 부지런함 덕분에 살 만한 방이 되었다. 살림을 날 동안 정 사장 내외가 자주 들려 불편한 대로 당분간 살라며 위로의 말을 해주었다. 정 사장은 김 군 월급의 선불이라며 돈 봉투를, 사장 사모님도 빈손으로 들르지 않고 살림살이에 필요한 용품 이것저것을 가져다주었다. 영진공업사는 퇴계로 4가 네거리의 동국대학교로 오르는 골목길 앞 코너에 있었다. 정확히 말하면 5가 쪽 코너는 3층 높이의 옹벽(석축)이 있었고 그다음 건물이 영진공업사였다. 옹벽 위쪽에는 서양식으로 지은 벽돌 건물의 선교사 사택이 있었다(10년 정도만 지나면 재건축을 일삼는 서울 중심거리에 60여 년이 지난 지금까지 담쟁이넝쿨이 타고 올라간 그 옹벽이 예전 모양대로 남아 있는 게 신기하다). 그 축대를 끼고 골목길로 올라가면 동국대학교 정문이 나섰고, 남산으로 오르는 길목에 족청 단장 이범석 씨의 평수 넓은 적산 가옥이 있었는데 정문 앞에는 총을 든 경찰이 지켰다.

영진공업사는 겉으로 보기에는 평범한 단층 시멘트 건물이었다. 현관문을 밀고 들어서면 현관이었고 왼쪽에 사무실과 공원들이 대기하는 방이 두세 칸 있었다. 현관에서 앞문을 밀고 들어서면 소강당만큼 넓은 공간이 나섰는데, 뒤주 크기의 몇 배 되는 발전기에서부터 소형 모터까지, 발전설비 기계들로 차 있었다. 넓은 공간에 두서너 개의 전등만 불을 밝혀 낮에도 컴컴한 큰 창고였다. 대형 발동기와 모터, 포개어 놓은 기계 부속품 사이를 통해 뒤쪽으로 빠지면 일제 때 미제 항공에 대비해 방공호 겸용으로 만들었다는 지하 방공호로 내려가는 계단이 있었다. 뒷문을 나서면 방 네 개가 나란히 있는 별채 함석집(객차방)과 연결되었다. 그 방 중에 모퉁이에 있는 방이 우리 식구 차지였다. 함석집 구조가 객차간 같이 길게 지어졌는데, 네 개의 방 중에 두 개 방은 두 가구가 복닥거리며 주거하는 옹색한 살림집이었다. 빈방 하나는 회사 장부를 넣어둔 캐비닛이 있었고, 때로는 낯선 남자들이 와서 하룻밤을 자고 가기도 했다. 방들은 별도의 부엌이 없다 보니 세 가구 모두 신발 벗는 데 옆의 발쭘한 터가 솥을 걸고 군불 때는 아궁이였고 그 주변이 부뚜막 구실을 했다. 우리 식구가 서울로 왔을 때는 겨울을 넘겨 군불을 때지 않아도 되었기에 숯불을 피워 풍로에 냄비밥을 끓여 먹었다. 부뚜막 한쪽에 찬장을 놓고 식기를 넣어두었다. 아궁이 주변은 빛이 들어오는 데가 없어 낮에도 전등이나 램프를 켜지 않으면 어두컴컴했다. 우리가 주거하는 방은 방문 건너편에 창이 있어 그쪽으로 햇빛이 들어왔는데, 방 크기가 고작 네 평 정도였다. 장롱이 없으니 선반에 살림보통이를 얹고, 이부자리는 어머니가 진영을 출발할 때부터 얇은 이불 등 잡동사니를 쓸어 담아 머리에 이고 온 옷 궤짝 위에 개어놓고 지냈다. "이 작은 방에 식구가 복닥거려야 하니, 몬 사는 사람들 서울 살림살이가 매런(형편) 읎을 수밖에." 어머니가 한숨 끝에 말하며, "그래도 지서나 순사 눈치 안 보고 살게 되었으니 진영보다는 숨쉬기가 낫다"라고 했다.

객차방 나머지 두 개에는 영진공업사에서 허드렛일을 하던 공원 가족 한 가구와 넝마주이 한 가구가 살았다. 회사 공원은 젊은 부부라 두 살 난 아기를 두었고, 넝마주이는 아이가 둘이었는데 그중 큰애가 네 살 난 딸애라 내 동무가 되지 못했다. 두 가구의 어른들은 나를 두고, 경리장 김 선생님 아들이라며 친절하게 대했다. 특별한 음식을 만들면 이웃과 나누어 먹었다. 어머니도 김치를 담그면 김치 그릇을 돌리곤 했다. 객차 함석집 네 개 방의 중간에 통로가 있어 뒷문으로 빠지면 훤하게 트인 넓은 공지가 나섰다. 방 안 창에서 내다보면 그 공지가 한눈에 들어왔다. 공지 한편이 휴지·빈 병·깡통·고철 따위를 쌓아둔 고물상이었다. 구석에 고물상 주인 식구가 사는 판잣집이 있었다. 공지를 거쳐가면 폐품 수집 트럭이 들랑거릴 수 있는 철망으로 칸살을 지른 대문이 있었다. 문밖이 퇴계로와 잇대어진 운동장 크기의 넓은 터로 동네 아이들의 놀이터였다. 나는 거기로 나가 동네 아이들이 노는 모습을 물끄러미 구경하곤 했다. 객차집에 거주하는 네 가구 식구는 영진공업사 정문이 아닌 고물상 쪽으로 출입했다. 4월이 되면 2학년으로 진급할 텐데 학교에 갈 수가 없는데다 누나는 물론 같이 놀 동무도 없으니 하루하루가 심심한 나날이었다. 나는 하루내 우두커니 박혀 있을 수가 없어 빈터로 나가 동네 아이들이 편을 갈라 축구나 야구를 하거나 술래잡기·땅따먹기 놀이하는 것을 구경했다. 누나가 보고 싶었다. 아우는 아직 말 상대가 되지 못했다.

겨우내 잿빛으로 침침하던 남산의 수풀이 파르스름하게 윤기를 띠며 살아나는 3월 하순 어느 날 저녁이었다. 비좁고 컴컴한 부엌(부엌이라 말할 수도 없는 신발 벗는 장소)에서 어머니가 풍롯불에 쇠고깃국을 끓이고 북어찜을 만드는 등 저녁밥 준비에 어느 때보다 정성을 들였다. 아버지가 집으로 들어오지 않기도 여러 날인데 웬일인가 싶었다. 어머니는 저녁상을 마련하여 상보를 덮어놓곤 저녁밥 먹자는 말이 없었다. 나는 집안에 제사라도 있는 날인 줄 알았다. 집 안에서는 잘 입지 않던 빳빳한 당목 치마저고리를 입더니 그제야 내게, 아버지가 오는 날이니 서울역으로 마중을 나가자고 말했다. "아버지가 니 좋아하는 전병을 사오실지 몰라. 외지 나갔다 올 때면 그런 걸 사오잖더냐." 어머니 말에 금방 입에 군침이 고이고 전병에 붙은 푸른 파래의 향긋한 바다 냄새까지 코끝에 머물렀다. 아우를 업은 어머니는 나를 데리고 어둠이 내리는 퇴계로로 나섰다. 가로의 집들이 하나 둘 불을 켰다. 승용차가 달릴 때마다 뿌연 먼지가 피어오르는 컴컴한 퇴계로 길을 빠져 명동 거리로 나오자 포장길로 바뀌었고 사람 통행이 많았다. 양복 뽑아 입고 중절모 쓴 신사에, 양장 차림으로 굽 높은 구두를 신은 멋쟁이 처녀, 갈래머리 땋은 교복 차림의 여중생들이 삼삼오오 짝을 지어 거리를 누볐다. 첨탑이 높은 명동성당 앞을 빠졌다. 어머니는 서울 생활에 대해 내게 여러 말을 해주었다. 서울은 도로가 복잡하게 얽혔으니 멀리 나돌면 길을 잃는다, 아버지가 뭘 하는 사람이냐고 누가 물으면 강원도 탄광 사무소에서 일하며 보름에 한 번쯤 집에 들른다고 말해라, 주머니에 넣고 다니는 손수건으로 늘 코밑을 깨끗이 닦아라, 게으른 사람이 되면 어른이 되어도 밥을 굶는다, 거짓말하는 사람은 신용을 잃는다는 따위의 말을 거리에 군눈 파는 내가 듣든 말든 계속했다. 어머니는 평소에는 쓸 말 이외는 말이 없는 분이데, 자식을 앞에 두고 훈육만은 한번 시작했다 하면 사설이 길었다. 명동 거리의 양복점, 구둣방, 사진관, 음악이 흐르는 악기점, 색색의 등을 켠 양품점, 밝은 유리 안쪽에서 보란 듯이 구워내는 와플의 고소한 냄새가 나는 양과자점, 말랑말랑한 빵과 도넛과 호두과자가 진열된 유리창이 큰 제과점…… 처음 보는 거리 점포의 풍경에 나는 눈이 휘둥그레져 어머니 말이 제대로 귀에 들어오지 않았다. "서울은 차가 많이 댕겨 공기가 좋지 않다. 밖에 나갔다 오면 늘 코가 매캐하고 콧물이 새까맣잖냐. 집을 나서면 반드시 입을 꼭 다물어 코로 숨 쉬어." 당신이 열심히 지껄이며 내게 특별히 당부한 그 말만은 귀에 들어왔다. 나는 평소에도 바보처럼 입을 반쯤 벌리는 버릇이 있었는데 그날 그 말을 듣고부터는 거리에 나설 때만은 입을 다물게 되었다. 왜 그 기억이 남게 되었느냐를 생각해보면 그날 어머니가 내게 했던 충고가 오랜만에 들어보는 다감한 말이어서 동화 속 같은 첫 명동 기억으로 남았기 때문이리라.

그날 밤, 역 개찰구 앞에서 한 시간을 넘게 아버지를 기다렸다. 많은 승객이 역원에게 표를 내고 개찰구를 나섰으나 당신은 끝내 나타나지 않았다. 어머니는 내게, 아무래도 오늘은 못 오시는 모양이라며 집으로 돌아가자고 말했다. "메칠 몇 시에 역으로 나오라 해놓고선 안 오다니. 나는 니 누부(누나)라도 델고 오는 줄 알았는데……" 어머니가 역 광장을 나서며 시통해했다. 정 사장이, 부산에 내려간 김 군한테서 어제 장거리 전화가 왔다며 몇 시 차로 오느냐고 물어보았다고 했다. 이튿날 저녁도 어머니는 저녁상을 차려 상보를 덮어놓고 아버지와 같이 밥을 먹자며 기다렸으나 그날도 허탕이었다. 사흘 뒤에야 진영에 남겨둔 식구를 만나고 오느라 지체되었다며 아버지가 밤중에 귀가했다. "읍내에는 들어가지 않았고 물통걸 누이 집으로 사람을 보내서 어머니와 희야를 불러내 뚝방 아래서 따로 만났소. 딸애한테는, 열심히 공부하고 있으면 아버지가 가을학기에는 서울로 불러올리겠다고 다독거리고 왔어요. 윤 서방(고모부)이 나 때문에 지서로 불려 댕기며 고초를 당하느라 수리조합 일도 거의 작파했다나. 나쁜 놈들……" 아버지가 양복 윗도리를 벗어 말코지에 걸며 말하더니, 우물 옆 우리 집이 팔렸다고 했다. "내가 급히 쓸 돈이 있어 쓰고 남은 돈이오." 아버지가 지전 묶음을 어머니께 건넸다.

 4월 초에 정 사장이 우리 방에 들러 어머니께 내가 다닐 학교의 편입이 결정되었다며 편입허가서 봉투를 주고 갔다. 나는 신학기부터 영희국민학교 2학년에 편입이 허가되었다. 어머니는 화원시장 포목점으로 나가 국방색 천을 끊어와 재봉틀을 진영에다 두고 온 것을 안타까워하며 정 사장 집으로 가서 그 집 재봉틀을 빌려 내 윗도리와 바지를 만들어주셨다. 윗도리는 중학생이 입는 깃 달린 교복 맵시였는데 어머니의 눈썰미와 바느질 솜씨가 좋아 맞춤옷과 똑같았다. 가방과 학용품, 동대문시장의 서점에서 새 책도 구입했다. 그중에 색색의 연필이 마음에 들었다. 새 학기를 맞아 반 편성 끝에 나는 2학년 6반 학생이 되었다. 진영 대창국민학교는 남자 반이 두 개, 여자 반이 한 개였는데, 서울이라 그런지 남자 반이 일곱, 여자 반이 다섯이었다. 서울의 학교생활 중에 가장 힘들기는 선생의 서울말이나 급우들의 말을 얼른 알아들을 수 없다는 점이었다. 재잘거리는 급우들의 말을 잘 알아듣지 못해 "쟈들이 머라카노?" 하며 고개를 갸우뚱하면, 서울 애들이 내 말을 알아듣지 못해 "경상도 촌놈은 다르다"라며 깔깔댔다. 나는 외돌토리가 되어 평소에도 말수가 적었지만 집 밖에 나서면 입을 다물고 지냈다. 서울 아이들 속에 갇혀 서서히 반벙어리가 되어갔다. "서울말부터 배아라. 서울말을 몬 하더라도 알아는 들어야제." 내가 서울말을 잘 알아듣지 못하자 어머니는 내가 학교에 갈 때마다 그 말부터 당부했다. 진영에서도 학교생활에 잘 적응하지 못해 아침에 학교에 갈 시간이면 늑장을 부리다 어머니께 회초리깨나 맞았는데 서울에 와서는 그 증상이 더 심해졌다. 교실에서 따돌림을 당하다 보니 쉬는 시간이나 방과 후면 혼자 학교에 남아 학교 안을 어슬렁거렸다. 그러다 3층 상급생 교실 주변을 얼쩡거리다 어느 날 교사의 옥상으로 올라가는 쪽문이 열려 있음을 보았다. 텅 빈 옥상은 정구장 몇 배나 되게 넓었고 사람의 기척이 없어 혼자서 시간을 보내기에 맞춤한 장소였다. 옥상에서 바라보는 묵정동 일대의 개인 주택 뒤 남산의 소나무 숲이 싱그러웠고 고개를 돌리면 을지로와 종로 뒤쪽으로 비원이 보였다. 멀리 도봉산까지 조망할 수 있었다. 그 뒤부터 나는 곧잘 옥상으로 올라가 난간에 기대어 아이들이 개미 떼처럼 노는 학교 운동장을 내려다보거나 시내를 멀리 바라보며 혼자 시간을 보냈다. 외로웠다. 떠나온 고향에 대한 그리움이 간절했다. 장터만 벗어나면 펼쳐진 고향 들판이 눈앞에 어렸다. 이제는 갈 수 없는 고향이었다. 을지로로 내닫는 전차 소리, 화원시장의 장사꾼들 외침이 아스라이 들려와 나를 현실 세계로 돌려놓으면 그제야 교실로 돌아가거나 어머니가 기다릴 집으로 가야 함을 알았다.

어느 토요일이었다. 학교 공부를 마치자 그날따라 나는 골방 같은 집으로 가기가 싫어 학교 옥상으로 올라가 운동장과 시내를 내려다보며 시간을 보냈다. 한 시간쯤 지난 뒤 집으로 가려고 옥상을 나서려는데 옥상으로 올라오는 철문이 잠겨 있었다. 학교 수위가 교실을 순찰하다 옥상 문이 열려 있음을 보고 빗장 질러 잠가버린 것이다. 철문을 아무리 두드려도 누가 문을 열어주지 않았다. 더러 운동장에 사람이 지나쳐도 내 목소리가 들리지 않는지 옥상을 쳐다보는 사람이 없었다. 나는 차츰 초조해졌다. 쥐들이 난간 아래 구석지로 몰려다니는 게 보였다. 만약 밤이 올 때까지 옥상에서 내려가지 못하게 된다면 새우잠을 자는 내게 쥐들이 달려들어 눈알을 파먹을지 모른다는 생각마저 들었다. 구석에 쪼그리고 앉아 울었다. 목이 마르고 배가 고팠다. 시간이 흘러 어느 사이 해가 도봉산 쪽으로 기울어 옥상에도 그늘이 내렸다. 나는 다시 난간에 서서 운동장을 내려다보며 나를 구해줄 사람을 찾았다. 그날따라 운동장에는 노는 아이들도 보이지 않았다. 다시 얼마의 시간이 흘렀을까, 교문으로 치마저고리 입은 여자가 들어서는 게 보였다. 자세히 보니 어머니였다. 학교 공부가 끝난 시간인데도 내가 돌아오지 않자 시골아이가 서울 시내를 돌아다니다 길을 잃은 모양이라며 나를 찾아 동네를 돌아다니다 학교로 다시 와본 참이었다. 나는 어머니를 외쳐 불렀다. 어머니 귀에만 아들 목소리가 들리는 것일까, 어머니의 시선이 옥상으로 향하더니 난간 앞에 서서 손을 흔드는 나를 보았다. 내가 옥상에 갇혔다 구출되는 순간이었다.

또 한 번 웃지 못할 사건은 5월 중순, 학교 소풍 때 벌어졌다. 내일은 2학년 전체 학급이 창경원으로 소풍을 간다며 책은 가지고 올 필요가 없고 점심 도시락을 준비해 오라고 담임선생이 일렀다. 나는 그 말을 알아듣지 못했든지 그때 딴생각을 하고 있었든지 모르지만 이튿날 아침 평소 등교하듯 책가방 메고 학교로 갔다. 다른 아이들은 모두 소풍용 란드셀(등가방)에 먹을거리를 잔뜩 넣고, 어떤 애는 학부모까지 달고 학교에 나와 운동장에서 웅성거렸다. 하급반은 늘 오전 수업만으로 공부를 마쳤기에 나는 점심 도시락마저 지참하지 않고 있었다. 그렇다고 집으로 다시 가서 어머니에게 오늘이 소풍 가는 날이라고 말하기엔 그럴 시간이 없었다. 어머니로부터 꾸중을 듣거나 꿀밤을 맞게 될 터였다. 반 애들은 선생의 인솔 아래 줄지어 창경원으로 갔다. 처음 본 여러 동물과 새 종류와 온실에 핀 갖가지 꽃을 구경한 것까지는 좋았다. 아이들이 가방에 넣어온 과자와 사탕을 군것질하며 장사꾼들로부터 솜사탕·엿·과자·캐러멜을 사 먹는데 나는 군침만 삼켜야 했다. 점심시간이 되어 반 애들이 김밥을 먹을 때 나는 굶을 수밖에 없었다. 아무도 나를 끼워주지 않아 구석 자리에 앉아 훌쩍거리자 지나가던 선생이 혼자 있는 나를 보고 도시락을 싸오지 않았음을 알곤 선생들 점심 자리에 끼워주었다. 자식을 따라온 학부모들이 김밥에 뽀얀 쌀밥은 물론이고 갖가지 찬과 과일을 선생들의 모임 자리로 날라 먹을거리가 푸짐했다. 김밥도 보통 김밥이 아닌 소고기볶음과 계란지단까지 넣어 만든 김밥이었다. 삶은 달걀도 있었다. 호두와 잣을 넣고 만든 약과가 특히 맛있었다. 나는 김밥을 싸오지 못한 덕분에 선생들에게 끼여 점심밥을 포식했다. 그날 오후 늦게 집으로 돌아오자, 얼간이 멍추가 따로 없다며 저런 걸 장자라 믿고 어찌 살겠느냐며 어머니가 분풀이하듯 빗자루로 종아리를 때렸다. 내가 오전 수업을 마치고 귀가할 줄 알았으나 시간이 훨씬 지나도 돌아오지 않자 어머니가 학교에 가본 결과 2학년이 모두 창경원으로 소풍을 갔음을 알았던 것이다. 이를 두고 어머니는 고소하다는 투로, "다른 아이들이 점심밥을 묵을 때 니는 배를 쫄쫄 곯았겠구나" 했다. 나는 선생님들과 함께 점심밥을 배 터지게 잘 먹었다는 말은 하지 않았다. 종아리를 맞은 게 서러워 그런 말까지 보태고 싶지 않았던 것이다.

그렇게 내 서울 생활은 시골 촌뜨기로 지낼 수밖에 없었고, 수업 시간에 선생 말을 잘 알아듣지 못했으니 배우는 재미가 없었다. 시험을 치면 60점 정도가 평균 점수였다. 학급 성적은 늘 아래에서 맴돌았다. 내 그런 공부 재주는 고등학교를 졸업할 때까지 별로 달라지지 않았다. 요컨대 교과 수업을 제대로 따라갈 수 없다 보니 공부에 흥미가 없었다. 성적을 올려보겠다는 용심을 가져본 적도 없었다. 아버지는 평소에도 그 모습을 잘 볼 수 없었기에 내 공부에 무관심했고 어머니는 말로만 닦달해댔지 내게 공부를 가르칠 만한 기초 지식이 없었다. 나는 한마디로 집중력이 약한, 잡념이 많은 아이였다. 공부 시간에도 선생 말은 귓전으로 흘려듣고 늘 딴생각에 잠겼다. 시골 장터가 그리웠고 누나가 보고 싶었다. 장터 아이들이 지금 이 시간 무엇을 하고 있는지 궁금했다. 지금이 5월이니 장터 뒤 선날바우산 던 감밭에 노란 감꽃이 피어 담백한 감꽃 향내가 장터까지 덮을 터였다. 그런 상상에 잠겨 눈을 감고 있으면 선생의 말소리가 까마득히 멀어졌다. "거기 뒷줄 경상도에서 온 학생 왜 졸고 있어." 선생의 이런 꾸지람을 들으면 후딱 눈을 뜨곤 했다. 여전히 반 애들을 잘 사귀지를 못해 어서 방학이 되는 날만 손꼽아 기다렸다.

6월을 넘기기 전 어느 날이었다. 퇴교길에 퇴계로의 울퉁불퉁한 길로 뿌연 먼지를 일으키며 내닫는 지프차가 확성기를 통해 무어라고 외치는 소리를 들었다. "급보, 급보요!" 확성기가 외쳐대며 삐라를 뿌렸다. 내가 삐라 한 장을 줍자 지나가던 어른이 좀 보자며 종이를 채갔다. 사람들이 삐라를 주워 보며 모두 한마디씩 하며 쑥덕거렸다. "김구 선생이 총을 맞았대." "장차 이 나라 앞날이 어찌 될꼬." "해방되고 요인 암살이 벌써 몇 번째야." "남북협상에 나설 지도자가 이제 아주 사라졌어." "어느 쪽 놈들이 벌린 흉모인지 짐작이 가는군." 일제하 대한민국임시정부 시절 주석직을 맡았고 한국독립당 당수인 김구 선생이 73세의 일기로 경교장 자택에서 6월 26일 정오에 서북청년단 출신 육군 소위 안두희의 총탄에 쓰러졌다. 김구 선생의 장례식은 50만 명의 군중이 모인 가운데 국민장으로 치러졌다.

기다리던 여름방학이 되자 학교에 가지 않아도 되는 것은 좋았으나 내게는 무료한 나날이었다. 나는 방안에만 갇혀 사는 소심근신하는 아이가 될 수밖에 없었다. 자폐에 시달리며 방에 박혀 도화지에 호작질이나 하는 내 꼴이 딱했든지, 애를 이렇게 놔두면 장차 사람 구실을 제대로 못 하겠다고 여겼든지, 하루는 어머니가 정진택 사장의 둘째 아들을 집으로 데리고 왔다. "영식아, 우리 야가 서울 온 지 벌써 넉 달이 지났는데도 안죽 영 촌때기를 몬 벗어나 이래 방구석에만 박혀 뭉개고 있으이 니가 지발 동무 좀 되어 주거라. 동네 아이들도 소개시켜주고 같이 노는 데도 끼아주고 말이다. 그래야 우리 아아가 빨리 서울말도 배우게 안 되겠나. 방학 동안만이라도 니가 우리 아아 가정교사 노릇 좀 해줘라." 어머니가 깨엿을 사와 나와 같이 먹게 하며 영식이에게 여러 말로 당부했다. 그날부터 영식이가 잰 체하고 나서서 동네 아이들과 섞여 놀 때 나를 호위병으로 데리고 다녔다. 나는 영식이가 시키는 대로 뒤따라 다녔다. 영식이는 자기 집으로 나를 데리고 가서 그림책도 보여주었다. 동네 애들과 편 갈라 딱지나 구슬치기, 숨바꼭질을 할 때 "경상도에서 온 이 애도 동무 삼아 넣어주자"라며 쑥스러워하는 나를 자기편에 끼워주었다. 을지로에서 종로를 거쳐 시내를 한 바퀴 돌며 구경시켜주기도 했다. 여기는 무엇하는 데고 저기는 무엇하는 곳이라고 설명하며, 영식이가 형 노릇을 했다.

 그해 여름, 내가 영식이를 따라다니며 가장 즐겁게 놀았던 추억이 그가 소개해준 동네 동무들과 어울려 남산으로 올라가 전쟁놀이를 했던 기억이다. 편을 갈라 서로 진지를 만들어 숲 속에 숨었다 상대편(적)을 먼저 발견하면 총 쏘는 소리를 내어 열다섯 발자국 이내에서 상대편이 잡히면 포로로 잡아 우리 쪽 진지로 데리고 오는데 포로를 많이 잡아오는 쪽이 이기는 놀이였다. 편 갈라 전쟁놀이를 할 때 4, 5학년 상급반 남자애들이 주축을 이루었으나 하급반인 우리 또래도 병졸로 끼워주었다. 영식이는 아버지가 사준 선물이라며 목에 건 망원경으로 적이 어디에 숨었는지를 관찰하여 적 진지로 살금살금 접근하곤 했다. 나는 늘 영식이 뒤를 발소리 죽여 따라다니며 적에 발견되지 않으려 그가 시키는 대로 풀밭에 엎드려 숨고, 무릎걸음으로 기어가 적이 열다섯 발자국 이내에서 눈에 띄면 총소리를 냈다. 잡은 포로는 영식이가 의기양양하게 우리 진지로 데리고 왔다. 나는 영식이를 뒤따라 다니며 수풀 속에 엎드려 숨소리조차 죽이고 있을 때면 그 숨 막히는 적요 속에서도 풀섶 사이로 분주히 쏘다니는 개미 떼를 비롯한 여러 곤충을 보았고 그들의 소리를 들을 수 있었다. 새들이 숲 속을 날며 짹짹대거나 날갯짓하는 소리에도 두 귀를 쫑긋 모두었다. 시내에서는 새를 잘 볼 수 없어 고향에서 보았던 여러 종류의 새들이 다 어디에 갔나 했더니 모든 새가 남산을 둥지 삼아 살고 있음을 알았다. 한마디로 남산은 곤충과 새의 놀이터였다. 전쟁놀이를 하며 뛰어다니다 나는 곧잘 풀 매듭에 걸려 넘어졌다. 아이들이 어느 지점에 적이 잘 나타난다며 그 주위에 웃자란 풀끼리 서로 엮어 매듭을 만들어놓았는데 도망가다 그 매듭에 발이 걸려 넘어지곤 했던 것이다. 나 역시 그렇게 매듭에 걸려 넘어져선 적의 포로가 되기도 했다. 나라에 전쟁과 같은 큰 변고가 날 때면 아이들이 먼저 알아 전쟁놀이에 열중한다고 하는데 1949년 그해 여름에 초등생들은 부쩍 전쟁놀이를 즐겼다. 퇴계로 공터에서도 돌멩이를 총알 삼아 새총으로 벽에 붙여 놓은 표적 맞히기 따위의 총 쏘기 놀이를 자주 했다. 나는 그해 여름을 영식이 덕에 동네 아이들을 사귈 수 있었고 방 안에서보다 바깥으로 나도는 횟수가 잦아졌다. 서툰 서울 말씨로 말문을 터 내 또래 동무들과 대화도 나누었고, 걔네들이 쓰는 서울말을 얼추 알아듣게 되었다. 내 사투리의 거센 경상도 억양도 훨씬 부드러워졌다. 영식이가 나를 부르러 오지 않는 날은 나 혼자 남산으로 올라가 숲 속 길을 돌아다니며 풀섶을 뒤져 그 아래 사는 여러 곤충을 관찰하는 데 재미를 붙였다. 새들이 나무 사이로 날며 지저귀는 소리에 홀려 산속을 헤매기도 했다. 곤충 중에는 장수풍뎅이·여치·베짱이, 나뭇가지 사이로 옮겨 다니는 작은 새 중에서 후투티·지빠귀를 만나면 반가워 뒤쫓아 다녔다. 멧노랑나비나 꿩을 쫓을 적도 있었다. 어떤 새가 어떤 울음소리를 내는지 새겨듣는 재미도 있었다. 그렇게 숲 속에 곤충과 새 들에 홀려 돌아다니다 어떤 날은 어둑어둑해져서야 남산에서 내려와 집에 들면, 길 잃어버리면 어쩌려고 그러느냐며 어머니께 꾸중을 들었다. 그럴 때면 반드시 토를 다는 말이, "있어도 읎듯 음전한 동생 뿐 좀 봐라"였다.

  8월에 들어 연일 더위가 찌던 어느 날 낮쯤이었다. 나는 방 안에 엎드려 여름방학 숙제를 하고 있었다. 어머니가 시장에서 사온 배낭에 미숫가루를 담은 보시기를 꾸려 넣고 종지와 숟가락까지 챙겼다. 아버지의 내의와 수건, 양말 따위도 배낭에 개어 넣었다. 나는 누가 어디 가느냐고 어머니께 물었다. 어머니는 아무 말이 없었고 낯빛이 다른 때와 달리 근심이 서려 있었다. 아침에 영진공업사의 젊은 경리원이 우리 방으로 와서 어머니께 무어라고 쏙닥대다 간 뒤부터 어머니 낯빛이 그랬다. 어머니는 벽에 기대어 앉아 배 위에 손을 얹고 어깻숨을 쉬며 누군가를 기다렸다. 뒤에 안 일이지만 그때 어머니는 둘째 동생을 배고 있었다. 저녁밥 지을 생각도 않고 넋이 빠져 있었는데 저녁 무렵에야 밖에서 기침 소리가 나더니 방문이 열렸다. 며칠 만에 보는 아버지였다. 밀짚모자를 쓴 아버지가 목에 건 수건으로 땀을 닦으며 방으로 들어왔다. 한여름인데도 아버지는 소매 긴 국방색 윗도리에 당꼬바지 차림이었다. 어머니의 평소 말처럼 강원도 탄광이라는 데서 온 듯한 복장이었고 얼굴색이 볕에 그슬려 깜조록했다. 아버지는 무엇이 급한지 서둘렀다. 어머니가 꾸려둔 배낭부터 살피더니 나와 내 옆에 앉은 아우를 일별하곤 아우를 덥석 안아 들어 뺨에 입을 맞추었다. 내게는 어머니 말씀 잘 듣고 공부 열심히 하라고 말했다. 어머니에게는 열흘쯤 걸릴지 모르나 8월 안에 돌아올 거라고 했다. 배낭을 메고 방을 나서는 아버지에게 어머니가 떨리는 목소리로, "경비가 심하다 카던데…… 조심하이소" 했다. "길 안내 동무가 따로 있고 여럿이 같이 넘을 거요." 아버지는 무슨 이유로 삼팔선 넘어 북으로 갔다 와야 하는지 어머니께 설명 없이 농구화 끈 조여 매곤 집을 떠났다. S씨의 증언대로, 민애청 서울본부 부위원장이었던 아버지가 누구를 만나 어떤 일을 하고 다니며, 어디에서 숙식을 해결하는지는 당사자가 입을 다물었으니 가족이 그 내막을 알 리가 없었다. S씨의 증언에 따르면, '김 씨는 성격이 정열적이고 인정이 많았다. 성실하고 솔직한 사람이었다. 그러나 사상투쟁 과정에서 냉철하지 못해 남이 욕먹을 일까지 뒤집어쓰는 경우가 많았다.' 그때도 목숨을 걸고 넘나들 삼팔선 월경이었던 셈인데, 자기 신념의 실현에는 망설임이 없었다. "시상 살다 보모 호랭이만큼 무서운 것도 있는 벱인데 니 에비한테는 그런 게 안중에 읎었제. 콩쪼가리만 한 쬐그만 사람이 간뎅이 하나는 오지게 컸어." 어머니가 말했듯, 아버지는 세상의 눈치 보기나 체면 따위는 개의치 않고 살았다. 그런 지아비임을 속속들이 알았기에 어머니는 한시도 마음 졸이며 살았다. 그렇게 집을 나선 아버지가 돌아오기는 8월 중순을 넘긴 어느 밤중이었다. 아버지와 함께 나타난 낯선 사람 셋이 그날 밤 객차방 중에 식구가 살지 않은 방에서 잠을 잤다. 나중에 안 사실이지만 그들은 월북했다 남한에서 지방당을 재건하러 다시 내려온 지도위원급이었다. 그들은 이튿날 아침밥을 먹곤 서둘러 떠났다. 그 뒤부터 그 방에는 밤낮을 가리지 않고 사람들이 모였다 흩어지고, 무슨 일인가를 꾸미는지 밤새워 토의하곤 새벽녘이면 하나둘 어둠을 밟고 사라졌다.

월말에 들어서 방학이 끝나갈 즈음이었다. 남산으로 올라가 혼자 온 동산을 헤매며 놀다 저녁 무렵에야 집으로 돌아오니 방문 앞에 작은 운동화 한 켤레가 있었다. 방문을 여니 어머니와 아우는 시장에 갔는지 보이지 않았고, 누나가 방을 지키며 오도카니 앉아 있었다. 누나를 본 순간 왈칵 울음부터 쏟아졌다. "누부야, 아이가!" 그렇게 반가울 수 없어 누나에게 달려가 안겼다. 누나가 서울로 온 것이다. 누나가 흐느끼는 내 어깨를 다독거리며 처음 한다는 말이, "인자 절대로 안 헤어질 끼다"였다. 누나를 고향에서 데려온 이는 고모부의 사촌 동생으로 단국대학교에 적을 두고 있던 대학생 윤정도 씨였다. 그는 방학 전에도 종종 사돈집이라며 우리 집에도 들렀고 어머니가,

한남동에서 자취하며 공부하는 윤 씨에게 담가놓은 김치나 반찬거리를 싸주곤 했다. 윤정도 씨는 방학 동안 진영 지나리 본가에 내려가 있다가 가을학기를 앞두고 우리 집안의 부탁을 받고 누나를 서울로 데리고 왔던 것이다. 가을에 들자 고모네 식구가 할머니를 모시고 서울로 솔가하여 왔다. 우리가 사는 영진공업사 뒤 단칸방은 너무 비좁아 할머니를 모실 수가 없었기에 고모네가 맡아 모시기로 하여 혜화동 넘어 삼선교 개천가에 월세방을 얻었다. 고모네의 갑작스러운 상경에는 여러 이유가 있었다. 첫째 이유는 아버지 때문에 지서와 서청 등에 불려 다니며 소재지를 대라고 들볶임을 당해 진영에 눌러살기가 싫었고, 한창 크는 두 자식 공부를 서울에서 시켜보겠다는 꿈심이었다. 도시의 문화적인 생활을 동경했던 고모의 허영심도 작용했을 것이다. 고모부는 진영수리조합 근무 초년 시절에 농지개량사업의 일환으로 낙동강변 하천부시를 개발할 때 하천부시 20여 정보를 헐값으로 잡아두었는데 농지개혁 시행을 앞두고 정부에 환수될 처지에 놓이자 이를 매각하여 적잖은 돈을 쥘 수 있었다. 부산 출장길에 물통걸에 들렀던 아버지를 만나자 집안의 상경 문제를 상의한 끝에, 그럼 그렇게 해보라는 아버지의 승낙이 떨어졌던 것이다.

 고모네의 상경 기념으로 그해 가을 우리 집 식구와 고모네 식구, 정진택 사장 식구까지 합쳐 진영 출신 사람들이 창경원에 놀이를 간 적이 있었다. 거기서 창경원 전속 사진사가 찍어준 기념사진이 지금껏 남아 있는데, 당시 세 가족 식구 모습이 잘 나타나 있다. 아버지와 정진택 사장은 양복 차림에 중절모를 썼고, 어머니와 고모는 한복 차림이고, 정진택 사장 부인은 양장 차림인데, 두 여자는 파마머리인데 비해 어머니만 쪽 찐 머리를 하고 있다. 나와 동생, 외사촌 남매,

정진택 사장 애들이 앞줄에 나란히 섰고, 대학생 윤정도 씨 모습도 한쪽에 보인다. 고모부는 식구를 데리고 상경한 뒤, 의정부 쪽에서 서울로 반입되는 숯이나 땔나무를 받아다 파는 장사를 해볼까 궁리하며 점포를 알아보고 있었다.

# 16장

여름방학이 끝나자 누나는 영희국민학교 5학년에 편입되었다. 아침밥 먹고 나면 나와 사이좋게 등교했다. 그즈음부터였다. 객차방의 식구가 살지 않는 빈방은 허름한 차림의 낯선 사람들이 이틀이나 사흘 정도 머물다 떠나는 그들만의 숙사가 되었다. 그들의 아침밥은 우리 집이나 다른 두 방 아주머니가 마련하여 번갈아 날랐다. 그들은 밤새워 무슨 회의를 하곤 아침밥을 먹고 나면 한 명씩 주위를 살피며 고물상 쪽 공터를 거쳐 슬며시 사라졌다. 그들이 영진공업사 현관이나 공터 쪽 고물상을 이용해 모일 때는 반드시 고물상에서 잡동사니 분류 작업을 하는 인부를 보초(아지터 키프)로 세워 주변에 감시자가 있나 없나를 수신호(手信號)로 알렸다. 어떤 날 밤엔 객차방 빈방에서 여럿과 회합하던 아버지가 우리 방으로 건너와선, 동지들과 따로 할 말이 있으니 방을 좀 비워야겠다면서 우리 식구를 밖으로 쫓아냈다. 그럴 때면 밤 한때의 시간에 어머니와 우리 형제는 방을 내주어야 했다. 우리 방으로 옮겨오는 사람 중에는 영진공업사 직원이나 넝

마주이 종순이 아버지가 끼일 때도 있었다. 종순이 아버지는 내 알밤 머리를 쓰다듬어주며 학교서 공부 열심히 잘하느냐고 묻기도 했다. 뒤따라오던 어떤 이는 들고 있던 봉지에서 붕어빵을 꺼내 우리 남매들에게 나누어 주었다. 우리 방에 따로 모인 서너 명에서 대여섯 명이 담배 연기 자욱한 가운데 회합을 했다. "누부야, 무신 회의를 저래 해쌓노?" 내가 누나에게 물으면 누나는, "어른들 하는 일을 난들 우째 아노" 하며 시침을 뗐다. 방에서 쫓겨난 어머니는 우리 형제를 데리고 고물상 쪽마루에 앉아 대기하거나 거리 밝은 충무로 쪽으로 나가 시간을 보내었다.

영진공업사 자체가 그런 일 하는 사람들 소굴이라며 구시렁거리던 어머니는 회합이 끝났는지를 알아보려고 나를 집으로 심부름 보내기도 했다. "아직 머라고 쑥덕거립디더." 내가 공터 쪽 우리 방 창문 앞에 다가가 방 안에 귀 기울이고 와서 어머니께 그런 보고를 하면, "아이구, 언슨시럽어라(지긋지긋해라). 서울까지 와서도 그 짓을 몬 끊고 그 작당질이니. 이라다가 또 무신 날벼락 안 맞을란지 모리겠다." 어머니는 진영 시절에 고문당한 악몽이 떠오르는지 초여름인데도 몸을 떨었다. 어머니의 근심이 나날이 늘어날 수밖에 없었다. "인자 좀 조용히 삽시다. 그 운동하겠다모 아예 나가서 하지 와 집에까지 그 사람들을 끌어들이능교." 어머니가 아버지에게 따졌다. 서울로 이사 오고 몇 달 잠잠했던 집안에 다시 불안의 파도가 밀어닥쳤으나 아버지는 늘 그렇듯 어머니의 따짐에 별다른 대꾸가 없었다. "서울서는 대낮에 거리를 활보해도 괜찮습니껴?" 어머니가 묻자, "서울서 누가 나를 알아봐? 신분증 만들어 다니니 검문검색에도 염려 없소. 관계 요로에 발이 넓은 정진택 백이 대단해. 애들도 다 서울 학교에 넣어줬잖소." 아버지가 말했다. "여게 경리일도 치아뺏습니껴?" 아버지가 점심밥 거르는 일이 잦자 어머니가 물었다. "회계가 따로 있으니 나야 월말 결산 장부나 봐주면 돼요. 왜, 최 군이 월급봉투 제때 안 줍디까?" 아버지가 되물었다. "서너 분 받기사 고맙게 받았지예." 대화는 거기에서 일단락되었다. 수시로 낯선 남자가 찾아와 김 선생이 오면 전해달라는 쪽지를 두고 가고, 밤이면 남자들이 모여들어 객차방에서 쑥덕거리는 일이 잦자, 어머니가 안절부절못하던 끝에 우리 남매를 보초 세웠다. 충무로 네거리 모퉁이에 3층 건물이 민보단 중구사무소인데, 거기에서 좌익질하는 사람을 잡아들여 족친다는 말을 듣고부터 어머니는 더 불안에 떨었다. "인자 서울서도 몬 살고 진영에도 몬 내려가는 신세 아인가. 인자 우리는 어데 가서 살아야 할꼬." 순경이 불시에 객차집을 덮칠까 보아 어머니는 신경쇠약에 걸려 지냈다. 동회의 직원이 집을 방문해 호구조사를 나와 우리 식구 수를 파악하고 간 뒤부터 어머니의 근심이 더 깊어졌다. 동 직원에게 어머니는 아버지와 사전에 말을 맞추었는지, 서방은 강원도 영월 탄광에서 경리원으로 근무한다고 했고 영진공업사 사장이 고향의 일가붙이라고 둘러댔다.

가을을 재촉하는 비가 추적추적 내리는 날 밤이었다. 그날도 객차방 빈방을 쓰고도 모자라 아버지를 비롯한 다섯 사람이 따로 우리 방에 모이자, 어머니와 우리 형제는 공터로 쫓겨났다. 고물상 강 씨네 방으로 어머니와 아우가 들어가고 누나와 내가 추녀 밑에서 떨고 섰기 한참이었다. 누나가 내게 그 사람들이 무슨 이야기를 하는지 부엌 쪽으로 가서 엿듣고 오라고 말했다. "그라다가 들키모 우짤라고?" "누가 울보 겁쟁이 아니랄까 봐." 누나가 내 아픈 곳을 찔렀다. "인자 서울 아이들과 전쟁놀이도 잘한다." "그 사람들 나뿐 사람이 아이다. 우리한테도 친절하고." 사실이 그랬다. 그들은 친절한 아저씨였다. 만약 내가 그들 이야기를 엿듣다 들켜도 학교 선생처럼 벌을 줄 것 같지가 않았다. 누나의 부추김에 나는 영진공업사 현관 쪽으로 돌아 기계 부속품이 쌓인 창고를 통해 객차집으로 들어갔다. 어둠 속을 살금살금 다가가 찬장 뒤에 몸을 숨겨 쪼그려 앉았다. 방문이 닫혔기에 그들이 무슨 말을 하는지 들리지 않았다. 하는 수 없어 방문 가까이에 다가가 귀를 기울였다. 끝방에 사는 종순이 아버지 소리가 들렸으나 목소리가 작아 내가 알아듣지 못했다. 다른 사람이 말했다. 그 말을 또 다른 사람이 받았다. "담장에 걸레를 널어두었으니 그걸 보고 알아챘겠지요" 하는 말은 또록히 들을 수 있었다. "특별당비를 내야 하고……" "보련 가입 독려는 놈들의 위장 전술이니 각별히……" 내가 들을 수 있던 그 사람들 말의 일부였다. "성동지구 지도책의 활동이 아무래도……" 무거운 아버지 목소리였는데 뒷말은 더 들을 수 없었다. 나는 가슴이 너무 뛰었고 더 머물다간 그들에게 들킬 것 같았다. 누나에게 아버지의 목소리를 들었다는 말은 전할 수 있었기에 나는 서둘러 공터 쪽으로 빠져나왔다. 내가 그들의 토막 대화 내용을 알 수 없듯, 내 말을 들은 누나도 무슨 씨나락 까먹는 소린지 모르겠다고 말했다. 우리 식구가 고물상 강 씨네 방에 있다가 한참 뒤 돌아오니 그들은 떠나고 없었다. 누나가 내가 엿듣고 온 말을 어머니에게 전했다. "다음엔 아예 그런 짓 하지 말거라. 남으 말 몰래 듣는 것도 나뿌지만 들키모 우짤라고 그라노. 그리고 절대 그 사람들이 우리 집에 모인다는 말은 누구한테라도 하모 안 된다." 어머니가 누나와 내게 신신당부했다.

그즈음 이런 일도 있었다. 하루는 학교가 파해 집으로 돌아오니 객차집의 우리 방과 반대쪽 끝방에 사는 종순이 엄마가 납작모자 쓴 두 청년을 상대로 말다툼하고 있었다. 종순이 엄마는 넝마주이 서방을 돕는답시고 부업 삼아 고물상의 고물 분리 작업으로 푼돈을 벌고 있었다. "아줌마도 서방이 무슨 짓 하는 줄 알고 있었으니 보련 가입이 당연하지요. 고 씨가 어제 보련 사무실로 와서 명부에 손도장을 찍었어요. 그래야만 확실한 전향이 증명되는 겁니다. 만약 보안법에 저촉이라도 되면 어떤 낭패를 당할지 몰라서 버티기요?" 한 청년이 방망이를 휘두르며 삿대질했다. "그 줄에 서서 따라갔다고 그쪽 사람으로 엮지 말아요. 구류 며칠 살았다고 손도장 찍으면 서울 시민 절반이 보련 가입자겠네? 쓰레기 줍는다고 사람 차별하지 마시오." 종순이 엄마가 지지 않겠다는 듯 따졌다. "허허, 작년 가을 밤중에 충무로를 돌며 벽보를 붙였다는 신고가 들어온 줄을 모르나 봐. 우리가 어디 아무나 보고 보련 가입을 권하는 줄 아나요? 다 증거가 있습니다. 우린 증거주의자예요." "하여간에 서방이 왜 도장 찍었는지 난 몰라요. 부엌때기 노릇한 것밖에 없으니 난 아무 죄가 없어요. 그러니 손도장 안 찍겠어요." "이 아줌마 보게. 죄가 없으니 가입해야지요. 당국 취지가 벌을 주자는 게 아니라니깐." 나는 그런 실랑이질을 듣다 집으로 들어왔다.

여순 사건이 거의 진압된 무렵인 10월 말, 국회에서는 내란법에 기초하여 국가보안법 초안에 들어갔다.

법사위가 만든 국가보안법 초안에는 국회의원들만이 아니라 심지어 법무부장관과 검찰총장까지 법률상 문제점을 지적했다. 보수 성향의 제헌의원 중에서도 혈기 넘치는 40여 명은 치열한 어조로 반대 의사를 표시했다. 〔……〕'비민주적인 제국주의 잔재' '심지어 유태인 학살을 위한 히틀러의 법'이란 비난도 퍼부어졌다. 사상은 사상으로 극복해야지 완력으로 막아낼 수 없다든가, 이런 악법으로 좌익을 강압하고자 하는 것은 정치력의 부족이라는 논리도 펼쳐졌다. 그런가 하면 일반 형법으로 얼마든지 처벌할 수 있다든지, 통일을 이념으로 한다면 이런 법의 제정은 천추만대의 원한을 남길 일이란 한탄도 곁들여졌다. 11월 16일, 김옥주 의원은 국가보안법 폐기에 관한 동의안을 상정했으나 37대 69로 부결되고 말았다. 〔……〕 국가보안법이 효력을 발휘하기 시작한 뒤 1년 동안 그 이름으로 체포되거나 입건된 사람의 수는 무려 11만 8,621명에 이른다. 1949년 9월과 10월 사이에 132개의 정당과 사회단체가 해산되었다.*

국가보안법은 12월 1일에 공포되었다. 국민보도연맹(國民保導聯盟)은 국가보안법에 근거하여 '좌익사상에 물든 사람들을 사상 전향시켜 이들을 보호하고 인도한다'라는 명분 아래 만들어진 단체였다. 그러나 단체를 만든 실제 취지는 국민의 사상을 국가가 나서서 통제하려는 것으로 이승만 정권이 만든 반공 단체다. 흔히 '보도연맹' 또는 줄여서 '보련'이라 불렀다. 보련 결성은 1949년 6월 5일에 김효석 내무부장관, 권승렬 법무부장관, 신성모 국방부장관, 김익진 검찰총장, 김준연 국회의원, 오제도 검사, 선우종원 검사, 김태선 경찰국장 등 우익 인사들이 주도적인 역할을 담당했다. 보련은 일제 때인 1937년

* 차병직, 「국가보안법과 공안정권의 폭력」, 『20세기 한국의 야만』, 일빛, 2001.

사상범(특히 조선인의 독립운동)을 통제할 목적으로 만들어진 기구인 '사상보국연맹'에 그 뿌리를 두었는데, 이승만이 좌익 척결 수단으로 부활시킨 결과였다. 1949년 6월 6일 자『조선일보』기사에는 '6월 5일 10시 서울시 시공관에 가진 보련결성선포대회에는 한때의 과오로 좌익 계열 각 정당과 단체에 가담했던 자들이 대거 이탈하여 좌익 계열과 투쟁할 것을 내외에 선포했다'라고 썼다. 보련은 내무부장관을 총재로 한 중앙본부가 발족하자 검찰과 경찰간부가 하부 지도위원장과 지도위원을 맡았다. 보련 조직을 실제로 관리 총괄했던 부처는 운영협의회였다. 운영협의회는 서울지검 공안검사, 서울시 경찰국을 비롯하여 서울지검 관할의 각 경찰서 대공수사원들에 의해 운영되었다. 보련을 처음 조직하고 관리하는 데 주도적 역할을 담당한 선우종원은 2005년 6월『부산일보』김기진 기자와의 인터뷰에서 "보도연맹을 처음 조직할 때 솔직히 나도 공산주의가 무엇인지 몰랐다. 그것도 모르고 시작했다. 그때는 모두가 그랬다. 자기 이름을 쓸 줄 모르는 사람이 대다수였던 시절이다"라고 말했다. 서울시연맹은 1949년 9월 전국에서 가장 빨리 조직되었고 그 뒤 내무부·법무부·대한청년단 등의 주도로 도·시·군·읍·면 단위의 지부가 잇달아 조직되었다. 경남 지역의 경우 11월 20일 도연맹이 결성선포대회를 한 데 이어 12월 7일에는 마산, 14일에는 고성, 24일에는 부산 등으로 이어졌다. 1949년 그해가 가기 전에 군 단위 조직 작업이 대부분 완료되어 가입자를 접수하기 시작했다. 보련이 전국적으로 조직을 갖추자 중앙본부는 보련 가입자를 확보하려 남로당 전향 선전 주간을 실시하거나 전향 자수자의 계몽 강연회를 여는 등 좌익계 세력에 음으로 양으로 압박을 가하기 시작했다. 해방 직후부터 사회 전 분야에 걸쳐 각종 직맹과 동맹, 좌경 정치단체나 친목 단체 등의 조직에 간여했던 자가 그 대상이었다. 그들은 대체로 생업에 종사하며 겉으로는 표 나지 않게 이중적인 생활을 했기에 이를 탐지하여 옥석을 가려내는 데는 공안 당국도 곤욕을 치러야 했다. '보련 가입으로 과거에 가졌던 좌익사상에서 전향했음을 확인함으로써 처벌을 받지 아니한다'란 명분으로 1차 그물을 쳐서 포섭·회유·협박에 나섰던 것이다. 전향자로서 보련에 가입한 인사에 남로당 당원이나 공산주의자가 아닌 온건좌파도 다수 포함되어 있었다.

  1949년 11월 한 달을 좌익 세력 자수 기간으로 설정하고 11월 30일로 마감한 결과, 전향자 수는 전국적으로 약 4만 명에 이르렀다. 그 중에는 양주동(국어학자), 정인택(문학가동맹), 김용환(만화가), 신막(음악가동맹), 김기림(시인), 백철(문학평론가) 등 문화예술계 인사들이 많았다. 박기표(민전 의장)·원장길·김익로·김중기 등 국회 프락치 사건에 연루되었던 국회의원과 정백(근로인민당 중앙위원) 등 좌익계의 거물급도 다수 포함되었다. 11월 말을 기준으로 했을 당시 서울 지역의 자수자 현황을 보면 남로당이 4,324명으로 가장 많았고 그 밖에, 민애청 1,768명, 민학련 1,959명, 여성동맹 150명, 문학가동맹 94명, 음악가동맹 10명, 연극가동맹 24명, 영화동맹 8명, 과학자동맹 12명, 전평 2,272명, 전농 578명, 출판노조 296명, 보건연맹 8명, 근민당 234명, 인민당 18명, 인민위원회 414명 등이었던 것으로 보도되었다. 서울에서만 자수한 자의 형황이 이럴진대 해방 후 좌익 활동을 했거나 이에 동조했으나 자수하지 않은 자, 경찰이 자수자를 가려내지 못한 자의 수효는 훨씬 더 많았을 것이다. 월북했다는 풍문이 떠돌았던 시인 정지용도 11월에 문학인으로서는 최초로 자수하여 보련 맹원이 되었다. 그 외 문학인으로 정인택(시인), 송완순(문학가), 양미림(문학가), 최병화(문학가), 엄흥섭(문학가), 박로아(극작가) 등이 있다. 일단 맹원에 가입되면 자기가 아는 주위 사람들 가운데 가맹대상자가 될 만한 친지들을 인도하여 가맹시키는 가맹운동을 전개했으며, 자수 기간 안에 가맹한 자에 대해서는 절대로 처단치 않기로 약속하기도 했다. 신문 광고란에는 자수·전향에 따른 좌익 계열 정당의 탈당성명서가 연일 줄을 이었다. 좌익계의 거물 정백은 1949년 10월 통일전선공작을 위해 북조선에서 서울로 잠입했다가 11월에 경찰에 검거되자 전향하여 이듬해 3·1절 보도연맹대회에서 명예간사장으로 추대되었다. 자수 및 전향자가 속출한 끝에 자수 기간이 끝났을 때 경남은 5천 명이 넘었고 그중 남로당과 민애청 가입자가 많았다. 그해 11월로 자수 기간이 끝나자 검찰과 경찰, 국민보도연맹본부 등이 대대적인 좌익 검거에 나서서 12월 3일 자 『조선일보』에는 서울 지역 좌익 검거 현황을 발표하며 '남로당계 근멸에 총력전…… 첫날에 380명을 검거한 바 죄의 경중에 따라 처벌할 것이며 이 근멸 작전을 당분간 계속할 것'이라고 썼다. 제헌국회 제26차 정기회 의사록에는 국회 본의회에 출석한 법무부 김갑수 차관이, "자수 기간이 끝난 후 1개월간에 3천 명의 좌익 혐의자를 체포한 바 있다"라고 답한 것으로 기록되어 있다. 1950년 2월 11일 제11차 국회 본회의에서, 국회의원들로부터 보련 조직 및 운영에 관한 긴급 질문을 받은 김 법무부차관이 서울시 맹원이 1만 4천 명이라고 밝힌 바 있다. 김 차관의 발언이 있고 얼마 뒤 서울·경기 지방에만 3만 5천 명이라는 서울지검장의 발표도 있었다. 전국 맹원 수와 관련해서는 1950년 초 30만 명으로 늘어난 뒤 6월 25일 전쟁이 발발하기 직전

33만 명까지 늘어난 것으로 학계는 보고 있다. 6·25전쟁 발발 직전인 6월 5일 보련 1주년을 맞아 서울시 본부에서는 2만 명의 맹원이 모인 가운데 기념식을 했다. 이 자리에서 오제도 상임위원장은 "보련은 전향소가 아니요 애국 활동 실천소다"라는 요지의 개회사를 했고, 백성욱 내무부장관은 맹원들에게 "대한민국에 충성을 다하자"라는 축사를 했다.

경남 김해군 진영읍은 도내에서 어느 지방보다 좌익계의 활동이 활발했다. 해방 직후에 지방까지 조직된 인민위원회에 가입한 자, 농촌운동의 일환으로 농민조합에 가입한 자, 남로당과 민청을 통해 지역 개발에 나선 자, 1946년 가을의 추수폭동 때 시위대에 줄을 섰던 자들이 그 대상자였다. 그 결과 보도연맹 가입 지침이 하달되자 지서와 의용경찰대, 읍장을 비롯한 공무원, 국민회 지부의 간부, 방위대 대원 들이 적극적으로 나서서 각 마을을 돌며 과거의 좌익 전력자를 추려내어 보련 가입을 회유하고 협박한 끝에 150여 명을 맹원으로 가입시켰다. 경찰서에 한 번이라도 잡혀간 적이 있는 사람은 보련에 의무적으로 가입되었다. 혐의가 있으나 잡아떼는 주민에게는 보련에 가입하면 아무런 해를 입지 않는다고 설득하거나, 형의 좌익 활동을 대신하여 아우가 가입한 경우도 있었다. 만약 우리 식구가 1949년 봄에 야반도주하듯 서울로 솔가하지 않았다면 그해 가을 아버지는 물론 어머니까지 당국으로부터 보련 가입 종용에 적잖은 시달림을 받았을 것이다.

남한 정부가 도농(都農)에 걸쳐 좌익 사범 색출 검거, 군경의 지방 게릴라(빨치산) 토벌, 보도연맹의 설치 운영 등 국가가 나서서 치안 확보에 혈안이 되어 있을 때, 북조선 역시 남한의 이승만 정부 타도를 목표로 한 통일전선 강화에 열을 올렸다. 남조선 해방전쟁의 준비와 개전에 무엇보다 스탈린의 동의와 지원이 필요했기에 북조선의 최고 권력자 김일성은 부수상 겸 외무상 박헌영 등 여섯 명의 공식 수행원을 대동하고 열차 편에 1949년 3월 3일 모스크바에 도착했다. '찌르기만 하면 곧 터질 풍선 같은 남조선'을 무력으로 공격하겠다고 김일성이 제안했다. 그 제안에 스탈린은 시기가 적절치 않다며 유보의 태도를 취했으나 당시 옹진반도 근처에서의 남북한 국지전(局地戰) 전투를 두고는, 남측의 무력 공격에는 북의 군사적인 응징에 동의했다. 소련과 북조선은 경제·문화협정을 맺고, 여섯 개 보병 사단과 세 개 기계화 부대, 비행기 150대의 원조를 내용으로 하는 군사비밀협정을 체결했다. 귀국하자 김일성은 조선인민군 정치보위국장인 김일올 중국 대륙을 통일한 중국공산당에 파견하여 마오쩌둥, 주우언라이(周恩來), 인민해방군 총사령관 주더(朱德)에게 남침 계획을 설명하고 지원을 약속받았다. 중국공산당과의 비밀협정을 통해 중공군에 참가하고 있던 약 5만 명의 조선인을 인민군에 편입시켜 군사력을 강화했다. 때맞추어 남한에 주둔해 있던 미군이 군사고문단 5백 명만 남기고 철수했다. 김일성은 북조선의 전권을 확실히 장악하기 위해 6월 24일 '조선노동당'과 '남조선노동당'을 '조선노동당'으로 묶어 출범시키고 자신이 조선민주주의인민공화국 수상과 조선노동당 위원장 자리에 올라 전권을 장악했다. 이어 6월 25~28일 평양 모란봉극장에서 남북의 71개 정당과 사회단체 대표 704명이 모인 가운데 '조국통일민주주의전선(조국전선)'을 발족했다. 결성대회에서는 "미제를 철거하고 이승만 괴뢰 도당을 타도하여 국토완정을 이룩하자"라는 「조국전선강령」과 「조선 전체 민주주의정당 사회단체들에게, 조선 전체 인민들에게」 보내는 선언서가 채택되었다. 이어, 7월부터 남한의 무장유격 전술이 새로운 단계로 넘어갔다. 유격전을 강화해야 한다는 스탈린과의 약속에 따라 김일성이 남조선에서의 빨치산 투쟁에 적극적으로 찬동했기에 남한 각지에서 전개하던 산발적인 유격 투쟁이 보다 조직적이고 대규모화되어 '인민유격대'로 편성되었다. 오대산 지구를 제1병단, 지리산 지구를 제2병단, 태백산 지구를 제3병단으로 하고, 이들에 대한 훈령을 북의 박헌영 일파가 무전을 통해, 또는 직접 지도원을 남으로 보내 지도했다. 김일성은 대남정치공작을 남조선 사정에 밝은 박헌영과 이승엽에게 맡겼던 것이다. 김일성의 철저한 통제를 받고 있던 박헌영은 자신의 지지 기반인 남조선에서의 해방 투쟁에서 승리해야만 '김일성 식객 신세'에서 벗어날 수 있었기에 남조선의 무장유격 투쟁 독려에 사력을 다했다. 이승엽은 남한에서 무장유격 투쟁을 벌일 인민유격대 양성 기관인 강동정치학원을 직접 운영했다. 강동정치학원은 1948년 1월 평남 강동군 승호면에 설립된 군사 교육기관으로 입교생은 남한에서 월북한 자들로 구성되었으며 3개월 군사 단기반과 정치 공작 요원을 양성하는 6개월 정치반으로 나누어져 있었다. 정치 교육과 유격 전술 훈련을 받았고 '인민유격대'라 이름 붙였다. 유격대원들은 대남연락소를 거쳐 중동부 산악 지역이나 동해안을 통해 남한에 침투하여 지방 유격대(빨치산)와 합세하여 게릴라 작전을 벌였다. 강동정치학원은 1950년 6·25전쟁이 발발하자 폐쇄되었다.

  김정일의 전처요 김정남의 생모인 성혜림의 언니 성혜랑이 쓴 자서전 『등나무집』에 강동정치학원을 묘사한 대목이 보인다.

어머니(김원주)가 전해준 이야기는 인상 깊었다. 남조선 전역에 드글드글하던 그 유명한 빨치산 지대장들과 군사위원들, 핵심 유격대원들은 대부분 강동학원 출신들이었다. 이름만 들어도 가슴 뻐근해지는 그 산악 같은 사람들. 이현상, 김지회, 김달삼, 남도부, 안철, 원석산, 최진명, 박치우, 또 누구, 또 누구. 그들이 다 여기서 떠났고 다 죽었다. 〔……〕 그 당시 학원에서 쓰던 "산으로 나간다", 이 말의 정서를 어떻게 설명할 수 있을까. 반미, 구국을 위해 싸우다 죽자. 그들은 자신의 목숨을 민족과 나라를 위해 바칠 각오에 도취되어 있었다. 나 개인의 것은 다 버린다. 사랑도 소망도 그 어떤 명리나 순간의 안락도 그들과는 인연이 없었다. "산으로 나간다." 죽음의 낭만을 함축한 이 말은, 그때 강동 사람에게만 통하던 장한 말이었다. 〔……〕 애국심, 자기희생, 동지애, 무산계급 혁명, 숭고한 사명감의 일치로 사람들은 단순 명쾌 서로 닮아 있었다.

이승엽의 지령에 따라 1949년 9월 강동정치학원 출신 5백여 명으로 조선인민유격대 제1병단을 편성하여 해방 후 전국청년동맹 총위원장 출신이었던 보성전문 출신 이호제를 병단장, 경성제대 철학과 출신으로 사회비평가 겸 언론인으로 활동하다 월북하여 강동정치학원에서 정치학을 강의했던 박치우를 정치위원으로 삼아 승호역에서 기차 편에 양양으로 보냈다. 그들이 삼팔선을 돌파할 때는 인민군의 지원을 받아 국군과 교전을 벌이는 사이 다른 루트를 통해 밤에만 행군한 끝에 오대산과 태백산을 관통했다. 그동안 강동정치학원을 거쳐 북에서 내려보낸 유격대의 남파를 보면, 1949년 6월에 유격대 4백 명을, 7월에는 2백 명을 오대산 지구에 침투시켰다. 8월에는 김달삼을 사령관으로 한 3백 명을 안동·영덕 경계선에 침투시켰다. 9월에 이호제 지휘의 제1병단 태백산 침투에 이어, 11월 6일에는 1백 명의 유격대가 배를 타고 경북 해안 지방으로 침투했다. 1950년 3월 24일과 26일에는 양양·양구·인제 부근에서 대기 중이던 유격대 김상호·김무현부대 약 7백 명을 침투시켰다. 10회에 걸쳐 남파된 무장유격대 대원 수가 총 2,345명이었다. 한편, 49년 말부터 북은 강동정치학원과는 별도로 함경북도 회령에 제3군관학교를 김일성 직속의 북로당계가 설치 운영하며 별도로 남파 유격대를 양성하기 시작했다. 이들 유격대는 지방 유격대와 조우하여 산악 지방 면과 읍, 군 단위 지서를 공략하며 오지에 해방구를 설정하는 등 일정한 성과를 올렸으나 그 영향력은 미미했다. '1949년 4월부터 11월까지의 좌익 발표 전과가 이러했다. 연 동원 인원 37만 6,401명, 교전 횟수 6,768회, 사살 1만 103명, 각종 무기 약탈 4,260점이었다. 군경토벌대는 유격대와 주민을 연계를 두절시키기 위해 유격 활동 지역인 산간지대에 거주하는 농가를 다수 이주시켰는데 지리산 토벌 전투 지구만해도 상당수에 달했다.' 이를 두고 현장을 떠나 북에 있던 이승엽은 「조국 통일을 위한 남반부 인민 유격 투쟁」(『근로자』 1호, 50. 1. 15)이란 격문에서 '……이승만 도당이 각처의 산간 부락을 파괴·방화하고 그곳의 농민들을 강제 축출하는 것은 기실 농민들과 유격대와의 연락을 단절하려는 발악에서 나온 것이지만, 가면 갈수록 유격대를 원호하는 열정과 애정은 높아가고 있다'라고 과장된 선전을 했다.

이 시기를 두고 남한에서는 이미 내전이 시작되었다고 주장한 R. 시몬스나 브루스 커밍스 등 수정주의 학자들은 북한의 전면적인 무력 남침으로 시작된 6·25전쟁을 희석시키기도 했다. 그러나 그들이 차지한 산악 지대의 해방구 외 일반 민중의 호응도가 약해 인구가 밀집된 평야 지대의 해방구 확보에는 실패했고, 게릴라 작전이 그렇듯 치고 빠지는 전술로 토벌군에 쫓겨 도생에 급급했다. 그나마 남파된 강동정치학원 출신 무장유격대는 그들의 낭만적인 열정과 조국 통일의 의지와는 달리 현실적 상황이 그렇게 녹록지 않았다. 그렇게 되자 무장유격대는 3개 병단과 각 지방 유격대와 합류하여 '아성공격(牙城攻擊)'이란 이름으로 관공서가 밀집한 도시 경찰서와 군 주둔지에 정면 공격을 감행했다. 실패와 희생을 전제로 한 자폭 행위로, 일종의 돌격전 내지 결사전이었다. 아성공격의 대표적인 사례는 다음과 같다. 9월 16일 지리산에 근거지를 둔 제2병단(총책 이현상) 유격대 250명이 순천과 구례로 이어지는 국도를 차단한 가운데 정재숙이 지휘한 40명이 광양경찰서를 포위하고 박종화가 이끈 60명이 서국민학교에 주둔한 15연대를 기습 공격하여 국군 6백여 명을 사살하거나 부상을 입히고 7백 명을 포로로 잡는 전과를 올렸다. 그 외 경기도 일환을 제외한 전국 곳곳에서 소규모 유격대로 아성공격을 벌렸다. 경북 영천과 문경, 부산에서 인접한 동래, 경남 거창과 합천, 경북 영일과 대구 근교 달성, 전남 순천과 나주의 읍사무소와 경찰서 군부대가 유격대의 정면 공격을 받았다. 특히 지리산을 중심으로 삼남에 출몰하는 빨치산의 준동에 따른 민간인 피해가 막심했다. 그러자 9월 22일 국방부장관, 내무부장관, 육군참모총장이 회동하여 조직적인 토벌 작전에 나서기로 결의하여, 10월에서 12월 1일까지 지리산 일대를 중심으로 전투공세와 선무공작을 병행 군경합동섬멸작전을 벌였다. 그해 겨울에는 태백산맥 일환에도 군경합동동계대토벌섬멸작전에 나섰다. 남파된 주력부대는 토벌부대에 꼬리가 잡혔고 교전 끝에 거의 전

멸당하는 수난을 겪었다. 그들의 낭만적인 혁명 성취 욕구가 냉엄한 현실 앞에 속절없이 무너졌던 것이다. 그들을 무장시켜 사지(死地)의 유격 전투로 내몬 김일성이나 남로당 지휘부는 남조선 무력 혁명 성취라는 신기루에 현혹된 채 냉정한 현실 인식의 부족함을 드러냈다. 그들은 삼팔선 돌파까지는 성공했으나 토벌군에 꼬리가 잡혀 교전 끝에 중과부적으로 쫓기는 신세가 되었다. 제1군단 정치위원 박치우도 태백산에서 국군과 교전 중에 전사했다. 남로당 서울지도부에서는 1949년 2월 문화공작대란 이름으로 경성제대 출신의 국문학자였던 남로당 문화부장 김태준, 시인 유진오, 음악인과 영화인 몇을 지리산 지구에 파견한 바 있었다. 산중 생활 겨우 한 달을 견디다 하산 도중 민보단(주민 자경 조직)에 붙잡힌 유진오는 법정 진술에서 빨치산 대원들은 일정한 근거지도 없이 추위와 굶주림에 지쳐 전의를 잃고 있었다고 했다. 그들은 모두 사형선고를 받고 형무소에 수감되었으며 김태준은 그해 11월 경기도 수색 군 처형장에서 다른 좌익 사범들과 함께 처형되었고 나머지 문화공작대원들도 6·25전쟁 직후 모두 처형되었다.

 1949년과 50년에 맞은 그해 겨울, 산중 유격대는 추위와 굶주림과 토벌군에 쫓기는 삼중고를 겪으며 겨우 명맥만 이어갔다. 9월 총공세에 따른 아성공격이 한정된 지역에서만 성과를 냈을 뿐 남한 사회 전반에는 영향을 주지 못했다. 그 대신 토벌군의 동계대작전이 일정한 성과를 냈다. 1950년에 들어서는 산중 생활을 견디지 못한 유격대는 투항하거나 보도연맹 등을 통해 자수하는 사람이 늘어났다. 투항자와 자수자, 검거된 자가 잠복 중인 동료를 밀고하는 등 내부에서도 자중지란이 일어났다. 그러나 북의 해주에 거점을 둔 남로당 지휘부는 빨치산 유격 투쟁을 계속 독려하며 현실적 남한 사정과는 차이가 있는, 지방 유격대의 진공에 인민이 호응 궐기한다는 과장된 선동을 일삼았다. 한편, 이승만 정부는 범국민 차원에서 북벌운동(北伐運動)을 전개했다. 1949년 6월 30일 월남민 450만의 대표를 서울운동장에 관제로 모아 '방위강화북한인총궐기대회'를 개최하고 7월 1일에는 경향 각지의 노동자·농민이 참석한 가운데 '조국통일방위강화노동자·농민총궐기대회'를 열었다. 12월 3일에는 국방력을 충실히 하려 공채 발행에 관한 전 국민의 협조를 요청하는 담화를 발표했다. 상비군 10만 명, 예비군 20만 명을 준비한다는 방침이었다. 밖으로는 미국에 무기 원조를 호소하여 1천만 달러의 군사원조계획을 승인받았다. 1950년 1월 26일에는 한미상호방위원조협정을 체결했다. 그러나 본격적인 전쟁 준비를 위해 총력을 기울이던 북조선에 비해 군사력이 열세에 놓여 있었으나 국방부장관 신성모는, "요군이 철통같이 삼팔선을 방위하고 있으며 각하의 북진 명령만 떨어지면 점심은 평양에서 먹고 저녁은 신의주에서 먹을 수 있다"라고 이승만 앞에서 호언장담했다. 북과의 군사적 대결에 아첨 발언을 일삼던 이면에는 백성 위에 군림한 일부 군과 경찰의 횡포가 그만큼 심해서 전쟁 발발 이전에 이미 양민이 포함된 다수 민간인이 좌익 폭도란 이름으로 학살당했다.

　남한의 군경이 대대적인 토벌에 나서는 한편 보도연맹의 자수 기간이 11월 말로 끝나자 대대적인 은닉 좌익 검거와 좌익분자 내지 혐의자의 학살이 전국 곳곳에서 진행되었다. 허만호(경북대 교수)는 『한국일보』 2000년 5월 15일 자에서 '1961년 3월 21일에 대구 상인동에서 발굴된 학생 유해나, 같은 해 3월 26일에 대구 지구 피학살자 유족회가 송현동 대덕산에서 발굴한 수백 구의 유해는 1949년 12월

경부터 1950년 2월 말경 사이에 학살된 것으로 추정되고 있다. 그들 중에는 16세 소녀와 육십대 노파도 있었다. 대전 서구 둔산 지구, 당시 간이비행장 터에서도 여·순 반란 사건에 관련된 학생들로 추정되는 많은 청년이 군인들에 의해 희생되었다'고 밝혔다. 박헌영은 1949년 8·15해방 4주년 기념식에서, "이승만은 해방 후 4년간 9만 3천여 명의 인민을 학살하고 15만 4천 명을 투옥했다"라고 비난했다. 그의 잇따른 이승만비난성명 발표 이면은, 남한의 남로당에 이승만 정부를 폭력혁명으로 전복하라고 무모한 선동만을 일삼을 수밖에 없었던 북에서의 옹색한 자기 입장 변호일 수도 있었다. 그가 월북을 선택해 김일성의 식객 신세가 됨으로써, 남한에서 사회주의를 건설하려면 평화적인 달성이 어렵고 무력통일밖에 길이 없다는 김일성의 책략에 동조해야 할 운명을 지고 있었던 셈이다. 통일 문제에 관한 그의 입지는 그만큼 선택의 폭이 좁았다. 그러나 남한의 사회주의 운동가들은 자신에게 닥친 시련을 꿋꿋이 견뎌내며 일제하부터 이어온 첫 마음을 지켜나갔다. 작가 박도가 미 국립문서기록보관청(NARA)에서 입수하여 엮은 전쟁 기록사진집 『지울 수 없는 이미지』(눈빛, 2005)에는 1950년 4월 14일 서울 근교에서 한국군 헌병대장의 감독 아래 처형된 좌익 사범 39명의 처형 장면 사진이 실렸다. 처형을 관람한 사람들은 약 2백 명의 한국 인사와 육군 무관을 포함한 여섯 명의 미군 장교였다. 육군 무관 중령 밥 에드워드는 처형 현장을 참관하며, 가슴에 총구 표적을 달고 형틀에 묶여 처형당하는 순간을 찍은 기록사진 아래에 다음과 같은 설명을 달았다. '희생자들은 공산주의자들의 노래를 불렀으며, 총격이 가해지자 북한 지도자 만세를 불렀다. 그들은 총살 집행관들을 담담한 태도로 바라보며 용감히 죽어갔다.'

# 17장

1950년에 접어들며 남한의 지하 남로당은 모래탑이 붕괴하듯 몰락하기 시작했다. 겨울을 넘기며 각부 당부는 물론 지방당 조직이 무너지더니 3월에 들어서는 드디어 남한의 남로당을 이끌던 총책 김삼룡과 군사부책 이주하가 경찰에 피검되었다. 수사망을 피해 숨어 다니며 지하당을 이끌던 김삼룡·이주하의 검거로 남로당은 창당 3년 만에 최후의 보루가 터진 셈이었다. 4월에 들어서는 남로당 3인자로 기관지 『노력인민』 총책임과 이론진 블록을 맡은 정태식 등 10여 명의 간부마저 검거되었다. 일제하 경성콤그룹의 조직부와 노조부를 담당했던 남로당의 제2인자였던 김삼룡, 1920~30년대 원산 지방 적색 노조운동을 이끌었던 이주하, 경성제대 출신의 이론가인 정태식, 3인조가 일망타진됨으로써 남한에서 남로당은 최후를 맞은 셈이었다.

우리 식구가 살던 객차집에 풀 방구리에 쥐 드나들듯하던 낯선 사람들의 발길이 뚝 끊어지기는 1950년 새해에 들어서였다. 그전까지는 네 개 방 중에 살림을 살지 않았던 빈방에서 하루나 이틀을 머물다 떠났는데 약속이나 한 듯 그들이 나타나지 않았다. 객차방 아녀자들 사이에는 영진공업사가 수사 당국에 점 찍힌 모양이란 귓속말이 나돌았다. 영진공업사 뒤 고물상으로 수상한 사람들이 드나든다고 이웃 사람 누군가가 신고했기에 그 사람들 발길이 끊어졌다고 속달거렸다. 그 이유를 두고 아녀자들이 제 서방에게, 왜 갑자기 사람들 발길이 끊어졌느냐고 물어도 그들은 묵묵부답이었다. 또 다른 말은 감시가 어느 때보다 심하니 장소를 다른 곳으로 옮겼다고 했다(오제도 검사의 『사상검사의 수기』에 좌익 지하망 은신처 한 곳으로 영진공업사를 주목했다는 대목이 나온다). 객차방 사람들은 하루하루를 조마조마하게 넘기며 각별히 말과 행동을 조신해야 한다며 서로에게 눈짓으로 다짐했다. 어머니는 누나와 내게 특히 말조심을 시켰다. 그런 가운데도 아버지는 사나흘에 한 번 꼴로 집에 들렀고 잠을 자고 가는 날도 있었다. 누나 말에 따르면 어느 날은 신간 월간지 『문예』를 들고 온 걸 보기도 했다 한다. 다른 방에 사는 가장의 신변에도 아무 일이 일어나지 않았다. 영진공업사는 여전히 잘 운영되고 있었다. 나는 더러 중절모 쓰고 검정 외투를 입은 정 사장이 공업사를 들랑거리는 걸 보았다. 정 사장은 나를 볼 때마다, 공부 열심히 하라는 말을 건네기도 했다. 지금 생각하면 정진택 사장이야말로 카멜레온처럼 좌와 우에 양다리를 걸친 변신에 능한 사업가였다. 당시 그분의 처가는 경찰 요직과 선이 닿아 있었고 본인은 남로당에 후원금을 대고 있던 지하 재정담당원이었다.

  겨울을 넘겨 봄이 오는 절기로 들어선 3월에 들고부터 아버지의 집안 출입 발길이 뜸해졌다. 그즈음 어머니는 해산을 앞둬 배가 앞산만큼 불렀다. 삼선교 쪽에 살던 고모가 아버지와 의논할 일이라도 있는

지 며칠 거리로 묵정동 우리 집을 찾아와 저녁 늦게까지 기다렸으나 만날 수가 없었다. 할머니는 차멀미를 겁내서 우리 집에는 두 차례만 와서 하루나 이틀을 자곤 고모네 집으로 갔다. 아들의 바깥일에 두려움을 느껴 외손주를 봐주어야 한다는 핑계를 댔다. 아버지가 서울에 와서도 여전히 그런 일을 몰래하고 다닌다는 말을 어머니에게서 들었던 것이다. 고모는 우리 집에 올 때마다 오빠만 믿고 애들 이끌고 공연히 올라온 게 불찰이라며 서울살이가 만만치 않다는 푸념을 늘어놓다 돌아갔다. 고모부는 그쪽 길가에 숯 포대와 장작을 파는 점포를 내었으나 장사 수완이 없어서인지 벌이가 시원치 않고 도매상에게 맡긴 선금도 떼이자 겨울을 넘기곤 점포를 정리한 뒤였다. 그때까지 마땅한 다른 직업을 잡지 못한 채 지니고 온 돈을 까먹고 있었다.

  아버지의 소식이 끊어진 지 열흘이 넘자 어머니가 그때부터 안절부절못했다. 객차방 식구들도 남보랑이 똘막 방해 인세 생칠이 들이닥칠지 모른다며 하루하루가 가시방석 같다고 쑤군거렸다. 어머니는 식욕조차 떨어졌는지 통 숟가락을 들지 않았다. 누나가 그렇게 안 자시면 아기도 못 낳는다고 어른스레 한마디 하곤 책보를 꾸렸다. 어머니는 파리한 얼굴로 대답이 없었다. 손 재어놓고 멍하게 망부석처럼 청해져 있다가 그 어떤 악몽이라도 생각하는지 몸을 떨었다. 걸핏하면 어린 우리에게 건짜증을 냈다. 밤에도 제대로 잠을 이루지 못하는 나날이었다. 어느 날 저녁, 어머니는 정 사장 집을 다녀와선 누나를 잡고 "정 사장도 니 에비 행방을 모른다더라. 얼굴 몬 본 지가 열흘이 넘는다 카데. 영식이 엄마 말이, 서방한테 물어보이 지방으로 몸을 피했는지 모른다 안 카나" 했다. 4월에 들어서도 아버지는 소식이 없었다. 객차방에 사는 아주머니들이 김 선생이 신변에 무슨 일이 있는 모양이라고 말했다. 어머니는 그네들의 말을 넝마주이 하는 서방이나 영진공업사 직원인 자기네 서방은 건재한 게 다행이라는 투로 알아들었다. 그때부터 어머니 역시 아버지의 신변에 무슨 일이 생겼음을 예감하고 있었다. 아버지가 여자 문제로 바람이 났다면 서방 행실이 원래 그러려니 했겠건만 이번은 '사상 문제'일 거라는 예감에 걱정이 더했다. 벽에 기대어 늘어져선 부른 배만 내려다보며 하루해를 보냈다. 어머니가 근심에 찌들어 일손을 놓자 부엌일과 빨래는 누나가 맡았다.

아버지 없이 어머니가 나와 첫째 아우를 낳았듯, 역시 아버지 없이 둘째 아우가 태어난 날은 봄빛이 만개한 4월 중순이었다. 누나와 내 나이 터울이 네 살, 나와 첫째 아우 나이 차가 다섯 살, 첫째 아우와 둘째 아우 나이 차이가 세 살이었다. 밭 하나는 튼실한 어머니가 그렇게 띄엄띄엄 자식을 낳기는, 어머니가 애를 밸 시기에만 아버지가 집에 있었던 것이다. 아버지의 바람기가 한고비를 넘겨 집안 분위기가 그런대로 평온했던 시기였다. 둘째 동생이 태어난 그날, 학교에서 오전 수업을 마치고 집으로 돌아오니 어머니의 진통이 시작되고 있었다. 아기를 받으러 우리 방에 와 있던 종순이 엄마가 나를 보더니 악패는 어머니를 겁에 질린 얼굴로 우두커니 보고 있던 동생에게, 형이 왔으니 형하고 밖에 나가 놀라고 말했다. 내가 동생을 데리고 방을 나서자 종순이 엄마가, 진통이 길어 언제 동생이 나올지 모르니 저녁때까지 밖에서 놀다 밥 먹을 때나 오라고 일렀다. 나는 점심밥을 굶은 채 아우의 손을 잡고 남산으로 올랐다. 소나무 사이로 분홍색 진달래꽃(참꽃)이 무리 지어 피어 있었다. 먹어도 배가 부르지는 않았으나 시골에서 했던 대로 진달래꽃을 따 먹었다. 남산에서 꽃다지 사이를 누비며 나비와 새 떼를 쫓다 보니 어느덧 해가 기울었다. 나를 졸졸 따라다니던 아우가 풀섶에 걸려 자주 넘어졌다. 국민학교 입학 후까지도 아우는 걸핏하면 넘어졌기에 나는 한동안 그 애의 무릎관절이나 다리뼈에 이상이 있지 않으냐고 생각했을 정도였다. 산에서 뛰놀다 보니 배가 고팠다. 아우의 손을 잡고 개신거리며 집으로 돌아왔다. 누나가 고물상의 수챗가에서 펌프질로 양동이에 물을 받아 쌀을 씻고 있었다. 누나 말이 어머니가 조금 전에 사내 동생을 낳았다고 했다. 막내가 된 둘째 아우는 태어날 때부터 튼튼하지가 못했다.

 5월 17일 김삼룡·이주하·정태식의 특별재판이 열렸다는 공판 내용이 신문에 크게 실렸던 날 전후였을 게다. 어스름 녘에 고모부가 헐레벌떡 집으로 들이닥쳤다. 저녁밥을 막 끝낸 참이라 누나와 나는 방바닥에 엎드려 숙제를 하고 있었다. 둘째 아우에게 젖을 물리던 어머니가 얼른 앞섶을 가리며 고모부를 맞았다. 방문이 닫혔는데도 고모부는 주위에 듣는 귀가 없는지 잠시 경계의 눈빛이더니 청천벽력 같은 소리를 했다. "성님이 서대문형무소에 있답니더. 거게 미결감에다 잡아놓고 계속 심문하고 있대요. 날수가 제법 됐다 캅디더." 정 사장도 모른다던데 어디서 그런 말을 들었느냐고 어머니가 물었다. "정 사장이 모를 리 있습니꺼. 다들 한통속인데예. 자기도 찔리는 데가 있으니 알면서 모른 체 시침을 뗀 기지예. 저도 성님을 만내볼라고 다리품 팔며 백방으로 뛰다가 인제사 겨우 소식을 들었심더." 고모부의 말이 이랬다. 아버지를 짝지 삼아 서울로 올라온 진영 시절 민청에 관여한 청년 몇이 있는데 그중에 서울역전에서 지게 품을 파는 청년으로부터 아버지가 다른 동지들 셋과 함께 서울시경 특수수사과에 검거됐다는 소식을 들었다고 했다. "수사관이 성님과 함께 민애청에 관여한 자를 다 대라고 족쳐댈 테니 지금 고문께나 심히 당하고 있을 낌더." 젖을 빨다 말았기에 둘째 아우가 칭얼거리며 울었으나 어머니 귀에는 그 울음소리가 들릴 리 없었다. "윤 서방요, 그기 사실이라모 우째 살아나올 수는 있겠능교?" 어머니가 코를 훌쩍이며 물었다. "글 쎄예. 시국이 이러니 재판을 받게 될 낍니더. 아무래도 당분간은 쉽게 풀려나오기가……" 고모부의 낙담 찬 흘림을 듣자, "그 사람이사 자기가 미쳐서 한 일이지마는 우리사 어린 것 넷을 데불고 이 객지에서 우예 살아나갈꼬……" 어머니의 핏기 없는 입술에서 힘없는 중얼거림이 풀어져 나왔다. 어머니 품에서 울어쌓는 둘째 아우를 보다 못해 누나가 받아 포대기에 업고 밖으로 나갔다. "을지로 3가 인쇄소에 서무 자리를 알아봐주겠다고 성님이 말했는데 이제 가망이 읎게 됐심더. 아무래도 저는 식구들 데불고 진영으로 다시 내리가야 할 것 같아예. 성님하고 그 문제를 상의해볼까 했는데 어데 면회라도 되겠습니껴. 오지게 걸려들어 저래 됐으이 은제 세상에 나올지도 알 수 읎고예. 경찰이 빨갱이 종자는 씨를 말리겠다고 빗자루 쓸 듯 몽지리 잡아들이니 성님만 아이라 인자 남한 땅에서는 그 일 내놓고 아예 몬하게 됐심더. 장모님도 제가 그런 말을 전하자 잔뜩 겁을 묵어 잠도 제대로 몬 잡니더. 어서 진영으로 내리가자고 날마다 쫄라대고예." 고모부의 말이었다. 아버지가 무슨 일을 하다 어디에서 어떻게 검거되었는지 우리 식구는 지금도 알지 못한다. 아버지가 당신 가족이 묵정동에 살고 있다고 이실직고하지 않았기에 우리는 건재할 수 있었다. 아버지가 가족의 소재지를 무슨 말로 어떻게 둘러댔는지, 경찰이 민애청 관련자를 캐내는 데 신경을 쓰느라 그 부분을 놓쳤는지 알 수가 없었다.

6월 초, 고모부는 기어코 서울 살림을 정리했다. 우리집에 와서 인사를 하곤 식솔을 이끌고 다시 진영으로 내려가고 말았다. 나는 훗날 고모님에게 그때 일을 두고, 전쟁이 날지 모르니 살림을 정리해서 고향으로 내려가라는 아버지의 언질이라도 받았느냐고 물었다. "서대문형무소에 들어가 있는 사람을 우예 만나. 중죄인이라고 면회도 안 되는데. 그때 고향행을 지금 생각하면 다 운이지 뭐. 내 팔자에 그래도 그 운은 따랐던가 봐. 그 추운 서울 겨울을 셋방살이로 넘기고 보니 웬지 서울이란 데가 정나미 떨어져. 아츰에 일어나모 윗목에 떠다 놓은 자리끼가 꽁꽁 얼어 있었으니깐. 한창 농사철이 되자 왠지 자꾸 고향 생각이 나데. 봇짐 싸서 서둘러 객지살이를 청산했기에 인공 치하를 서울에서 안 살게 됐지."

 남한의 지하 남로당을 이끌던 서울지도부 3인방이 검거되자 북에 있던 박헌영 등 과거 남로당계는 한 가닥 믿었던 남쪽의 지지 기반을 완전히 상실했다. 남로당은 결정적인 타격을 입었다. 자중지란에 빠진 채 서로가 서로를 믿지 못해 밀고하는 남한의 현 남로당 정세를 보고받은데다 믿었던 동지의 밀고로 김삼룡·이주하가 피체한 경위를 알게 된(그 보고마저 진실이 은폐된) 박헌영은 북에 앉은 채 그들 구명 방법을 다각도로 모색했다. 먼저 한 조치가 5월 24일 조국전선 중앙위원회 이름으로 남한 정부가 그들을 고문·처단하지 못하게 성명서를 발표한 것이었다. 「공화국 남반부의 애국적 지도자들과 애국적 인사들에 대한 이승만 도당의 야수적인 학살과 박해에 관하여」란 긴 표제의 세 개 항목으로 된 성명서였다. 속전속결 졸속 처형을 강렬히 경고하는 협박성 내용이었다. 그러나 남한 정부는 건국 후 두번째 국회의원을 뽑는 '5·30선거'를 앞두고 있었기에 북의 조국전선이 발표한 성명서에 신경을 쓸 여유가 없어 제안을 들은 척도 하지 않았다. 이승만 정부는 5월 20일, 이문원 등 소장파 의원 세 명의 구속을 시작으로 총 열다섯 명의 국회의원을 구속하여 재판에 회부했다. 반민법과 농지개혁법 제정에 주도적인 역할을 한 소장파 의원들이었다. 그들은 지방자치법 즉각 실시를 촉구하고 국가보안법 제정도 반대했으며 미군 철수를 주장하기도 했다. 속칭 '국회의원 프락치 사건'이었다. 그러나 5월 30일 국회의원 선거 결과 이승만에게 비판적이었던 중도파 민족주의자들이 다수 당선되어 극우반공을 지향하던 이승만 정치 세력에 타격을 가했다. 이승만은 자신의 반대 세력을 간첩 사건에 연루시키거나 투옥해가며 탄압했으나 부산에서 출마한 장건상 등 옥중 당선자가 나오는가 하면 남북협상파 민족주의자인 조소앙은 미군정 경무국장 출신 조병옥을 물리치고 전국 최다 득표로 당선되기도 했다. 전체 의석 270석 중에 이승만을 지지하던 대한국민당이 24석밖에 얻지 못한 데 비해 무소속 출마자가 126석을 차지했다. 남한의 민심이 이승만 정부로부터 등을 돌린 증거였다.

북의 조국전선은 남한 측의 반응이 없자 「평화적 통일 추진 제의 호소문」을 발표했다. 북조선 전 지역에 군중집회를 열며 '8·15해방 5주년을 남북한 인민은 통일로써 기념해야 한다'라고 선전했다. 조국전선은 확대중앙위원회에서 채택한 '평화통일 호소문'을 남한의 각 정당·사회단체·각계 인사에게 전달하려 6월 10일 상오 10시에 삼팔선 경계 지점에 있는 여현역으로 사람을 보내는 한편, 평양방송을 통해 조국전선 명의로 북에 연금 중인 조만식 선생과 남한에 구금 중인 김삼룡·이주하를 교환하자고 제의했다. 16일에 이승만은 이 제의를 받아들였다. 18일에 평양방송은, 20일 정오부터 하오 4시 사이에 여현역에서 교환하자는 답을 남한에 보냈다. 서울방송은 26일 하오 2시 정각에 삼팔선 이남 1킬로 지점으로 조만식 선생 부자를 무사히 인도해 오면 김삼룡과 이주하를 북으로 보내겠다고 최후 통고했다. 이렇게 김삼룡과 이주하의 구출 작전을 두고 남북이 먼저 보내라, 보내면 넘기겠다며 서로 실랑이질하는 사이, 6월 25일 새벽 4시 북은 그동안 은밀히 준비해온 무력 남침으로 전면적인 전쟁을 일으켰다. 한국전쟁에 관한 학술 논문을 다수 발표한 정치학자 박명림이 6·25전쟁 발발을 두고 『한국전쟁 발발과 기원 1』에서, 소련의 스탈린이 어떤 경로를 거쳐 김일성이 제안한 남한침략전쟁을 승인했느냐를 두고 소련 외무성 극동과장을 역임한 바 있는 트카첸코의 증언을 예로 들었다.

김일성은 1950년 3월 20일부터 4월 25일까지 모스크바를 방문하였다. 한 기록은, 스탈린의 동의는 최종적으로는 1950년 3월 소련공산당 정치국회의에서 있었다고 말한다. 정치국회의에서 논의한 후 스탈린은 김일성에게 드디어 청신호를 주었다. 1949년부터 이어진 끈질긴 김일성의 요구에도 불구하고 동의하지 않았음은 물론, 남한에 대한 미국의 정책처럼 오히려 두 한국의 충돌을 제지하려던 입장이었던 것을 고려한다면, 스탈린의 이러한 동의는 정책을 정반대로 전환한 것이었다. 전쟁 직전에 김일성이 비밀리에 스탈린을 만났다는 사실은 한국전쟁의 결정적 과정을 추적하는데 오랜 비밀 하나를 풀어주는 열쇠가 될 수 있었다. 웨더비스가 발견한 소련공산당의 비밀문서에 따르면 1950년 3, 4월에 김일성과 박헌영은 소련에서 스탈린을 만나 개전 문제를 협의하였다.

스탈린의 승낙을 얻어낸 김일성은 득의만만하게 소련에서 귀국하자 5월 13일 박헌영을 대동하고 중국 북경으로 들어가 마오쩌둥과 회담을 시작했다. 그는 마오쩌둥에게, 소련의 스탈린이 조선의 개전에 동의했으나 최종 결정은 중국의 마오쩌둥 동지와의 협의를 통해 이루어져야 한다고 했음을 환기시켰다. 김일성의 그 발언을 두고 중국 측은 그 말의 사실 여부를 알기 위해 전문을 통해 스탈린의 의중을 확인하는 절차를 거쳐 스탈린의 동의가 사실임을 인지했다. 중국도 북조선의 계획에 비로소 동의하는 결론을 내렸다. 남한의 이승만 정권이 민심을 잃을 만큼 불안 요인이 많았던 점과는 대조적으로 북쪽 김일성 정권은 비교적 빨리 안정되어갔다. 1949년에는 공업 생산력이 8·15해방 이전인 1944년보다 20퍼센트나 향상되었고, 농업 생산도 같은 시기보다 1.4배 증가하여 국민총생산은 8·15 전에 비해 2배나 커졌다. 이 같은 안정을 바탕으로 소련의 군사 무기 지원에 힘입어 인민군의 전력은 속속 보강되었다. 무엇보다 중국공산군과의 비밀 협정으로 중공군에 참가하고 있던 5만 명에 가까운 조선인을 인민군으로 편입시키니 이들이 인민군의 핵심 전력이 되어 군사력이 강화되었다. 전쟁 직전 인민군이 대략 15만 명 정도였음을 감안하면 인민군 전력의 약 3분의 1 가까이가 전투 경험이 풍부하고 노련한 조선의용군 출신이었던 셈이다. 그 호기를 놓칠세라 박헌영은, 남한을 무력으로 공산화하겠다는 영웅심에 불타 있던 젊은 김일성에게 다음과 같이 장담했다. 전쟁 개시와 더불어 남조선은 지하의 20만 명 남로당원이 일시에 봉기할 것이다. 그렇게 되면 전쟁은 순식간에 종결될 거라고 남조선해방전쟁을 부추겼다. 의심이 많은 김일성은 박헌영의 말을 백 퍼센트 믿을 수는 없었으나 자기도 남한 정세에 대한 단독 정보를 여러 경로를 통해 입수하고 있었기에 그 말에 수긍했다. 그의 생각으로는 만약 전쟁이 시작되더라도 미국이 전쟁에 직접 참가하지 않으리라 여겼다. 만에 하나 미국이 참가를 결정한다고 해도 그 시기를 저울질하는 사이에 통일전쟁을 완정할 수 있다는 확신에 차 있었다. 거기에는 박명림이 『한국전쟁의 발발과 기원 1』에서 밝힌 추론도 설득력이 있다.

현실적으로 남로 계열의 적극적인 도움 없이는 김일성 단독으로 전쟁을 결행하기 어려웠다. 남로 계열이 반대하였다면 스탈린과의 최종 합의를 전후로 남로 계열 출신 좌파들이 50년 봄부터 대거 남파되기 시작한 것 역시 설명되지 않는다. 이들 사전 남파 요원들은 대부분 남로당 출신이었다. 게릴라들도 마찬가지였다. 남로 출신들은 또한 전쟁이 성공하면 자신들의 고향과 과거의 근거지로 돌아갈 수 있을 것이라는 기대도 높았다. 활동 근거지로의 귀환과 고향으로의 귀소본능은 혁명에 대한 의지와 열정보다도 결코 덜 중요한 것이 아니었다. 남한 출신의 많은 혁명가는 집단적으로 활동 근거지를 떠나 월북한 지 몇 년이 흘렀으며, 그들 중 북한 헤게모니 블록에 가담한 소수를 제외하고는 권력 블록의 외곽에서 겉돌았다.

'5·30선거' 결과가 말해주듯 이승만 정부로부터 등을 돌린 남한의 민심도 북의 해방전쟁을 열렬히 환영할 것이란 기대감 또한 김일성과 박헌영의 속셈과 일치했다.

'공화국 경비대가 진공한 적을 격퇴하라'라는 명령이 인민군 사령부로부터 하달되기는 25일 첫새벽이었다. 공격 개시를 알리는 명령은 전화·무전·신호탄·총포 사격, 네 가지 방법이 사용되었다. 돌격

개시는 녹색 신호탄의 발사, 전화로는 '영천', 무전은 '224' 암호를 썼다. 암호명은 '폭풍'이었다. 6·25전쟁의 북조선 삼팔선 전면 침공을 두고 소련 외교문서는 다음과 같이 적고 있다.

작전은 6월 25일 이른 새벽에 시작됨. 제1단계 작전은 옹진반도에서 국지전 형태로 시작한 뒤 주 공격선은 서해안을 따라 남쪽으로 이동해 감. 2단계 작전은 서울과 한강을 장악함. 동시에 동부전선에서 춘천과 강릉을 해방. 이에 따라 남조선군 주력은 서울 일원에서 포위당해 궤멸됨. 마지막 3단계 작전에서는 여타 지역 해방, 적의 잔여 세력을 소탕하고 중요 인구 밀집 지역과 항구를 점령함.

북한의 정본 역사서 『조선통사』는 엄연한 이런 역사적인 진실인 북의 전쟁 도발을 부인하며 다음과 같이 인민을 기만하고 있다.

미제국주의자들의 지시하에 이승만 역도들은 1950년 6월 25일 새벽 공화국 북반부에 대한 무력 침공을 개시하였다. 평화적인 건설과 평화적인 조국 통일을 위한 조선 인민들의 사업은 중단되었다. 조선노동당과 공화국 정부의 지도하에 조선 인민들은 손에 무기를 쥐고 조국의 자유와 독립을 위한 영예로운 조국 해방 전쟁에 궐기하였다.

# 18장

옹진반도 쪽에서 처음 터진 총성이 삼팔선 전역에 걸쳐 확대되었다. 북조선이 전면전을 개시했다는 전쟁 소식이 알려진 6월 25일 오전도 여느 날처럼 여전히 불볕더위가 내리쪼였다. 경기도 일환에는 그때까지 모내기를 못 했을 만큼 가뭄이 심했다. 삼팔선의 전쟁 소식에도 늘 있는 국지전이겠거니 여겨 서울 시내는 평소와 다름없이 평온했다. 일요일인 그날 전방의 군인 일부는 서울로 휴가를 나왔고 서울운동장에서는 전국학생야구대회가 열리고 있었다. 그날 오후에 들자 확성기를 단 지프차가 휴가 나온 장병들은 급거 귀대하라고 방송을 해대었다. 트럭을 탄 군인들이 군가를 외쳐 부르며 의정부 쪽으로 내닫는 것을 보았다. 시내 중학교 상급반 여학생들은 가가호호를 돌며 양식감을 모아 학교 운동장에 대기하던 차출된 트럭을 타고 의정부 쪽 전선으로 떠났다. 거둔 양식으로 밥을 지어 전투에 나선 장병에게 주먹밥을 만들어준다고 했다. 26일 아침, 그날도 누나와 나는 학교로 나갔다. 학제가 바뀌어 당시는 신학기가 6월이라 나는 3학년이었고 누나는 6학년에 막 진급했다. 인민군이 문산과 동두천 쪽으로 밀고 내려온다느니, 국군이 괴뢰군을 되치고 올라가 해주를 탈환했다느니, 한동안 전황이 엇갈렸다. 잔뜩 흐려진 하늘에 빗발이 듣기 시작한 밤부터 둔중한 포 소리가 은은히 들려왔다. 봇짐을 진 피란민들이 북촌 방면에서 내려와 한길을 메우고 지나갔다. 소련제 야크기 한 대가 창경원 쪽에서 나타나더니 퇴계로 4가 네거리로 낮게 접근해 와선 영진공업사 대각선 지점에 폭탄 한 발을 떨어뜨리고 사라졌다. 이층집이 폭탄을 맞았고 그 집 식구 몇이 사망했다는 소식이 알려졌다. 전쟁 중에 내가 본 유일한 북조선 전투기였다. 서울 사수를 결의하며 시민을 안심시켰던 이승만은 27일 오후 비밀리에 대전으로 피신했다.

  27일에도 누나와 나는 학교로 갔으나 학교 전체가 오전 수업만 했다. 누나는 5월 말에 있었던 졸업 기념 수학여행을 인천으로 갔다 왔는데 그때 월미도에서 찍은 인화된 사진을 받아와 어머니와 나에게 자랑하기도 했다. 영진공업사 옆 옹벽 위의 선교사 사택에 살던 미국인 가족이 이삿짐을 꾸려 지프차를 타고 피란 떠나는 것을 보았다. 정부의 관리와 고급 장교 군경 가족, 재물 넉넉한 집안도 서둘러 시내를 빠져나갔다. 오후에 들자 미아리 쪽에서 들리는 포 소리가 더욱 가까워졌다. 객차방 사람들은 누가 제안했는지 우선 쓸 중요한 물건들을 영진공업사 지하 방공호로 옮기기 시작했다. 모터와 그 부속품 등 허드레 물건을 치우고 가마니나 삿자리를 깔아 밤을 지하 방공호에서 나려 준비했다. 지하 방공호에 객차방 세 식구에 정 사장 가족과 고물상네 가족이 합류했다. 그러나 남자 어른은 고물상 아저씨뿐 어디서 밤을 나는지 아무도 없었고 아녀자와 아이들뿐이었다. 퀴퀴한 냄새 나는 습기 찬 지하 방공호에 각 가족은 가마니나 삿자리를 깔고 앉아 바깥 동정에 귀를 기울였다. 등잔불을 쫓아 귀뚜라미가 얼굴로 튀어 누나의 비명이 터지기도 했다. 한밤에 들자 인민군이 서울 사대문 가까이 진입했는지 작열하는 포 소리와 총소리가 지하 시멘트 벽을 무너뜨릴 듯 거세게 들렸다. 지하 방공호 위는 대형 발전기·변압기·모터가 쌓여 있기에 만약 포탄이 떨어져 천장이 무너진다면 모두 그 밑에 깔려 즉사할 터였다. 28일 새벽 2시 30분, 국군은 한강 인도교를 폭파해 피란에 나섰던 시민의 발이 묶였다. 바깥의 포 소리와 총소리에 어린이 외는 아무도 잠을 이룰 수 없었기에 어른들은 누워 있지도 못하고 쪼그려 앉은 채 밤을 나고 있었다. 얕은 잠에 빠졌던 내가 벽을 치는 포 소리에 놀라 눈을 뜨면, 어른들은 여전히 무심한 얼굴로 바깥의 동정에 귀를 모두고 있었다. 그들은 눈을 반쯤 감고 이 전쟁의 결과가 어떻게 될까를 곰곰 따지는 눈치였다. 남정네들이 그렇게 소원하던 남조선 해방이 과연 실현될까 하는 들뜬 기대를 애써 참는지 몰랐다. 어머니 역시 말은 없었지만 둘째 아우를 포대기에 싸안은 채 서대문형무소에 갇힌 아버지가 이 전쟁으로 어떻게 될까를 따져보고 있었을 것이다.

　28일 새벽에 들자 포 소리와 총소리가 뜸해졌다. 나는 소변을 보고 오겠다며 두 손을 바지 섶에 모두고 지하 방공호를 빠져나왔다. 이틀 동안 따르던 비가 어느새 멎은 채 먼동이 뿌옇게 터오고 있었다. 어둠을 더듬어 영진공업사 현관문을 밀고 얼굴을 빼꼼히 내밀었다. 어슴새벽인데도 피란민들이 길 건너편 건물 밑에 붙어 장충단고개 쪽으로 발소리 죽여 가고 있었다. 갑자기 코앞으로 센 바람 소리를 내며 무언가 횡하니 차고 스쳐 갔다. 순간 나는 그게 총알이라고 짐작했다. 그때 놀란 기억은 지금까지 남아 있다. 네거리 쪽으로 가보려던 나는 현관에서 발을 멈추었다. 을지로 쪽에서 연달아 총소리가 들렸기 때문이다. 나는 재빨리 지하실로 내려왔다. 지하실에서 명식 형과 영식이에게 금방 있었던 바깥소식을 귀엣말로 전했다. 명식 형이 아침밥 먹고 같이 을지로로 내려가보자고 말했다. 날이 밝자 지하 방공호에서 밤을 난 각방 식구들이 모두 아침밥 지으러 밖으로 빠져나왔다. "공화국이 우리를 해방시켰다. 만세다!" 종순이 엄마가 환한 바깥으로 나서자 큰 소리로 외치더니 '인민공화국 만세'를 불렀다. "희야 엄마요, 선생님도 곧 서대문서 나오실 겁니다." 옆방 새댁이 어머니를 보며 기쁘게 말했다. "여게 남자들은 다들 밤을 어디서 났을꼬." 고물상 아저씨가 중얼거리며 공터로 나섰다. 남산 쪽에서 간헐적인 총성이 메아리쳤고 을지로 쪽에서 함성이 터졌다. 영식이가 아침밥 먹고 오겠다며 식구와 함께 자기 집으로 갔다. 방으로 돌아온 어머니가 치마저고리로 갈아입고 서대문형무소로 가보겠다며 둘째 아우를 업고 누나와 함께 집을 나섰다. 꼼짝 말고 방에 있으라는 어머니 명령에 나와 첫째 아우가 방을 지켰다. 어머니가 사라지자 두 사람이 돌아오지 못한다면 어쩌나 하는 생각에 나는 삐 하고 울음을 터뜨렸다. 내가 우는데도 첫째 동생은 아무 말 없이 멀뚱히 나를 바라보기만 했다. 한참 울고 있을 때 포대기에 둘째 아우를 업은 어머니와 누나가 집으로 돌아왔다. 일신국민학교 앞에서 발이 묶였다고 했다. 볶아치는 총소리가 심하고 탱크가 포를 쏘며 내닫고 있어 더 나아갈 수 없었다는 것이다.

  어제저녁에 해둔 밥으로 아침밥을 한술 뜨고 났을 때, 영식이가 공터 쪽 창문을 두드리며 나를 불렀다. 어서 밖으로 나가보고 싶었으나 어머니가 방 안에 있으라 했기에 좀이 쑤시던 참에 어머니가 마침 옆방에 가고 없어 나는 얼른 공터로 빠져나왔다. 영식이와 길로 나서니 을지로 쪽에서는 시민들의 왁자한 함성이 터지고 박수 치는 소리가 들렸다. 을지로 4가로 내려가는 길가의 구멍가게 가건물이 포탄을 맞아 박살 나버렸다. 사탕이며 과자 따위의 주전부릿감이 길가에 널려 있었다. 나는 그것들을 주어 주머니에 쓸어 담았다. 시체를 본 것은 을지로 4가 네거리 민보단 건물 근방에서였다. 철물점 앞에 국군 시체가 등을 보인 채 엎어져 있었다. 피에 젖은 시체를 처음 보자 흠칫 놀랐다. 을지로 인도는 인민군의 시가행진을 구경하러 나온 시민으로 장사진을 이루고 있었다. '공화국 만세, 인민군 만세'를 외치는 소리와 박수 치는 소리가 길거리를 뒤덮었다. 영식이와 나는 사람들 사이를 비집고 들어 앞쪽으로 나섰다. 푸나무를 꽂아 위장한 탱크의 열린 해치 위로 상체를 내민 탱크병, 지축을 울리는 탱크의 캐터필러 소리, 높이 꽂은 별이 그려진 인공기, 트럭이 끄는 포대의 위용이 개선장군다웠다. 뒤이어 2인승 오토바이 대열과 거기에 탄 안경 달린 빵모자 쓴 병사가 손을 흔드는 늠름한 모습, 그 뒤로 따발총 멘 인민군 대열이 열 맞추어 따랐다. 어깨에 멘 장총이 무릎 아래까지 내려오는 소년병도 섞여 있었다. 어느 사이 숨겨두었던 인공기를 들고 나와 흔드는 시민도 있었다. 우리처럼 열 살이 채 못 된 철없는 어린이들에겐, 같은 동포끼리 전쟁을 통해 왜 한쪽을 제압해야 하는지, 인민군이 밤새 총포를 갈겨대며 서울로 진입할 동안 그렇게 용감하다던 국군이 왜 힘 한번 제대로 못 써보고 패퇴하고 말았는지 알 수 없었다. 어쨌든 인민군의 서울 시내 행진은 실로 놀라운 광경이었다. 오줌을 지릴 정도로 흥미진진한 구경거리였다. 30분 남짓 구경하다 어머니가 나를 찾을 것이란 데 생각이 미쳐 영식이와 집으로 걸음을 돌렸다.

서울 시내에 최초로 진주한 인민군 부대는 27일 오후 11시경, 인민군 3사단 9연대였다. 김삼룡과 이주하를 먼저 구출하러 선발대가 그 부대에 껴 붙어 들어와 서대문형무소부터 들이쳤다. 형무소 안을 샅샅이 뒤졌으나 김삼룡과 이주하가 없었다. 형무소를 비우기 전에 서둘러 형량이 많이 남은 좌익 사범을 골라 한곳에 모아 처형해버렸는데, 그 시체 중에서도 김삼룡과 이주하의 시신을 가려낼 수 없었다. 형무소 당국은 27일 새벽 두 남로당 수괴를 따로 끌어내어 남산 입구 남산헌병대 뒷문 밖 숲 속에서 처형해버린 것이다. 26일 밤, 연신내 골짜기에서도 무수한 총성이 들렸다는 주민의 보고가 있었다. '성시백 사건'으로 검거되어 서대문형무소에 수감되어 있던 거물 간첩 성시백을 비롯한 좌익 죄수 1,200여 명이 거기에서 처형당했다. 28일 새벽, 인민군 4사단 5연대가 서울대병원을 접수하자 국군 환자 150명을 침상에 누워 있는 상태 그대로 사살해버렸다. 전쟁 발발과 더불어 인민군과 국군의 쌍방 학살은 이제 그 시작에 불과했다.

29일 정오, 서울시청 광장에서는 성대한 '인민군서울해방환영식'이 열렸다. 광장은 환영을 겸해 구경 나온 서울 시민과 인민군으로 덮였다. 개선장군이 되어 서울로 들어온 이승엽은 6월 26일 평양방송을 통해, '전체 조선 인민을 ……향해' 라는 부제가 붙은 김일성 이름의 「모든 힘은 전쟁 승리를 위하여」를 대독하였다. 특히 "공화국 남반부의 남녀 빨치산들은 유격 투쟁을 더욱 맹렬히, 더욱 용감히 전개하여 유격대에 광범위한 인민대중을 망라하여 해방구를 창설 또는 확대하여야 하겠습니다. 빨치산들은 적의 후방에서 적들을 공격 소탕하며 적의 참모부를 습격하여 철도, 도로, 교량 들과 전선, 전화선 등을 절단 파괴하며 모든 수단을 다하여 적의 전선과 후방 연락을 끊어버리며 도처에서 반역자들을 처단하며 인민의 정권 기관인 인민위원회를 복구하며 인민군대의 작전에 적극 협조하여야겠습니다……" 하고 열변을 토했다. 남한의 유격대와 지하 남로당의 견결한 투쟁과 봉기를 선동한 대목이었다. 서울 시내는 거리로 쏟아져 나온 사람들로 넘쳐났다. 모두 새로운 세상을 만난 어리둥절함에 들떠 있었다. 공산 사회는 배급제로 운영된다는데 생필품을 파는 시장은 설까, 남한 돈은 사용해도 될까, 공산 사회는 종교를 아편으로 여겨 못 믿게 한다는데 절과 교회, 성당은 그대로 둘까…… 달라질 제반 제도가 궁금할 수밖에 없었다. 벌써 자치대라고 쓴 붉은 완장을 찬 청년들이 어디에서 약탈한 총인지 장총을 멘 채 거리를 활보했다.

어머니가 조바심을 내며 둘째 아우를 업은 채 영진공업사 앞과 고물상 마당을 왔다 갔다 하며 아버지 소식을 기다린 29일 정오, 고문 후유증인지 제대로 걸음조차 걷지 못하는 자세로 아버지가 고물상 마당으로 들어섰다. "아부지다!" 내가 놀라 고함부터 질렀다. 그런데 아버지 모색이 가관이었다. 때를 타 얼룩이 심한 무명 바지저고리에 피골이 상접한 몰골이었다. 놀란 어머니는 둘째 아우를 안고 부들부들 떨며 아버지를 맞았다. 어머니는 당신을 보고도 입만 벌린 채 아무 말도 하지 못했다. 누나도 버썩 마른 자그마한 체구의 아버지 모습이 너무 처참해 놀란 입을 닫지 못했다. "서대문서 오는 길이오." 아버지는 그 말만 했다(뒤에 들은 이야기지만 아버지는 엄청난 고문을 받았으나 가족의 거주지도, 같은 일을 한 동지도 불지 않았다고 했다).

아버지는 서대문형무소 미결감에 갇혀 있어 26일 자정과 27일 새벽 사이에 벌어진 서대문형무소의 좌익 사범 처형 대열에 뽑히지 않고 천조일우로 살아남았던 것이다. 아버지는 살아남은 좌익 사범에 섞인 채 감방 철문을 깨고 들어온 남한 출신의 인민군 선발대를 맞는 기쁨을 누릴 수 있었다. 서대문형무소에 곧 임시 '심사위원회'가 꾸며졌다. 아버지는 남한 수사기관의 남로당소탕작전에서 검거를 면해 잠적했던 남로당 간부진과 함께 서대문형무소의 좌익계 죄수를 선별하는 작업에 나섰다. 일반 범죄인과 좌익 사범 분류 작업이었다. "4천여 명의 우리 쪽 사람을 석방시키고 오는 길이오." 그 말을 하는 아버지의 피폐한 얼굴에 알 듯 모를 듯한 미소가 감돌았다. 그날 낮부터 스무 명도 넘는 거칫하고 추레한 무명옷 차림의 머리칼 빡빡 깎은 사람들이 삼삼오오 짝을 이루어 객차방 우리 집으로 찾아왔다. 꽃다발을 들고 온 사람도 있었다. 서대문형무소에서 풀려나온 좌익 사범들이었다. 그들은 방으로 들어오자 아버지 앞에 무릎을 꿇어 절을 했다. 그들은 우리를 구해주어 고맙다며 감읍했다. 정 사장도 우리 집으로 달려왔다. "우리는 기어코 살아남았네!" 정 사장이 아버지 어깨를 안고 터뜨린 첫말이었다. 7월 1일부로 남조선의 해방구를 총괄할 업무를 시작한 서울시 인민위원회로부터 아버지는 성동 구역 임시인민위원회 위원장에 임명되었다. 아버지는 성치 못한 몸을 이끌고 배추밭 많은 왕십리로 임명장을 받고 나서며 어머니에게, 당분간 애들 잘 거두라며 종종 집에 들르겠다는 짤막한 말을 남겼다.

개전 3일 만인 6월 28일에 서울을 점령한 인민군은 그로부터 3일이 지날 동안인 6월 말까지 한강을 넘어 남진하지 않은 채 사태의 추이를 관망했다. 김일성이 왜 3일 동안 인민군의 발을 서울에 묶어두었느냐는 전쟁 초기의 첫 미스터리다. 김일성의 계획으로는 애초부터 남한 정치·경제·문화의 심장부인 서울 점령만이 목표였을까? 서울만 점령하면 이승만이 백기를 들고 항복해올 것이라 믿었을까? 단기

전으로 서울을 점령한 뒤 유리한 여건 속에 남북협상을 벌일 심산이었을까? 서울 점령으로 전쟁을 끝낼 것인가, 남조선 전토를 완전히 점령할 때까지 계속 밀어붙일 것인가를 두고 소련과 중국의 추가 승인이 필요했기 때문일까? 아니면 남조선의 지하 20만 남로당원과 남한에 산재한 유격대(빨치산)가 인민군의 서울 점령에 호응하여 전국 각지에서 민중 봉기를 일으킬 것을 확실하게 믿었던가? 김일성은 서울을 점령한 뒤 대기 상태로 사흘을 기다렸으나 남조선에서는 그가 기대했던 아무것도 얻을 수 없었다. 이승만이 항복하거나 급거 휴전을 제의하며 남북협상에 매달리지도 않았다. 남조선의 지하 남로당원은 기대치와 달리 민중 봉기는커녕 숨소리조차 죽였다. 유격대의 활동은 해방구에서 벗어나지 못한 채 도시 점령은 엄두도 내지 못했다. 전쟁 20일 전에 북에서 각 도에 미리 침투시킨 정치 공작원도 지하에 잠복한 채 어떤 활동 사항도 보고하지 않았다. 해방전쟁 발발 소식에도 인민의 호응도는 의외로 낮았다. 남조선 인민은 전쟁을 통한 조국통일 완정을 환영하기는커녕 일부는 후퇴하는 국군을 따라 피란에 급급했고, 해방구에 남은 자들은 죽은 듯 엎드려 있었다. 조국 해방의 수호신으로 '영명한 우리의 지도자 김일성 장군'을 남조선 인민이 절대적으로 지지·호응해줄 것이라 믿었던 김일성은 자신의 착각을 박헌영의 감언이설 탓으로 돌리며 분개했다(휴전으로 전쟁이 멈춘 후 김일성이 박헌영을 미제 스파이로 몰아 공격할 때, "우리는 박헌영 말에 속았다. 남로당 20만 당원은 고사하고 부산쯤에서 1천 명이 파업했더라도 미국 놈들이 발을 붙이지 못했을 것이다"라고 그의 과오를 지적했다). 인민군이 사흘을 서울에 머물 동안 국군은 초기의 혼란을 재정비할 귀중한 시간을 벌었다. 무엇보다 김일성을 놀라게 한 것은 전쟁 발발 이틀 뒤인 27일에 예상을 깨고 미국이 남조선을 돕겠다며 즉각적인 한국전쟁 참전을 결정했다는 점이었다. 그날 유엔 안보리는 남한에 군사 지원을 결의했다. 인민군의 서울 점령 사흘 동안 남조선 그 어디에서도 민중 봉기가 있다는 소식은 없던 참에 미군의 참전 소식을 듣자 김일성은 박헌영 탓만 하고 있을 수 없었다. 전선은 확대되었다. 인민군이 한강 도강을 시작하기가 30일 오전부터였다. 이날 미국 트루먼 대통령은 파병을 결정했고 상원은 본회의에서 2억 2,400만 달러의 원조를 가결 통과시켰다. 7월 1일에는 일본 구마모토에 주둔해 있던 미군 병력이 부산에 도착했다. 북조선은 전쟁에 동원했던 240여 대 탱크부대에 한강을 넘어 신속하게 진격할 것을 명령했다. 중부전선 홍천 쪽으로 밀고 내려온 인민군 2사단과 7사단은 횡성·원주·제천 쪽의 남진을 포기한 채 전력을 재정비하여 저항을 시작한 국군과 맞선 인민군 3사단과 4사단을 도우려 서쪽으로 우회하여 수원 공격에 나섰다. 우선 오산의 비행장부터 점령하여 남한의 공군력을 무력화할 필요가 있었던 것이다.

인민군 4사단이 미 육군 24사단 21연대 1대대(부대장 스미스 중령 이름을 딴 스미스부대)를 조우한 것은 경기도 오산 죽미령 부근이었다. 스미스부대는 2차 대전에도 참전한 바 있던 특전대라 인민군의 전력을 과소평가했다. 그 결과 첫 전투에서 대대 병력 540명 중 장교 5명, 사병 150명이 전사하고 72명이 포로로 잡히는 패배를 당했다. 그로부터 전선은 평택·천안을 거쳐 남으로 확대되었다. 개전 초 인민군은 대체로 경장비였고 보급품도 2, 3일분에 지나지 않았다. 전방 지휘부에 보급된 남한 지도도 경기도 일환 오산까지가 고작이었다. 전쟁을 계속 수행하자면 인민군은 당장 군량미부터 확보해야 했다.

점령지에 금세 가동을 시작한 인민위원회·내무서·보안대가 나서서 각 가정을 돌며 식량을 거두기 시작했다. 이를 두고 당시 인공 치하 서울에 살았던 역사학자 김성칠은 그의 일기장 『역사 앞에서』의 한 대목에서 북에서 온 당 간부의 말을 빌려 "……헤아릴 수 없는 많은 수량이 이제 배편으로 인천에서 수송 중이니 늦어도 일주일 안으로 서울 시민들에게 배급해줄 수 있을 것이다. 우리는 작년에 이미 이남으로 밀고 내려올 실력이 갖추어졌으나 다만 식량 준비가 불충분하여 이제까지 미루어온 것이다. 이제 이북엔 3년분의 식량이 비축되어 있다"라고 하면서 감언이설로 전선에 보낼 군량미를 거두었다 했다. 서울의 임시인민위원회 위원장 이승엽은 박헌영의 지시 아래 인민군 점령지의 당 재건에 착수했다. 박헌영은 7월 초 서울에 와서 중앙청 뒤 민가에 머물있으니 대중 앞에는 나타나지 않았다. 박헌영을 견제해야 했던 김일성은 박이 남한의 인민들로부터 열렬히 환대받는 꼴을 보아낼 수 없었다. 점령지에서 당 재건은 중앙(서울)을 시작으로 도, 시, 군, 면 순위로 당 위원회를 먼저 조직하고 '서울지도부'가 남한의 해방구를 총괄 지휘했다. 서울시당 위원장은 해방 후 조선공산당 서울 시책을 지낸 제주도 출신 김응빈(1914~?)이 맡았다. 각 지역 도당 위원장도 결정되었다. 서울지도부와 시당·도당은 인민군 점령지인 해방구의 인구조사를 통해 반동 세력 색출, 피란을 못 간 남한의 유명 인사 찾아내기, 몰수한 농지의 토지개혁을 추진했다. 군량미 수집 독려와 의용군 지원자 모집에 앞장섰다. 무엇보다 남한 인민들에게 민족 통일 달성을 위한 해방전쟁의 당위성과 조국 통일의 필요성을 주입하는 선전·선동에 열을 올렸다. 북에서 내려온 문화공작대원들이 교관으로 나섰다.

세상이 바뀌자 서울 시내에는 예전처럼 자전거와 손수레, 우마차들이 다시 등장해 큰길을 채웠다. 북에서 내려온 인민군이나 당 일꾼들에게 사전 교육이 있었는지 그들은 시민에게 존댓말을 쓰고 신분상 어떤 불이익도 주지 않는다는 점을 강조했다. 사람들은 미국식 민주주의와는 완전히 다르다는 공산주의 세상이 어떻게 다른가를 알기 위해 거리로 쏟아져 나왔다. 네거리에서는 제모 쓴 여자 안전원이 호루라기를 불며 교통정리를 했다. 시장이 다시 서고 '빨간 딱지'라 불린 북조선 지폐와 더불어 예전의 남조선 지폐도 유통되었다. 시민들은 앞으로 살아나갈 걱정에 양식 확보부터 눈에 불을 켰다. 시전의 곡식은 보이는 족족 동났다. 전쟁 전에는 쌀값이 폭등하여 2천 원을 넘어서자 시민들이 먹고살기 힘들다며 아우성을 쳤는데, 인민군이 들어온 뒤에 외지에서 양곡이 들어오지 않자 금방 5천 원을 넘어섰다 어느새 1만 원을 불러도 사기가 힘들었다. 순 한글로 된 『조선인민보』와 『해방일보』가 간행되었다. 『노동신문』은 순 한글 가로쓰기 배열이었다. "조선인민공화국 군대 승승장구!" "김일성 장군, 스탈린 대원수 만세!" "이승만 괴뢰 집단 속속 패퇴"란 전황을 알리는 굵은 글자가 신문 1면을 장식했다.

7월 3일, 가정연락망을 통해 학교가 다시 문을 열었다. 학생들은 내일 아침부터 평소대로 등교하라는 소식이 전해졌다. 이튿날 아침 누나와 같이 학교에 나가니 피란 간 아이들보다 피란 못 간 아이들이 훨씬 많았다. 전체 조회 시간에 피란을 안 갔는지 못 갔는지 교장 선생이 나와 있었다. 교장 선생이 단상에 올라가 새 나라를 맞아 계속 공부할 예정이니 소년소녀 동무들은 매일 학교에 나와야 한다고 말했다. 교장 선생이 어린 학생들에게 '동무'란 말을 처음 썼다. 그 말이 금방 유행되어 아저씨 동무, 아주머니 동무, 선생도 선생님 동무라며 애들끼리 킬킬거리며 웃었다. 이튿날부터 여선생이 깍듯이 존댓말을 써가며 학생들에게 새 노래부터 가르쳤다.「북조선 국가」와「김일성 장군의 노래」「빨치산의 노래」「적기가」따위였다. 뾰조롬한 턱에 늘 새침한 표정이어서 '여우 선생'으로 불린 여선생이었는데 전쟁 전 이불 밑에서 몰래 익혔던지 풍금 소리에 맞추어 북조선 노래를 곧잘 불렀다. 그즈음 가정마다 김일성과 스탈린 초상화를 나누어주고 방 벽 가운데 의무적으로 붙이게 했고, 아침저녁으로 그 초상화 앞에서 머리 숙여 경배해야 했다. 인공기 그려 오기, 위문품 수집, 인민군 장병에게 위문편지 써 오기가 숙제로 내어졌다. 학교가 군에 징발되자 학생들은 학급 단위로 나누어 학교 수업을 했다. 3학년은 빈 교회를 접수하여 예배 보던 강당을 교실로 이용했다. 거리마다 벽보판이 세워져 저들의 신문과 새 소식, 전황 지도가 나붙었다.  '영용한 인민군 7월 10일 보령·조치원·충주·단양·울진 점령, 승승장구!'란 전황 지도가 나붙었다. 네거리마다 솔가지를 걸어 붙이고 판자에 종이꽃을 그린 아치형 개선문 가운데에 김일성과 스탈린의 초상화가 내걸렸다. 날마다 그 아래로 악대를 동원한 직업동맹원·청년동맹원·여성동맹원 들이 열을 지어 통일전쟁 승리와 구호를 외치며 가두 행진을 벌였다. 뙤약볕 아래 붉은 머리띠를 맨 어른들이 땀을 흘리며 시가행진을 벌이는 광경을 우리 또래는 하굣길에 늘 목격했다. 뭘 끓여 먹으려면 어디서든 꼬챙이라도 나무를 구해 와야 했는데 남산에 올라가면 철사나 노끈에 손발이 묶인 채 총살당한 시체와 맞닥뜨려 놀라기도 했다. 얼마 뒤부터 청계천 시궁창에 버려진 시체를 파먹는 살진 쥐를 보고도 아무렇지 않았다.

그즈음부터 흰 별판이 그려진 미국의 B-29 항공기가 서울 하늘에 이따금 출현하기 시작했다. 그러면 방공을 알리는 사이렌 소리가 사방에서 울렸고 교통안전원이 호루라기를 불며 통행인의 대피를 지도했다. 통행인이 건물 안이나 골목길로 몸을 피하자 길거리가 갑자기 텅 비었다. 빈 거리를 목표 삼아 전투기가 폭격을 시작했다. 어른들은 건물 속으로 몸을 피했으나 아이들은 겁 없이 처마 밑에 서서 비행기 몇 대가 떴느냐며 숫자를 세었고 어디에 폭탄을 떨구고 기총소사를 해대는지 전쟁 영화를 보듯 재미있게 구경했다. 죽는 게 겁나거나 무섭지 않았고 어른들의 전쟁놀이가 오히려 즐거웠다. 죽음이나 부상의 고통이 먼 곳에 있기라도 한 듯 포탄이 염소 똥처럼 떨어질 때마다 손뼉까지 쳐댔다. 불과 열 살 전후인 우리 또래는 북과 남이 왜 박 터지게 싸워야 하는지, 미제 비행기가 왜 이 땅에 폭탄을 퍼붓는지를 제대로 알지 못했다. 겁이 많았던 나는 그런 아이들 뒤에 서서 조마조마한 마음으로 그 광경을 지켜보았다. 포탄이 터질 때는 그 소리를 듣지 않겠다고 귀를 막았다. 또래들은 그런 나를 두고 이름 앞에 '말라깽이 겁보'니, 걸핏하면 잘 운다고 '찔찔이 겁쟁이'를 붙였다. 점심을 쫄쫄 굶은 학생들에게는 오후 시간에도 귀가 허락이 떨어지지 않았다. 전투기 폭격으로 파괴된 거리를 청소하는 데 노력동원되었던 것이다. 그렇게 벽돌 조각이라도 부지런히 날라야 차나 우마차가 통행할 수 있었다.

　서울 시민들은 저들의 내무서·인민위원회·보안대·감찰대 등 각종 기관의 주민 선동·선전을 귀 따갑게 듣고 익히는 가운데 차츰 공산주의 체제에 순응해갔다. 그러나 지닌 양식이 바닥나자 굶주림만은 참을 수가 없었다. 외지에서 양식이 반입되지 않으니 세 끼 중에 두 끼를 죽으로. 지닌 양식이 차츰 줄자 하루를 두 끼로 줄이고 그중 한 끼는 죽으로 때웠다. 좁쌀·밀가루·보리쌀·당겨·수수·조 같은 잡곡마저 바닥나자 해가 긴 여름 낮 한 끼를 멀건 죽으로 넘겨야 했다. 호박을 잡곡에 섞은 것이나 풀대죽이 주식이 되었다. 사대문 안은 여름 한철인데도 푸성귀마저 구할 수가 없었다. 아무 데서나 잘 자라는 토끼풀 등 잡초도 기름에 볶아 먹으면 독성이 제거되어 설사하지 않았기에 시장에서는 들기름이 품귀 현상을 빚었다. 시민들은 앉아서 굶어 죽을 수는 없으니 양식을 구하러 외지로 나가야 했다. 처음에는 한강을 건너려면 도강증이 필요했기에 옷가지나 패물 등 집 안의 팔 만한 물건을 싸들고 동북쪽과 서북쪽인 고양·의정부·동두천·남양주로 나가 먹을거리를 구해왔다. 시내의 식량난이 심각해지자 당국이 도강을 허가해 시민들은 한강을 건너 남으로 내려가 당장 요긴한 먹을거리를 구해왔다. 우리 집도 마찬가지였다. 7월 중순 들어 양식이 간동간동해지자 어머니가 정 사장 집으로 가서 좁쌀과 보리쌀 각 두 되씩을 꾸어왔으나 그 양식마저 떨어졌다. 어머니는 이제 왕십린가 어딘가에 있다는 아버지를 찾아 나설 수밖에 없다고 했다. 아버지는 그곳 임시인민위원장으로 현지 발령을 받고 간 지 열흘이 넘는 동안 한 차례만 잠시 집에 들렀고 그 뒤 통 소식이 없었다. 누나가 어머니에게 잘사는 정 사장님 집에서 빌려다 먹으면 되지 않느냐고 말했다. 어머니 말이 지난번에 그 양식을 꾸어줄 때도 영식이 엄마 낯빛이 싫어하던 눈치라 했다. 어머니는 "내남 읎이 호구가 급한 판이니 양석 빌러주기가 어데 쉽겠냐. 제 식구 챙겨 먹이기도 힘든 판에" 하며 한숨을 쉬었다. 평소에도 어머니는 남이 싫어하는 기색을 보이면 두 번 다시 같은 짓이나 말을 하지 않았다. 영식이 엄마는 서방이 서울지도부가 본부로 쓰는 시청에 부지런히 출퇴근하는 데 저으기 안심했으나 친정의 출신성분이 나빠 그쪽 일이 바쁜지 가회동 친정집으로 평소에도 출타가 잦았다.

　아버지가 성동구 임시인민위원장으로 간 뒤 사흘째인가 한 차례 집에 다녀갈 때 남긴 말이, 사무실 위치가 을지로통을 쭉 따라가면 성 밖에 행당동이 나오고 왕십리를 채 못 가 네거리에 있는 3층 벽돌집 건물에 인민위원회가 있다고 했다. 어머니는 누나를 앞세워 아버지를 찾아 오늘 나설까, 내일 나설까 벼르던 참이었다. 붉은 완장을 찬 인민복짜리가 스리쿼터를 타고 고물상 마당에 나타났다. 집에 양식이 떨어진 걸 알기나 했다는 듯 운전대 옆 짐칸 의자에는 좁쌀과 잡곡이 한 자루씩 실려 있었다. 완장 찬 청년이 위원장 동무가 이걸 가져다주라며 심부름을 보내서 왔다고 했다. 어머니가 애들 아버지는 어디에서 침식하느냐고 물었다. 인민위원회 문화부장 집에 묵고 있는데 눈코 뜰 새 없이 바쁘다며, "밤늦게까지 일이 밀려 하루 서너 시간 눈 붙이기가 고작인 걸요" 했다. 어머니는 그 양식을 받자 감복하여 이웃집 두 가구와 고물상 집과 정 사장 집에도 조금씩이나마 양식을 나누어주었다. 그로부터 닷새 뒤에 아버지가 모처럼 집에 들렀다. 반소매 인민복 차림에 머리칼은 짧게 깎았으나 여전히 홀쭉 마른 모습이었다. 당 사업이 정말 바쁜지 평소의 깜조록한 얼굴이 구리색이었다. 아버지 말이 앞으로 서울시당 재정경리부에서 일하게 되었으니 자주 집에 들를 수 있을 거라 했다. 근무처가 집에서 멀지 않은 창덕궁 돈화문 앞이라 했다. 아버지가 다녀간 날 저녁에는, 김 선생님이 출세하니 앞으로 살판났다며 객차방 이웃의 공치사가 자자했다. 하루는 영식이가 집에 놀러 와서 "너희 아버지가 서울시당 재정경리부 부부장이 됐대. 아버지가 말씀하시더라" 하고 알려주었다. 그게 무슨 일 하는 자리냐고 내가 묻자, 영식이가 주판 놓는 일인데 높은 자리가 분명하다고 말했다. 영식이도 아버지의 출세를 부러워했기에 내 어깨가 으쓱해졌다. 이튿날에는 중구 분주소에 치안대원으로 나다니는 종순이 아버지가 나를 보더니, 네 아버지 동무가 남조선 해방구의 살림살이를 맡은 높은 자리에서 당 사업을 한다며 "앞으로 내가 네 아버지 은덕을 입게 될지도 몰라" 하며 너털웃음을 웃었다. 어느새 우리는 동네에서 '간부 동무네 집'으로 불렸고 조만간 큰 집으로 이사를 가게 될 거라고 쑤군거렸다. 시내에는 피란을 떠나버려 비어 있는 널짱한 저택이 많았던 것이다.

## 19장

 6·25전쟁 직전 남한의 사회상은 신생 독립국이 밟는 전철 그대로 후진성을 벗어나지 못했다. 해방과 더불어 받아들인 자유민주주의, 곧 자본주의 시장경제 사회는 민도가 낮은데다 정치적 수준과 경제 또한 운영이 미숙할 수밖에 없었다. 산업은 일제로부터 물려받은 봉건제 수공업 수준에 머물러 있었다. 전 국민의 7할이 농업에 의존했는데 자기 토지를 갖지 못한 소작 형태의 경작 인구가 70퍼센트에 달했다. 1949년 2월 5일에야 농지개혁 법안이 국회에 제출된 이래 지주 출신 국회의원의 반대, 국회와 정부의 의견 충돌 등으로 1차 법 공포(1949. 6. 21), 2차 법 개정 공포(1950. 3. 10)라는 살벌한 격론을 거쳐 4월 6일에야 유상몰수·유상분배로 실시되었다. 무상몰수·무상분배를 기대하던 소작농들에게는 큰 부담을 안겼다. 광복 후 5년이 경과해 지주가 사사로이 전답을 방매해서 실제로 분배된 농지는 총면적의 절반 정도에 불과했다. 농민은 여전히 춘궁기를 초근목피로 견뎌내며 노역과 주림에 시달렸다. 도시는 실업자의 홍수로 넘쳐났고

호구가 어려운 집은 국민학교마저 가지 못한 아이들이 거리로 나서서 신문팔이·구두닦이·껌이나 담배 팔이를 하거나 깡통을 들고 구걸해야 했다. 무엇보다 살인적인 물가 폭등이 그나마 힘든 서민들의 가계를 위협했다.

정부의 막대한 재정 적자로 인해 1949년 후반기의 물가 상승률이 43.8퍼센트, 1950년 전반기 물가 상승률이 20퍼센트를 웃돌았다. 한편, 원조 물자의 공무원 착복 비리, 탐관오리의 사리사욕, 모리배가 들끓었고, 백(돈과 권력)이면 모든 게 해결되는 만성적인 부패가 만연했다. '나는 우다, 너는 좌다' 하는 이념 논쟁에 따른 테러와 린치가 법 위에 군림해 사회 전반이 살얼음 밟듯 위태로웠다. 깊은 산에는 야산대란 빨치산들이 진을 쳐 호시탐탐 적화를 노리며 통일 후 두 배로 갚겠다며 민가의 양곡과 가축을 약탈했다. 자기네 말에 고분고분 따르지 않는 자는 인민재판이란 이름으로 체형을 가하기가 일쑤였다. 김구·여운형 등 정치 지도자가 암살된 마당에 남한에는 큰 인물의 정치가가 없는 가운데, 이승만의 인기는 날로 떨어졌다. 5·30선거에서 여당의 참패가 이를 대변했다. 만약 전쟁이 일어난다면 남한의 20만 지하 남로당원이 일거에 봉기할 것이란 박헌영의 장담과 남조선의 사회 기강이 부패해 무너지기 직전이란 김일성의 생각도 전혀 근거가 없지 않았다. 그런데 돌연 터진 6·25전쟁이 위기에 몰린 이승만을 전화위복시켰다. 그야말로 역사의 모순이랄까, 좋게 말해 그것이 역사의 순리랄까, 아이러니한 일대 사건이었다. 이승만은 남한의 심장부 서울이 사흘 만에 실함되기 전 자기 백성을 버려두고 도망치며 한강 다리마저 폭파한 신뢰할 수 없었던 정치 지도자였다. 그런 지도자에게 비로소 당신을 필요로 하는 시대가 도래했다며 신이 구원의 손길을 내민 격이었다. 이승만은 그 위기에도 국민은 안심하라는 천연덕스러운 말을 남기고 황급히 피란길에 오르며, 대오각성한 듯 정신을 차렸다. 풍전등화의 위기를 맞은 조국의 운명을 직시하며 국권 통수권자로서 자신이 해야 할 막중한 임무를 깨달았다. 그는 자신이 청춘을 바쳐 독립운동을 해온 땅 미국에 공산화될 위기에 처한 한국을 도와달라고 지원부터 요청했다. 노익장을 과시하듯 이 전쟁에서 기필코 승리하겠다는 투혼을 불태웠다. 그로서는 김일성이 바란 투항이나 협상은 아예 생각 밖이었고 드디어 북진통일의 기회가 도래했음을 깨달았던 것이다. 사람에게는 어느 한순간 무슨 계시나 영감이라도 받은 듯 백팔십도 인생 자체를 전환하는 계기가 생기기도 하는데 북조선의 남한 침공이 이승만에게는 그 촉매제가 되었다. 자유민주주의를 지켜내겠다는 그의 집념에 찬 의지, 강고집의 외교력이 물속에 가라앉으려는 국가를 건져냈다. 국민 또한 놀라운 응집력으로 전쟁으로 인한 고난을 극복해나갔다. 젊은이들은 대한민국 수호에 한목숨 바치겠다며 총을 들고 전선으로 나섰다. 후방은 후방대로 어떤 역경도 이겨내겠다며 단칸방 판잣집 피란살이의 고달픔을 참아냈다.

'건국의 아버지'라 칭송받는 대한민국 초대 대통령 이승만의 공과를 두고 학계에서는 지금도 의견이 분분하다. 하지만 그가 남한 땅에 자유민주주의를 실현하여 정착시킨 점, 공산군의 침략을 받자 국론을 통일하고 자유민주주의 국가들로 구성된 유엔군의 지원을 얻어내어 전쟁을 무난히 치러낸 점은 공으로 꼽을 수 있을 것이다. 과오로는 무엇보다 독재 장기 집권을 획책하다 불행한 최후를 맞았고 남한 단독정부 수립으로 분단국의 운명을 결정지은 점을 들 수 있다. 해방 직후 자신의 권력 안정을 위한 친일파의 등용을 실책으로 꼽는 이도 있다. 그러나 무엇보다 해방 공간과 6·25전쟁 직후 공권력을 동원한 민간인 학살도 실정의 큰 부분이었다. 특히 6·25전쟁 직후 30만 명에서 35만 명에 이르는 보도연맹 가맹자 중 20만여 명 정도로 추산되는 인원의 집단 학살이 그렇다. 그 학살 담당자의 윗선을 따라 지시자를 추적해가면 최종 결정자는 대통령이다. 대통령의 허가 없이는 그렇게 많은 인원을 최소한의 법적 절차조차 무시한 채 집단 처형할 수 없었을 것이다. 전쟁이 발발한 이튿날인 6월 26일 인천에서 민간인 4백 명의 집단 학살이 있었다. 미팔군은 7월 18일 극동사령부에 "6월 29일 인천에서 한국 정부에 반기를 드는 움직임이 있은 후 공산주의 사상을 가진 주민 4백 명이 처형됐고 이로 인해 인민군에 동조하는 분위기가 일고 있다"라고 보고했다. 이날 위무사령관 중령 김종원(일본군 하사관 출신으로 잔혹하기로 악명이 높았는데 1950년 11월 경남 계엄사령부 민사부 헌병 부사령관이었다)은 "고의로 적을 은닉, 보호하는 자나 유언비어를 유포하여 민심을 혼란시키는 자는 총살, 엄벌에 처할 것임을 경고한다"라는 요지의 경고문을 발표했다. 그 경고문을 접한 보련 가맹자, 특히 남로당이나 야산대 등에서 활동하다 전향하여 보도연맹 맹원이 된 자들은 불안에 떨 수밖에 없었다. 당국의 설득으로 보도연맹에 가입해 과거의 전비를 뉘우치고 전향한 뒤 시시때때로 소집되어 반공 교육은 물론 기합이나 체벌을 받아왔지만, 막상 전쟁이 나고 보니 당국이 자신들의 동태를 통제하며 감시함을 인식했다. 언제 예비검속 명령이 떨어져 구금될지 알 수 없는 불안한 나날이었다. 서울이 점령당하자 곧 동마다 재빨리 인민위원회가 구성되고 인민위원회에서 보도연맹원들을 우익 인사 색출 작업에 동원한다는 소식까지 전해지자 남한의 보련 가맹자들은 좌불안석이었다.

보련 가맹자들은 북조선 입장에서 보면 맹원으로 자수했기에 변절한 반동으로 분류되었다. 남한 입장에서는 북조선에 부화뇌동할 내부의 적으로 간주했다. 인민군이 하루가 다르게 속도를 붙여 밀고 내려오자, 맹원들 중 도회지에 사는 일부 식자와 재물이 있는 자들은 신문 광고란을 이용해 대한민국에 충성을 서약하는 선언문을 발표했다. 젊은 층은 충성을 맹세하며 혈서를 써내곤 입대를 자원하거나 성금을 거두거나 위문품을 모집하는 등 발 빠르게 처신했다. 그러나 이는 극소수에 지나지 않았고 대부분 맹원은 불안에 떨며 사태의 추이를 지켜보는 것 이외에는 다른 어떤 조치도 취할 수 없었다. 예비검속을 피해 집을 떠나 친척 집으로 몸을 피해도 숨긴 자까지 처벌을 받거나 주민이 신고할까 봐 두려워 오래 머물 수가 없었다. 사람 많은 도시로 몸을 피하면 거리의 검문검색이 강화되어 제대로 나다니지 못했다. 방법은 가산을 팔아서라도 권력을 가진 자에게 백을 쓰거나 일본으로 밀항하거나 산속에 숨어 초근목피로 명을 잇는 생활을 자청할 수밖에 없었다. 학살은 보도연맹원을 일반인과 구별하여 격리하는 데서부터 시작되었는데, 예비검속이 이를 뜻한다. 전쟁이 발발하자 홍수가 나듯 인민군의 남침 진격 속도가 빨라 서울과 경기도 일환에서는 보련 가맹자를 소집 감금할 시간적인 여유가 없었다. 예비검속은 7월 중순에 들어 충북과 충남 이하 지방부터 이루어졌다. 서울이 전국적으로 보도연맹원 수가 가장 많았다. 특히 지식인과 예술가가 많이 참여했던 서울의 맹원들은 인민군이 사흘 만에 수도 서울을 점령함으로써 예비검속을 모면해 모두 살아남는 행운을 누렸다. 가설이 되겠지만 만약 국군이 인민군의 침략에 맞서서 서울 북쪽 전선에서 보름만 버티어주었다면? 그동안 서울 일환에서는 보련 가맹자의 예비검속이 있었을 테고 서울을 적에게 내어줄 위급함에 처했다면 대량 학살이 있었을지 모른다. 그러나 가설은 어디까지나 가설이다. 서울에 거주하던 많은 지식인, 특히 전문직 종사자·예술가·문인·학생들은 살아남을 수 있었다. 진영 출신으로 아버지의 대창보통학교 1년 선배인 만화 '코주부'로 유명한 김용환 형제도 보련 가맹자였으나 해방 후 상경하여 서울에 거주했기에 무사할 수 있었다. 내가 평소에 존경하며 가까이했던 선배 문인도 보련 가맹자였으나 예비검속을 모면함으로써 살아남았다. 당시 보련 가맹자의 집단 학살이 얼마나 공포스러웠으면 평생 자신의 이력에서 그 과거를 침묵으로 밀봉한 채 한 시대를 넘긴 분이었다. 난세에는 수도 서울에 살아야 목숨 부지가 쉽다든가, 천운이 돕는 자는 끝내 살아남는다는 말은 이를 두고 한 말일 터이다.

　전쟁이 발발한 지 열흘 만인 7월 4일경부터 육군 특무부대(CIC와 헌병대)는 대전형무소에 수감되어 있던 미군정 반대자와 이승만 단독정부 수립에 반대한 광범위한 우익 인사까지 포함된 민간인의 집단 처형에 나섰다. 학살 현장에 참가해 처형 현장을 사진기록으로 남긴 미 육군 법무관 에드워드 중령은 "대전에 있는 1,800명의 정치범을 처형하는 데 3일이 걸렸으며, 1950년 7월 첫째 주일에 일어났다"라고 적고 있다. 이어 군 특무부대 등은 대전형무소에 수감되었던 보련 가맹자를 포함한 좌익 사범 7천여 명을 며칠에 걸쳐 대량 학살했다. 형무소에서 끌어낸 죄수를 인근 군(郡)에서 동원된 트럭 적재함에 빼곡히 태워 대덕군 산내면 낭월리 뒷산으로 끌고 가서 길게 파놓은 구덩이 앞에 엎어놓곤 등 뒤에서 사살했다. 하루에 다섯 트럭 내지 열다섯 트럭씩 실어내어 며칠에 걸쳐 모두 죽였는데, 대부분이 과거에 남로당에 가담했던 당원, 빨치산 출신으로 검거되거나 자수한 자, 보도연맹 가맹자 들이었다. 그들은 대다수가 농민이었고 학생도 다수 포함되었다. 경북 대구 근교 경산군의 경우 대구형무소와 지역 좌익을 모아 일제 때 채굴하다 폐쇄된 코발트 광산으로 끌고 가서 굴 안에 가두고 집단 학살했다. 갱 속에 방치되어 있던 3,500여 구에 이르는 유골을 뒷날에 유족이 발굴해냈다. 미군 CIC분견대는 1950년 10월 7일의 「전투일지」 및 「활동보고서」에서, 경찰에 의해 제주도에서도 예비검속된 보련 가맹자 7백여 명이 8월 17일 전후 학살되었다고 주장했다.

부산과 경남 지역에서 실제로 검속이 이루어진 시기는 7월 중순께부터였다. 정부 기록물에 따르면 예비검속에 대한 당국의 공식적인 조치로 공고문이 내려진 시기도 전쟁 발발 보름쯤 뒤인 7월 12일이었다. 그 근거는 계엄법 13조(비상계엄지구 내에서는 계엄사령관이 군법상 필요에 따라 체포·구금·수색·언론 출판·집회 또는 단체 행동에 특별한 조치를 할 수 있다는 특별조치령)에 근거한 '계엄법'이었다. 경남 지역의 경우를 보면 마산시는 마산형무소가 있었기에 1,681명이 집단 학살되었다. 진해·창원 등 다른 지역에서 끌려온 맹원도 상당수 포함되어 있었다. 특무대는 1950년 7월 15일 당시 보련 연맹원 360명을 마산형무소에 수감한 후 7월 24일부터 9월 초순경까지 주로 야음을 이용하여 트럭과 버스에 싣고 나가 산골짜기에서 처형한 뒤 암매장하는가 하면 선박을 이용하여 바다에서 살해하여 수장(水葬)했다. 마산상고(현재 용마고등학교)의 경우는 보련에 가맹되었던 학생 수십 명이 등교 전 집에서 끌려나가 학살당했다는 증언도 있다. 통계자료에 의하면 동래군이 713명, 김해군·의창군이 750명, 울산이 870명, 양산군이 712명, 창녕군이 150명 학살당했다. 김해군의 경우 숯굴과 지동 광산에서만 최소 3백 명 이상이 학살당했다. 통영(충무시)의 경우 해군과 경찰이 8백여 명을 처형하곤 머리에 돌을 달아 수장했다. 밀양 지역은 청도군 매전면 덕산리 곰티고개 골짜기에서 사살된 맹원의 유골을 유족이 발굴을 통해 180여 구 찾아냈다. 삼랑진은 임천 지역에서 발굴된 유골 150구도 있었다. 거제군에서는 8백 명의 보련 가맹자 학살이 있었다. 학살에는 CIC, HID, G-2 등 정규군과 민보단 등 일부 우익 단체도 관여했다. 지역 경찰은 군에 보련 가맹자 명단을 넘겨주어 학살을 방조했다. 그 외 지리산을 끼고 있는 서부경남 지역도 보련 가맹자의 학살 피해가 속출했다. 진주시의 경우 증언과 신문 보도에 따르면 명석면 등에서 1,218명이 육군 특무대와 경찰에 의해 학살되었다. 거창군의 경우 1951년 2월에 군에 의해 저질러진 신원면 양민 학살 외에도 마령재 등에서 120명이 경찰에 의해 학살되었다. 산청군의 경우 쌀고개 등에서 2백~3백명이 육군 3연대와 경찰에 의해서 죽임을 당했다. 하동군은 매티재 등에서 1백여 명이 육군 특무대와 경찰에 의해 학살되었다. 군 단위가 아닌 일개 읍(邑)인 김해군 진영읍에서만도 250여 명이 학살되었다.

1960년 국회양민학살사건진상조사특위 구성에 앞서 민주당 박찬현 의원은 부산 지역 피학살자 수가 1만여 명에 이른다고 주장한 바 있다. 부산시의 경우 학살에서 살아남은 증인의 진술을 종합하면 다음과 같다.

증언 1: 부산형무소 재소자의 증언에 따르면, 남로당 부산시지부 간부로 1949년 6월에 체포되어 징역 2년을 선고받고 부산형무소에 수감되어 있었던 고 모 씨(85)는 양력 7월 29일 1천여 명의 재소자가 형무소 바깥으로 실려 나갔다고 증언했다. 고 씨는 "징역 3년 이상의 형을 선고받은 수감자들이었으며 모두 목숨을 잃었다"라고 주장했다. "점심시간이 지난 오후 2시께였지요. 3년 이상 형을 선고받은 재소자를 형무소 마당으로 집결시키더니 어디론가 끌고 갔습니다. 트럭을 동원했지만 사람 수가 많아 모두 데려가는 데 하루 종일 걸렸습니다."

증언 2: 해방 후 문학가동맹에 가입했다는 이유로 부산형무소에 수감되었던 최 모 씨(80, 전 국회의원)는 당시 보도연맹원은 각 경찰서 유치장에 예비검속된 뒤 부산형무소에 이감되었다고 말했다. 당시 교사였던 그는 대낮에 학교에서 형사들에게 연행당해 당시 남서유치장에 수감되었으며 법원에서 검찰 구형만 받은 뒤 곧바로 형무소에 수감되었다고 한다. 수감되어 있던 중 3년 이상 형을 선고받은 사람은 모두 처형되었는데 그들 대부분은 심야에 끌려 나갔다. 최 씨는 자신이 수감되었던 방에도 열일고여덟 명이 함께 있었는데 자신을 제외하고는 모두 밤에 끌려 나가 죽었다고 했다. "끌려 나가면 새로 또 들어오고 다시 끌려 나가 죽고. 이 같은 일이 내가 출소하기 전까지 계속 되풀이되었습니다." 최 씨는 끌려 나간 사람 중 상당수가 부산 서구 암남동 혈청소 인근 바다에 수장된 것으로 안다고 전했다.

증언 3: 해방 후 청년동맹에 가입하여 활동했다가 학살 당시 포고령 위반죄로 부산형무소에 갇혔던 이 모 씨(81)는 "당시 형무소 안에는 엄청난 수의 보도연맹원이 끌려와 있었으며 일반 수감자와는 구분, 수용되어 있었다"라고 증언했다. 이 씨는 "허리에 권총을 찬 검사들이 형무소 마당에서 수감자를 조사한 뒤 A, B, C로 등급을 매겼으며 그 과정에서 잔혹한 고문이 가해졌다"라고 말했다. 그는 "군인들이 심야에 감방에서 재소자를 끌어내어 손목을 묶고는 트럭에 실어 사하구 다대포 해안과 해운대구 우동 달맞이언덕 등지로 데려가 총살했으며 그 수가 한 번에 40~50명에 달했다"라고 했다. 이 씨는 이 같은 학살은 9월 학살금지령 이후 중단되었다고 말했다. 부산 사하구 구평동 화신아파트 뒤 동매산 능선에는 부산형무소 재소자들이 끌려와 집단 학살된 현장 세 곳이 그대로 남아있다. 암매장된 재소자는 최소 160여 명에 이를 것으로 추산된다. 경남 의령에서 45년에 이사 온 뒤 부산 구평동에서 줄곧 살아온 이 모 씨(73)도 목격자 중 한 사람이다. "대략 2개월에 걸쳐 정말 많은 사람이 죽었습니다. 내가 직접 목격한 것만 대여섯 차례나 되는데, 한 번에 적게는 40여 명에서 60여 명씩 굴비 엮듯 줄에 묶인 채 끌려와 죽었습니다."〔……〕 이 사건이 있은 지 얼마 후 여덟 명이 끌려왔는데, 이들은 일본도에 의해 목이 잘려 처형되었다고 한다. "군인들이 사람들을 끌고 오기 전에 나무 말뚝을 먼저 세웠어요. 그리곤 그 말뚝에 양손을 뒤로 묶은 뒤 칼로 목을 내리쳤습니다." 학살은 계속되었다. 미군 GMC 트럭으로 40여 명을 싣고 오더니 차는 구평동과 감천동 경계 지점에 세워놓고 사람들을 끌어 내린 뒤 산을 넘어왔다. 학살 현장을 지휘한 군인은 누런색 군복과 모자를 쓰고 있었고, 나머지 사람들은 검은색 옷을 입고 있었다. 군인들은 10여 명가량 되었다. 그들은 총살에 앞서 미리 파놓은 타원형 형태의 구덩이 위에다 가로로 나무를 두 개씩 걸쳤다. 그리곤 구덩이 위쪽에서 포박된 사람들을 4열 종대로 앉힌 뒤 앞에서부터 두 사람씩 차례로 끌어내어 나무 위에 걸터앉혔다. 이어 현장 지휘자로 보이는 군인이 호각을 불면 M1이나 카빈총을 들고 서 있던 군인들이 그들의 등 뒤에서 방아쇠를 당겼다. 총을 맞은 사람들은 총탄의 충격에 앞으로 꼬꾸라져 구덩이 속으로 떨어졌고, 같은 방법으로 끌려온 사람 모두가 처형되었다.

그 외에도 부산시 동삼1동 미니공원 일대에도 수백 명이 집단 암매장된 사실이 지역 주민들의 증언을 통해 확인되고 있다. 부산 중구 영주동 부산터널 위 야산과, 일제 강점기 일본인들이 광견병과 천연두 등 백신을 만들던 곳으로 일반인의 접근이 엄격히 통제된 암남동 혈청소 부근에서도 대량 학살이 이루어졌다. 부산시 동래구의 경우는 동래컨트리클럽, 회동수원지 입구, 고리원자력발전소 뒤, 반송동 운봉부락, 해운대구 우동 산기슭에서 '동래지역유족회'의 발굴 조사에 의해 713명의 유골을 찾아냈다. 부산형무소에서 처형 집행 장소로 이송하는 기록사진이 남아있다. 트럭 적재함에 빼곡히 태운 재소자들은 모두 찌든 누런 광목 바지저고리 차림에 빡빡 민 알머리였고, 앞사람 어깨에 머리를 숙이게 해서 외부를 보지 못하게 했다. 그렇게 형장으로 끌려가는 순간 그들이 체험했을 절망의 깊이는, 사진을 보는 이의 마음 또한 칼로 찌르는 듯한 고통을 준다.

소설『사하촌』『모래톱 이야기』『수라도』등을 쓴 소설가 요산 김정한(1908~96)은 생전에 학살 현장으로 끌려가기 직전 장교인 제자의 도움으로 목숨을 건질 수 있었다고 증언한 바 있다. 해방 직후 여운형이 주도하던 건국준비위원회에 가담했던 그는 6·25전쟁이 나자 군산으로 몸을 피했다가 검문에 걸려 부산형무소에 수감되어 있었다. 다음은 그의 증언이다.

"내가 형무소에 잡혀 들어간 날은 한국 각지에서 군인, 경찰 들이 비무장 민간인들을 재판도 없이 무조건 총살한다고 미군 당국에서 한국에 강력하게 항의한 다음 날이었지. 내가 숨어 있는 동안에 형무소에 끌려 들어간 사람은 죄 다 죽었고, 내가 들어갈 때도 사람들이 수없이 잡혀 들어왔어. 그때부터 형식적으로 군법회의란 것을 형무소 안에 설치하더군. 어느 날 내 차례가 되어 명령대로 형무소 마당에 늘어섰지. 앞사람들이 트럭에 실려가는데 내 차례가 되자 갑자기 누가 옆구리를 쿡 쑤시는 거야. 돌아보니 군인 하나가 날 보고 '아니! 김 선생님 아니십니까?' 하고 놀라는 표정을 짓더군. 가만히 보니 일제 때 내가 이북에서 선생으로 있으면서 가르쳤던 제자인 거라. 서북청년단으로 내려와 학살에 가담하고 있던 제자였어. 그가 날 옆으로 비켜 세우는 거야. …… 당시 특무대와 경찰대에서는 진보적인 지식인들을 없애버리려고 혈안이 되어 있었지. 일단 불러다 놓고는 '문화공작대'니 '과학자동맹'이니 하는 있지도 않은 죄목을 뒤집어씌웠어. 내가 풀려난 뒤 몇 개월 잠잠하더니 또 군법회의에서 날 불러들였어. 나는 그때 감시를 철저히 받고 있었으므로 도망갈 엄두도 못 내고 사형당할 날만 기다리고 살았지."*

정치학자 이하우의 『6·25와 나』(까치, 2010)라는 체험 수기를 묶은 저서에서 6·25전쟁 때 울산 지역에서 국민학교 상급반에 다닌 소년의 증언이 이렇다.

　　며칠 후 학교에 가는 길에 아랫동네 아이들한테서 우리 동네에서 보

* 김기진, 『국민보도연맹』, 역사비평사, 2002, pp. 111~200. 이 부분 외에도 전쟁 당시 부산과 경남 지역의 보도연맹 관련 자료를 취재한 『부산일보』 김기진 기자가 쓴 위의 책을 참조했다.

도연맹 관련으로 몇 사람이 잡혀갔는데 어디로 갔는지 모른다는 말을 들었고, 학교에서도 다른 동네 보도연맹 관련자 이야기를 들은 기억이 난다. 조금 지난 후 나의 생가 마을에서 이주해 다른 곳에서 살던 친척들이 보도연맹에 연루되어 더러는 공개 처형을 당하고 더러는 행방불명이 되었다는 이야기도 들었다. 시간이 흐름에 따라, 똑똑한 사람들은 다 보도연맹 사건 때 죽었다는 말도 공공연히 나돌았다. 〔……〕 그러나 정치 이념에 무관하고 그저 순한 농사꾼이었던 큰형님이 어떻게 보도연맹에 관련되었는지 이해할 수 없었고 아직도 그렇다. 〔……〕 보도연맹 울산 지역 피해 유족들은 870여 명이 희생되었다고 추정하지만, 진실화해위원회 조사에 의하면 울산 지역에서만 407명이 집단 총살된 것으로 알려졌다.

전쟁 발발과 더불어 북이 기대한 대로 남한의 20만 지하 남로당원이 인민해방군을 맞아 봉기할 것이란 예상이 빗나간 이면에는 보련 가맹자의 학살이 빚어낸, 사회 전반에 깔린 공포 분위기도 일조했음이 분명하다. 사회주의가 기대만큼 사람이 살 만한 터전이 못됨을 뒤늦게나마 깨닫고 조국이 공산화되지 않으려면 김일성의 앞잡이 괴뢰군을 무찔러야 한다는 애국심의 동기를 부여한 측면도 있었다. 그러나 국가에 의한 불법 살인, 즉 민간인의 대량 학살로 전시의 사회 분위기가 그만큼 경직되었음도 사실이다. 적으로 의심이 갈 만한 자들의 처단이야말로 계엄령을 빌린 위정자의 효과적인 통치 수단이기도 했다. 그러나 보련 가맹자들이 예비검속 끝에 학살 현장으로 끌려갈 동안 장본인은 자신이 무엇을 그토록 잘못했는지를 따져보아도 명백한 이유를 알 수 없으니 억울 절통할 노릇이었다. 권력을 집행한 쪽에서 보자면 그들의 준범죄 행위를 누우이 지적했다고 강변할지 모르나, 당하는 쪽 입장에서는 자신이 선택한 이념이 왜 그토록 잘못되었는지 쉬 납득할 수가 없었다. 거슬러 올라가 일제 초엽만 해도 국내외를 합쳐 조선인의 독립운동은 좌파와 우파로 나누어지지 않았다. 1919년 러시아혁명이 성공하여 그 이념이 이 땅에 전해지자 공산주의가 인간적인 평등한 삶을 보장해주는 그럴듯한 제도라 조선도 일제의 사슬에서 벗어나 독립하게 되면 장차 그런 나라로 건설되어야 한다는 생각을 가진 사람이 다수 생겨났다. 독립운동 노선이 우파와 좌파로 갈렸다. 1945년에 일본이 망하고 조선이 해방을 맞자 삼팔선 북쪽은 점령군 소련의 등세를 타고 좌(공산주의)를 지지하는 사람들 차지가 되었다. 삼팔선 남쪽에서 좌를 지지하는 사람들은 미국의 등세를 탄 우(자본주의)에 몰릴 수밖에 없었으나, 그렇다고 자기가 여태 선호한 이상적인 국가 건설을 보지도 못한 채 쉽게 단념할 수가 없었다. 해방 후 한동안 미군정이 표현의 자유를 보장해주었기에 해방된 조국에서 내 주장을 못 펼 게 뭐냐며 좌든 우든 자기주장을 하며 나설 수가 있었다. 이승만의 남한 단정과 독선이 싫어서 중도를 걷던 김구 지지자, 온건좌파를 지향했던 여운형 지지자, 만민 평등의 공산사회가 좋다는 박헌영 지지자도 다수 생겨났다. 그러나 미군의 지원을 받은 이승만을 중심으로 한 우파가 차츰 물리적인 힘으로 압박해오자 중도파와 좌파는 수세에 몰려 삼팔선 넘어 북으로 가지 않는 이상 더 버텨낼 수가 없었다. 그래서 화해의 모양새를 취해온 우파에 백기를 들고 항복하게 된 게 보도연맹 가맹이었다. 전향서를 쓰고 항복함으로써 용서를 받았는데 전쟁이 터지자 그 전향서가 집단 학살의 빌미가 되었다. 자유민주주의의 운명이 풍전등화로 화급하기로서니 보도연맹 가맹자를 꼭 그렇게 집단 학살로 응징해야 했을까? 6·25전쟁 때 생포된 적을 거제도 포로수용소에 집단 수용했는데 가장 많았을 때는 그 수가 17만 3천 명에 달했다. 보련 가맹자가 조국을 배반할 소지가 있다고 판단한 경우 거제도 수용소처럼 남도 어느 섬에 집단 유치하는 조치를 강구했다면 다수 생명이 살았을 것이다.

내 고향 진영에서는 251명이 학살되었고 그중 절반가량이 보련 가맹자였다. 실제 발굴된 유골 수는 251명이었으나 전쟁 후 7월과 8월 사이에 학살되었다는 신고자 수가 3백여 명이었다. 이런 착오는 창원군 대산면의 보련 가맹자 40~50명가량, 김해군 생림면·진례면·한림면 사람도 포함되었기 때문이다. 희생자 대부분은 해방 후 농민조합에 관여하며 지주의 부당 착취에 항의했다는 것이 빌미가 되어 맹원에 가입된 자들이었다. 진영평야는 일제하 1931년 '하사마농장 소작쟁의 사건'으로 유명한 반골의 농촌 마을이었다. 지주의 가혹한 수탈에 시달려야 했던 소작인 집단부락이 들판에 점점이 흩어져 있는 인구 초밀집 지역이기도 했다. 그러므로 시골이지만 민도가 높고 저항 정신이 강해 해방 후 각 마을은 우익보다 좌익이 선점하여 여운형의 건준 조직이 각 마을에 먼저 정착했다. 그러기에 농민조합운동과 청년운동이 어느 지방보다 활성화되어 있었다. 아버지가 공청 각 지부를 마을마다 조직해나갈 때도 그 호응도가 높았다. 읍내의 교육깨나 받은 중산층도 좌익 성향과 우익 지지자로 나뉘어 서로 간의 감정이 좋지 못했다. 전쟁이 나자 그동안 수세에 몰렸던 우익 진영인 경찰과 우익 인사들, 주둔해 있던 군(軍), 서북청년단, 청년방위대가 한통속으로 뭉쳤다. 그들은 7월과 8월에 걸쳐 평소 이승만 정권을 곱지 않은 눈길로 본 식자층이나 보도연맹 가맹자들을 예비검속하여 일제 때 공출미를 보관하던 역전의 미창에 수용하기 시작했다. 처음에는 평소의 사적 감정으로 미워하거나 시기했던 자까지 포함하여 투망식 마구잡이로 5백여 명이 예비검속을 당했다. 소나 전답 등 집안의 가산을 팔아 요로에 백을 쓴 자들은 신고 끝에 만신창이가 되어 풀려났으나 3백여 명은 7월 중순부터 8월에 걸쳐 심문에 따른 고문 끝에 읍내에 주둔해 있던 육군 파견부대 CIC, 해군 G-2, 경찰에 의해 밤낮을 가리지 않고 끌려 나가 상림면 나밭고개, 진례면 냉정고개, 상동고개 등에서 처형당했다.

1950년 7월 중순에서부터 9월 초순에 이르기까지 인민군이 점령하지 못한 지역에서 예비검속된 보련 가맹자와 각지의 형무소에 수감되어 있던 좌익 사범이 집단 학살당했는데 그 수는 대략 20만여 명으로 추정된다. 그러나 사건이 종료된 지 60년이 지난 지금까지도 '빨갱이'란 저주의 말을 덮어쓴 채 그 정확한 숫자는 파악되지 않고 있다. 4·19학생혁명의 성공으로 이승만 정권이 붕괴하고 5·16군사쿠데타가 일어난 1년 사이는 참다운 자유민주주의를 향유한 시간대였다. 집단 학살당한 지 10년이 지났고 전쟁이 멈춘 지 6년이 흐른 그제야 지아비나 자식을 잃은 한 맺힌 보도연맹 가맹 희생자 유가족이 진상조사위원회를 조직하고 당시 사망·실종자 신고를 접수했다. 시신이나마 찾겠다고 학살 현장 발굴 작업에 착수했던 것이다. 전국에 자생적으로 만들어지기 시작한 유족회가 진영읍에도 만들었다. 유족회 조사 결과 어림짐작할 수 있는 숫자나마 251명으로 가려냈다. 그러나 1년 뒤 반공을 국시로 하는 군사쿠데타 정권이 들어서자 유족회가 된서리를 맞고 지하로 다시 잠적하고 말았다.

그런데 당시 전국을 통틀어 자행된 20여만 명의 학살 중에 민간인 학살에 따른 죄로 재판에 회부된 끝에 사형선고를 받고 형이 집행된 유일한 경우가 있었다. 진영읍 진영지서 주임 김병희였다. 6·25전쟁 후 계엄령하 전시를 빙자하여 진영지서 주임 김병희가 저지른 폐행은 두 가지로 요약된다. '진영 살인 사건'으로 알려진 강성갑 목사 처형 사건은 1950년 『민주일보』 10월 1일 자에 보도된 박스기사와 1960년 5월 23일 자 『부산일보』 기사를 참조하여 사건 내용을 설명하면 다음과 같다. 인민군이 대전·군산을 점령하고 경북 지방은 안동이 실함의 위기에 놓인 7월 중순경이었다. 진영읍에서는 관내 우익 인사들이 읍사무소 2층에 모여 '비상대책위원회'란 사설 단체를 조직했다. 전쟁 전인 5·10선거 이후 진영 지방의 헤게모니를 장악하고자 지방 유지들이 세력 다툼을 벌여오던 중 6·25전쟁이 발발하자 일제의 끄나풀로 활동한 전력이 있는 인사 몇이 우익의 대표자입네 하고 모여 조직한 게 바로 비상대책위원회였다. 평소 눈엣가시 같았던 자들을 이 기회에 손 좀 보겠다는 일종의 사설 군법회의였다. 비상대책위원회는 위원장에 진영읍 국민회 부위원장 이석흠을 앉히고 지서주임 김병희, 읍장 김윤섭, 부읍장 강백수, 청년방위대장 하계백, 읍의원으로 의용경찰 경사 강치순 등이 위원이 되었다. 그들은 7월 27일 시국의 급박함을 기화로 진영 지방에서 명망이 높고 중도파의 대들보였던 한얼중학교 설립자이자 교장인 강성갑 목사와 복숭아밭과 단감밭을 소유하였던 과수업자이며 한얼중학교 이사장인 최갑시 둘을 빨갱이로 몰아 죽이기로 공모했다.

　강 목사야말로 가난한 농민의 자녀들에게 배움과 신앙의 길을 열어준 '한국판 페스탈로치'로 존경받는 향토교육자였다. 그의 그런 면이 비상대책위원들에게는 '교육자입네 하고 양심을 파는 꼴'로 보여 투기의 대상이었다. 강성갑은 진영이 고향도 아니면서 교육 사업을 핑계 대어 설치는 게 아니꼽다며 비방했다. 최갑시는 읍내의 재력가로 국민회 지부 측에서 경계하던 인물로 사사건건 바른 소리를 하는 게 눈에 거슬렸다. 처단 방법과 시기는 지서주임이 책임질 것을 결정했다. 지서주임 김병희는 곧 둘을 지서로 연행했다. 지서주임은 사건 후 책임을 양분할 요량으로 CIC 파견대장 이명규 중위를 끌어들였다. 지서주임은 읍내 사정에 어두운 이명규 중위에게, 의령 땅에서 날아온 타지인이 흙벽돌로 학교를 지어선 인근 농촌을 돌며 빈농 자녀들을 모아 공산주의식 공동체 살림을 살자며 계급 타파를 주장하고 평등 개념으로 무산대중(빈농)을 선동하므로 빨갱이 교장이라고 선동했다. 8월 1일 밤 자정 무렵에 지서주임은 이명규 중위, 청년방위대장 하계백, 의용경찰 둘을 대동하고 결박한 강성갑과 최갑시를 트럭에 태워 읍내에서 들판을 질러 4킬로미터 떨어진 창원군 대산면 낙동강 변 수산다리(대진교) 아래로 끌고 갔다. 다리 아래 강가 모래톱에 포승 지른 강성갑 목사를 무릎 꿇린 뒤 이명규 중위가 손전등을 비추며, 죽기 전 마지막으로 할 말이 없느냐고 물었다. 강 목사가 잠시 기도할 시간을 달라고 말한 뒤 입속말로, 전쟁의 참화에 휘말린 조국과 인간이 저지르는 죄를 두고 하나님께 간구할 때였다. 지서주임이 그 기도마저 지루하다는 듯 들고 있던 카빈총을 강 목사의 머리에 대고 방아쇠를 당겼다. 강 목사가 그 자리에 쓰러졌다. 『성경』의 구약 「이사야」 53장, "그는 실로 우리의 질고를 지고 우리의 슬픔을 당하였거늘 우리는 생각하기를 그는 징벌을 받아서 하나님에게 맞으며 고난을 당하였노라 그가 찔림은 우리의 허물로 인함이요 그가 상함은 우리의 죄악으로 인함이라"라는 구절이 있는데, 재판 절차도 없이 사설 군법회의에 의해 희생된 강 목사의 죽음이야말로 그 비유가 적절할 터였다. 강 목사가 처형된 순간 이명규 중위, 방위군 대장 하계백, 의용경찰이 방심한 사이에 최갑시가 강물로 뛰어들었다. 의용경찰대원이 깜깜한 강물에 대고 총질을 했으나 최갑시는 대퇴부에 총상을 입은 채 헤엄쳐 살아남았다. 이튿날 아침, 이 소식을 들은 한얼중학교 학생들이 울부짖으며 한달음에 낙동강으로 달려가 며칠간 통곡하며 시신을 지켰다. 향토교육자로서의 강성갑 목사의 인품을 기리는 추모의 글은 박형규 목사, 이규호(전 문교부 장관), 김동길(연세대 명예교수) 저서에서도 발견된다. 그분의 미담과 일화는 지금도 진영의 노인 세대 입에서 회자되고 있다. 강성갑 목사가 설립한 한얼중학교가 있던 자리(현재 진영여중과 진영고등학교 사이)에는 그의 업적을 기리는 흉상과 기념비가 서 있다.

진영지서 주임 김병희가 저지른 또 한 건의 패행은 진영중학교 여교사 살인 사건이다. 『부산일보』 1960년 5월 25일 자에 보도된 사건 내용은 이렇다. 강 목사 살해 사건이 있었던 직후인 1950년 8월 초순이었다. 진영중학교 여교사 김영명 씨(27)는 결혼한 지 여섯 달 된 신부였다. 용모가 예뻤던 김영명 씨는 보련 가맹자였던 오빠 김영봉 씨(37)의 탈주 건으로 지서로 불려 가게 되었다. 김영봉 씨는 보련 가맹자로 당시 진영에 주둔해 있던 해군 G-2로 끌려가서 수차례 고문을 당한 끝에 경찰에 넘겨져 10여 명의 보련 가맹자와 함께 밤중에 트럭에 태워졌다. 트럭이 창원 쪽으로 가던 중 고장을 일으켜 덕산고개에서 멈추어 서자 인솔 경찰이 묶인 가맹자를 산으로 끌고 가 언덕에 앉혀놓고 등 뒤에서 총을 갈겼다. 묶여 있던 자들이 쓰러졌으나 다행히 김영봉은 다리에 관통상을 입은 채 혼절하고 말았다. 경찰이 가맹자 모두가 사망한 줄 알고 철수하자 김영봉은 살아서 깨어났다. 그는 현장에서 기어 내려와 병원에서 응급치료를 받곤 그 길로 부산으로 피신했다. 이튿날 김영봉의 시신이 없어 그가 살아서 도주했음을 안 진영지서 주임 김병희는 김영봉의 누이 김영명을 지서로 불러들이기 시작했다. 지서주임은 여선생을 7, 8회에 걸쳐 협박 고문하며 도망친 오빠의 숨은 곳을 대라고 추궁했다. 김영명은 발가벗겨지고 고문 끝에 팔이 부러졌다. 김병희는 겁탈을 시도했으나 실패하자, 의용경찰에게 그녀를 죽일 것을 명령했다. 의용경찰 셋이 김영명을 진영 뒷산으로 끌고 가서 죽였다.

  7월 중순에서 8월 말까지는 진영읍이야말로 공포 분위기 그 자체였다. 해군 G-2 파견대, 육군 CIC 파견대, 경찰이 합세한 학살이 계속되었던 것이다. 그들은 밤낮을 가리지 않고 미창에서 끌어낸 보련 가맹자를 10~20명씩 트럭에 태워선 진영 부근 후미진 골짜기로 끌고 가서 총살한 뒤 매장했다. 9월에 들어서자 낙동강 수산다리 아래서 강물에 뛰어들어 목숨을 건진 최갑시가 진영 양민 학살에 앞장섰던 김병희 지서주임 외 다섯 명을 부산지법에 고소했다. 그 내역을 소상히 기술하여 언론기관에도 알렸다. 사건은 미 선교 단체와 유엔한국재건단(운크라)이 문제를 제기해 미국 언론에까지 보도되었다. 이 사건이 나라 밖까지 알려져 여론이 비등하자 정부도 법으로 다스리지 않을 수 없었다. 진영지서 주임 김병희 등 다섯 명을 군사재판에 회부한 결과, 김병희는 사형, 나머지 다섯 명은 10년형을 언도받았다. 그러나 김병희만 사형이 집행되었을 뿐, 나머지 다섯 명은 사건이 세간의 화제에서 멀어지자 한 달이 안 되어 모두 석방되었다. 당시 계엄민사부장이었던 김종원이 3천만 원의 뇌물을 받고 이들을 석방해주었다는 뒷소문이 있었다.

『부산일보』 1960년 6월 26일 자에 사건이 발생한 지 10년 만에 거행된 유족회 합동장례식 기사가 실렸다. "진영의 피살자 258명. 진영지구 양민 피학살자 합동장의 고별식은 25일 상오 10시 진영 역전 광장에서 5백 명의 유족과 5천 명의 주민들이 참석한 가운데 엄수되었다. 이날 식은 열다섯 개 학살 무덤에서 파낸 258구의 유골을 실은 영구차와 뒤따르는 남녀 상주들의 도착으로 시작, 한얼고교 악대의 구슬픈 주악에 이어 분향, 독경, 조사 순서로 진행되었다. 특히 고 강성갑 목사의 동생 무갑 씨의 조사에는 통곡의 바다를 이루어 처참히 학살된 10년 전 분노를 상기시켰다. 250여 원혼은 정오 고별식장을 떠나 장지인 설창고개로 행진했는데, 장송 행렬에는 3천여 명의 조문객이 뒤따르며 연변에 늘어선 주민들도 말없이 눈물로써 행렬을 지켜 보냈다. 인산인해를 이룬 장지에 도착한 유해를 끌어안고 뒹구는 유족들의 울부짖음 속에 하오 1시 30분 하관, 고이 잠들었다." 이 합동장례식에는 함태영 전 부통령과 김영삼 전 대통령도 참석했다.

이령경이 2003년 성공회대 석사논문으로 발표한 「한국전쟁 전후 좌익 관련 여성 유족의 경험 연구」(『한겨레신문』 2003. 4. 7. 재인용)에서 빨갱이로 몰려 남편을 잃은 할머니 열다섯 명의 삶을 구술로 옮겨 적었다. 이 논문에는 한평생 힘든 고통의 멍에를 지고 살았던 노파들의 신산한 삶이 잘 드러나 있다. "남편이 죽고 나서 시어머니가 구박을 많이 했다. (남편이) 빨갱이로 끌려갔는데 빨갱이 부인이니까, 우리 집에도 오지 마라 하는 기라. 〔……〕 내가 사람을 잡아먹었다고…… 저거는 밥 먹어도 나는 밥도 안 주고…… 내 혼자서 외톨이가 되어서 거지 중에 상거지였다" 〔박태희 씨(가명), 72〕. "남자는 하나도 없었네. 시어미 둘, 딸 둘, 나 여자 다섯이지. 그러니 세가 빠지지. 먼 데 논은 팔고 가까운 논은 한데 모아 농사지었다. 〔……〕 남자들이 저거 논에 낮에 물 대면, 우리 논에는 밤에나 가야 몰래 논에 물 댈 수가 있었다"〔이순명 씨(가명), 73〕. "큰딸은 초등학교도 못 넣었어. 애 서이를 초등학교에서 대학교까지 다 시키자니 큰애는 시킬 여가가 없어"〔변금자 씨(가명), 82〕. "무서워서 이야기를 못 했다. 그래도 인자는 말할 수 있다. 그래도 안적까정 다른 유족들은 겁을 낸다. 내가 그게 답답해 죽겠다"〔양영희 씨(가명), 76〕. "내 의무라, 이기. 간 사람은 가고 맥없이 가고, 나는 이마이 살았으니까 내 의무를 하고 가는 기라, 그자. 그기 내 의무라."(박태희 씨) 이령경은 "이들의 삶에는 전쟁 중에 겪는 직접적인 폭력 말고도 빨갱이 가족이기 때문에, 가부장제 사회의 여성이기 때문에 겪어야 하는 구조적·문화적 폭력과 차별이 내재돼 있다"라고 말했나.

우리 집의 경우, 내가 본 일화 한 가지가 생각난다. 휴전되고 나서니 1955년 봄이었다. 대구시 장관동 어느 집 문간채에 우리 식구가 세 들어서 어머니의 삯바느질로 호구를 면할 때였다. 내가 석간신문 배달을 마치고 집으로 돌아오니 흰 치마저고리 입고 머리 곱게 빗어 쪽 찐 새댁이 와있었다. 처음에는 바느질 일감을 맡기러 온 손님인 줄 알았는데 새댁은 좀체 자리를 뜨지 않은 채 타래실을 북에 감는 일을 도우며 어머니 눈치만 살폈다. 나를 보자 이 집 큰아들이냐고 반기며 시루떡 한 판을 내놓았다. 누나에게 말을 붙이며 부엌일도 나서서 도와주었다. 그런데 어머니는 그 새댁을 모른 채 외면했고 말조차 걸지 않았다. 먼 길 온 친척 같지도 않았고 없는 집에 빚 꾸러 온 사람 같지도 않았다. 그 새댁이 그날 밤이 깊어도 돌아갈 채비를 하지 않자 내가 누나에게 웬 분이냐고 물었다. 누나가 자기도 누군지 모르겠다며 집에 올 때 쌀 두 말에 떡 한 광주리를 이고 왔다고 했다. 그 새댁은 그날 하룻밤을 우리 방에서 끼여 자고 이튿날 아침밥을 먹고 나자 눈물 글썽한 얼굴로, "이래 떠나모 성님을 또 언제 뵈오리오. 험한 세월 자슥들 데불고 부디 편히 사십시오" 하며 깍듯이 인사하곤 홀홀히 떠났다. 그 새댁이 그렇게 울며 떠나도 어머니는 재봉틀만 돌릴 뿐 본체만체 냉담했다. 어머니는 하루가 지나도 그 새댁에 대해 일언반구 말이 없었다. 내가 어머니의 그 점이 섭섭하여 "그 젊은 여자분, 착해 보이던데 어무이가 와 그래 박절하게 대했는지 모르겠심더" 하고 은근쩍 물었다. "그 새댁? 지 서방이 니 에비가 강습소 했던 일정 때부텀 뒤를 졸졸 따라댕기다가 지난 전쟁 통에 보도연맹인가 거기에 말려들어 죽었단다. 진영 장터에 나갔다가 우리가 여게 산다는 줄 우예 알고 니 에비 소식이나 들을까 싶어서 찾아왔는데……" 더 이상 아버지와 관련된 말은 하기 싫다는 듯 어머니가 말을 끊곤 혼잣소리로 중얼거렸다. "이북으로 내뺀 니 에비가 나타난다모 당장 경찰서에 찔러 바치겠다는 말 이외 내가 무신 할 말이 있겠노. 지긋지긋한 시월, 지난날으 언슨시럽은 생각이 자꾸 떠올라 그 여편네마저 꼴 보기 싫더라. 이녁이나 내나 험한 팔자를 타고났으니 아무 말 말고 어서 내려가서 유복자 종손이나 잘 키우라미 돌려보냈다." 그 새댁은 전쟁 직전 읍내 변두리에서 기와공장 하던 집안의 딸로 창원군 대산면의 중농 집안으로 시집갔는데 농촌자활운동에 애쓰던 서방이 전쟁 직후 보도연맹 가맹자로 끌려가 진영역 앞 미창에 갇혔다가 학살당한 뒤 재가하지 않고 유복자 아들을 키운다고 했다.

## 20장

이 땅에 전쟁이 났던 1950년 그해도 이제 60여 년 전 저쪽 세월로 흘러갔다. 그해 여름 여덟 살 소년이었던 내게 인공 치하의 서울 생활 석 달도 많은 부분이 희미해졌으나 유독 잊히지 않는 몇 가지 기억은 남아 있다. 첫번째가, 지독한 허기였다. 그해 여름 내내 어질머리를 앓을 정도로 허핍하게 지낸 기억은 뒷날 오랫동안 잊을 수가 없었다. 인공 치하 서울시당 재정부 부부장 집이라면 배부르게 먹지야 못해도 삼시 세끼 먹는 부족함이 없어야 했는데 사정이 그렇지가 않았다. 아버지의 무관심 탓이었다. 정말 아버지는 가족이 안중에 없었을까? 아버지가 당 사업에 너무 바빴다는 것은 한갓 핑계에 지나지 않았다. 그때만이 아니라 아버지는 평생 처자식을 버려두었다. 어머니가 당신께 저주를 퍼부은 말도 가족을 돌보지 않은, '사상과 계집질에 미친 미치광이'란 것으로, 청년기에는 나 역시 그 말을 담담하게 받아들였다. 우리는 여전히 어두컴컴한 객차 단칸방에서 아버지를 뺀 다섯 식구가 오글거리고 살았다. 7월 초순에 스리쿼터 편에 보낸 양식이 떨어진 뒤부터 7월 말까지 아버지는 집에 뻬끔 들러도 빈손으로 왔다 후딱 떠나버렸다. 양식은 끝내 오지 않았다. 어머니가 먹을거리가 떨어졌다 해도, 전시에는 어느 집이나 사정이 매한가지란 말만 했지 어떤 대책도 세워주지 못했다. 식구가 하루 두 끼를 멀건 죽으로 때우다 못해 어머니의 젖이 말라 4월에 태어난 둘째 이우는 꼬치꼬치 말라갔다. 어머니가 젖먹이를 안고 좁쌀밥 끓일 때 윗물을 건져 숟가락으로 떠넘기다 못해 물어물어 아버지 사업장이 있다는 창덕궁 돈화문 근처로 찾아갔다. 공교롭게도 아버지는 인민군이 해방시킨 대전의 전선지도부로 출장을 가고 없었다. 이틀 전이라 했고, 며칠 뒤에나 돌아올 거라는 말을 전해 듣고 걸음을 돌렸다. "집에 가서 계시라요. 임시 양곡이라도 구하는 대로 보내드리겠습네다. 아무리 전시라곤 하지만 간부 동무네 집이 굶고 앉았다믄 위대하신 김일성 장군님 위신이 말이 아닙네다. 당장 양식이 떨어졌다믄 어디서 꾸어서라두 보충하십시오. 간부 동무가 오는 대로 부인 동무 말을 전하겠습네다." 북에서 내려온 인민복짜리의 친절한 말이었다. 그러나 며칠이 지나도 양식은커녕 아버지의 소식조차 없었다. 이때를 두고 어머니는 뒷날, "니 에비와 우리 식구는 전생에 살(煞)이 끼었어. 마누라는 보기 싫다 해도 우째 지 자슥들마저 내삐리둘까. 아무리 바뿌기로서니 식구가 굶고 앉아 있는 줄 알면서 모른 체할 수 있겠노" 했다. 8월에 들어서도 아버지는 집에 들르지 않았다. 그 대신 재정부 직원을 통해 좁쌀 두 말과 밀가루 몇 되박을 보내왔다. 어머니는 빌려다 먹은 양식을 갚는 것 외에는 이웃에 양곡을 나누어주지 않고 여투었다. 식구가 당분간 두 끼니씩은 배를 채울 수 있었다.

8월 하순인가. 고물상 아저씨가 총에 맞아 죽는 사건이 생겼다. 5가 네거리의 선교사 사택을 받치고 있던 옹벽이 3, 4층 높이쯤 됐는데 그 옹벽을 따라 받쳐둔 대꼬챙이를 타고 호박 넝쿨이 뻗어 오르고 있었다. 그 호박 넝쿨의 2층 높이쯤에 언제부터인가 호박 하나가 달려 자라고 있었다. 호박잎 사이로 보이던 야구공만 하던 호박이 나날이 자라더니 아이 머리통만 하게 커졌다. 그러나 높이 달렸기에 아무도 그 호박을 딸 엄두를 내지 못하고 있었다. 옹벽 밑 좁은 채전을 가꾸며 호박씨를 심은 사람은 이웃 할머니였는데 전쟁이 나자 어디론가 사라져버렸다. 채전은 빈터가 되었고 임자 없는 호박이 되고 말았다. 누군가 그 호박을 땄다간 도둑으로 몰릴까 봐 감히 호박을 따겠다는 사람이 없었다. 인공 세상이 되자 사회생활에서 도둑질은 가장 큰 범죄로 여겨 도둑질하다 들키면 그 자리에서 총살한다는 말이 돌았던 것이다. 어느 날 한밤중이었다. 만귀잠잠한 중에 두어 발 총성이 쾅 하고 들렸다. 밤중에 흔히 듣는 총소리라 무심히 넘겼는데 이튿날 아침에 이웃 사람들이 고물상 밖에 모여 쑥덕거렸다. 밤중에 고물상 아저씨가 사다리를 받쳐 그 호박을 따다 야간 순찰을 돌던 보안대원 총에 맞아 즉사했다고 한다. 먹을거리가 귀했던 참에 호박 한 개라도 건지려다 죽임을 당하고 말았다. 그 말을 듣고 내가 옹벽 밑으로 가 보니 고물상 아저씨의 시신이 가마니에 덮여 있었고 험한 발만 비어져 나와 있었다. 옹벽 밑에는 이웃 할머니가 씨를 받으려 심어놓은 해바라기 여러 그루가 멀대 키로 자라 샛노란 꽃을 피워 활짝 웃고 섰던 게 인상적이었다.

두번째, 잊지 못할 기억은 그해 여름 더위였다. 늘 허기에 시달렸으니 그렇게 느껴졌는지 모르지만 그해 여름 더위는 정말 지독했다. 주린 배를 접고 지내는 낮 시간이 한없이 길었다. 아침에 눈을 뜨면 멀건 국물이 더 많은 수제비 한 공기를 먹고 방학 중에도 누나와 나는 날마다 학교에 나갔다. 그때부터 중천에 떠 있는 해는 쨍쨍한 햇살만 퍼부을 뿐 서쪽으로 기울 줄을 몰랐다. 영희국민학교가 신병 훈련소로 변해 징집으로 소집된 청장년들이 목총을 메고 제식훈련과 엎드려 총 쏘기 연습을 했기에 학생들은 교회니 빈 건물로 떠돌며 공부 아닌 공부를 해야 했다. 공부란 주로 저들의 노래 부르기였다. 「적기가」「인민항쟁가」 따위는 하도 불러 꿈에서도 헛소리로 부를 정도였다. 나중에 그해 겨울 고향 진영으로 역피란을 가서도 겁 없이 "장백산 줄기줄기 피어린 자욱……"이니, "아침은 빛나라 이 강산, 은금 자원도 가득한……" 하는 북쪽 노래를 철없이 흥얼거려, "쟤가 부르는 창가가 괴뢰군 노래 아인가?" 하며 주위 사람들의 눈총을 받곤 했다. 위대한 김일성 장군님의 항일 빨치산 투쟁기 익히기, 전방 군인 아저씨 동무에게 위문편지 쓰기, 조를 짜서 가가호호를 방문해 위문품 수집하기 등을 했다. 그렇게 오전 수업을 끝내면 상급생과 합쳐져 근로봉사에 동원되었다. 뙤약볕 아래 허기로 어지럼증에 시달리며 거리 청소 작업에 나섰다. 을지로와 종로통은 날마다 '영용한 인민군대 승전 축하 시가행진'이 이어졌다. 학생 악대가 선두에서 나발 불고 북 치며 뒤따르는 대열을 선도했다. 선두에는 김일성과 스탈린의 대형 초상화 액자를 앞세우고 청장년 또는 부녀자 들이 현수막과 인공기를 들고 행진했다. 그들은 주먹을 내두르며 "조국 통일 완정 조속 달성하자!"느니 "양키 미 제국주의는 민족 문제서 손을 떼라!"라는 구호를 외쳤다. 뙤약볕 아래라 모두의 겉옷이 땀에 젖어 있었다. 동구권에서 한국전쟁을 현지 중계하러 온 서양 기자들이 카메라를 들고 인도에 내려서서 행렬을 따르며 취재에 열을 올리는 모습도 종종

보았다. "굶어서 걷기도 부치는데 인민반장이 날마다 불러내니 미칠 노릇이다"라고 어른들이 불평해댔으나 그 동원에 빠졌다간 반동분자로 몰려 분주소나 보안대의 호출이 떨어졌기에 빠질 수가 없었다. 해방구 후방에서 그렇게 열을 올려도 길거리에 세워진 전황 게시판에는 8월이 다 가도록 낙동강전선은 더 뚫리지 않은 채 요지부동이었다. 8월 15일 광복절까지는 부산까지 밀어붙임으로써 기필코 북남 민족 통일 완정 해방의 날을 맞게 될 거라고 선전했는데 실제로는 전선 사정이 그렇지 못한 모양이었다. 7월에는 의용군 모집을 통해 남한의 청장년을 입대시켜 전선에 투입했는데 8월부터는 강제징집으로 청장년은 모두 의용군 대상자였다. 완장 찬 인민반장·여성동맹원·청년동맹원이 가가호호 방문하여 군량미 조달에 협조를 강요하는 한편 숨어 있는 징집 대상자를 찾아내려 집 안을 돌며 눈에 불을 켰다.

인민군이 해방시킨 해방구 안의 인심도 차츰 내빠졌다. 사회주의는 모든 인민에게 직업을 보장해주고 국가가 먹는 것과 옷까지 일체를 배급해주며 병원 치료도 무상이라 했다. 그러나 아직 전쟁 중이라 사회주의 제도는 실행되지 않았다. 그런데 막상 사회주의란 제도의 초입에 들어서고 보니 만약 전쟁이 끝나더라도 그들이 주장하는 낙원에 쉬 도달할까 의심이 들었다. 농지의 무상몰수·무상분배도 현물세가 따랐으며 지주나 마름을 대신해서 나선 농업지도원 동무의 시시콜콜한 지도에 무조건 따라야 했다. 당 간부나 권력을 누리는 자에게 따로 백을 써야 처신이 수월함을 차츰 깨달아갔다. 개인적인 적성과 상관없이 당에서 직업을 정해주니 책상물림이 협동농장이나 탄광소에 배치되었다. 가족 중 성분 나쁜 자가 있으면 식구가 모두 낯선 곳으로 추방당했다. 거주 이동의 자유가 없이 당이 정해주는 곳에서 살아야 하는 점도 불편했다. 무엇보다 무슨 무슨 학습·집체강습·생활총화니 하는 강제적인 동원으로 사람을 꼼짝 못 하게 묶어놓아 개인적 자유가 허락되지 않았다. 젊은 김일성 장군이 단군 이래 민족의 태양이라며 그의 초능력적인 생애와 업적을 달달 외게 하는 학습총화에 신물이 났으나 불만을 말할 수 없었다. 위대한 지도자 동지의 동상을 세워야 한다며 마을마다 모금 운동이 벌어지고 있었다. 그 대신 예수상이나 불상은 우상 숭배라며 폐기 처분당하고 종교를 믿을 자유를 아예 앗아가버렸다. 이렇게 살 바에야 차라리 배를 곯더라도 내 마음대로 살 수 있는 대한민국 땅이 낫다며, 인간은 가축이 아니기에 자유로워야 할 존재임을 깨닫고는 사선을 뚫고 피란에 나선 사람들이 속출했다. 미국이 대대적으로 식량 원조를 해서 피란지에서도 굶지는 않는다는 소문까지 암암리에 나돌았다.

 8월 중순 무렵에야 드디어 국민학교 초급 학년에는 짧은 여름방학 기간이 주어졌다. 아침 10시쯤이면 영식이가 나를 부르러 왔다. 그가 올 때는 늘 호주머니가 불룩했고 어떤 때는 잡동사니를 넣은 책가방을 메고 오기도 했다. 그는 집에서 몰래 가지고 나온 손톱 깎는 작은 가위·면도칼·손전등·양초·밥만 주면 침이 움직이는 손목시계·브로치·가락지나 목걸이·옥비녀 따위, 요컨대 돈으로 바뀔 만한 물건을 주머니나 책가방에 넣어왔다. 나는 영식이를 따라나서서 진종일 뙤약볕 아래 시내를 구경하며 돌아다녔다. 집에 있어봐야 첫째 아우를 돌보거나 둘째 아우 아기업개 노릇이나 하며 점심도 굶을 게 뻔했기에 어머니께 한두 대 매를 맞게 되더라도 집을 벗어나는 게 나았다. 겁이 많았던 내가 영식이를 뒤따라 다니며 세상 구경하는 재미에 빠져들었다는 게 나 자신이 생각해도 이상한 데가 있었다. 나는 영식이와 함께 을지로나 종로통을 거쳐 시청 광장에서 남대문시장을 지나 서울역까지 나가보았다. 날마다 무슨 무슨 단체의 궐기대회나 미 제국주의 성토대회가 열리는 동대문운동장을 지나 장충단고개 입구 개울에서 땀에 전 낯과 손발을 닦곤 집으로 걸음을 돌리기도 했다. 어디를 가나 뙤약볕 아래에서 무엇인가 이고 지고 나른히 걷는 어른들의 홀쭉 파인 뺨과 퀭한 눈빛을 맞닥뜨렸다. 집에서 가지고 나온 물건으로 난전에 장사판을 벌인 사람, 무리 지어 가는 전사, 아직 인민군복을 지급받지 못한 추레한 바지저고리 차림의 청장년 들도 만났다. 그들은 총 멘 열외자의 지시에 따라 열 지어 바삐 걷거나 트럭을 탄 채 어디론가 떠났다. 중앙청 안쪽 뜰에서는 나무 그늘에서 쉬며 담배를 태우는 대기 중인 인민군들을 보기도 했다. 영식이는 집에서 가지고 나온 물건을 길거리에 전을 펴놓고 앉은 장사꾼에게 내보이며 얼마라도 좋으니 이걸 사라고 흥정을 붙였다. "식구가 굶고 있어요. 이거라도 팔아 뭐든 먹을 걸 구해야 해요." 영식이는 우는 시늉을 하며 지니고 나온 물건을 팔았다. 우리는 늘 허기에 시달리고 있었기에 그의 연기는 실감이 났다. 몇 푼 돈을 쥐면 개떡이나 미숫가루나 팥고물을 탄 시원한 냉차를 파는 장사꾼을 찾았다. 그런 아저씨와 할머니는 시장 어귀나 탑골공원 주변에서 만날 수 있었다. 겨우 허기를 면하며 그렇게 사 먹는 재미가 쏠쏠했다. 발품 팔며 거리를 떠돌다 해가 서편으로 설핏 기울 때면 집으로 힘없는 발길을 돌렸다. 그때쯤이면 어머니의 지청구나 종아리 매질은 단단히 각오해야 하기에 마음은 울고 싶을 만큼 근심에 찌들었다. 매를 맞게 되면 맞을수록 더 큰 소리로 울리라, 나는 그렇게 마음먹으며 이빨을 앙다물었다.

세번째로, 인공 치하 서울 생활 중에 생각나는 게 유엔군 항공기의 공습이다. 말이 유엔군 전투기와 폭격기지 9할이 별판을 단 미군 항공기였다. 덩치가 큰 중폭격기 B-26에서부터 대형 폭격기 B-29, 소형 전투기 F-82, F-80 들이 떼를 지어 번갈아 서울 하늘에 나타났다. 그런 항공기들은 폭격이 목적이라 서울 시내에서는 여기저기 폭탄 터지는 소리와 기총소사 달그락대는 소리가 그치지 않았다. 아이들이 사다리 비행기라 부른 디귿 자 형태의 대형 오스트레일리아 폭격기도 자주 나타났다. 8월부터 본격적으로 서울 하늘에 나타나기 시작한 항공기들이 어떤 날은 갈까마귀 떼처럼 수십 대가 무리 지어 창공을 새까맣게 덮고 폭격을 퍼부어댔다. 처음 한동안은 공습경보 사이렌이 울려 거리에 나섰던 통행인들이 건물 안이나 골목길로 피했다. 그러나 하늘에 항공기들이 밤낮과 시간을 따지지 않고 나타나자 사이렌도 지쳤는지 울리지 않았다. 거리의 통행인들도 항공기에서 떨구는 포탄과 네이팜탄이나 기총소사를 겁내지 않고 으레 그러려니 했다. 시체가 산을 이룬다는 전방의 전투 소식이나 항공기 폭격과 기총소사에 언제라도 죽을 수 있다는 절박감 때문인지 몰랐다. 전방만이 아니라 후방까지 인간의 생명을 파리 목숨 다루듯 했기에 죽으라면 죽겠다며 자기 죽음마저 체념해버렸다. 9월에 접어들자, 서울 하늘은 온통 미군 항공기의 놀이터가 되었다. 우리 또래는 건물 처마에 몰려서서 늘 항공기의 포탄 세례와 저공을 질러가며 쏘아대는 소이탄과 기총소사 광경의 곡예를 입 벌려 감탄하며 구경했다. 명동성당에서 남산으로 오르는 길목에 있던 큰 건물인 과학관이 항공기의 포탄 세례에 한순간에 잿더미가 되어 공중분해 되는 장면을 목격하기도 했다. 9월 초순에는 용산에 있던 인민군 연료 보급창 기름 탱크가 한나절에 걸쳐 쉼 없이 폭발하는 소리를 들었다. 그날은 그쪽에서 남산 중턱으로 넘어오는 옷이 피 걸레가 된 민간인 피란민 무리를 보기도 했다. 용산 쪽에서 끊임없이 솟아오른 검은 연기가 하늘을 가려서인지 낮이 밤같이 어두컴컴해지더니 오후에는 검은 연기구름을 뚫고 비가 내렸다.

 서울 시가지가 차츰 도시 형태를 잃고 폐허로 변해갔다. 건물 일부분이 파괴되어 무너졌거나 불에 타 꺼멓게 거죽만 남은 건물이 늘어났다. 시내에서는 3, 4층짜리 멀쩡한 건물을 찾기 힘들 정도였다. 밤이면 서울 시내 모든 집은 전투기 공습 탓에 소등을 철저히 지켰다. 불을 피워야 하는 밥 짓기 따위도 낮 동안 끝내야 했다. 밤이면 정찰기가 서치라이트(탐조등)를 켜고 서울 중심부를 샅샅이 내려다보며 감시하다가 지상의 어디든 조그만 불빛이라도 보이면 어김없이 그곳을 겨냥해 포탄을 떨어뜨렸다. 밤이면 우리 방은 고물상 마당으로 난 창문에 가리개를 칠 수 없었다. 모든 집이 그랬다. 창에 커튼을 치는 짓조차 지상을 감시하는 정찰기로부터 무언가를 감추고 있다는 의심을 샀다. 한밤중에 비추는 서치라이트가 창을 통해 방 안의 맞은편 벽을 훑고 지나치는 서늘한 장면을 잠에서 문득 깨어난 내가 목격하기도 여러 차례였다. 그럴 때면 방 안의 맞은편 벽에 붙여놓은 김일성과 스탈린의 초상화가 어둠 속에서 떠올랐다가 사라졌다. 어느 날 밤, 밤중에 객차방 부근에서 포탄이 떨어지는 천둥소리 같은 폭발음에 깜짝 놀라 잠을 깬 적이 있었다. 이튿날 포탄 떨어진 곳으로 가보니 큰 웅덩이가 파였고 그 자리에 있던 집이 형체도 없이 사라져버렸다. 이웃 사람들의 말로는 그 집에 의용군으로 뽑혀 갈 나이의 아들이 마루 밑에 땅굴을 파서 그때까지 들키지 않고 숨어 있었는데 더 견디지 못해 남으로 피란을 가기로 작정한 모양이었다. 밤중에 아들이 지참할 주먹밥을 지을 요량으로 불빛이 새어나가지 않게 부엌문을 철저히 닫고 아궁이에 불을 피웠다고 했다. 그런데 그 불빛이 공중에 뜬 정찰기에 띄었는데, 금세 나타난 전투기의 폭격을 맞아 식구가 모두 비명횡사를 당했다는 것이다. 그즈음에 운 나쁘게 영식이네 집 앞에도 포탄 하나가 떨어졌는데 외출했다 돌아오던 영식이 어머니가 폭탄 파편을 엉덩이에 맞아 자리보전하는 신세가 되었다. 병원이 문을 닫았기에 치료를 제대로 받지 못해 제 어머니의 엉덩이 살이 곪아 썩고 있다며 영식이가 우울해했다.

8월 초순, 낙동강까지 거침없이 밀고 내려간 인민군은 거기서부터 발이 묶였다. 미팔군의 최후 저지선 '워커라인(포항―왜관―대구를 잇는 마지노선)'의 결사적인 방어 앞에서 주춤하게 된 것이다. 항공은 물론 탱크와 야포의 지원을 받은 유엔군과 한국군 병력이 속속 전선에 투입되어 진지를 사수하며 완강히 버텨냈다. 인민군은 정규군 15만 명만으로는 방어선을 뚫기가 역부족이었다. 남한의 7할을 장악한 북조선은 전국적으로 의용군 차출을 강제했다. 전투원이 아닌 노무병을 합쳐 40만의 의용군을 왜관―창녕―마산―영천―포항전투의 전선에 총알받이 전투병이나 탄약이나 물자 운반병으로 앞세웠다. 왜관 근방 다부동전투는 18일간에 걸쳐 유학산 일대를 서로 빼앗고 뺏기기가 16회에 걸쳤으니 한여름 무더위 속에 산야에는 쌍방 시체가 산을 덮고 그들이 흘린 피가 내를 이룰 정도로 치열했다. 유엔군 항공이 이 잡듯 포탄과 기총소사를 퍼붓자 산야에는 남아나는 초목이 없었다. 그래도 인민군은 찰거머리처럼 산자락에 달라붙어 떨어지지 않았다. 김일성이 호언장담한 '8월 15일까지 부산 함락, 조국 통일'은 낙동강 전선에서 막혀 공염불이 되었다. 그러자 '8월 15일까지 대구 함락'으로 작전을 변경하여 사력을 다해 밀어붙였다. 8월 15일 대구 점령마저 끝내 실패로 돌아가자 주공격 방향을 대구-밀양-부산에서, 영천-경주-부산으로 변경하였다. 8월 21일 무렵부터 쌍방 전 전선이 체력이 달려 소강상태로 들어갔다. 일주일여 소강상태 끝에 9월에 접어들자 인민군은 최후의 결전으로 '9월 총공세'를 감행했다. 서부전선(왜관-낙동강-마산)에 포진한 인민군 제1군단은 8월 31일 야간에, 북부전선(왜관-영천-포항)의 제2군단은 9월 2일 밤에 대부대 단위로 일거에 공격을 감행했다. 마산 지역은 인민군 제6사단과 제7사단이 미군 제25사단의 제24연대와 제35연대와 맞섰다. 대구 북부 다부동 지구에서 인민군 제1사단과 제3사단은 미군 제1기병사단의 제8연대와 제7연대가 진을 친 수암산을 배후에서 기습해 대구 진격에 혈로를 뚫으려 했다. 영천 지역에는 8월 20일부터 인민군 제8사단이 국군 제6사단을 돌파하고 인민군 제15사단이 국군 제8사단 후방을 급습함으로써 영천이 거의 함락될 지경에 이르렀다. 9월 9일, 워커 미팔군 사령관은 대구에서 영천으로 이동하여 한국군 세 개 사단을 직접 지휘하여 인민군을 격파하는 전과를 올렸다. 포항 지역에서는 인민군 제12사단이 국군 수도사단을 야습하여 안강 북방까지 진출했다. 제12사단 일부는 경주 북방 5킬로미터까지 진출하는 데 성공했다. 9월 12일 미군 제24사단 부사단장 데이슨 장군이 한·미합동 기동타격부대를 편성해서 형산강 남안까지 진출하여 장시간 교전 끝에 인민군을 격퇴했다. 인민군의 9월 공세는 마산-영산 지역은 9월 6일, 포항 지역은 9월 13일경 다시 소강상태로 들어갔다. 9월 12일에야 워커 미 제8군 사령관이 "최대의 위기는 지나갔다"라고 상부에 보고했다.

그 절박한 시점에 만약 연인원 178만 9천 명에 달하는 미군과(최대

규모였을 때는 30만 명 이상이었다), 5만 6천 명의 영국군을 비롯한 14개국의 유엔 참전국과, 덴마크·노르웨이·인도 등 국가의 의료 지원과 시설 파견을 해준 우방의 전쟁 지원이 없었다면 어떻게 되었을까. 남한은 1975년 남베트남의 동 반 민(Dong Van Minh) 대통령이 항복함으로써 북베트남에 무릎을 꿇은 것 같은 비극적인 최후 운명을 맞았을지도 모른다. 미국의 경우 지도상에 어디 붙어 있는지 모르는 생판 낯선 나라를 공산화에서 구출해내려 3만 6,940명의 전사자를 냈다. 그들 우방이 백척간두의 한국 운명을 살려낸 것이다. 이승만은 천운을 타고났는지 전쟁을 통해 노익장을 과시하며 연일 세계 매스컴의 정치면을 장식하는 화제의 인물로 살아났다. 북한 사정을 보면, 유엔군과 국군이 압록강 변 평안북도 초산까지 진격해 남북통일을 목전에 두었을 때 1950년 10월 하순 중공군이 북조선을 도우려 참전을 결정하지 않았다면 만주로 쫓겨 간 김일성은 영원히 압록강을 건너오지 못했을 것이다. 6·25전쟁에 총 97만여 명의 지원병을 파견한 중국은 전사자만 14만 8천 명을 냈다. 그렇게 따져보면 6·25전쟁은 강대국의 대리전 성격이 강했고 전쟁 와중에 죽어나가기는 남북한 민초들이었다.

  8월에 접어들자, 우리 집은 다시 먹을거리를 두고 양식 걱정에 쪼들리게 되었다. 아버지란 작자는 서울 시내에 있으면서도 집에 들르지 않았고 양식을 대어주지도 않았다. 집 안에 재어놓은 재물이 있다거나, 뒤주에 양곡이 넉넉하거나, 논밭이 있는 것도 아니요 어디서 꾸어다 먹을 친척이 있지도 않았다. 구걸에 나서도 얻어먹을 데가 없으니 식구가 손 재어놓고 굶을 수밖에 없었다. 어머니는 누나를 자주 아버지 근무처인 서울시당 재정부가 있다는 돈화문 쪽으로 보냈으나 수위실에서 문전박대만 당했을 뿐 헛걸음치기가 일쑤였다. 그러던 어느 날 누나가 머리통이 짜부라지라 큼지막한 옷 보통이를 이고 돌아왔다. 누나 말이 마음씨 좋은 아저씨를 정문 앞에서 만났는데 그 사람에게 아버지 소식을 물으니, 나를 따라오라며 안내해주더라고 했다. 아버지는 널짱한 사무실에서 큰 책상 앞에 앉아 있었다. 사무원이 서류철을 내밀면 펜으로 서명하고 계속 오는 전화를 받으며 무척 바쁘더라고 했다. 누나가 집에 양식이 떨어져 식구가 굶고 앉았다는 어머니의 말을 전하자, 아버지가 잠시 기다리라고 해서 의자에 앉아 대기했다. 대충 바쁜 일을 처리하자 아버지는 날 따라오라며 누나를 사무실 뒤 창고로 데리고 갔다. 거기 창고지기 청년에게 우리 딸애에게 옷을 한 보통이 꾸려서 보내라고 지시했다. "꾸려주는 옷 보퉁이를 동대문시장에 내다 팔면 양식 살 돈이 될 테니 우선 그걸로 먹어. 아버지는 당분간 집에 못 들어가." 아버지는 그 말을 마치시 사무실로 돌아갔다.

어머니는 누나가 머리에 이고 온 옷 보퉁이를 펼쳐보았다. 피란 간 미국인 집 장롱에서 나왔는지 각양각색의 옷은 모두 미제였다. 여자 블라우스와 통치마, 바지에서부터 잠옷, 남자 양복과 와이셔츠와 속옷에, 어린이옷도 섞여 있었다. 어머니가 아이들이 입을 만한 청색 바지를 들어 보이며 내게 말했다. "이 바지는 니가 입으면 되겠다." 처음 보는 청바지였다. 입어보니 길이가 조금 길어 하단만 접으면 내게 맞았다. 처음 입어보는 바지였는데, 신기했던 점은 많은 호주머니였다. 당시 우리가 입던 바지는 옆으로 터진 주머니 두 개가 고작이었다. 그런데 청바지는 물경 호주머니가 다섯 개였다. 옆 주머니도 손을 꽂게 위에서 아래로 터져 있었고 왼쪽 주머니에는 작은 새끼 주머니가 달려 있었다. 엉덩이 양쪽에 주머니 두 개가 있었으니 모두 다섯 개였다. 주머니에 구슬에서부터 종이 딱지에 이르기까지 온갖 잡동사니를 잔뜩 넣고 다니던 나이였으니 호주머니가 다섯 개나 달린 바지를 입게 되자 나는 기분이 좋았다. 어린이용 청바지가 없었던 그 시절, 나는 우연찮게 청바지를 입는 행운아가 되었다. 나는 청바지를 입고 나가 동네 아이들로부터 선망의 대상이 되었다. 특히 제 어머니가 몸져누워 있었기에 의기소침하게 지내던 영식이한테서 부러움을 산 게 자랑스러웠다. 어머니는 미제 옷 중에 몇 벌을 동대문시장에 내다 팔아 양식거리를 구해왔다.

  9월 15일, 웬일로 영식이가 아침 일찍 나를 찾아왔다. 그가 늘 그랬듯 고물상 쪽 창문을 똑똑 두드렸다. 나를 데리고 진종일 나돈다는 어머니의 꾸지람을 들은 뒤라 영식이는 나와 눈이 마주치자, 어서 밖으로 나와보라는 손짓을 했다. 동생은 안 돌보고 아침부터 나돈다는 어머니의 잔소리를 들을까 봐 살그머니 방을 나섰다. 어머니는 어두컴컴한 부엌에서 알록달록한 미제 옷을 빨고 있었다. "드디어 국방군과 유엔군이 군함을 타고 인천에 들어왔대." 나를 보자마자 영식이가 놀라운 소식을 전했다. 이불 밑에서 몰래 형과 함께 남조선 방송을 들었다고 했다. 영식어 집에는 제니스라디오가 있었다. 당시 서울의 부유층은 한 집에 하나쯤 제니스라디오를 갖추어 전쟁이 나자 밤중에만 몰래 라디오를 통해 남조선 방송을 청취하고 있었다. 남한 방송을 통해 북조선이 신문이나 가두 게시판을 통해 선전하는 전황과는 다른 전쟁 소식을 엿들었다. 영식이는 내게도 종종 새 소식을 귀띔해주었다. "그라모 이 전쟁이 우예 되노?" 나는 우선 아버지를 떠올렸고 다시 남한 세상이 되면 우리 식구는 어떻게 될까 염려스러웠다. "남선군과 코쟁이 미군이 서울로 진격해오면 인민군은 북으로 후퇴할 수밖에." "그라모 우리 집도 인민군 따라 피란을 가야 하나?" "아마도 너네 집은 그래야 될 걸. 이 동네에서는 소문이 난 당 간부 집이니깐" 하더니, 영식이가 나흘째 아버지가 집에 들어오지 않아 엄마가 걱정이 많다며 고물상 마당을 빠져나갔다. 나는 서해에 있는 항구도시 인천이 서울역 쪽이라 그쪽을 보며 귀를 기울였다. 쿵쿵하고 포 소리 같은 게 들리는 듯한데 잘못 들었나 하는 생각도 들었다. 14일, 미군 항공 편대가 맹폭으로 인천 시가지를 초토화한 뒤, 15일 미명에 미 해군의 수송선·LST함정·상륙용 소형 함정 226척을 포함한 261척을 동원하여 인천상륙작전을 감행했다. 인천상륙작전 총지휘는 유엔군 사령관 맥아더 장군이 맡았다. 미국은 해병과 보병 각각 1개 사단 7만 5천여 명과 한국군 각각 1개 연대씩을 양쪽 사단에 배속해 인천 해안에 상륙시켰다. 미 제7보병사단은 약 8,600명의 카투사 병력을 포함하고 있어 상륙에 참가한 남한 총 병력은 1만 3천 명에 이르렀다. 그에 비해 인천 해안을 담당하던 인민군 병력은 2천여 명에 불과해 인천 탈환은 쉽게 성공할 수 있었다.

　그날 오후, 고물상 마당에서 첫째 아우에게 구슬치기를 가르치고 있었는데 지프 한 대가 열린 마당으로 급커브를 돌며 들이닥쳤다. 지프가 일으킨 흙먼지가 가라앉자 차에서 내리는 군복 입은 전사가 바로 아버지였다. 운전병은 위장망을 걸친 젊은 전사였다. 군복을 입은 아버지를 보기가 처음이었다. 아버지는 견장이 달리지 않은 군복에 완장을 찼고 인민군모를 쓰고 있었다. 허리에는 총알 든 탄창이 꽂힌 탄띠를 찼고 옆구리에서는 권총이 덜렁댔다. 아버지에 대한 기다림에 지쳐 원망이 하늘에 닿을 듯하던 어머니의 애타는 마음처럼 나 역시 아버지를 오매불망 기다린 탓인지 당신의 얼굴을 보자 너무 반가워 눈물부터 쏟아졌다. 군인의 모습으로 변한 당당한 아버지였다. "아, 아부지!" 내가 부르짖으며 아버지를 불렀다. 눈물이 앞을 가려 군모 밑에 드러난 아버지의 수염 거뭇한 깜조록한 모습이 어려 보였다. "넌 남자잖아. 아버지를 보고 울다니. 남자는 함부로 눈물을 흘리면 안 돼." 아버지가 내 알머리를 한번 쓱 쓰다듬고는 빙긋이 웃었다. 그 순간, 거친 뺨에 주름을 파며 미소 짓던 그 웃음이 내 생애의 마지막 아버지 모습이 될 줄을 그때는 생각지 못했다. 아버지가 당당한 걸음으로 집으로 들어갔다. "어무이, 아부지가 왔습니더!" 내가 소리치며 아버지를 앞질렀다. 아버지는 농구화도 벗지 않은 채 부뚜막에 서서 둘째 아우를 업고 방 안에서 서성이던 어머니와 마주 섰다. "이래 늦게 오시다니……" 어머니가 놀라 더듬으며 그 말만 했다. "우리 집도 피란 준비를 해야겠소. 봇짐을 꾸려놓아요. 서울지휘부가 오늘부터 일신학교를 접수해 거기서 일을 보오. 내가 차를 가지고 올 때까지는 이 집을 떠나면 안 되오. 그럼 난 바빠서 가요. 애들 잘 챙기고……" 아버지 얼굴은 땀으로 차 있었고 뭐가 그리 급한지 서둘렀다. 고물상 마당에는 지프가 시동을 끄지 않은 채 대기하고 있었다. 아버지는 어머니께 인천이 무너졌다, 그쪽에서 미군과 남선군이 밀고 들어온다는 말은 하지 않았다. 그러나 내가 아침에 영식이가 알려준 남한 라디오 방송을 어머니께 전했기에 어머니도 정 사장 집으로 가서 그 소식을 들어 알고 있었다. 어머니가 미처 무슨 말을 할 새도 없이 아버지가 떠나버렸다.

 아버지가 탄 지프차가 먼지를 일으키며 사라져버리자 사색이 된 어머니가 처음 흘린 말이 "정차 이 일을 우짤고……"였다. 넋이 빠져 한동안 앉아있던 어머니가 누나에게 너도 어서 책 보따리를 꾸리라고 했다. 무식한 에미라고 설움 받고 살아왔는데 너들은 어디서든 공부는 해야 한다고 중얼거렸다. 그때부터 어머니는 서울로 올 때 이고 왔던 대나무 궤짝을 내려 거기에 옷가지며, 이불, 주요한 가재도구를 담아 짐을 챙기기 시작했다. "피란? 피란을 가모 어디로 간단 말인가? 두어 달만 지나모 엄동이 닥치는데 어데로 나선단 말인가? 결국 니 에비가 우리를 어데다 내삐리고 또 당 사업한다미 가버릴 낀데 젖먹이 이 가늘라(아기) 업고 너들 걸리고 겨울은 닥치는데 길 나서서 정처없이 어데로 헤매게 될고. 이 일을 우얄고……" 어머니는 짐을 꾸리며 정신 나간 사람처럼 혼잣말을 끝없이 읊조렸다. 궤짝에 다 담지 못한 세간붙이는 누나와 내가 가지고 가도록 작은 보퉁이로 꾸렸다. 그러다 방 안에 멀뚱히 선 나를 보고 당조짐을 놓았다. "니는 인자부텀 이 방에서 꼼짝을 마. 언제 아부지가 들이닥처 길 나서자 할지 몰라. 그때 놀러 나가 집에 읎으모 찾지 않고 그냥 내삐리고 갈 수밖에. 그라모 그때부텀은 부모 읎는 고아가 돼. 다시는 부모 성제간을 만날 수도 읎고." 어머니는 방 안에 여러 덩이로 피란 짐을 대충 꾸려놓자 그때부터 바느질함을 차지하고 앉았다. 미제 털옷과 아버지의 두툼한 외투를 찾아내더니 가위로 옷을 적당히 잘라내기 시작했다. 어머니는 잘라낸 천을 바느질로 엮어가며 다른 옷을 만들었다. 어머니가 만든 옷은 누나와 우리 형제가 입을 겨울옷이었다. 방한모와 덧버선도 만들었다. 밤중에 미군 항공기의 공습만 아니라면 호롱불을 밝혀놓고 혼잣말로 넋두리를 끝없이 읊으며 바느질을 했을 터였다. 밤낮으로 미군 항공기 편대는 까마귀 떼처럼 날아와 서울 시내를 작살낼 듯 폭탄을 퍼부었던 것이다. 그러나 그날 밤 아버지는 우리를 데리러 오지 않았다. 이튿날도 새벽부터 어머니는 바느질로 초조함을 달래려는지 당신의 몸뻬와 핫저고리까지 만들었다. "어무이가 이 몸뻬를 입을 낍니꺼?" 영식이한테 빌려 온 만화책을 들추던 내가 물었다. 나는 어머니가 치마저고리 외에 다른 옷을 입는 걸 한 번도 본 적이 없었다. 여자들이 일제 말 전시 때 왜식 바지인 아랫단을 좁혀 고무줄 넣은 몸뻬를 많이 입었으나 어머니는 천하에 흉한 옷이라며 몸뻬를 만들어 입지 않았다. 겨울에도 저고리 위에 털 스웨터를 걸쳤고 집에서나 외출할 때도 한결같이 당신이 손수 만든 치마저고리 차림이었다. "아무래도 먼 길 나설라 카모 이런 옷이 편할 것 같아서……" 어머니의 목소리는 힘이 없었다. 그동안도 애타게 기다리는 어머니 마음을 모른 채 아버지는 아무 연락이 없었다.

  9월 17일에는 유엔군은 부평을 넘어 경기 가두와 김포 들녘을 쓸고 들어왔다. 인민군 18사단 22연대, 서울시당이 급거 모은 청년당원과 시민군이 유엔군과 맞섰다. 서울 시내에서는 하루 종일 확성기를 매단 스리쿼터가, "전 서울 시민 결사적으로 총궐기해 반동군을 막자!" "인간벽돌이 되어 방어진지를 구축하자!"라고 외쳐댔다. 거리마다 차량 통행을 막는 바리케이드를 설치하고 모래주머니를 쌓아 참호를 만드는 데 서울 시민이 총동원되었다. 낮부터 서울역 쪽 먼 데서 쿵쿵하고 포탄 터지는 둔중한 소리가 들려왔다. 그쪽에서는 미군 전투기가 까맣게 떠서 폭탄을 떨구고 기총소사를 해댔다. 김포 쪽에서 쌍방의 전투가 맹렬히 벌어지고 있음이 틀림없었다. 17일 밤부터는 폭격이 하도 심해 객차방 식구는 모두 지하 방공호로 옮아가 거기서 밤을 났다.

  18일이었다. 어머니가 더 기다릴 수 없다는 듯 둘째 아우를 업었다. 어머니는 누나에게 나와 동생을 잘 챙겨 어디든 나가지 말고 방을 지키라는 말을 남기고 아버지를 찾아 나섰다. 서울시당이 서울을 사수하기 위해 지휘부로 쓰는 일신국민학교(지금의 극동빌딩 자리)는 명동 근처 남산 오르는 큰길가에 있었기에 우리가 사는 묵정동에서 그리 멀지 않았다. "어무이, 비행기가 폭탄 떨구모 내처 길 가지 말고 어디든 숨어예." 누나가 폭격기의 굉음에 귀를 막고 어머니께 울먹이며 말했다. 그로부터 세 시간쯤 뒤에 어머니는 기진맥진 상태로 집에 돌아왔다. 젖먹이 아우는 굶어 울 힘도 없는지 파리한 몰골로 어머니 등짝에 붙어 있었다. 둘째 아우는 병든 강아지같이 앓는 소리로 칭얼댔다. 그 뒤 몇 해 동안 영양실조에 시달린 채 목숨이 간동간동 붙어 있던 그 시절의 둘째 아우만 생각하면 코끝이 아린다. 나는 전쟁이 끝난 뒤까지 그 아우의 도톰한 뺨이나 방긋거리는 모습을 본 적이 없었다. "수위실에서 막아 민간인은 학교 안에 들어가지도 몬하고 길에서 기다리다가 왔다. 수위실을 지키던 군인 말이, 니 에비는 한강 건너 저 구로라는 전방에 나갔단다. 일신학교로는 언제 돌아올지 모른단다." 어머니의 낙담 찬 말이었다. 운동장에는 텐트가 많이 쳐져 있고 총 멘 인민군이 득실거리더라고 했다. "길거리에는 인민군들하고 부역 나서서 모래부대 나르는 남자들뿐이고 민간인은 다 어데로 숨었는지 나댕기는 사람이 읎어. 인민군이 북으로 델고 가려고 추레한 남정네들을 굴비 두름처럼 줄줄이 묶어 창경원 쪽으로 몰아쳐 가고. 너들은 방에서 절대 움직이지 마." 어머니가 우리 형제에게 말하곤 그 길로 정 사장 댁에 다녀오겠다며 집을 나섰다. 한참 뒤 돌아온 어머니가 전한 말이, 자리보전한 영식이 어머니한테서 들었다는 아버지의 다른 소식이었다. "정 사장이 어젯밤 집에 잠시 들러서 하고 간 말이, 강 건너 구로 지역에 서울시당이 급하게 방위사령부란 걸 꾸렸는데 너거 아부지가 전투지휘부 후방부라든가 거게 부책임자가 돼서 나가 있대. 그쪽은 폭탄 터지고 총알 튀는 전선이란다. 니 에비는 당에서 나가 싸우다 죽어라모 폭탄 지고 나설 사람 아인가. 정사장은 사정이 급하게 됐는지 어제부텀은 시청 인민위원회에도 안 나가고 숨어뿟데. 북조선이 무너지자 그쪽과는 영 발을 끊기로 했는지 영식이 엄마가 우물쭈물 말하는 기 뭘 감추는 것 같기도 하고…… 강 건너 쪽에서 들리는 포 소리 들어보이 인제사말로 발등에 떨어진 불인데 언제꺼정 니 에비를 기다려야 하는지 애간장이 타서 죽겠다."
어머니는 그날 밤도 객차방 식구들과 지하 방공호에서 잠을 이루지 못한 채 오매불망 아버지를 기다렸다. 누나가 우리 방문 앞에 달력을 찢어 그 뒷면에다, '아버지, 우리 식구는 지하 방공호에 있습니다!' 하고 크게 써 붙여 우리 식구가 아직도 집에 있음을 알렸음은 물론이다. 남자 어른이 의용군으로 동원되어 낙동강전선으로 떠나버린 객차방의 두 아주머니는 근심·걱정에 찌들어 있었다. 아무래도 남선군이 들어오기 전 내일이라도 의정부 쪽으로 피란길에 나서야 할 것 같다는 말을 했다. 어머니에게도 이 차판에 더 기다릴 수 있겠느냐며 같이 나서자고 부추겼다. 어머니가 그때만은 목을 꼿꼿이 세운 채 묵묵부답이었다. 그 자세가 키가 커서 그런지 마을 앞에 서있던 장승 같았다.

유엔군과 남선군이 김포 들녘을 우회하여 행주나루 쪽을 뚫어 서울과 평양을 잇는 인민군 주 보급로를 차단하는 데 성공하기가 9월 20일이었다. 인천상륙작전에 성공한 날로 따지자면 이틀이나 사흘이면 도달할 서울 입구 한강까지 닷새나 걸린 이유는 인민군 후발대가 보충

될 동안 구로 지역 일대에서 긴급 차출한 서울시당 산하의 청년당원과 시민 의용군을 앞세운 후방부 방위사령부가 밀고 들어오는 연합군을 육탄 방위로 막은 탓이었다. 후방부의 의용군 책임관은 서울시당 위원장 김응빈이었다. 아버지는 김응빈 밑에 부책임관을 맡고 있었다. 구로 지구 전투에 참전했던 전북 김제 출신 허영철(1920~?)은 구술 자료 모음집*에서 "우리는 그때 정규군과 같은 활동을 하지 못했습니다. 처음 서울에서 세 개 대대의 자위대가 조직되어 구로구로 출정했는데 국방군과 미군이 몰려드는 상황에서 이에 대항할 만한 무기를 전혀 갖추지 못한 상황이었습니다. 죽창도 없이 긴 나무작대기 끝에 뭉뚝한 쇠붙이를 매달아 창이라고 갖고 다니는 형편이었으니까요. 수류탄도 없어 깡통에다 다이너마이트와 유리조각 등을 넣어 대용하는 형편이었습니다. 물론 위력이 없었죠. 무장은 이후 후퇴 과정에서 패배한 인민군의 시체나 미군들에게서 노득(鹵得)하여 겨우 갖추었습니다"라고 했다. 전북 김제 출신으로 인공치하 부안군 인민위원장을 지냈는데, 9월 서울로 소환당해 왔다가 전투사령부 후방부에 배치된 뒤, 김응빈 부대원으로 강원도에서 유격대로 참전, 1951년 동료 대원과 함께 월북한 뒤 황해도 장용군 인민위원회 부위원장을 지냈다. 1953년 중앙당 연락부에 소환되어 54년 남파되었는데 광주에서 활동 중에 1955년 검거되어 오랜 수형 생활 끝에 91년에 석방된 분으로, 전쟁 당시 상황을 구술로 남겼다.

 사력을 다한 서울시당 청년당원과 시민 의용군(김응빈 부대)의 저항이 연합군의 진격을 얼마쯤 지연시킬 수 있었다. 결사적인 그 저항

* 허영철, 『내가 겪은 해방과 분단』, 한국정신문화연구원 편, 선인, 2001.

에 막힌 연합군은 주 공격선을 행주나루로 바꾸었다. 치열한 접전 끝에 연합군은 21일에야 구로 지역 일대를 평정한 뒤, 미군 선발대가 행주나루 한강 도하 작전에 돌입했다. 기본 전선(낙동강전선)에서 맞섰던 인민군 병력 중의 일부인 제105기갑연대, 제9사단 87연대가 급거 퇴거하여 서울 방어 지원에 나섰다. 쌍방의 공방전이 치열하게 벌어졌다. 그러나 미군이 야밤을 틈타 도하 작전에 성공하자 다시 완강한 저항에 부닥쳐 22일까지는 서울 시내를 평정할 수 있다는 예상이 빗나갔다. 22일 새벽에 미군이 포부대로 인민군 진지를 폭파하고 탱크를 앞세워 전진하여 서오릉을 넘어 녹번리까지 진출했다. 도시 주변 농촌 마을로 진입하던 미군은 그때부터 다시 저항선에 부딪혔다. 인민군과 의용군이 합세하여 마을 집집마다 매복조를 숨겨 정조준 확인 사격에 나섰던 것이다. 여기서 수백 명의 희생자를 내다 보니 전진이 더뎌졌다. 다음이 안산고지였다. 안산에서 치열한 공방전이 벌어져 한 차례 뺏고 뺏긴 후에 22일 저녁에야 미군 제1해병대대가 두 번째 공격 끝에 안산고지를 점령했다. 연희고지는 며칠 사이 시민 울력꾼을 총동원하여 주야로 참호를 파고 바리케이드를 첩첩이 쌓아 방위 벽을 구축하고 있었다. 서부전선 최후의 방어선인 연희고지마저 유엔 연합군의 공격으로 위태로워지기가 24일부터였다. 연희고지만 뚫으면 중앙청까지는 지척 간이었다.

  9월 24일 오후, 객차방 두 가구는 짐을 꾸려 북으로 나서겠다며 평양쯤에서 만나자고 어머니께 말했다. 어머니는 아버지를 기다리겠다는 고집을 꺾지 않았기에, 이 전쟁 통에 살아남으면 또 만날 거라며 작별을 아쉬워했다. 떠나는 그들은 섭섭해하며 울었으나 어머니는 눈물을 보이지 않았다. 그날도 아버지는 우리 식구를 데리러 오지 않았다. 일신국민학교 쪽 퇴계로 길로 몇 차례나 아버지를 마중 나간 누나는 끝내 아버지를 만나지 못했다. 누나는 시내 곳곳에서 모래부대로 바리케이드를 쌓고 지키는 인민군의 모습을 보았다고 했다. 그렇다면 아버지는 아직도 서울에 머물러 있을 거였다. 모두가 떠나버린 지하 방공호에서 우리 식구만 다시 한 밤을 났다. 25일, 양식을 항아리 밑동까지 박박 긁어 늦은 아침을 시래기죽으로 때우자, 어머니는 그 길로 아버지 소식을 알 수 있을까 싶어 지푸라기라도 잡는 심정으로 정 사장 집을 찾아갔다. 정 사장이 집으로 들어오지 않는다고 했으나 밤중에라도 식구 안부를 알리려 집에 들렀을 수도 있었다. 그런데 웬걸, 어머니가 정 사장 집에 들렀을 때는 빈집이었다. 식구가 아무 언질도 없이 감쪽같이 사라지고 없었다. 인민군이 퇴각할 다급함에 처하자 영식이 엄마가 자식들을 데리고 가회동 친정집으로 몸을 피했는지도 몰랐다. 그날 낮이었다. 어머니가 젖먹이 동생을 업고 일신국민학교로 아버지 소식을 알아보러 나가고 없을 때였다. 인민군 전사가 탄 모터사이클 한 대가 고물상 마당으로 들어섰다. 따발총을 엇지게 멘 전사가 우리 방을 찾았다. 그가 둘째 아우를 업은 누나와 내가 지키던 방 안을 들여다보았다. "김종표 지도원 동무 집 맞지?" 전사가 책 보퉁이를 싸던 누나에게 물었다. 누나가 그렇다고 대답했다. "엄마는 어디 가셨어?" "아부지 기다리다 일신학교로 소식 알아본다며 가셨심더." 나는 눈물 그렁한 얼굴로 누나 뒤에 붙어 섰다. "내가 아버지 소식을 가져왔어. 엄마 오시면 이 편지를 전해." 전사가 편지 봉투를 누나에게 내밀곤 바빠서 간다며 휑하니 사라졌다. 편지 봉투 겉면에는 아버지가 어머니께 급히 쓴 사연이 적혀 있었다. 누나가 편지 겉봉의 글씨를 어물어물 읽었으나 나는 그 내용을 알아들을 수가 없었다.

　나는 아직 서울에 남아 있으니 절대 여기를 떠나 어디로 가지 마시오. 내가 차를 가지고 오리다. 만약 부득불 집을 떠날 다급한 처지면, 왕십리 신답 마을 최선한 동무 집을 찾으시오. 내가 잠시 성동 구역 인민위원회를 관리할 때 숙식을 제공받은 문화부장 집이오. 영진공업사 집에 들렀다 없으면 거기로 달려가리다. 봉투 안에 최선한 동지의 사신이 들어 있으니 그 편지를 집 주인장께 보이면 숙식을 제공해줄 것이오.

　"누부야, 아부지가 편지에 머라고 썼더노?" 내가 물었다. 누나는 6학년이었지만 내가 보아도 또래들보다 영리하고 눈치가 빨랐다. "아부지가 여게서 더 기다리란다. 만약 몬 오게 되모 어데로 가서 기다리라고 썼더라." 그 말에 나는 실망했다. 아버지가 군인이 되었으니 부대 따라 멀리 가버린 게 아닌가 싶었다. 군인도 거짓말을 하나? 그럴 리가 없을 것 같았다. 누나는 어머니를 기다리기에 조바심이 쳤던지 나를 데리고 고물상 마당으로 나가 바깥 공터를 살폈다. 서울역과 명동이 있는 쪽에서 연방 포탄 터지는 소리와 달그락대는 총소리가 들렸다. 남산에는 포탄이 마구 떨어져 검붉은 화염이 구름덩이처럼 솟아올랐다. 고물상 마당 밖 너른 공터는 인적 없이 텅 비어 있었다. 남산으로 오르는 골목길에서 허리 꼬부장한 수길이 할머니가 뒷짐을 짚고 내려왔다. "야들 봐라. 히코기(비행기)가 폭탄을 퍼붓는데 겁도 없이 하늘 보고 섰구나. 너들 식구 왜 아직 피란 안 가?" 수길이 할머니가 누나에게 물었다. "어디로 피란 가예?" 누나가 되물었다. "대한민국 군대가 들어온다고 난린데, 어디로라니? 평양이든 만주든 저쪽 땅으로 가야 살지? 너네 집은 묵정동에서 호가 났는데, 세상이 바뀌면 어찌 배겨낼려고?" 수길이 할머니가 혀를 차고는 화원시장에 사는 딸네 집에 간다며 걸음을 재촉했다. 그로부터 20분쯤을 더 기다렸을까, 어머니가 큰길 쪽에 나타났다. 누나가 어머니를 맞았다. "일신학교는 여전히 군인이 많던데 니 에비는 몬 만냈어." 숨길이 목구멍에 걸리는지 어머니가 헉헉대며 말했다. "아부지가 소식을 보내왔심더." 누나가 인민군 전사가 주고 간 편지를 어머니에게 내밀었다. 어머니가 깜짝 놀라며, "머라고 썼더노? 어서 읽어봐라" 했다. 누나가 편지 봉투에 쓰인 글자를 읽었다. 누나가 편지를 읽고 나자, 어머니가 누나에게 "그 편지 니가 몸에 잘 간수해라" 했다. 누나가 치마를 들쳐 고쟁이 주머니에 아버지 편지를 접어 감추었다. 어머니가 여자용 고쟁이를 만들 때 고무줄 끈 아래 배꼽쯤에다 주머니를 달아 지견이나 중요한 물건을 간수하게 했던 것이나. "정문을 지키던 국민복 입은 님사 문한테 니 아부지 함자를 대니 구로지휘부가 지금까지는 여게로 오지 않았고 중앙청의 중요 문서를 옮기고 있다더라. 집에서 기다리라 카대. 아직 지휘부 간부진은 뒤치다꺼리할 끼 남았다나." 어머니가 화염이 치솟는 남산을 올려다보며 울가망한 소리로 말했다.

## 21장

 9월 26일 오전, 미군이 서울역을 탈환하고 미군과 국군 해병대가 한남동과 성수동 쪽을 뚫어 임시 부교를 가설하고 수륙양용 장갑차와 고무보트를 이용해 도하 작전에 성공했다. 이제 망우동·미아리·평창동 쪽만 인민군 퇴로가 트였을 뿐 다른 곳은 시가전이 벌어져 포탄 터지는 소리와 총소리가 대화를 나눌 수 없을 정도로 귀청을 팠다. 곧 사대문 안 서울 중심부에서도 시가전이 벌어질 참인데 집에서 꼼짝 말고 기다리라던 아버지는 그때까지 감감무소식이었다. 둘째 아우를 업은 채 방 앞에 꾸려놓은 피난 짐만 내려다보던 어머니가 초조함을 달랠 수 없었던지 누나에게 명동 가는 쪽 한길을 살펴보고 오라고 말했다. 이범석 사택이 있던 남산 어귀에는 볶아치는 총소리가 요란했다. 장충동 쪽에서 남산을 질러 연합군 선발대가 넘어오고 있음이 틀림없었다. 밖으로 나갔던 누나가 겁에 질린 하얀 얼굴로 집 안에 뛰어들었다. 금방 국방군이 밀고 들어올 것 같은데 언제까지 마냥 아버지를 기다릴 참이냐며 어머니를 보고 발을 동동 굴렀다. "기다려야

해. 온다 캤으니 이분만은 믿고 기다려야제. 여게서 총에 맞아 죽더라도……" 어머니가 멍한 시선을 풀어놓은 채 이빨로 말을 으깨었다. 잠시 뒤, 고물상 마당에서 우리 집을 향해 갈겨대는 총소리가 들렸다. 총소리와 함께 무어라는 외침도 뒤따랐다. 그 순간이었다. 우리 방을 향해 총질하는지 고물상 쪽 유리창이 박살 났다. 튄 유리 파편이 방바닥에 좌르르 흩어졌다. 누나와 내가 놀라 비명을 지르며 깨진 창에 머리만 내밀었다. 마당 뒤편에 마을 사람 몇이 섰는데 우리 방을 손짓하며 뭐라고 지껄여댔다. 빨갱이 간부 집이라고 지목하는지 몰랐다. 얼핏 완전군장을 한, 몸집이 큰 군인 모습이 창 귀퉁이로 스쳐 사라져버렸다. 그런데 철모 아래 드러난 얼굴과 기관단총을 든 손이 새까맸다. 다른 군인 하나는 종순이네 방 창문을 향해 M1 소총을 쏘아대며 영어로 연방 뭐라고 외쳤다. 그가 집 안에 사람이 있으면 나오라는 뜻인지 총을 들지 않은 한 손을 내저었다. "어무이, 까만 군인이 우리 집에 쳐들어왔습ㅣ더!" 누나가 앙칼지게 소리쳤다. 누나가 겁에 질려 떠는 첫째 아우의 손을 낚아채어 앞섰고 어머니와 내가 뒤따랐다. 허겁지겁 고물상 마당으로 나서니 철모 쓴 미군 흑인 병사와 한국군이 우리 식구를 제치고 총질을 하며 집 안으로 뛰어들었다. 어머니가 두 손을 번쩍 들어 나도 덩달아 손을 치켜들었다. 흑인 병사와 국군은 연방 총을 쏘아대며 영진공업사 창고로 건너갔다. 객차방 지붕으로 올라간 백인 병사가 지붕 사이 아래에 대고 총을 쏘아댔다.

 마당에 둘러섰던 사람들이 입을 벙긋 벌린 채 튀어나온 우리 식구를 주목했다. "미군들이 아부지 잡으러 왔습니다. 우리도 붙잡히모 죽습니더." 누나가 어머니 몸뻬를 흔들며 말했다. "그래 맞아. 인자 안 되겠다. 왕십리로, 어서 거게로 가자." 어머니가 다급하게 말했다. 누나가 앞장서서 동네 사람들을 헤치고 공터로 나섰다. 우리 식구는 흑인 병사에게 뒷덜미라도 잡힐까 봐 충무로로 빠지는 골목길로 줄행랑을 놓았다. 걸음이 느린 첫째 아우를 누나가 안다시피 해서 뛰었다. 나는 숨이 목에 찼다. "희야, 아부지 편지 잘 보관하고 있제? 피란 짐도 몬 챙겨 나오다니." 둘째 아우를 업은 어머니는 숨이 가빠 헉헉대며 말했다. "예, 편지 가지고 있심더." 앞서 뛰던 누나가 말했다. 충무로를 골목길로 가로질러 을지로 5가로 들어섰을 때였다. 우리 식구는 인민군과 미군이 시가전을 벌이는 중간에 끼이게 되었다. 을지로 6가 쪽에서 탱크를 앞세운 미군이 총을 쏘아대며 진군해오고 있었다. 탱크 포신이 을지로 5가로 연방 포를 쏘았다. 을지로 5가 쪽에서는 한길을 가로막고 친 바리케이드 뒤쪽에서 인민군이 머리를 내밀고 탱크를 향해 기관총을 쏟아붓고 수류탄을 던졌다. 무너진 건물 앞 인도로 뛰는 건 우리 식구만이 아니었다. 어디로 가는지 다른 피란민들도 등짐이나 손에 든 짐으로 몸을 가린 채 건물 밑으로 허리 숙여 종종걸음 치고 있었다. 탱크 몇 대가 을지로 5가 쪽으로 진격해가자 미군과 함께 국군 해병대가 따랐다. "민간인은 모두 골목길로 피해요. 다칩니다!" 군복과 철모의 위장그물에 나뭇가지를 꽂은 국군이 총대를 내저으며 외쳤다. 총탄이 눈앞과 머리 위를 센 바람 소리를 내며 스쳤다. 우리 식구와 피란민들은 골목길로 숨어들었다. 을지로 6가 서울운동장 옆까지 내처 뛸 때에야 길거리로 나선 많은 시민을 만날 수 있었다. 그들은 시내로 들어가는 탱크와 야포, 완전무장 한 미군과 국군을 향해 손을 흔들며 외쳐댔다. "만세, 대한민국 만세!" "국군과 유엔군, 만세!" 언제 만들어 들고 나왔는지 종이 태극기까지 필럭였다. 어디에서 쏟아져 나온 사람들인지 그들은 신작로 가운데로 나서서 길길이 뛰며 외쳤다. 길 가운데 세워놓은 솔가지로 장식한 아치형 현수막이 불타고 있었다. 현수막 가운데에 걸린 김일성과 스탈린의 초상화가 불에 타 액자째 떨어졌다. 우리 식구는 뛰기를 멈추고 거친 숨길을 가누었다. 길가에 서 있는 사람에게 누나가 왕십리 가는 방향이 맞느냐고 물었다. 이 길로 쭉 가면 왕십리라고 했다.

인적이 뜸해진 한갓진 길을 터덜터덜 걷고 있을 때 어머니가 문득 멍청하게 물었다. "너들 아부지는 우예 된 사람인고? 정신 있는 사람 맞나?" 어머니는 넋이 빠진 듯한 모습이었다. 어머니가 아버지를 모르면 누가 아버지를 안단 말인가? 나는 그런 생각이 들었다. "아부지가 왕십리 그 집에서 기다릴지 모릅니더." 내가 말했다. "거게는 안죽 깜둥이 미군이 안 들어왔단 말인가?" 무슨 영문인지 모르겠는 듯 어머니가 어리둥절해했다. "식구 아무도 총 안 맞고, 안 잡히고 살아난 걸 다행으로 여겨야지예." 누나가 옹골차게 말했다. 잠시 뒤, 어머니는 피란 짐을 못 가지고 나온 걸 안타까워하며 뒤를 돌아보았다. "내일이라도 다시 집에 가서 짐을 가져오자. 설마 껌둥이 군인이 그때꺼정 있을라고." 진격해간 탱크와 야포는 물론 한 무리의 유엔군과 국군이 이제는 그 꼬리가 보이지 않았다. 하늘에서는 전투기들이 물 찬 제비처럼 날았다. 창경원 쪽에서는 전투기가 쏘아대는 기총소사 소리와 폭탄 터지는 소리가 요란했다. 그쪽에서는 아직도 시가전이 벌어지는 모양이었다. 나는 꾸려둔 채 가지고 나오지 못한 내 책과 공책, 그림을 모사하던 색연필이 포탄에 날아가거나 불에 타지 않고 그대로 있을지가 궁금했다.

배추밭과 과수원이 띄엄띄엄 흩어진 왕십리 신답 마을로 들어섰다.

국군이 들어왔다며 상기된 얼굴로 길에 나선 사람에게 물어물어 찾아간 최선한 씨 집은 야트막한 언덕 위에 덩실하게 앉은 기와집이었다. 사람들 말로는 지주 최 주사 댁이라고 했다. 주위의 초가 여염집에 비해서는 규모가 큰, 디귿 자 기와집으로 한눈에 보아도 신답 마을에서는 살림살이가 유족해 보였다. 쇠 장식이 달린 대문을 두드리니 앞치마 두른 쪽 찐 아주머니가 빠끔 문을 열곤 누구를 찾으시느냐고 물었다. 누나가 "우리 아부지 여게 왔지예?" 하고 물었다. "아무도 온 분이 없어. 잘못 찾아왔나 봐." 아주머니가 대문을 열자 그네 뒤에서 파마머리를 한 얼굴 뽀얀 새댁이 "네 아버지가 뉘신데?" 하고 물었다. "김자 종자 표잡니더. 아부지가 여기서 우릴 기다리겠다고 했는데예." 그때 마당의 정원 뒤편 안채 쪽에서, 뉘신데 누구를 찾느냐는 점잖은 아낙네 목소리가 들렸다. 어머니가 나섰다. 이 댁이 최선한 씨 집이라면 집안 어르신을 잠시 뵙고 싶다고 말했다. 누나는 고쟁이 주머니에서 꺼낸 봉투 속 편지를 새댁에게 보였다. "여기 편지를 가주고 왔습니더." 누나가 편지를 내밀자, 새댁이 편지를 받으며, 들어오시라고 우리 식구를 맞았다. 새댁의 허리통이 굵은 것으로 보아 뱃속에 아기를 갖고 있어 보였다. 아주머니가 부엌 쪽으로 돌아갔다. 새댁의 안내를 받아 집 안으로 들어서니 대문 양쪽에 담을 대신한 바깥채 방이 있었다. 정원에서는 사철나무와 소나무 뒤 덩실한 안채가 엿보였다. 정원에는 도장나무 뒤에 무더기로 핀 국화가 송이송이 막 꽃술을 터뜨리는 참이었다. 국화꽃 무리 사이에 옥잠화가 꽃을 피워 그 청아한 흰 꽃송이가 단장한 처녀처럼 고왔다. 전쟁에는 아랑곳없이 꽃은 어디서나 아름다움을 뽐내며 피었다. 안채 대청에 물색 고운 양단 치마저고리를 차려입은 중년 여인이 서 있었다. 안주인다운 품위가 엿보였다. 어머니가 안주인에게 찾아온 사연을 말했다. 새댁이, 이분들이 무슨 소식을 가져왔다며 안주인에게 편지를 올렸다. "내가 무슨 글을 아니. 아가, 네가 어서 읽어보거라." 안주인 말에 편지를 읽은 새댁이 어머니를 보고 반색을 했다. "인민위원장 사모님 되시는군요. 이 편지를 쓴 분이 제 서방님입니다" 하곤 안주인에게, "어머님, 지난번 인민위원장 하신 분 식군이 봅니다. 정복이 아버지가 여전히 위원장 동무 아래 있대요" 하곤, 우리를 안주인께 소개했다. 새댁의 말에 안주인의 살진 얼굴에 깊이 박힌 작은 눈이 크게 열렸다. "정복이가 지금 어디 있소? 우리 아들이 위원장 동무하고 같이 집으로 온답디까?" "그건 잘 모르겠고, 하여간 야들 아부지가 최선한 씨댁에서 기다리면 차를 가지고 오겠다고 해서 물어물어 찾아왔심더. 그런데 야들 아부지가 여기 읎다모……" 어머니가 축축하게 젖은 말을 입속에 머금었다. 어머니 말에 안주인이 새댁에게, "우선 이 식구를 정복이 에비 시제에서 쉬시게 해. 어르신이 돌아오시면 그때 자세한 내막을 알아보지" 했다. 안방에서 아기의 보채는 울음소리가 들렸다. 안주인이 안방을 힐끗 보더니, "밤 내도록 천둥 치듯 포 소리며 총소리가 그렇게 심했는데 이 양반이 왜 아직두 안 올구" 하고 중얼거리며 우는 아기를 보러 안방으로 들어갔다.

우리 식구는 축담 아래 섰던 앞치마 두른 아주머니의 안내로 문간채 방 하나에 들었다. 두 면 벽을 책꽂이로 채운 책이 많이 재인 서재였다. 한쪽에는 큰 책상과 의자가 있었다. 잠시 뒤에 아주머니가 쌀알이 동동 떠 있는 식혜 그릇 네 개를 소반에 받쳐 들고 왔다. 자기는 이 집의 부엌일과 서답일을 맡은 파주댁이라고 했다. "시내 쪽에서만 포 소리가 들리는데 그쪽도 전쟁이 끝났어요? 국군이 들어왔담서

요?" 파주댁이 다른 나라 소식처럼 물었다. "시내는 그런 것 같기도 하고……" 아버지를 만나지 못한 허탈감으로 벽에 기대어 앉은 어머니가 젖먹이를 등에서 내려 품에 안았다. 울 힘조차 없는지 숨결이 가는 목에 걸려 할딱거리는 둘째 아우가 어머니 품에서 늘어졌다. 낮참이 되자 파주댁이 통영반에 점심밥을 차려 서재로 날랐다. 통영반에는 수수를 섞은 좁쌀밥에 김이 오르는 배춧국이 올라 있었다. 무말랭이와 깻잎 졸인 반찬에 마늘종을 썰어 넣은 멸치볶음도 상에 올랐다. 전시에 아닌 말로 진수성찬이었다. 새댁이 뒤따라와 쪽마루 앞에서 변변찮은 대접이지만 많이 드시라고 말하더니 어머니께 자못 궁금한 듯, "우리 집 서방님은 언제 보셨어요?" 하고 물었다. "최 씨가 저의 집에는 오지 않았심더." 어머니는 동무라는 말을 쓰지 않고 씨자를 붙였다. 좋은 밥반찬을 차려준 분한테 조금 더 사근사근하게 말하지 못하는 어머니의 무뚝뚝한 사투리는 내가 듣기에도 거북했다. "서방님이 성동구역 인민위원회 문화부장을 지내며 아시게 되어 위원장 동무 분을 집으로 모셔 한동안 숙식을 같이 했더랬지요. 편지를 보니 지금 전투 후방부에 같이 계신 모양인데, 제발 신변에 아무 일도 없었으면……" 새댁의 얼굴이 수심기로 가득 찼다. "저들도 아부지 본 지가 일주일도 더 됐습니다." 숟가락을 들던 누나가 말했다. 나도 얼른 밥이 먹고 싶은 조급증에 들떴다. 입에는 군침이 홍건히 괴었다. 새댁이, 그럼 많이 드시라고 말하곤 방문을 닫았다. 나와 첫째 아우가 밥상 앞에 붙어 앉았다. 행동이 굼뜬 첫째 아우도 음식 질펀한 밥상을 보자 그때만은 동작이 빨랐다. "전시에도 이렇게 묵고 살 수 있다니, 재물 많은 집은 다르구나." 어머니가 둘째 아우 입에 쭈그러진 젖을 물리며 말했다.

어머니가 점심상을 부엌으로 나르고 온 뒤였다. 대문 두드리는 소리에 이어 자전거 요령 소리가 들렸다. 내가 방문을 열고 내다보니 당목 두루마기 차림에 중절모를 쓴 풍채 좋은 중년 남자가 자전거를 끌고 마당으로 들어섰다. 주인집 식구가 모두 나와 그분을 공손히 맞았다. 주인장이었다. "동대문 어름 약국까지 나가보았소. 약국은 폭격을 안 당한 채 그대로 있고 시내가 얼추 평정된 모양인데, 선한이 소식은 오리무중이오." 주인장이 말하더니, 서재방 쪽마루에 쭈르르 나와 서 있는 우리 식구를 누구냔 듯 일별했다. 안주인이 아들 서찰을 가져온 전 인민위원장네 가족이라며 저간 사정을 말하곤 아들의 편지를 주인장께 건넸다. 주인장이 편지를 읽곤 머리를 주억거리더니, "부인 바깥 분 밑에서 우리 선한이가 지도를 받고 있다면 우리가 부인 가족을 잠시라도 맡는 게 사람의 도리지요. 그런데 세상이 오늘 아침부터 확 뒤바뀌었는데 그 사람들이 어떻게 여기로 와요? 당최 무슨 소린지 모르겠네" 하며 고개를 갸우뚱했다. "고향이 경상돈가 본데 어딥니까?" 안주인이 어머니께 물었다. 어머니가 경상남도 끝 김햰데 작년에 올라와 서울에는 아는 친척이 없다고 말했다. "불편한 대로 당분간 여기 머물구려. 전쟁이란 조석으로 세상이 바뀌기도 하는 법이오. 험한 시절을 잠시 견뎌봅시다." 주인장이 헛기침을 하곤 자전거를 정원의 도장나무 사이 돌팍 앞에 세우며 말했다. 그날 밤, 어머니는 잠을 자지 않은 채 바람에 쏠리는 나뭇잎 소리에도 신경을 세우며 귀를 기울였다. 아직도 미련이 남았는지 아버지를 기다리는 눈치였다.

이튿날 9월 27일 아침이었다. 어머니는 묵정동 집으로 가서 꾸려놓은 피란 짐을 가져오겠다고 서둘렀다. 폭격을 맞았거나 빈집이라 누가 짐 꾸러미를 훔쳐가지 않았나 걱정이 된다고 했다. 우리 남매를 남겨두고 길을 나서려는 어머니를 주인집에서 말렸다. 시내는 아직도 치안이 확보되지 못한 상태라고 주인장이 말했다. 인민군이 퇴각했더라도 곳곳에 잔류병이 남아 저항을 계속하고 있을는지 모른다는 것이다. "제가 오늘도 자전거 편에 아들 소식도 알아볼 겸 시내로 잠시 나갔다 오리다. 아주머니는 오늘 하루 더 애들과 함께 집에서 쉬시구려." 위험하다며 나서지 말라는 안주인의 만류도 뿌리친 채 아침밥 먹고 나자 그날도 주인장은 자전거를 타고 시내로 들어갔다. 주인집 식구는 주인장 내외, 아들과 며느리, 손자 하나, 식모 파주댁, 이렇게 모두 여섯이었다. 위로 딸 둘은 출가해 수원과 천안에 살았는데 소식을 알아보니 다행히도 인민군이 들어오기 전에 부산 쪽으로 피란을 떠났다고 했다. 최선한 씨는 주인장의 외동아들로 서울대학교에서 법학을 전공한 법관 지망생이었다. 해방 후부터 남로당에 가입하여 정치운동을 했는데 서울대 법정대 독서회에 관련된 사건으로 수사 당국에 검거되었으나 주인장이 재력을 쓴 덕분에 미결감으로 몇 달 영창을 살다가 나온 뒤부터는 약학대학을 나와 동대문 부근에서 약국을 경영하던 처 장사 일을 봐주며 여전히 지하 정치운동을 하다 전쟁을 만났다고 했다. 성동 구역 인민위원회 문화부장으로 일하다 아버지 눈에 띄어 서울시당 재정부로 옮겨간 뒤 숙식조차 시내에서 하며 며칠에 한 번꼴로 집에 들렀는데 일주일째 소식이 없다고 했다. 그날, 시내로 나갔다 점심참에 자전거를 끌고 돌아온 주인장은 어머니를 보자, 아주머니가 안 나선 게 잘한 일이라 했다. 지금도 시내는 치안이 어수선하다고 말했다. 신당동 부근에서 어느 건물에 숨어 있다 옷을 바꾸어 입고 나온 알머리 인민군이 주민에게 잡혀 그 자리에서 몰매를 맞는 장면을 목격했다는 것이다. "시청까지 아주 나가볼까 했으나 나도 겁이 나서 자전거를 돌렸다오. 사람들 말로는 망원동과 미아리 쪽은 퇴각하는 인민군과 그들을 따라나선 피란민으로 북새통을 이룬답디다. 인민공화국 밑에서 일했던 사람들이야 그 사람들 따라 북으로 나선 게 당연하겠지만……" 외동아들 걱정이 태산같이 높은지 중폭격기 여러 대가 높이 떠서 북으로 멀어지는 뿌연 하늘을 올려다보는 주인장 눈가에 물기가 어렸다.

  28일 날이 밝자, 파주댁이 차려준 아침밥을 먹고, 어머니가 기어코 영진공업사 객차방에 갔다 오겠다며 몸뻬 차림에 머릿수건 쓰고 나설 채비를 했다. 둘째 아우를 누나에게 맡기곤 동생들을 잘 챙기라며 낮참에 돌아오겠다고 했다. "낯선 곳이니 어미 찾는다고 멀리 나가모 안 돼. 그래도 혹시 아부지가 오실지 모르니 이 집을 꼭 지켜." 어머니가 누나에게 당부했다. "인자 남한 순사들이 눈에 불을 켜고 우리를 잡을라고 찾을지 모르이 조심하이소." 누나가 말했다. "어무이, 퍼뜩 와야 돼예." 나는 아버지와 같이 어머니도 놓칠까 봐 눈물 글썽한 눈으로 말했다. "울보 자슥, 내가 너거들 떼어놓고 어데로 갈 데가 있으며, 가모 어데로 가겠노." 어머니가 축담에 내려섰다. 어쩐지 나는 어머니가 떠나면 다시는 이 집에 돌아오지 않거나 못 돌아올 것만 같았다. 나의 기우와 달리 그날 오후 어머니는 이부자리까지 챙겨 피란 짐이 넘치게 든 대나무 궤짝을 머리에 이고, 양손에는 보퉁이를 든 채 신답 마을로 돌아왔다. 돌아온 어머니는 우리에게 놀라운 소식부터 전했다. "야들아, 너거 아부지가 우리 집에 왔단다. 미군하고 국군이 떠나고 얼마 후에 아부지가 군인이 탄 트럭을 가주고 우리를 데불로 왔는데, 우리가 떠나고 읎으이께…… 수길이 할무이가 아부지를 보았대. 아부지한테 미군이 우리 방에 총질을 해대니 식구가 겁을 묵고 어데로 떠났다고 말했다 안 카나. 아부지가 수길이 할머니 말을 듣자, 기다리라 신신당부했는데 하고 혀를 차더니만 운전병 옆에 앉아 을지로 쪽으로 휑하니……" 어머니가 이고 온 궤짝과 보퉁이를 쪽마루에 부리곤 허탈하게 말했다. 어머니 말이 남산에서 미군과 국군 선발대가 내려오자 동네 사람이 우리가 사는 객차집이 빨갱이 소굴이라고 지목해 연합군이 우리 집을 목표로 덮쳤다는 것이다. "지가 싸놓은 책보는 가주고 왔습니껴?" 내가 물었다. "이 얼빙이 자슥, 학교 공부는 몬하면서 이때는 책 걱정하는구나. 그래, 어데로 가더라도 공부는 해야 한다고 이 에미가 수백 번도 더 말했잖나. 너그들 책 보따리도 챙겨서 가주고 왔다." 어머니의 주먹이 내 알머리에 떨어졌다. 내가 삐 울음을 터뜨렸다.

  나는 우리가 남산에서 내려온 연합군 선발대의 들이침에 혼겁을 먹고 객차방 뒷마당 격인 고물상 마당을 떠난 뒤, 아버지가 트럭을 가지고 우리 식구를 데리러 왔다는 어머니 말을 그 후 한동안 쉬 믿을 수가 없었다. 연합군 선발대가 남산을 넘어 묵정동으로 들어온 26일 오전, 분명 을지로 5가에서는 유엔 연합군과 인민군이 대치한 채 시가전을 벌이고 있었다. 그런데 그 위태로운 전장터를 뚫고 어떻게 인민군 트럭이 우리 집까지 올 수 있었을까 싶었다. 그러나 성인이 된 뒤 당시 서울 시내 전투 상황을 증언 위주로 상세히 구술한 자료를 읽어보니, 26일 서울 시내 중심부는 어느 쪽이 어느 지점을 사수하고 있었는지, 어느 쪽이 어느 지점을 접수했는지를 꼭 집어 따질 수 없는 상태였다. 물굽이가 소용돌이치는 형태의 혼전 중이었다. 인민군 전투부대가 퇴각하기 전 미처 빠져나가지 못한 소대나 의용군이 곳곳에서 마지막 저항을 하고 있었던 것이다. 서울역과 덕수궁을 연합군이 탈환한 게 그날 오후 3시였고, 27일 하오가 되어서야 사대문 안에서는 인민군의 조직적인 저항이 완전히 소진되었다. 어머니가 묵정동 우리 집에 가서 피란 짐을 챙겨온 28일에 국군 해병대가 중앙청 돔에 태극기를 게양했고, 대한민국은 그날을 서울 탈환 수복일로 삼았다. 여기에 구술로 증언한 허영철 씨의 증언이 있다. "구로지휘부에서 후퇴한 서울시당에서 급조한 부대원과 함께 중앙청을 지키다가 9월 28일 철수하게 되었습니다. 28일 날 보니까 중앙청에 이미 태극기가 꽂혀 있는 상황이었습니다. 그래서 서울 시내의 지리를 잘 아는 동료와 함께 그곳을 빠져나왔습니다. 당시는 추석이 가까운 시기였기 때문에 큰 건물마다 철시하여 개미 한 마리 볼 수 없는 비장한 상황이었습니다."

그 뒤, 아버지 소식은 알 수 없었다. 우리 식구는 다시 회현동 영진공업사 뒤 객차방을 찾지 않았다. 경찰이나 이웃이 우리를 보면 즉각 빨갱이 가족이라고 신고할까 봐 겁이 났던 것이다. 고향을 탈출해 1년여 서울 생활의 애환이 묻힌 '빨갱이 소굴' 그 집을 우리 가족은 모두 기억 속에서라도 지워내야 했다. 그로부터 몇 년 뒤였다. 항공 폭격 파편으로 절름발이가 된 영식이 어머니가 진영 회계리 시댁에 들러 고향 장터에 남긴 말이 이랬다. 1951년 1월 1·4후퇴로 서울이 다시 북조선 수중에 들어갔을 때 서울 시내에서 아버지를 보았다는 사람이 있었다고 했다. 가족을 찾아 묵정동이며 왕십리를 돌아보았으나 못 찾아 안타까워하더라는 전언이었다. 뒷날, 대학 시절 한겨울에 술에 취한 채 가로를 걷다가 점방에서 가두에 내어놓은 축음기 스피커를 통해 『남과 북』의 영화 주제곡 「누가 이 사람을 모르시나요」가 거리에 퍼지면 술이 깨어 정신이 번쩍 났다. 개털모자 쓴 수염 터부룩한 아버지의 거친 모습이 홀연히 떠올랐던 것이다. 폐허가 된 서울 거리를 눈보라 속에서 헤매며 우리 가족을 찾았을 당신 모습이었다.

　우리 식구는 왕십리 신답 마을 기와집 문간채 서재에서 더부살이하게 되었다. 주인집 눈치가 보였으나 달리 어떻게 처신할 방법을 찾지 못했다. 유엔군과 국군은 삼팔선 넘어 북진을 계속했다. 어머니는 그때까지 자나 깨나 가족을 버리고 혼자 떠나버린 아버지를 욕질하면서도, 만에 하나 또 한 번 시절이 어떻게 바뀌어 당신이 우리 식구를 데리러 올지 모른다는 일말의 기대감을 떨쳐내지 못하고 있었다. "전장터에 나가 죽어뿟다모 아예 체념이나 하제. 뻔히 살아 있는 사람을 단념하기가 어데 쉽나……" 어머니는 자주 혼잣말을 구시렁거렸다.
　6·25전쟁이 나자마자 서울을 빠져나간 도강파가 다시 상경하자 인공 치하 석 달 동안 피란을 나서지 못했던 잔류파에 대한 박해가 시작되었다. 인공 치하에서 무슨 일을 하며 어떻게 먹고 살았느냐는, 잔류파에 대한 추달이었다. 국군이 너무 빨리 패퇴하여 서울을 내주게 되었고 유일한 다리마저 끊어버려 도강할 수 없게 만들어놓고 왜 새처럼 날개를 달아서라도 피란을 못 갔느냐고 따지니 적반하장 격이었다. 정보부대·경찰서·동사무소·청년방위대가 번갈아 집집마다 호구조사를 하며 인공 치하 석 달 동안의 이적 행위 여부를 꼬치꼬치 캐기 시작했다. 동네 사람 누구누구가 경찰서로 달려갔다는 소문이 신답 마을에 돌았다. 석 달을 굶어 죽지 않고 겨우 견뎌냈는데 이제 이쪽이 저쪽을 밀고할까 봐 서로의 감시자가 되어야 했다.
　주인장이 인공 치하에서 성동 구역 인민위원회 문화부장을 지낸 아들 문제로 경찰서에 붙잡혀간 뒤 어디로 넘어갔는지 소식이 없었다.

안주인과 배가 부른 새댁은 주인장의 행방을 수소문하러 연일 밖으로 나돌았다. 어머니도 두 차례나 경찰서로 불려 갔다. 아침에 달려가선 초주검이 되어 귀가한 어머니는, 경상도 사람이 왜 여기에 와서 사느냐, 서방은 무슨 일을 하던 사람이며 지금은 어디 있느냐는 추달을 받으며 손찌검도 당했다고 했다. 그럴 때마다 어머니는 서방이 강원도 첩첩산중에 있는 탄광에서 회계 보는 서기라 그쪽에 나가 혼자 자취 생활을 하다 월급 때만 서울 집으로 오곤 했는데 전쟁 통에 길이 막혀 어떻게 되었는지 소식을 모른다고 둘러댈 수밖에 없었다고 했다. 그렇게 잠시라도 어머니가 우리 곁을 떠나 경찰서에 가 있을 동안 다시는 돌아오지 못할 것만 같아 나는 집 밖으로 나가 돌담에 해바라기하고 서서 진종일 어머니를 기다리며 훌쩍거리고 울었다. 누나가 찔찔이 울보라고 핀잔을 주어도 그 말이 귀에 들어오지 않았다. 주인장은 인심이 후덕해서 서재방 식구들 조석 끼니를 잘 거두어주라고 파주댁에게 당부했는데 그분이 경찰서로 끌려가버리자, 어느 날부터인가 식객 신세긴 했으나 우리 식구 밥상이 몰라보게 형편없어졌다. 안주인이 노골적으로 어머니에게 들으라고, 그동안 숨겨두고 아껴 먹었던 곡식마저 비어 이제 자기들 먹을 양식도 간당간당한다는 말을 흘렸다. 하루는 안주인이 어머니에게 저 아랫말에 아기업개 계집애가 필요한 집이 있는데 입 하나 덜 겸 딸애를 그 집에 주어버리면 어떻겠느냐고 은근짜로 물었다. 굶어 죽게 되더라도 딸애를 팔 수 없다고 어머니가 거절했다. "우리 식구는 누구도 손을 몬 됩니다. 살아도 같이 살고 죽어도 같이 죽겠심더." 어머니가 그때만은 여태껏 안주인에게 취해온 조신스러운 자세를 바꾸어 당차게 말했다.

신답 마을로 온 지 열흘을 넘겨 10월로 접어들자 기온이 뚝 떨어졌다. 집 밖 배추밭에는 덩이덩이 잘 자란 배추가 보기에 탐스러웠다. 누나와 나는 국을 끓여 먹으려고 시든 배춧잎을 줍고 미처 거두지 않은 굻은 배추 뿌리를 캐러 다녔다. 어느 날, 어머니가 객차방 집에서 가져온 미제 옷가지 중 털옷과 가죽옷 몇 가지를 보퉁이에 싸들고 나섰다. "주인집 보기 미안해서 더는 안 되겠다. 방은 빌려 쓰더라도 우리 밥은 따로 해먹어야제. 이 옷을 동대문시장에 내다 팔아 양석을 구해오꾸마." 그날 저녁 답에 어머니는 안남미 한 부대를 머리에 이고 돌아왔다. 동대문시장은 장사치와 장 보러 나온 사람들로 붐비며 미제 물건이 많이 풀려 시장 경기가 괜찮더라고 했다. "외국에서 들어온 원조 물자로 인자 서울 사람들이 묵는 걱정은 덜 모양이더라. 내가 가져 나간 미제 옷은 전을 펴자 몇 시간 안 걸려 다 팔렸어. 전쟁 통에 옷가지를 몬 가지고 피란 갔다 왔는지, 옷들이 불에 타뺏는지 가져간 미제 옷이 겨울용이라 찾는 사람이 있더라." 어머니는 그날 저녁 주인집 부엌에서 우리 식구가 먹을 밥을 따로 지었다. 그 뒤부터 찬은 주인집에서 얻어먹었으나 밥만은 꼭 어머니가 손수 마련했다. 어머니는 그 뒤로도 "나는 좀체 '이 옷 사이소' 하는 말이 입에서 떨어지지 않더라"더니, 호객꾼으로 앞세울 요량인지 누나를 데리고 미제 옷을 서너 벌 챙겨 동대문시장으로 나가 양식과 바꾸어 왔다. 어머니와 누나가 집을 비울 동안 나는 둘째 아우를 업은 채 첫째 아우를 데리고 네거리가 나올 때까지 5리쯤 타박타박 걸어 어머니 마중을 나가기도 했다.

  10월도 하순으로 접어들어 나날이 기온이 뚝 떨어졌다. 잠자리에 들면 군불을 때지 않은 냉돌이라 형제가 서로 껴안고 체온으로 몸을 녹여야 할 만큼 야기가 엄습해왔다. 동사무소에서 호구조사차 나온 직원이 우리 가족 수를 파악해 가며 신분이 확실치 않아 무상으로 배급해줄 구호미 분배 대상에서 제외되었다고 통고해온 다음 날이었다. 경찰서에서 형사가 나와 다시 어머니를 연행해갔다. 저녁 무렵에 돌아온 어머니가 인자는 아버지를 더 기다리기를 포기했다고 말했다. "엄동은 닥치는데 알거지 신세로 자슥 넷을 데불고 어디로 갈꼬. 진영으로 가야 논밭이 있나 집이 있나. 붙임성 읎으이 아무 장사도 몬 하겠고 얻어묵을 재주도 읎는 내가 뭘 해서 너거들을 믹이 살릴꼬. 몬 배운 한으로 너거들만은 꼭 중학교까지는 공부를 시킬라 캤는데, 우선 입에 풀칠을 몬 하니 그전에 우리 식구가 굶어서 죽겠다." 어머니의 한 서린 넋두리가 늘어졌다.

11월 하순, 바람이 몹시 불던 어느 날이었다. 무슨 결심이라도 했는지 어머니가 누나와 나를 불러 앉히고 말했다. "희야, 니가 동상 데불고 먼첨 진영으로 내려가거라. 나는 둘째, 셋째 데불고 좀 더 여게 남았다가 뒤따라 내려가꾸마. 니 힐내가 진영 고모네 댁에 있잖나. 거기 얹혀 외손자 돌봐주고 살 텐데 설마하니 친손녀 손자를 받아서 고아원에 보내겠나. 남으 품을 팔더라도 굶어 죽이지사 않겠제. 동대문시장에 나가 들어보이 피란민 실어 나르는 열차가 서울역서 부산까지 댕긴다더라. 피란 생활을 끝내고 올라오는 사람, 서울이 싫어 고향 찾아 내려가는 사람들이 열차 지붕 꼭대기까지 빼곡히 타고 오르내린다 카대. 희야 니는 국민학교 6학년에다가 나이보담 눈치가 빠르이 얼빙이(얼간이) 동상 잘 데불고 진영까지 내리갈 수 있을 끼다. 죽고 사는 기 문제가 아닌 전쟁 시절 아이가. 악심 묶고 이 난관을 이겨내모……" 어머니 목소리가 축축이 젖어 있었다. "무슨 돈으로, 기차표는 우예 사꼬예?" 누나가 물었다. "우리 처지에 기차표 살 돈이 어딨노? 시장 사람들한테 물어보이 기차표 사는 사람도 있지마는 대부분 야미(공짜)로 탄단다. 지붕 위에 빼곡히 찡기서 타고 가는데 나라에서 무신 찻값을 받겠노. 철망 담 너머로 살째기 들어가서 부산 가는 기차모 무조건 타고 보는 기다. 만약에 차장한테 들켜 끌어내도 부모님 찾아간다면서 통사정해서 죽기 살기로 타고 보는 기라." 누나는 입을 꼭 다물고 아무 말도 하지 않았다. "살고 죽기사 하늘에 달렸다. 그래 믿어야지 우야겠노. 안 죽고 살아 있으모 우리 식구가 다시 만날 날이 올 기다." 나는 어머니와 두 동생과 헤어진다는 말이 너무 서러워 큰 소리로 울음을 터뜨렸다. 누나와 나를 진영으로 보내버린 뒤 어머니가 두 동생을 데리고 아버지를 찾아 나서서 전선 따라 북으로 가버릴 것만 같았다. 그러나 '어무이가 아버지 찾아 북으로 가뿔라 카지예' 하는 말은, 그 말 자체가 너무 두려워 차마 물을 수가 없었다. 다만 "그라모 어무이는 언제 진영에 오실 낍니꺼?" 하는 말만 딸꾹질하며 겨우 물었다. "쪼매 더 있다가 내리가꾸마. 올해는 넘기지 않을 끼다." 어머니가 말했다. 겨울 한추위가 닥쳐 방문 앞에서 바들바들 떨던 첫째 아우는 형이 왜 우는지 모르겠다는 듯 눈을 껌벅이며 어머니와 내 표정을 살폈다.

 이튿날, 어머니는 내다 팔 수 있는 것으로는 마지막이라며 미제 옷을 챙겨 동대문시장으로 나갔다. 해거름에 돌아온 어머니는 안남미 석 되, 고구마 여러 개를 사왔다. 저녁밥을 먹으며 어머니가 말했다. 내 밥그릇에 흰 쌀밥이 어느 때보다 푸짐했다. "희야, 내일 새벽에 동상 데불고 나서거라. 동대문시장 지나서 쭉 걷고 걸으모 서울역이 나온다는 거는 알제? 길 가다가 사람들한테 물어보모 아리켜 줄 끼다. 내일 새벽에 출발하자모 밥 묵고 오늘 저녁은 일찍 자거라." 어머니는 자식들을 냉돌방에 재워놓고 그날 밤 깊도록 호롱불 아래에서 누나와 나를 고향으로 내려보내기 위한 준비를 했다. 밤새 문풍지에 우는 센 바람 소리를 들으며 동태가 된 몸으로 나는 첫째 아우를 껴안아 서로 체온으로 몸을 녹였다. 봉창이 희뿌연 새벽에 어머니가 누나와 나를 깨웠다. 나는 부스스 눈을 떴다. "어서 일나거라. 밥 묵고 서울역으로 나가야제." 어머니가 말했다. 오늘 밤부터는 아우를 껴안고 잘 수 없다는 생각이 들자 내 코끝이 아렸다. "기차가 달리모 한데 바람이 억시기 찰 낀게 안 얼어 죽을라모 단단히 챙겨 입어야 한다." 어머니가 밤을 새우며 지은 솥단지를 방에 옮겨놓고 밥을 펐다. 나는 어머니가 마련한 면내의는 물론, 솜 넣은 저고리에 청바지, 청바지 위에 솜바지를 껴입었다. 아버지 외투를 뜯어 만든 덧버선에 귀가리개가 달린 털모자를 썼다. "누부야 말 잘 듣고 무슨 일이 있더라도 울지 마라. 운다고 문제가 해결되모 얼매나 좋겠노. 울 일이 있어도 남자는 참아야 헤." 어머니가 말했다. 아버지를 마지막으로 본 날도 당신은 남자는 울어서는 안 된다는 말을 했다. 걸핏하면 잘 울었던 나는 그때도 사실 코를 훌쩍이며 속으로 울고 있었다. 개다리소반 위에 담아낸 누나 밥과 내 밥이 밥그릇에 넘칠 듯 고봉이었다. 마지막으로 먹게 될 밥그릇을 보자 어머니와 아우들과 헤어져야 한다는 사실이 가슴 먹먹히 느껴졌다. 주위의 소란을 느꼈던지 첫째 아우가 이불을 둘러쓴 채 일어났다. 첫째 아우는 누나와 내가 떠나는 줄도 모른 채 밥을 먹는 우리를 멀거니 건너다보았다. 분명 자기도 배가 고플 텐데 어머니에게 밥 달라는 말을 하지 않았다. 도대체 말이 없는 아이였다.

누나와 나는 털모자에 털목도리를 하고 목줄 달린 벙어리장갑까지 낀 완전무장 차림으로 방을 나섰다. 날이 밝아오는데 뺨에 닿는 새벽 찬 바람이 칼날 같았다. 주인을 잃은 채 돌팍에 비스듬히 누워 있는 자전거가 미명 속에 눈에 띄었다. 주인장은 동대문경찰서 유치장에서 아직도 조사받는다고 했다. 안주인이 금붙이를 내다 팔고 친척들이 돈을 모아 관계 요로에 백을 쓰고 있는데도 아직 풀려나오지 못하고 있었다. "죽기 아이모 살기라 각오하고 악심을 묵어라. 그런 결심을 하모 필경 하늘님이 너들을 도울 끼다. 여기 남아 고생할 에미와 어린 동상 둘을 생각하거라. 양석은 죽을 만큼 배가 고플 때만 조금씩 묵거라. 사람들 말로는 부산에서 올라오는 데도 철길이 군데군데 끊기고 굴조차 무너져 수리를 한다고 사흘이나 걸려 겨우 도착했다 카더라. 진영까지 메칠이나 걸릴지 모른다. 그러이 주먹밥은 아낄 대로 아껴. 너그 목숨이 그 주먹밥에 달렸으이께 누구한테 절대로 뺏기모 안 된다." 어머니는 그동안 했던 당부한 말을 다짐했다. 누나와 나는 각자 등짐을 하나씩 메고 있었다. 등짐 역시 어머니가 동대문시장에서 사온 소형 군용 백에 걸빵을 만들어 단 것이었다. 군용 담요 한 장을 절반으로 잘라 나누어 각자 백에 넣고 얇은 솜이불 한 장도 누나 백에 욱여넣었다. 덧껴입을 여벌 옷과 버선, 식기 하나씩에 숟가락, 물을 채워 넣은 군용 물통, 무엇보다 간한 배춧잎을 잘게 썰어 버무린 주먹밥 다섯 덩이와 찐 고구마 몇 알이 등짐 속에 들어 있었다. 김장용 배추와 무를 모두 뽑아버려 황량해진 밭 사잇길로 어머니가 앞서고 누나와 나는 찬바람에 맞서 타박타박 걸었다. "추븐데 어무이는 마 드가이소." 누나가 말했다. 어머니는 그 말이 귀에 들어오지 않는지, "우리 식구가 살아서 만날 운명이라모 하늘님이 너들을 도울 끼다" 하곤 물코를 힝 들이켰다. 고갯마루 턱만 넘어서면 멀리 서울운동장이 있었다. 날이 완전히 밝아 이따금 통행인이 보였고 자전거나 우마차를 끌고 나온 사람도 있었다. 매운 날씨라 사람들은 옷을 겹겹이 껴입고 모두 허연 입김을 불고 있었다. "희야, 서울역은 찾아가겠제?" 마중을 여기서 끝내겠다는 듯 어머니가 걸음을 멈추었다. "찾아갈, 수 있심더. 몸조심, 하시다가, 동생들 잘, 데불고, 내리오이소." 소매로 눈물을 닦는 누나의 말이 마디마디 끊겼다. 나는 덜덜 떨며 아무 말도 할 수 없어 어머니 얼굴만 쳐다보았다. 그때 갈라 터진 뺨으로 흘러내리는 어머니의 굵은 눈물 줄기가 떠오르는 햇살에 반짝이는 걸 보았다. 목멘 소리로 세상에 대고 하소연을 늘어놓거나, 아버지를 욕질하거나, 날이 궂으면 고문당한 온몸이 욱신거린다고 신음을 내뱉을 적에도 나는 어머니의 눈물은 본 적이 없었다. 어머니는 큰 몸집만큼 늘 튼튼한 성채였다. 그런데 누나와 나를 떠나보내며 어머니는 울었다.

누나와 나는 걷고 걸어 정오가 못 되었을 때에야 전투기 폭격을 피해 웅장한 자태 그대로 서 있는 남대문 옆을 지날 수 있었다. 서울역 광장은 그야말로 대목 장날 장마당보다 더 붐볐다. 사람들은 내남없이 모두 우리 남매처럼 짐 보퉁이를 메거나 이고 있었다. 그렇게 짐 보퉁이를 이고 진 사람들이 역사에서 광장으로 쏟아져 나오기도 했다. 어떻게 안으로 들어가 승강장까지 무사히 들어갈 수 있을까 싶었다. 절대 놓치면 안 된다며 누나가 나를 뒤에 달고는 여기저기 돌아다니며 역 사정을 살폈다. 차표 사려는 줄도 장사진을 쳤지만 표 없이 개찰구로 빠져나가기에는 가망이 없어 보였다. 헌병과 순경이 눈을 홉뜨고 통행인을 갈마보았다. 수상해 보이지 않는데도 청장년은 자주 검색을 당했다. 그들은 동회에서 발행해준 거주증이나 제대증명서 같은 신분 확인증이 없으면 역전 초소로 연행되었다. 어린 우리에게는 아무런 증명이 없었다. 점심시간을 넘겼으나 누나는 여전히 이곳저곳을 쑤시고 다니며 사람들 말에 귀를 기울였다. 차표 없이 역 안으로 들어가는 방법에 대해서 묻기도 해가며 발품만 팔았다. 누나는 내 배고파하는 사정을 모르는 듯 내 등짐에 든 주먹밥을 먹자는 말을 하지 않았다. 나는 수통의 물로 배를 채웠다. 오후 서너 시가 되었을 때에야 돔 역사에서 조금 떨어진, 미군들이 무람없게 무리 지어 슬리핑백을 멘 채 들랑거리는 철망이 쳐진 출입구를 발견했다. 그곳까지 기차를 탈 승객 가족이 쪼그려 앉은 채 대기하고 있었다. 초병이 지키는 철망 문은 닫혀 있을 때도 있었고 조금 열어둘 때도 있었다. 문은 철모를 쓰고 권총을 찬 미군 헌병 둘이 지키고 있었는데 그들은 담배를 피우며 무슨 농을 주고받는지 크게 웃곤 했다. 한 명이 조금 떨어진 초소 쪽으로 가버려 자리를 비울 때도 있었다. "입초 선 저 군인도 용변은 보겠제. 잠시라도 자리 비울 때 얼른 안으로 들어가자. 들키모 엄마가 푸렛트홈에서 기다린다고 울면서 손발이 닳도록 싹싹 비는 수밖에. 마음씨 좋은 미군을 만내모 들여보내 줄 끼다." 누나가 정문 앞 철망 벽 아래 쪼그리고 앉아 말했다. 한 시간 넘게 망을 보며 기다렸을까. 정문이 잠시 비는 순간이 왔다. 누나가 내 옆구리를 찌르며 허리띠를 채어 일으켰다. 누나와 나는 잽싸게 철망 문 안으로 들어가 앞에 널린 철길을 향해 뒤돌아보지 않고 뛰었다.

부산 가는 열차가 들어설 승강장이야말로 발 디딜 틈이 없었다. 사람들 말로는 세 시간째 기다리는데 당최 떠날 차가 들어오지 않는다고 했다. 경부선이나 호남선 쪽에서 올라온 열차는 긴 객차를 달고 있었다. 어머니 말대로 객차에는 지붕 위까지 피란지에서 올라오는 사람이 빼곡히 타고 있었다. 그들은 짐 보퉁이를 이고 지고 이불이나 담요를 둘러쓴 채 옹송그리고 붙어 앉았다가 열차가 도착하자 우수수 쏟아져 내렸다. 사람들은 엄동설한이 대수로우냐는 듯 서울로 서울로 상경했는데 우리같이 서울에서는 더 못 살겠다며 내려가는 사람도 있었다. 탱크와 야포, 군수물자를 가득 실은 무개차도 연방 구내로 들어왔다. 하행선 선로 앞에서 다시 30여 분을 기다리자 석탄 따위를 실어 나르는 시커먼 무개차 여러 동을 단 객차가 들어왔다. 사람들이 부산 가는 기차라며 우르르 무개차 높은 벽에 매달렸다. 누나와 나는 키가 작아 그 무개차 나무 벽에 매달려 오를 수가 없었다. 그 차마저 놓치면 언제 다시 부산 가는 기차가 선로에 들어설지 알 수 없었다. "손 좀 잡아주이소. 제발 손 좀 잡아줘예!" 누나가 먼저 탄 사람들에게 손을 내밀며 외쳤다. 다들 자기 자리 잡기에 바쁘고 제 식구 챙기기에 정신이 없었으나 개털모자 쓴 어떤 아저씨가 누나의 손을 잡아 당겼다. 누나는 간신히 버티어 무개차에 오르고 나서, 내 팔을 잡아 당겼다. 우리는 겨우 차에 오를 수가 있었다. 무개차라 지붕은 물론 좌석이나 창문, 화장실 따위가 갖추어져 있을 리 없었다. 사람들 사이에 끼여 앉았다. 한동안 기다려도 기차는 도무지 움직일 줄 몰랐다. "석탄이나 소, 돼지를 실어 나를 이런 곱배차에서 변은 어떻게 봐." 누군가 구시렁거렸다. "싸고 뭉갤 수밖에. 어쨌든 기차가 움직이기나 했으면 좋겠다." 그 말에는 아무도 대답이 없었다.

 승객이 탈 수 있는 객차는 한 동도 없는 무개차 열몇 동을 단 기차가 움직이기 시작한 때는 저녁 무렵이었다. 해가 져버려 추위가 살갖에 파고들 때에야 어느 순간 털컹하더니 기차가 천천히 움직이기 시작했다. 무개차 벽에 가려져 떠나는 서울 시가지를 볼 수 없었다. 찬

바람이 넘치는 붉게 물든 하늘만 보였다. "누부야, 배고파." 옹송그려 앉은 내가 말했다. "봐라, 누가 뭘 먹노? 참아라. 모두가 우리멘쿠로 참고 있어." 누나가 잘라 말했다. 차가 털컹대며 아주 느린 속도로 한강 다리를 건넜다. 누나와 나는 추위와 센 바람을 견딜 수 없어 등짐에서 담요를 꺼내어 둘러썼다. 배고픔이 끝없는 졸음을 불러왔다. 이러다 죽는다, 죽는다 하고 속으로 외치다 깨어나면 기차는 털컹거리며 레일 위를 천천히 달리고 있었다. 무개차는 고장 난 부분을 고치거나 이음새가 부실한 철길을 고친다고 한정 없이 쉬다, 기적 한 번 내뿜고 덜컹하며 느리게 움직였다. 밤이 되면 몰아치는 추위가 살갗을 저몄다. 누나와 나는 모포를 둘러쓴 채 장갑 낀 손에 입김을 불어 얼굴에 닿는 살을 애는 한기를 견뎌내야 했다. 밤하늘에 올려다보이는 별은 왜 그렇게 그렇게 영롱한지, 나는 그 별들 속에서 나처럼 옹송그려 떨고 있을 아우들을 생각했다. 눈물 끝에 결국에 울음을 터뜨렸다. 훌쩍이는 나에게 누나는, 진영에 도착할 때까지 울어서는 안 된다고 말했다.

 어느 간이역에서는 군용 열차 몇 동량을 먼저 통과시킨다고 반나절 넘게 대기하기도 했다. 그렇게 쉬엄쉬엄 움직여 경상도 땅 청도역에 닿았을 때는 서울에서 출발한 지 꼬박 사흘이 지난 뒤였다. 기차가 오래 멈춰 서 있을 때는 그릇을 들고 철길 가까운 집에 찾아가 문전 구걸도 했으나 숟가락으로 덜어주는 잡곡밥 양이 변변치 못했고 문전박대를 당하기 일쑤였다. 그러다 혹시 기차가 제멋대로 출발해버리면 어떡하나 해서 빨리 무개차로 돌아와야 했다. 그렇게 쉬다 가다 하던 무개차가 삼랑진역에 도착하기 전이었다. 속칭 '밀양 10리 굴'이라는 굴속에서 기차가 또 멈춘 채 꼼짝도 하지 않았다. 메케한 석탄 연기가 뚜껑 없는 무개차 안으로 사정없이 밀려들었다. "모두 내려서 굴을 빠져나가지 않으면 질식사합니다." 누군가가 외친 말이 뒤로 전달되었다. 모두 차에서 내려 깜깜한 굴을 걸어서 빠져나와야 했다. 사람들이 유아와 병약한 노인이 연기에 질식하여 죽었다는 말을 속달거렸다. 거기에서 철길 따라 15리를 더 걸어 삼랑진역에 도착했다. 진영으로 가려면 경전남부선 기차로 갈아타야 했다. 진영까지는 낙동강을 건너 18킬로미터로 40리가 넘었다.

누나와 나는 걷기로 했다. 저물 무렵이라 문전구걸로 허기를 끄기로 하고 오늘 안으로 낙동강에 걸쳐진 철길을 건너기로 했다. 지니고 온 주먹밥과 고구마는 따감질로 아껴 먹었는데도 어제저녁으로 떨어지고 없었다. 낙동강을 건너면 깜깜한 어둠이 내릴 테고 달이 없는 밤길을 걷기 힘들면 농가 헛간에서라도 잠을 자기로 했다. 그러나 철교는 공비나 첩자들이 폭파를 시도할 것을 염려해 군인이 지키고 있어서 민간인이 통행이 불가능했다. 인심 좋은 사공이 태워준 나룻배로 강을 건넜다. 밤에 들자 더 걷기를 포기하고 어느 집 헛간을 빌려 잠을 잤다. 누나와 나는 담요와 홑이불을 둘러쓰고 붙어 서로의 체온으로 담요를 뚫고 들어오는 야기를 견뎌야 했다.

이튿날 아침은 주인집에서 밥 한술을 얻어먹고 길을 나서서 줄창 걸을 동안 살얼음 낀 개울물로 배를 채웠다. 밭에 널린 시든 무 뿌리를 씹으면서 걷고 또 걸었다. 그때부터 겨울바람과 맞서며 도보로 진영에 도착하기는 해가 서산을 뉘엿이 넘을 시간이었다. 고모부의 수리조합 사택이 있던 물통걸로 가야 할지 고모님 시댁인 지나리로 가야 할지 몰라 누나와 나는 우선 울산댁 주점을 찾아들었다. "아이구, 이 까마구들이 뉘 새긴고?" 기차가 굴을 통과할 때마다 뒤집어 쓴 석탄 연기로 얼굴이 까맣게 그슬린 거지 꼴의 우리 오누이를 보고 울산댁이 체머리를 떨며 터뜨린 첫 탄성이었다.

## 22장

 우리 식구의 배곯음은 전쟁 초기 서울 생활로 끝난 게 아니었다. 서울을 떠나고부터가 그 시작이었다. 어머니가 아우 둘을 데리고 진영에 도착한 12월 말부터 우리 식구가 헤쳐온 전후의 팍팍한 세상살이야말로 어머니 말처럼 죽기 아니면 겨우 살아남기였다. 어머니는 아버지의 전력 탓에 모두가 구렁이나 지네 보듯 외면하고 상종조차 꺼리는 진영 장터 사람들의 눈흘김을 견디지 못한 데다 진영에 정착할 근거를 잡지 못했다. 어머니는 나를 이인택 씨에게 맡기곤 식구를 데리고 진영을 떠날 수밖에 없었다. 나야말로 고아처럼 내동댕이 쳐진 꼴이었다.
 이듬해 해동 무렵, 어머니는 누나와 아우 둘을 데리고 울산에서 대구로 나와 살던 둘째 이모님과 외가 친척 몇이 살던 대구로 나갔다. 자식 셋을 친척 집 골방에 맡겨놓고 어느 가내 양말 공장 주인집 식모로 나섰다. 남 다 잠든 늦은 밤에 어머니는 주인 몰래 신문지에 뭉쳐 싼 밥 한 덩이를 감추어 들고 자식들을 찾았다. 하루 종일 쫄쫄 굶은 세 자식에게 신문지에 싸온 밥 한 덩이를 찬물에 말아 먹여 꺼지려는 목숨을 연명시켰다고 한다. 내가 나중에 들은 이야기지만, 대구 정착한 초기에 어머니는 자식들을 너무 굶긴 나머지 영양실조에 걸려 피골이 상접했다고 하니 그 애옥살이 삶이란 차라리 문전걸식에 나선 거지보다 나을 게 없었다. 특히 부실했던 둘째 아우는 너무 굶어 삶과 죽음 사이에서 그네를 탄 꼴이었다. 어머니는 비실비실하던 둘째 아우를 보다 못해 누군가 고아원에나 데려주라고 대구역 광장에 내다 버리기까지 했다. 아침에 버려두고 일하던 집으로 왔다가 혹시나 싶어 저녁 때에 역으로 나가 보니 누가 데려가지도 않은 채 역 모퉁이의 버려둔 그 자리에 멸치처럼 누워있어 다시 업고 왔다는 일화는 들을 때마다 늘 목이 멨다.

마지막으로, 아버지 이야기를 정리해야겠다. 누나와 내가 무개차에 실려 남행할 11월 하순, S씨가 남긴 아버지에 관한 전언에 의하면 '9월 26일 서울지휘부가 최종적으로 후퇴할 때 김 씨(아버지)도 북행한 줄 안다'라고 했다. 그러나 김응빈이 지휘한 전투 지휘 후방부는 서울에서 철수하여 춘천 지역으로 후퇴했다가 거기에서 이승엽을 만나, 제2전선을 만들어 빨치산 활동을 하라는 지시를 받고 태백산맥 줄기 따라 다시 남하해야 했다. 대부분이 서울시당 청년당원들과 시민 의용군이었다. 허영철 씨의 구술 증언에 따르면, 그들은 6지대로 편성되었는데 1지대는 총 세 개 여단으로 구성되었고 각 여단 아래 세 개 대대를 두었다. 1개 대대 인원이 80명 정도였고, 그 밑에 중대·소대가 편성되었다. 6백 명에 이르는 연대 병력 규모였다. 부대에는 중학이나 대학교에 재학 중 의용군으로 나섰던 인텔리 여성대원도 있었다고 한다. 김응빈부대는 평창·정선·영월 등 강원도 태백산맥 지대에서 크고 작은 많은 전투를 치러가며 시련에 찬 유격(게릴라) 생활을 견디어낼 동안 많은 희생자를 냈다. 오래 굶으며 쫓겨 다녀야 하는 무리한 행군을 하다 보니 전투 중에 죽는 사람보다 밥을 먹다가 죽거나, 휴식 중에 죽거나, 행군 중 비탈길에 떨어져 죽거나, 전투에서 당한 총상이 악화되어 죽어갔다. 산악 지대의 혹독한 추위와 힘든 행군, 영양실조가 주요 원인이었다. S씨 말에 따르면, '김응빈부대는 52년 3월까지 강원도 오대산에서부터 경북 일월산까지 내려와 빨치산 투쟁을 했는데, 김 씨(아버지)도 김응빈 밑에서 간부로 활동하다가 전과를 크게 세우지 못하자 남은 부대원과 함께 월북했다'라고 한다. 그러므로 누나와 내가 무개차를 타고 추위와 굶주림에 떨며 남행할 그 시간, 아버지 역시 유격대 간부로 강원도 태백산맥 어름에서 엄동의 강추위 속에 고난에 찬 빨치산 투쟁을 하고 있었던 셈이다.

　남한에서 올라간 남로당원과 자의 반 타의 반 동원된 의용군이 통일혁명이란 미명 아래 소모품처럼 처리되고 있을 때, 김일성은 구 북로당 출신의 수뇌부를 거느린 채 압록강 국경을 넘어 만주 통화현까지 피신했다. 그는 전쟁만 나면 남조선의 남로당 당원 20만 명이 봉기할 것이란 박헌영의 감언이설에 속아 통일전쟁 완정을 놓쳤다고 분개하며, 남조선 쓰레기들은 후방부에서 제2전선을 구축해 빨치산 투쟁을 계속하다 조국의 이름으로 전사하라는 명령만 내렸던 셈이다. 연합군의 인천상륙작전으로 낙동강전선의 인민군이 퇴로를 잃어버리자 남한 출신 인민군과 의용군은 각기 지구당을 꾸려 지리산으로 들어가 빨치산 투쟁에 나설 수밖에 없었다. 한때는 그 세력이 2만 5천에서 5만에 이르렀으나 자력으로 고난에 찬 투쟁을 해나가는 길 이외 어느 지원도 기대할 수 없었다. 산중에서 고립된 그들을 구출해내기 위해 김일성과 박헌영은 어떤 지원책도 강구하지 않았고, 어떤 도움도 줄 수 없었다. 심지어 그들은 포로 교환 대상에도 올리지 않은 채 투쟁하다 전사하라고 버려두었다. 굶어 죽고, 얼어 죽고, 전사했고, 귀순해 장기수로 복역하는 신세가 되었다. 북조선의 통일전쟁은 휴전으로 막을 내림으로써 성공하지 못했다.

포성이 멈추고 휴전선에 철책이 남과 북을 쪼개어 겹으로 방책을 쌓자, 김일성은 드디어 그의 장기인 숙청의 칼을 뽑아들었다. 1953년 8월 박헌영 직계인 이승엽 등 열두 명에 대해 '반국가·내란 음모죄'를 적용하여 이들 중 이승엽(당 비서 겸 인민검열위원회 위원장), 조일명(문화선전성 부상), 임화(조·소문화협회 부위원장), 박승원(당 연락부 부부장), 이강국(무역성 조선일반제품 수입상사 사장), 배철(당 연락부장), 윤순달(당 연락부 부부장), 이원조(당 선전선동부 부부장), 백형복(전 남한 치안국 중앙분실장), 조용복(인민검열위원회 상급 검열위원장), 맹종호(전 인민유격대 10지대장), 설정식(인민군 총정치국 정치위원) 등을 일제히 검거했다. 그중 열 명에게 사형을 언도케 하여 곧바로 처형해버렸다. 형 집행 전 박승원은, "모든 혁명가는 설사 그 죄가 엄청날지라도 부르고 죽을 조국의 이름이 있었다. 그러나 우리에겐 부르고 죽을 조국이 없다"라고 절규했다.

박헌영에 대해서는 1955년 12월 '정권 전복 음모와 반국가적 간첩 테러죄' 등을 덮어씌워 사형을 언도케 한 후 이듬해 7월 처형했다. 김일성의 특별 지시에 의해 사회 안전상 방학세가 권총으로 박헌영을 직접 총살했다. 분단 50년이 흐른 지금, 박헌영은 남에서는 물론 북에서도 버림받은 기아(棄兒)요 반역자로 전락했다. 사회비평가 안성

일은 『혁명에 배반당한 비운의 혁명가』(선인, 2004)에서 "박헌영은 외세를 탈피한 통일조국에 명분을 두었으나 김일성은 통일 명분보다 권력 장악에 더 비중을 둔 실리를 추구했기에 그가 실권을 장악해간 김일성 체제의 북한으로 넘어간 것은 박헌영의 패배로 향한 필연의 수순이었다"라고 말했다. 박헌영의 딸 박비비아나는 아버지와 김일성의 관계를 두고 말했다. "정확하게 말할 수는 없으나 김일성은 스탈린같이 되고자 하는 인물이고, 아버지는 교육을 많이 받은 지식인이며 사심이 없는 분이라 생각합니다. 김일성은 아버지를 처형한 인물이기에 더 이상 이야기하고 싶지 않지만, 북에서 살고 있는 사람들이 안타깝습니다. 김일성 체제는 스탈린 체제와 다를 바 없고 국민을 아무것도 아닌 사람들로 여기는 체제이기 때문입니다. 〔……〕 1949년 내가 북한에 갔을 때 아버지는 '나는 우리나라가 민주사회가 되기를 바라는 사람'이라고 말했습니다."* 보수우파 안병직(서울대 명예교수)은 2010년 9월 3일 명지내학교 국제학술연구소 주최 학술포럼 강연에서 이렇게 말했다. "박헌영은 미제의 스파이로 몰려 죽었지요. 평생을 혁명운동에 바친 사람이라도 집권자와 이해관계가 다르면 간단하게 수정주의자나 적국의 스파이로 처단당하는 사회에서 문명이란 과연 존재하는가를 회의하지 않을 수 없지요. 문명사회와 야만사회의 차이는 그런 것이 아닌가 합니다."

남한은 남한대로 전쟁 중 수감 중인 남로당원과 좌익 쪽을 기웃거린 보도연맹 가맹자들 대부분을 처형해버렸다. 살아남은 자들은 휴전 후 장기형을 받고 감옥에 수감되었다. 겨우 혐의를 모면한 좌익은 신

* 류승원, 『이념형 사회주의』, 선인, 2010.

분을 감추고 숨죽여 목숨을 연명해야 했다. 이건 가설에 그칠, 말 그대로 잠꼬대겠으나, 만약 북한 땅에서 박헌영의 남로당이 정권을 잡았다면 어떻게 되었을까. 지금쯤 남과 북이 통일 내지 자유 왕래는 하게 되지 않았을까를 상정해본다. 1991년 소련에서 옐친 대통령이 취임해 소련공산당 중앙위원회가 마르크스–레닌주의 포기를 선언한 이후 동구권이 차례로 무너질 때, 북한도 사회민주주의 정책으로는 인민의 자유와 행복을 보장해주지 못한다며 정책을 선회했거나 통일로 합쳐지지 않더라도 중국과 대만처럼 적대 관계는 털고 자유 왕래가 가능해지지 않았을까 유추해본다. 아니면, 중국이나 베트남처럼 정치는 사회주의 체제를 유지하되 경제는 개혁·개방 정책으로 돌아서지 않았을까? 북베트남은 열악한 조건 아래 미국과 싸워 이겼으나 전쟁이 끝나자 서로 지난날의 원수지간을 화해로 풀었다. 그런데 김일성은 '우리 식대로 살자'라며 사회주의에서 변질된 '주체주의'를 정치 이념으로 삼아 영구 집권 1인 독재 체제를 강화했다.

경북대학교 농과대학 교수를 지낸 외사촌 형의 말에 따르면, 1954년 스위스 제네바에서 열린 남북 포로 교환에 따른 남북회담 때 북한에서는 40여 명의 대표단을 파견했는데 거기에서 아버지의 이름을 보았다고 했다. 그러나 이름을 보았다는 게 신문인지 잡지인지, 아니면 방송을 통해 언듯 이름을 들었는지 알 수가 없다. 사촌 형마저 오래 전 사망하여 그 진위를 확인할 길이 없게 되고 말았다. 내가 여러 자료를 뒤졌으나 북의 대표단 명단을 찾아낼 수 없었다. 그때만도 실각 전이라 그 사절단에 박헌영도 대표단 일원이었는데, 김일성은 그의 망명이나 탈출을 염려하여 스위스로 가는 경유지인 모스크바에 억류했다고 알려져 있다.

S씨가 휴전 이후 북한에서의 아버지에 대해 기억하는 대로 적어 전달해준 쪽지 내용이 이러하다. 아버지가 가족을 두고 단신 북조선으로 넘어간 뒤 후일담이 되겠는데, 내가 S씨를 직접 만나지는 못해 그의 기억이 정확한지 어떤지는 알 수 없다. 설령 S씨의 착각이 있었다 해도 내가 그를 만나기 전에 고인이 되고 말았다. 통일이 되어 북의 이복형제라도 만나지 않는 이상 S씨가 남긴 쪽지가 현재로서 유일하게 남은 것이라 믿을 수밖에 없는 근거이기도 하다.

1952년 3월 김 씨(아버지)는 월북 후 평양 근교의 중화지대에 있던 1지대에 편제되어 연락부에 들어가 경상남도 담당 지도원으로 일했다. 지도원으로 있을 때 한국전쟁 발발 직후 서대문형무소에서 출소한 동지들이 모여 술 한 잔 자리를 가졌는데, 이 자리에 참석했다가 되게 비판을 받은 적이 있다. "아니, 그런 모임이 뭐가 문제가 되는 거냐"라고 했지만 당시 북조선 분위기는 남쪽 출신들이 끼리끼리 모일 분위기가 아니었다. 아직 박헌영에 대한 조사가 진행되고 있던 시점이었기 때문이다. 김 씨는 봉화 출신 김재욱과 가깝게 지냈다. 당시 1지대 연락부장은 배철, 김 씨의 직속상관은 윤순달이었다. 1953년 3월, '박헌영, 이승엽 사건'이 터지면서 무척 고생했다. 상관인 배철은 사형, 윤순달은 징역 15년이 선고되었고, 연락부 책임지도원 이상은 모두 실형을 받았다. 김 씨 등 지도원급은 중앙당 분교에 수용되어 사상검토를 받았고, 당 검열위원회 직속으로 개설된 강습소에 가서 6개월 사상검열을 받았다. 이 강습소에 전 남로당 관계자 대부분이 수용되어 짧게는 6개월에서 길게는 2년간 사상검토, 교양을 받았다. 내가 사회부에 있다가 1953년에 연락부에 가보니 김 씨가 강습소에 있었다. 그러다가 1954년 연락부가 다시 개편될 때 과거 연락부 지도원 중 반수 정도가 돌아왔는데, 이때 김 씨도 지도원으로 나왔다. 1954년 말에 구 연락부, 이현상부대 활동 등이 총화되면서 1955년 봄에 구 연락부 사람들을 다시 다 내보냈다. 김 씨는 자동차, 트럭, 버스 등을 관할하는 정무원 산하 육운총국으로 옮겨 갔다. 내가 1968년에 만났을 때 그는 해운총국 간부로 있었다. 그동안 그는 매우 고생했다. 1956년에서 1958년 사이에 있은 연안파 숙청, 1967년 이효순·박금철 숙청 시기에 과거 남로당 출신들이 또다시 사상검열을 받았던 것이다. 1968년에 남로당 출신들에 대해 한 달간 강습이 실시되었는데, 이때 김 씨도 왔다. 그때 김 씨는 '솔직히 죽을 맛이다'라고 말했다. 그런데 1973년 말에 대남 임명간부(북한은 통일을 대비해 1960년대 후반 남쪽의 각 군 단위까지 간부를 내정해놓았다. 남쪽이 평남지사나 북쪽 지역 군수를 임명한 것과 같은 경우다)들을 소환해 교육이 진행되었는데 김 씨가 소환 대상이었는데도 오지 않았다. 그래서 담당자에게 물어보니 병중이라 오지 않았다고 했다. 강원도 서광사 요양소에 가 있다는 소리를 들었다. 1976년 6월경에 손님을 모시고 금강산 가는 길에 요양소에 들러 김 씨를 만났다. 당시 바짝 말라 있었다. 병명을 물으니 폐결핵이라 했다. 당시 김 씨는 자기가 그동안 억울하게 겪은 일을 하소연했다. 그렇게 고생했는데 통일을 보지 못하고 죽을 것 같다고 유언 비슷한 이야기를 했다. 남에 두고 온 자기 가족 이야기며 북에서 만든 가정 이야기도 했다. 연락부 지도원으로 있을 때 개풍 출신 여자와 재혼하여 슬하에 1남 1녀를 두었다. 아들은 1955년생, 딸은 1956년생이었던 것 같다. 김 씨가 요양소 생활을 오래 하자 가족들도 강원도로 와서 요양소 근처에서 살았다. 당시 고산군 인민위원회부 위원장이 김해 사람이었는데, 북에 오기 전부터 잘 아는 사이라 그 사람이 서광사 요양소 근처에 집을 얻어주고 여러 가지 배려를 해주었다. 요양소 원장에게 김 씨 병명을 물으니 폐결핵은 아니라고 했다. 약 좀 잘 써달라고 부탁하고 나왔다. 한 달 후 7월에 금강산에 머무는 손님을 데리러 간 길에 다시 요양소에 들렀다. 김 씨는 병이 악화되어 거의 움직이지 못하는 상태였다. 그 후 7월 말에 담당자로부터 며칠 전에 사망했다는 말을 전해 들었다.

강원도 금강산 부근 요양소에서 마지막 생을 마친 당시 아버지의 연세는 62세였다. 어머니는 아버지와 생이별한 전쟁이 났던 해가 35세였는데, 당신은 아버지보다 4년을 더 살다 1980년 65세로 서울에서 별세했다.

## 작가의 말

『아들의 아버지』는 계간 『21세기문학』에 2012년 봄호부터 2013년 여름호까지 6회를 연재하고, 출간을 위해 개고할 때 450장 정도를 들어냈다. 이 장편은 1인칭 주인공을 내세워 회고록 형식으로 시작하여 끝을 맺었다. 그러나 나는 이 장편을 시작할 때 세 가지 형식을 활용할 것임을 염두에 두었다. 해방과 전쟁 사이의 시대적 공간을 역사적 사실에 의거해 르포식으로 기술한다, 아버지의 생애와 내 유년을 사실대로 반영한다, 아버지를 형상화하는 부분은 내가 너무 어린 나이에 당신과 헤어져 토막기억 밖에 남은 게 없기에 여러 장면을 추측과 허구로 만들어가보자, 였다. 모든 소설은 자전적 요소를 적당히 바탕에 깔고 있다는 이치대로 이 장편소설에서 다수의 실명이 등장했어도, 진솔한 회고록 자체로 재단하지는 말아주기 바란다.